d

Claus-Ulrich Bielefeld
& Petra Hartlieb

Im großen Stil

Ein Fall für
Berlin und Wien
Roman

Diogenes

Umschlagfoto:
Nach einer Fotografie von
Bernard Jaubert
Copyright © plainpicture /
B. Jaubert

Originalausgabe

Alle Rechte vorbehalten
Copyright © 2015
Diogenes Verlag AG Zürich
www.diogenes.ch
100/15/8/1
ISBN 978 3 257 30031 4

Alle Personen und Ereignisse in diesem Roman sind frei erfunden. Ähnlichkeiten mit lebenden oder toten Personen oder mit tatsächlichen Ereignissen wären also rein zufällig.

I

Thomas Bernhardt nieste und nieste und nieste ... Eine wahre Explosion. Als er endlich wieder Luft bekam, putzte er mehrmals seine Nase. Die gebrauchten Tempo-Taschentücher steckte er links und rechts in seine Hosentaschen, die sichtbar ausgebeult waren. Seine Augen tränten, und er sah den jungen Arzt nur verschwommen, der mit schiefgelegtem Kopf vor ihm stand.

»Eigentlich sollte in Ihrem Alter eine Pollenallergie langsam schwächer werden.«

»Sollte.«

Thomas Bernhardts Stimme klang rauh. Morgens um drei war er mit Atemnot aufgewacht. Er hatte sich auf den Balkon seiner Hinterhauswohnung gestellt und versucht, ruhig zu atmen. Die Bronchien pfiffen, leichte Panik, er hatte sich erst beruhigt, als es hell geworden war und unzählige Vögel in der riesigen Kastanie im Hof zu toben anfingen und ihr morgendliches Lärmkonzert gaben.

Der Arzt wirkte ziemlich ungerührt. »Klare asthmoide Tendenz. Kriegen wir mit einer Kortisonspritze gut in den Griff, die hat Depotwirkung und gibt immer nur kleine Dosen ab, da sind Sie bis September auf der sicheren Seite.«

»Will ich aber nicht, dämpft mich zu stark ab.«

»So? Dann müssen Sie halt ein bisschen leiden.«

Der mochte ihn nicht, sagte sich Bernhardt. Und er mochte ihn auch nicht. Klare Verhältnisse.

Der Arzt setzte noch einen drauf. »Die Psychoanalyse sagt übrigens, dass der Allergiker gar nicht von seinen Beschwerden befreit werden will.«

»Tatsächlich. Will er nicht. Sagt die Psychoanalyse. Und warum will er nicht?«

»Krankheitsgewinn. Er will an sich und der Welt leiden, er will sich bedauern, und er will bedauert werden. Er kultiviert seinen Status als der große Sensible. In Wirklichkeit hat er Angst vor Vitalität und Fruchtbarkeit.«

Bernhardt nieste wieder, putzte sich mit seinem letzten Tempo die Nase und atmete mühsam durch.

»Das ist ja toll, dass Sie mich an Ihrem geballten Wissen teilnehmen lassen. Da soll noch mal einer über die Fließbandmedizin klagen. Nur dreht sich Freud gerade um in seinem Grab.«

Der Arzt hatte wortlos ein Rezept über einen Rachen- und einen Nasenspray ausgefüllt und Bernhardt mit zusammengekniffenem Mund, ohne Abschiedsgruß und ohne Handschlag entlassen.

Draußen wehte ein milder Wind und trieb Blütenstaub durch die Straßen. Ein später Frühling war mit Urgewalt ausgebrochen. Hatte noch jemand daran geglaubt? Anfang November war Berlin in einem grauen Dunst versunken, der sich immer mehr ausgebreitet und die Konturen der Stadt zum Verschwimmen und schließlich beinahe zum Verschwinden gebracht hatte. Die Sonne kam über

Monate nicht zum Vorschein, Ende März lagen die Temperaturen unter null Grad, die Seen der Stadt waren zugefroren, im April pfiff ein eisiger Wind, Anfang Mai dümpelten die Temperaturen zwischen acht und zehn Grad. Die Hoffnungen der Menschen auf Wärme sanken ins Bodenlose.

Und dann erstrahlte die Stadt von einem auf den anderen Tag in gleißendem Licht. Das bis dahin schlappe Grün der Bäume leuchtete plötzlich auf, die Straßenfluchten öffneten sich und gewannen an Tiefe und Schärfe, die Menschen liefen unter dem blauen Himmel leicht schwankend und wie betäubt umher, sich und anderen immer wieder versichernd, dass das doch wirklich unglaublich sei. Auf den Straßen hielten sie die blassen Gesichter in die Sonne. Starke Farben gaben der Stadt Kontur, der üppige Duft der blühenden Linden breitete sich aus, eine wohlige Wärme hüllte die Menschen ein.

Selbst das Büro der Mordkommission in der Keithstraße mit seinem großen Besprechungstisch, über den eine Plastikdecke mit Blümchenmuster gespannt war, dieses trübe Büro, mit den an die Wand gepinnten Bildern von Mordopfern, mit der Tafel, auf der oben in großen Buchstaben ›Pro‹ und ›Kontra‹ geschrieben stand, wirkte nun beinahe frisch.

Als Thomas Bernhardt den Raum betrat, waren alle schon da. Bernhardts Kollege, der junge Cellarius, huldigte dem herrlichen Frühlingstag mit einem olivgrünen Anzug und einem blütenweißen Hemd. Cellarius war eine Art weißer Rabe in einer Stadt, in der grundsätzlich textile Nachlässigkeit angesagt war. Krebitz, nur hinter vorgehaltener Hand ›der Nussknacker‹ genannt und wegen seines schnellen Beleidigtseins und des dann folgenden verbissenen Schweigens gefürchtet, trieb es wie gewohnt am weitesten: Er trug eine dreiviertellange Cargo-Hose, darunter Sandalen und graue Socken. Auch die Kollegen Martin und Luther, die gerne gemeinsam auftraten und deshalb »der doppelte Reformator« hießen, gaben sich frühlingshaft locker, beide hatten sich für Hemden mit wildem Karomuster entschieden.

Eine reine Augenweide war hingegen Katia Sulimma, die nach all den Wintermonaten endlich wieder eins ihrer leichten Blümchenkleider trug, auf ihren roten Highheels herumstöckelte und wie ein fröhlicher Amazonas-Kolibri zwitscherte. Den Blumenstrauß auf dem Tisch hatte sicher sie gekauft.

Als gehörte sie nicht dazu, saß Cornelia Karsunke mit geschwollenen Augen am Rande der Gruppe, eingehüllt in eine Aura der Einsamkeit und Melancholie. Oder war's nur Müdigkeit? Waren ihre beiden kleinen Mädchen wieder einmal krank?

Thomas Bernhardt nieste beim Eintreten, und wie jedes Jahr fühlten sich alle bemüßigt, den heuschnupfengeplagten Chef der Mordkommission zu bedauern und vor allem: ihm Ratschläge zu erteilen. Hatte er es schon mit Gelee Royale versucht? Akupunktur? Hypersensibilisierung? Stündliche Nasendusche mit Meersalz? Hypnose? Broccoli mit Zitrusfrüchten? Impfen? Pestwurz?

Bernhardt winkte ab. Er werde einen Monat nach Helgoland gehen. Die Kollegen reagierten verblüfft: Wirklich? Aber erst, fügte er hinzu, wenn sie diesen verdammten

Messerstecher hätten. Seit Monaten versuchten sie, dem Kerl auf die Schliche zu kommen, der eine Joggerin in einem Waldstück attackiert und erstochen hatte und dann mit seinem Mountainbike davongeradelt war. Sie hatten Aussagen von Augenzeugen, sie hatten ein gar nicht so schlechtes Phantombild, sie hatten akribisch gearbeitet, aber sie waren einfach nicht näher an den Mörder herangekommen. Wegen neuer Fälle hatten sie dann ihre Ermittlungen runterfahren müssen. Es war ein Zustand der Schwebe eingetreten, den Bernhardt hasste. Wie jeder unaufgeklärte Fall bereitete ihm auch dieser schlaflose Nächte. Worüber er mit niemandem sprach und was ihm selbst nur zum Teil bewusst war: Bernhardts tiefster Antrieb für seine Arbeit war es, wieder Ordnung zu schaffen, das durch die Tat erzeugte Ungleichgewicht im Weltlauf ein bisschen auszugleichen. Wer gegen das fünfte Gebot verstieß, musste gefasst und bestraft werden. Und das gelang hier nicht. Zudem lagen noch zwei ältere Fälle vor, die ebenfalls unaufgeklärt waren, eine Frau war auf einem Friedhof erstochen worden, ein Zeitungsbote am frühen Morgen in einem Park. Sie hatten keine Verbindungslinien zwischen den Fällen gefunden. Aber Bernhardt fürchtete, dass es einen Irren gab, der ziellos mit einem Messer durch die Stadt lief und irgendwann wieder zuschlagen würde.

Für diesen Tag hatte sich Bernhardt nun vorgenommen, die Fälle noch einmal durchzugehen, vielleicht den einen entscheidenden Hinweis zu entdecken, der zum Messerstecher führte.

Als er in sein Büro gehen wollte, klingelte das Telefon.

Er nahm ab, und gleich war klar: Der Messerstecher-Fall musste, zumindest im Moment, auf die lange Bank geschoben werden.

Pankow, Majakowskiring. Von Beginn an spürte Thomas Bernhardt: Dies ist eine Welt, in die du nur schwer hineinfinden wirst. Alles wirkte zu still, der Pulsschlag der Stadt war kaum zu spüren. Ihm schien, als hinge ein unsichtbares riesiges Schild über den Häusern: Bitte nicht stören!

In einem langgestreckten Oval zog sich die Straße durch viel Grün dahin und kehrte in ruhigem Schwung wieder zum Ausgangspunkt zurück. Ein geschlossener Ring, dem sie mit ihrem Auto gefolgt waren, vorbei an Häusern aus den zwanziger Jahren, die, von wenigen Ausnahmen abgesehen, sorgfältig restauriert waren, vorbei an neuen viereckigen, weißen Hauskisten, ziemlich armselige Bauhaus-Kopien, wie Bernhardt fand, vorbei an Baustellen, wo weiße Steinplatten, die wie Styropor aussahen, zusammengeklebt wurden. Immerhin gab es ein neues schön geschwungenes Haus, das sich an der östlichen Biege des Ovals wie ein großer Schiffsbug auf das dichte Grün eines Parks zuschob.

Endlich näherten sie sich dem Flatterband und einem Grüppchen Schaulustiger, das sich vor einem kleinen, mit Efeu überwucherten Haus versammelt hatte. Der Garten war leicht verwildert, ein paar blühende Fliederbäume, ineinander verhakte Wildrosenbüsche und krüpplige Obstbäume breiteten sich aus. Bernhardts erster Eindruck: ein verwunschenes Haus, ein Haus, das sich der

Anpassung an die neuen Zeiten widersetzte. Hellen Verputz, Carport, solide Messingzäune, gerne auch mit nach außen gekehrten Spitzen, wie er sie später bei seinen Rundgängen durch die Straße missmutig registrierte – das gab's hier nicht.

Als Bernhardt mit Cornelia Karsunke und Cellarius auf das Haus zuging, krampfte sich sein Magen zusammen. Wie ihm das alles zuwider war, er würde sich nie damit abfinden: die Neugierigen, die Presse, die Leiche. Das alte Schlachtross von der Regionalschau, das – aus Erfahrung klug – mit geradezu demütiger Gestik und Mimik auf ihn zukam, schnauzte er an, er konnte einfach nicht anders: »Wie lange wollen Sie eigentlich diesen Scheißjob noch machen?« Der Reporter antwortete schlagfertig: »Und selbst?« Und grinste. Immerhin hatte er einen der Bernhardt'schen Ausbrüche eingefangen, die von den Zuschauern geliebt und deshalb gerne im Jahresrückblick der Regionalschau noch einmal gebündelt abgespielt wurden. Sina Kotteder, die blonde B.-Z.-Reporterin, lächelte ihn an und schüttelte leicht den Kopf. Deine blauen Augen…, dachte Bernhardt und wurde etwas ruhiger. Sie hatten sich lange nicht mehr getroffen. War auch besser so. Nie Dienstliches mit Privatem verquicken, obwohl…

Im weißen Kapuzenoverall, den er sich inzwischen übergezogen hatte, und mit den Plastikhandschuhen kam sich Bernhardt immer wie ein Außerirdischer vor. Cornelia Karsunke wirkte wie ein trauriger Heinzelmann und Cellarius wie George Clooney, der in Beverly Hills ermittelt. Als sie das Haus betraten, blieben sie nach ein, zwei Schritten abrupt stehen, als seien sie gegen eine Wand gelaufen. Fröhlich von der Spurensicherung, der sich mit seinen Jungs von der weißen Truppe, wie Bernhardt sie nannte, schon an die Arbeit gemacht hatte, beschrieb mit der Hand einen Halbkreis, der die Wände ringsherum umfasste.

»Na, Meesta, wat sachste dazu?«

Was sollte er sagen? Erst einmal verschlugs ihm die Sprache. Was war das denn? Ein Museum? Dicht an dicht hingen hier wertvoll aussehende Bilder, säumten den Treppenaufgang ins Obergeschoss. Eine Überfülle, die Bernhardt den Atem nahm. Wie bei seinen wenigen Museumsbesuchen ging's ihm auch hier. Er konnte sich nicht auf ein einzelnes Bild einlassen, sondern er sah zunächst nur eine farbige Gesamtkomposition, fremd, überwältigend.

Und das Mordopfer? Bernhard wurde von Fröhlich aus dem Flur in ein Zimmer im Erdgeschoss gelotst. Ein älterer Mann saß dort in sich zusammengesunken in einem Ledersessel. Er machte einen recht rüstigen Eindruck. Wenn man davon absah, dass er tot war. In der Mitte des Raumes waren mehrere Schränke mit flachen Schubladen platziert, und neben dem Sessel stand ein kleiner Tisch.

Thomas Bernhardt schloss die Augen und versuchte, sich zu konzentrieren. Er musste in diesem Raum, in diesem Haus ankommen, er musste seinen Blick schärfen, dem toten Mann nahekommen. Es war eine beinahe magische Handlung, die er vollzog. Sich öffnen, alles in sich einströmen lassen. Es dauerte nur wenige Sekunden, aber nach dieser gesteigerten Wahrnehmung war er erschöpft – und hatte immer Angst, dass ihm etwas entgangen war, er haarscharf an einem wichtigen Indiz vorbeigesehen und die Untersuchung dadurch auf einen falschen Weg gebracht hatte. Ein Selbstzweifel, der ihn bei jedem Fall begleitete.

Er öffnete die Augen. Ein Kollege von der Spurensicherung schwenkte mit seiner 3-D-Kamera den Raum ab. Auch er schweifte mit seinem Blick durch den Raum, allerdings auf andere Art als die Kamera, zögerlich und subjektiv. Das Chaos der Eindrücke, das ihn beim Betreten des Raumes zu überwältigen gedroht hatte, schwand langsam.

Die Bilder an der Wand waren ordentlich aufgehängt, aber sie waren sich zu nah. Bernhardt spürte geradezu körperlich, dass sich in dem Raum ein zu hohes Energiepotential aufbaute. Die Bilder konkurrierten miteinander. Aber vielleicht war das gewollt?

Bernhardt hatte keine Ahnung, aber immerhin erkannte er, dass an einer Wand alte Meister hingen. Italiener. Während mehrerer Toskana-Urlaube hatte er vor Jahren in zahllosen Kirchen und Museen unzählige Verkündigungsmadonnen gesehen, und nun begegnete er ihnen in diesem seltsamen Haus wieder. Dann: Niederländer. Höchst ehrbare, streng blickende Handelsherren schienen sich zwischen den Madonnen etwas unwohl zu fühlen. Er starrte sie an und sie ihn. Und wie hieß dieser Maler, Hieronymus Bosch? An der gegenüberliegenden Wand Bilder in expressiven Farben, ein lasziv hingelagertes Mädchen mit geöffneten Schenkeln in kreischendem Gelb. Bernhardt fragte sich, wieso sich jemand diese Vielzahl von Kopien, offensichtlich sehr guten Kopien, an die Wand hängte.

Und der Mann im Sessel, an dem sich jetzt der Gerichtsmediziner Dr. Holzinger zu schaffen machte? Der hatte offensichtlich ganz zufrieden in seinem kleinen Reich gelebt. Bernhardt sah den Kronleuchter an der Decke, die Spotlights, die auf die Bilder gerichtet waren. Er schaute genauer hin, probierte die vielen Schalter an der Wand. Er spielte, blendete auf, dimmte. Jedes Bild konnte angeleuchtet werden, gewann Leben, wenn es in Licht getaucht war. Bernhardt stellte sich vor, wie der Bewohner dieses Hauses sich schöne Abende machte, ein Glas Cognac in der Hand, und Zwiegespräche mit den Bildern führte. Und der verwilderte Garten war die perfekte Tarnung für diese leicht zwanghafte Inneneinrichtung.

Er trat zu Dr. Holzinger, der sich aufrichtete und ihn durch seine dicken Brillengläser wie ein weiser Marabu anschaute.

»Älterer Herr. In ganz guter Verfassung, soweit sich das sagen lässt. Ich schätze, gestern am späten Abend, zwischen zweiundzwanzig Uhr und Mitternacht, erschossen. Ist aber mit Vorsicht zu genießen. Ist sehr warm hier. Genaueres ... na, Sie wissen schon.«

Dr. Holzinger zählte zu den wenigen im Kollegenkreis, die das ›Sie‹ als Form aufrechterhielten. Doch er nutzte es nicht zur Distanzierung, sondern eher, um eine kühle und dennoch freundliche Sachlichkeit herzustellen. Anders als sein Kollege, der Bücher über seine spektakulärsten Obduktionen veröffentlichte und durch die TV-Shows tingelte, stilisierte sich Dr. Holzinger als trockener Preuße, leicht kurios und ein bisschen aus der Zeit gefallen, was ihn nicht hinderte, gelegentlich sarkastische Scherze zu machen. Bernhardt mochte ihn.

»Tja. Und der Schuss fast aufgesetzt. Direkt ins Herz. Unmittelbar tödlich. Keine Abwehrbewegung. Wohl kleineres Kaliber, soweit ich das beurteilen kann.«

In diesem Moment überkam Bernhardt ein größerer Niesanfall, was Fröhlichs Unwillen erregte.

»Nee, nee, Meesta, jetzt hier nich so 'ne Bakterien- und DNA-Verunreinigungsschleuder anwerfen, wa? Mundschutz oder raus.«

Fröhlichs Unverschämtheiten ärgerten Bernhardt von Fall zu Fall mehr. Gar nicht erst zuhören, sagte er sich, ging noch ein bisschen unschlüssig hin und her – hatte er jetzt alles aufgesaugt? – und stellte sich dann neben Cornelia Karsunke, die mit einer älteren, aufgeregten Frau redete. Als spräche sie mit einem ihrer Mädchen, ging sie in dem ihr eigenen sanften Ton, den Bernhardt so sehr liebte, beruhigend auf die Frau ein.

Und die erzählte in ihrem gebrochenen Deutsch: Ja, Putzfrau, jeden Tag zu Herrn Wessel, Bilder, Staub weg, ja, jeden Tag, viel Arbeit, aber gut. Andere Arbeit? Nein, eine Woche sie, nächste Woche Tochter, Arbeit teilen mit Tochter, immer im Wechsel. Mit Bus hin und her, sechzehn Stunden. Ja, Polen, Dorf in Ostpolen. Eine Woche Arbeit in Berlin, eine Woche zu Hause in Polen. Besucher? Andere Männer, andere Frauen? Manchmal Frau, blond, sehr schön, reich, bestimmt… Nein, nie allein bei Putzen, Herr Wessel immer da. Schlafen? Nein, nicht hier,

Wohnung in Hohenschönhausen, ganz klein, teilen mit Tochter, manchmal mit andere Polen, ja, ja.

Cornelia Karsunke legte ihr beruhigend die Hand auf die Schulter. Bernhardt wandte sich ab und stieg die leicht geschwungene Treppe hoch ins Obergeschoss, wo Cellarius gerade ein Telefonat beendete. Bernhardt schaute ihn erwartungsvoll an.

»Dr. Theo Wessel heißt der Mann.«

»Ja, und?«

»Katia Sulimma hat bis jetzt nicht viel rausgekriegt. Der ist hier gemeldet. Seit wann genau, muss noch geklärt werden. Immerhin haben wir das Geburtsdatum, 27.6.1940. Ansonsten nur ein paar verwackelte Bilder im Internet, sagt Katia. Da steht ein kaum erkennbarer Typ auf Kunstauktionen rum, immer in der zweiten oder dritten Reihe, wird mal als Liebhaber, mal als Experte in den Bildunterschriften bezeichnet. Mehr nicht.«

»Na ja, selbst Big Brother ist noch nicht perfekt.«

Cellarius zeigte auf ein Notebook und ein iPhone auf einem großen Schreibtisch.

»Mit Passwörtern gesichert. Müssen die Computerjungs ran, aber das sollte kein Problem sein.«

Cellarius wies auf eine Wand, an der nur ein Bild angebracht war. Was seine Wirkung hatte, da die anderen Wände leer waren. Bernhardt trat näher heran. Er kannte das Bild, eine Art Wimmelbild, es hatte mal als Poster in seiner Küche gehängt. Mindestens hundert Personen trieben sich in einer mittelalterlichen Landschaft herum.

Das Bild hatte ihn fasziniert. Eine Zeitlang hatte er sich immer wieder auf Wanderungen durch das Bild begeben und jedes Mal neue Entdeckungen gemacht: Mensch und Getier tummelten sich hier, Mönche, Bauern, Gaukler, Betrüger und Händler begegneten sich in den seltsamsten Konstellationen, der Herrgott selbst war zu sehen, dem von einem betrügerischen Mönch ein Bart umgebunden wurde, der Teufel saß unter einem Baldachin, ein Gänseei lief auf zierlichen Füßchen durch die Gegend, zwei Typen fingerhakelten, ein großer Fisch fraß einen kleinen, ein Mann schiss aus einem Aborthäuschen, zwei Hunde balgten sich um einen Knochen, ein Mann hatte seinen Eimer mit Brei umgeworfen.

Er hatte sich eine Bilderklärung aus dem Internet ausgedruckt und dann verstanden, worum es ging: um niederländische Sprichwörter, die den deutschen ziemlich ähnlich waren. Er drehte sich leicht zu Cellarius, der ihn erwartungsvoll anschaute.

»Hatte ich mal als Poster in meiner Küche. *Die niederländischen Sprichwörter* von …«

»Pieter Brueghel dem Älteren, genau.«

»Wieso hat er das solo an die Wand gehängt?«

»Vielleicht hat's ihm besonders gut gefallen. Vielleicht ist's sein wertvollstes Stück.«

»Wertvollstes Stück? Das kann doch kein Original sein?«

»Natürlich nicht, das hängt in der Gemäldegalerie am Kulturforum. Wir waren da letzthin mit Freunden, die uns besucht haben. Die konnten sich gar nicht mehr lösen von dem Brueghel. Mit dem Erklärungsschema, das es da gibt, haben die versucht, alle Sprichwörter zu identifizieren.«

»Habe ich auch mal gemacht. Ein schönes Spiel. Sind, glaube ich, mehr als hundert Sprichwörter.«

Sie näherten sich bis auf wenige Zentimeter dem Bild. Cellarius schüttelte irritiert den Kopf.

»Ist dir aufgefallen, dass es in diesem Haus keine Drucke gibt? Nur richtige Gemälde, auf Holz, auf Leinwand und was weiß ich. Und jedes Gemälde wirkt, als sei es ein Original. Sie haben – wie sagt man? – so eine Art Patina. Die kommen irgendwie echt rüber. Komisch, oder?«

»Aber sie können nicht echt sein.«

»Nein, natürlich nicht. Ich frage mich…«

Sie gestanden sich ein, dass sie zu wenig Ahnung hatten. Aber schließlich mussten sie keine Kunstsachverständigen sein. Es ging um Mord. Und um das Motiv. Spielten die Bilder da eine Rolle? Nicht auszuschließen.

Noch konnten sie hier nicht loslegen. Aber den großen Schreibtisch mit seinen Schubladen, auf dem neben dem Laptop und dem Smartphone viele Papiere lagen und der gerade von einem Fotografen sorgfältig abgelichtet wurde, würden sie sich nachher als Erstes vornehmen. Ein gutgefüllter Schreibtisch gab immer etwas her.

2

»Frau Chefinspektor, wir haben eine Leiche, männlich.«
»Und?«
»Wahrscheinlich Kohlenmonoxidvergiftung. Der Schima ist schon unterwegs.«
»Adresse?«
»Gluckgasse dreizehn, das ist hinter der Albertina.«
»Nobel geht die Welt zugrunde. Ich mach mich auf den Weg. – Kolonja? Wir haben was.«
»Jetzt? Ich wollt gerade mittagessen gehen.«
»Ich komm mit, Frau Habel, ich hab eh keinen Hunger.« Annas junger, dienstbeflissener Kollege Motzko sprang mit solchem Eifer von seinem Schreibtisch auf, dass der Bürostuhl gefährlich wackelte.
»Nein, nein, Sie bleiben schön da und halten die Stellung, der Kolonja muss auch mal wieder raus ins wilde Leben. Und solange Frau Kollegin Kratochwil krank ist, müssen Sie uns von hier aus unterstützen.«
Kolonja verdrehte kurz die Augen und erhob sich ächzend. Seit er sich vergangenen Winter beim Skilaufen einen komplizierten Bänderriss zugezogen hatte, war er noch schwerfälliger geworden, und Anna hatte ihn manchmal im Verdacht, er spiele mit dem Gedanken, sich in den Innendienst versetzen zu lassen.

Sie traten aus dem Haustor, und beide waren gleichermaßen irritiert vom warmen Wind, der sie in der Berggasse anwehte. Der Winter hatte dieses Jahr endlos gedauert, zu Ostern gab es noch Schnee, und der Mai war bisher eine einzige graue Depression mit heftigen Regenfällen und Überschwemmungen als krönendem Abschluss gewesen. Und plötzlich schien die Sonne vom Himmel, als wollte sie alle Menschen verhöhnen, die unsicher in ihren zu dicken Jacken und mit Schirmen bewaffnet durch die Straßen liefen. Auch Annas Pullover war viel zu warm, und bereits auf dem kurzen Weg zum Auto spürte sie, wie ihr der Schweiß aus den Poren trat. Kaum saßen sie im Wagen, drehte Kolonja die Klimaanlage sofort auf achtzehn Grad und fuhr sich mit dem Handrücken über das rote Gesicht. »Puh, ist ja Wahnsinn, diese Hitze.«

»Jetzt sei doch froh, dass es mal nicht regnet. Ist doch schön – endlich Frühling. Schau, die ganzen Leut, wie glücklich die sind.«

»Ja, eh. Nur kommt der Frühling normalerweise in Etappen, und da kann man sich dann langsam daran gewöhnen.«

»Du bist ein echter Wiener. Immer raunzen.«

Kolonja sagte nichts mehr, blickte gedankenverloren aus dem Seitenfenster. Vor dem Eisgeschäft am Schwedenplatz hatte sich eine riesige Schlange gebildet.

Die Wohnung in der Gluckgasse war eine typische Wiener Großbürgerwohnung. Oberstes Stockwerk, die einzige Wohnung auf der Etage. Aus dem Augenwinkel registrierte Anna beim Hineingehen das Türschild: *Grafen-*

stein/Wiedering stand in zierlicher Lateinschrift auf einem blankpolierten Messingschild. Die Düsterkeit des riesigen Vorzimmers wurde durch einen dunkel gemusterten Teppich, der augenscheinlich nicht aus einem billigen Möbelhaus stammte, verstärkt. Ein uniformierter Beamter wies Anna Habel und Robert Kolonja den Weg in ein Badezimmer, das irgendwie nicht zum Rest der Wohnung passte. Schmal und fensterlos, billige Wasserhähne, schwarzweiß gekachelter Fliesenboden. Ein bestialischer Geruch, der Anna unwillkürlich den Arm vors Gesicht halten ließ. In der Badewanne lag ein nackter Mann, sein ohnehin mächtiger Bauch war grotesk aufgebläht, die Augen quollen aus den Höhlen, die Haut sah aus, als würde sie bei der geringsten Berührung platzen. Eine graue Locke hing ihm in die Stirn und wirkte angesichts des Zustands des Körpers mehr als bizarr. Anna versuchte den Blick nicht abzuwenden, bis sie von einem würgenden Geräusch abgelenkt wurde. Kolonja lief aus dem kleinen Badezimmer.

Der Gerichtsmediziner Schima wusch sich sorgfältig die Hände im Emailwaschbecken. »Wahrscheinlich eine Kohlenmonoxidvergiftung. Genaueres kann ich erst sagen, wenn ich ihn untersucht habe. Richtig appetitlich, oder? Eins ist jedenfalls klar: Der liegt da schon länger als vierundzwanzig Stunden.«

»Hat schon jemand die Therme untersucht?« Anna sah sich im Raum um, ihr Blick fiel auf eine offene Klappe, die Verkleidung für das Heizgerät.

»Der Techniker ist unterwegs. Muss jeden Augenblick hier sein. Können wir ihn mitnehmen?«

»Aber warum heizt der bei den Temperaturen?«
»Ist so ein Kombigerät – Heizen und Warmwasser.«
»Lag er im Wasser, als ihr gekommen seid?«
»Ja, aber viel war da nicht mehr, ich hab's rausgelassen, bevor ich ihn untersucht habe. Hatte meine Badehose nicht dabei.«

Anna Habel und Robert Kolonja inspizierten den Rest der Wohnung. Natürlich war das nicht das einzige Badezimmer, es gab noch eines, das war dreimal so groß, inklusive einer schönen alten Badewanne mit Löwentatzen. In der Küche hatte man früher wohl eine Großfamilie bekocht, es war ein geräumiger Raum mit neuen Küchenschränken aus gebürstetem Stahl. Auf der graphitgrauen Arbeitsfläche türmte sich schmutziges Geschirr, Essensreste, die nicht mehr besonders appetitlich aussahen, zwei fleckige Rotweingläser. Der Beamte, der sie in der Wohnung empfangen hatte, trat leise an die beiden Kriminalpolizisten heran: »Da drüben sitzt einer und heult.«

Das Wohnzimmer hatte mit einem Zimmer, wie Anna es kannte, nicht viel zu tun. Es war eher ein Ballsaal, mindestens fünfzig Quadratmeter groß, durch einen Erker wirkte er noch ausladender. Das Haus gegenüber war etwas niedriger, so dass man durch die riesigen Fenster den Turm der Kapuzinerkirche sehen konnte. Auch hier ein orientalischer Teppich; eine Bücherwand und ein glänzender Flügel. Die Szenerie wirkte ein wenig wie aus einer Wahlkampfbroschüre der ÖVP, wären da nicht die Bilder gewesen, die den Raum dominierten. Drei riesige Gemälde hingen an einer ansonsten leeren Wand, und Anna konnte ihren Blick kaum abwenden. Drei Kinderporträts, fast wirkten sie wie Fotos. Gewölbte Stirn, große Augen, ernster Gesichtsausdruck, in jedem Gesicht eine kleine Blessur, die erst auf den zweiten Blick zu erkennen war: die Andeutung eines Blutergusses am Auge, eine kleine Schramme an der Lippe, ein Riss in der Wange. Kolonja schüttelte angewidert den Kopf und deutete auf ein dunkles Ledersofa, in dem eine zusammengesunkene Gestalt saß, das Gesicht in den Händen verborgen.

»Guten Tag. Mein Name ist Anna Habel. Polizei. Wer sind Sie?«

Der Mann nahm die Hände vom Gesicht und blinzelte sie aus geschwollenen Lidern an. Sein Gesicht war aufgedunsen und rot, zwischen Nase und Mund konnte man deutlich eine Schleimspur erkennen. Anna reichte ihm ein Taschentuch, das er mehrere Sekunden lang ungläubig anstarrte, bis er sich damit über das Gesicht fuhr. Anna wollte ihm noch ein wenig Zeit geben, aber Kolonja wurde plötzlich ungeduldig. »Wenn Sie uns bitte Ihren Namen verraten würden.«

»Wiedering. Christian Wiedering.«

»Schön, Herr Wiedering. Und?«

»Was und?«

»Wohnen Sie hier? Standen Sie Herrn Grafenstein nahe?«

»Ja.«

»Was ja? Sie wohnen hier?«

»Ja.«

»Und standen Herrn Grafenstein nahe? Sehr nahe?«

»Seit fünfundzwanzig Jahren sind wir ein Paar. Er ist mein Lebensmensch. Ohne ihn hat das alles keinen Sinn.«

Der Mann erhob sich plötzlich und ging leicht taumelnd in Richtung Erkerfenster. Anna stupste ihren Kollegen in die Seite und raunte ihm zu: »Sei nicht so ungut. Was hast du denn gegen den?«

»Der geht mir auf die Nerven mit seinem Getue. Aber bitte, mach du doch. Bist ja berühmt für deine zartfühlende Art.«

»Herr Wiedering?« Anna trat neben ihn und blickte über das grüne Dach des gegenüberliegenden Hauses. Sie fasste ihn vorsichtig am Arm, er zuckte kurz zusammen, nahm dann ihre Hand und umklammerte sie wie ein Kind, das Angst im Dunklen hat.

»Herr Wiedering. Haben Sie Herrn Grafenstein gefunden?«

»Ja, heute Morgen. Es war so … so schrecklich. Er hat immer so viel Wert auf sein Äußeres gelegt, und dann muss er so enden!«

»Um wie viel Uhr war das denn?«

»Ich bin um zehn Uhr nach Hause gekommen. Ich hab aufgesperrt und gerufen, aber er hat nicht geantwortet. Da war ich ein wenig enttäuscht, wir wollten zusammen frühstücken, und ich dachte, er hätte es vergessen. Später bin ich in sein Bad gegangen, und da lag er. O mein Gott, was soll ich nur tun?«

»Wo waren Sie denn?«

»In Hamburg.«

»Was haben Sie da gemacht?«

»Geschäftlich.«

»In welcher Branche sind Sie tätig?«

»Immobilien.«

»Und Herr Grafenstein?«

»Kunst. Er ist Kunstexperte.«

Kolonja hatte inzwischen den Raum verlassen. Aus den Augenwinkeln sah sie, dass das kleine Badezimmer mittlerweile von den Kollegen der Spurensicherung inspiziert wurde, Wiedering schien das aber völlig egal zu sein. Er setzte sich wieder auf die Ledercouch und sah Anna ausdruckslos an. Trotz seiner schlechten Verfassung wirkte er wie aus dem Ei gepellt, lediglich seine roten verquollenen Augen störten das gepflegte Äußere. Ein Polohemd mit Emblem, eine sorgfältig gebügelte Leinenhose, ein altmodisch gezwirbelter Schnurrbart und ein Siegelring mit Wappen – auf Anna wirkte er wie der Prototyp des österreichischen Adeligen. Er würde ihren Chef, Hofrat Hromada, wahrscheinlich kennen, und wenn nicht, würde es nicht lange dauern, bis sie sich über gemeinsame Bekannte ausgetauscht hätten.

»Herr Wiedering, ich weiß, das ist jetzt sehr schwer für Sie, aber Sie müssen mir ein paar Fragen beantworten.«

Er zog die Nase hoch und setzte sich aufrecht hin.

»Ja, fragen Sie nur, ich schaffe das.«

»Wann haben Sie das letzte Mal mit Herrn Grafenstein telefoniert?«

»Vorgestern Nachmittag. Samstag.«

»Und war da irgendwas Besonderes?«

»Nein, er war wie immer. Ein bisschen einsam – er hatte es nicht gern, wenn ich weg war.«

»Hatte er eine Verabredung für den Abend?«

»Nein, er war müde, wollte früh ins Bett.«

»Aber er hat gekocht.«

»Ja, ich hab mich auch gewundert. Es ist so gar nicht seine Art, alles so zu hinterlassen. Er ist ein ordentlicher Mensch.« Seine Stimme brach, er schlug wieder die Hände vors Gesicht, als würde er über das dreckige Geschirr weinen.

»Er hat also nicht erwähnt, dass er für jemanden kochen wollte?«

»Nein.«

»Hat er manchmal für sich selber gekocht?«

»Nein. Wenn ich nicht da war, hieß das für ihn: Dinner-Cancelling. Er fühlte sich immer zu dick.«

»Und gestern? Haben Sie gestern nicht telefoniert?«

»Nein. Also, ich hab es ein paarmal versucht, aber er ging nicht ran.«

»Und hat Sie das nicht alarmiert?«

»Nein. Er war immer so nachlässig mit seinem Handy. Hat oft vergessen, es aufzuladen.«

»Herr Wiedering. Hatte Ihr Lebensgefährte eine Affäre? Wissen Sie etwas, oder haben Sie einen Verdacht?«

»Wir sind seit fünfundzwanzig Jahren zusammen. Er hat keinen anderen auch nur angesehen.«

»Sind Sie ganz sicher?«

Christian Wiedering schüttelte angewidert den Kopf. »Ihr Heteros glaubt immer, wir Schwulen kennen keine Treue und keine Verbindlichkeit!«

»Jetzt interpretieren Sie aber ein bisschen viel rein in meine Frage, oder? Ich möchte doch nur wissen, für wen Herr Grafenstein so aufwendig gekocht hat. Wissen Sie, wann Ihre Therme das letzte Mal gewartet wurde?«

»Wie – gewartet?«

»Na, wann der Rauchfangkehrer bei Ihnen war oder ein Installateur?«

»Das war vor dem Winter. Ich kann mich gut erinnern, am ersten kalten Tag im Oktober. Wir wollten einheizen, und das Gerät sprang nicht an. Wissen Sie, wie lang es in dieser Stadt dauert, einen Installateur zu bekommen?«

»Ja, ich kann's mir vorstellen. Und dann kam einer?«

»Nach zwei Tagen. Der hat irgendwas rumgeschraubt und dann hundert Euro kassiert. Warum fragen Sie? War die Therme nicht in Ordnung? Musste Josef deswegen sterben?«

»Das wird sich in den nächsten Stunden herausstellen. – Erzählen Sie mir ein wenig über den Beruf Ihres Lebensgefährten? Was macht ein Kunstexperte?«

»Er berät Museen und Privatleute in Sachen Kunst.«

»Wie darf ich mir das vorstellen?«

»Na ja, er schreibt Expertisen und schaut, ob die Bilder echt sind, und schreibt auch Artikel in Fachzeitschriften.«

»Hat er ein Büro?«

»Ja, im KHM. Aber er arbeitet auch viel von hier.«

»KHM?«

»Kunsthistorisches Museum.« Wiedering verdrehte ein wenig die Augen.

Anna fühlte sich müde und kraftlos. Das Gefühl, das sie normalerweise bei einem neuen Fall packte, wenn das Adrenalin plötzlich durch ihren Körper strömte, blieb aus. Sie dachte an die mühsame Kleinarbeit, an die tausend Befragungen und Recherchen. Sie schloss für einen

Augenblick die Augen, und in ihr keimte die Hoffnung auf, dass das Ganze doch ein Unfall war.

»Sagen Sie, warum hat Herr Grafenstein das kleine Badezimmer benutzt?«

»Das machte er meistens. Wir lieben uns sehr, aber das mit dem Badezimmer war immer schwierig. Er braucht so lang, und da kam es immer wieder zu Konflikten. Deswegen haben wir vor ein paar Jahren das kleine Zimmer umbauen lassen. Das war früher ein Dienstbotenzimmer.«

»Und das hat ausschließlich er benutzt?«

»Ja. Warum fragen Sie?«

Annas Blick wurde von einem gestikulierenden Kollegen, der in der Tür stand, abgelenkt. »Frau Chefinspektor, kommen Sie mal?«

»Einen Moment bitte, ich bin gleich wieder bei Ihnen.«

Der junge Kollege führte sie zurück ins Badezimmer, wo ein grimmig aussehender Mann auf einer Stehleiter balancierte. Er blickte kurz nach unten und klopfte dann mit einem Schraubenzieher an das untere Ende der Gastherme. »Also für mich ist das eindeutig, die Therme wurde manipuliert.«

»Wie?« Anna streckte sich und versuchte etwas zu erkennen.

»Der Gasströmungswächter wurde beschädigt. Wie genau, weiß ich noch nicht. Der ist dafür zuständig, dass... Ach, das verstehen Sie eh nicht, jedenfalls ist das eine Vorrichtung, die die Gaszufuhr stoppt, wenn da was dumm läuft. Und dumm gelaufen ist es deswegen, weil da oben die Therme verstopft wurde. Diesen Fetzen hab ich da rausgezogen.«

Anna folgte seinem Blick in die Duschtasse, in der ein zerknülltes Handtuch lag.

»Das ist da nicht von selber reingeflogen, da hat sich jemand ziemlich Mühe gegeben.«

Gut. Kein Unfall. Kein natürlicher Tod. Wohl auch kein Selbstmord, oder – warum eigentlich nicht? Der Techniker beantwortete ihre nicht gestellte Frage: »Ich glaube nicht, dass das ein Suizid war. Er hätte da raufklettern müssen, über dieses Kasterl, hätte das Handtuch reinstopfen und dann noch den Strömungswächter zerstören müssen, hätt sich ein Wasser eingelassen und zum Sterben in die Wanne gelegt, also ich weiß nicht recht.«

»Danke.«

Anna Habel wandte sich an den jungen Kollegen, der neben ihr stand. »Können Sie mir so schnell wie möglich den schriftlichen Bericht ins Büro liefern. Vielleicht versteh ich das dann ja mit dem äh... Gasströmungswächter.« Anna dachte an ihren Physikprofessor, der zwar ein sympathischer Typ war, ihr Interesse für die Welt der festen, flüssigen und gasförmigen Stoffe aber nie hatte wecken können.

»Jawohl. Das geht schnell. Morgen früh hamm S' den Bericht.«

Anna Habel kehrte ins Wohnzimmer zu Wiedering zurück, neben dem nun ein Kollege stand, der wie gebannt auf die großformatigen Kinderbilder an der Wand starrte.

»Herr Wiedering, ich muss Sie bitten, die Wohnung für die nächsten Tage zu verlassen. Haben Sie Familie oder Freunde, bei denen Sie vorübergehend wohnen können?«

»Warum? Jetzt ist mein Liebster nicht mehr, da wollen Sie mir auch noch meine Wohnung nehmen?«

»Es ist nur für ein paar Tage. Wir müssen die Wohnung gründlich auf Spuren untersuchen. Können wir Sie irgendwohin bringen?«

»Ja, zu meiner Schwester, die wohnt in Hietzing.«

»Gut. Sie halten sich bitte zur Verfügung. Jetzt werden nur noch Ihre Fingerabdrücke abgenommen, die brauchen wir zum Vergleich. Geben Sie mir bitte Ihre Telefonnummer, damit wir Sie erreichen können. Der Kollege bringt Sie zu Ihrer Schwester.«

Anna Habel und Robert Kolonja atmeten auf, als der so unerwartet verwitwete Lebensgefährte aus der Wohnung geführt wurde. Sie setzten sich nebeneinander auf das Ledersofa, automatisch fiel ihr Blick auf die Kinderporträts.

»Pervers.« Kolonja zog angewidert die Mundwinkel nach unten.

»Was?«

»Na, sich solche Bilder an die Wand zu hängen. Kinderbilder. Zwei Schwule.«

»Das ist Kunst.«

»Das ist mir egal, ich find's pervers. Sag bloß, dir gefällt das!«

»Ich finde es interessant.«

»Ah ja. Interessant. Und du kennst sicher auch den Maler.«

»Es sieht aus wie Gottfried Helnwein. Aber ob die echt sind? Die Bilder von dem sind nicht gerade billig.«

»Das ist mir egal, ich find sie trotzdem scheußlich.«

»Na, darf ich eure Kunststunde kurz unterbrechen?« Martin Holzer von der Spurensicherung war so leise an sie herangetreten, dass beide zusammenzuckten, als hätte man sie bei etwas Verbotenem ertappt. Anna stand auf. »Hast du was?«

»Ja, Fingerabdrücke ohne Ende. Vor allem in der Küche. Scheint ein gastfreundlicher Haushalt gewesen zu sein. Im Badezimmer leider bis jetzt nichts. Außer die Abdrücke von Grafenstein selbst. Die Weingläser und ein paar Essensreste hab ich eingepackt, die werden wir gleich analysieren. Wir sind soweit mal fertig, ihr könnt mit eurem Programm beginnen.«

Das Programm. Alle Bürounterlagen durchwühlen, Computer knacken, Mails lesen, Browserverlauf untersuchen, Handy und Telefon checken, Nachbarn befragen, Geldangelegenheiten ausforschen. Das ganze Programm. Immer und immer wieder. Warum ermüdete Anna der Gedanke heute besonders? Vielleicht war es dieses Gefühl, immer wieder bei null anzufangen. Obwohl, in welchem Beruf war es anders? Arzt, Lehrer, ja sogar ihre Buchhändlerin stöhnte über die immer neuen Verlagsprogramme. Sie gab Helmut Motzko telefonisch die Daten des Opfers durch, er sollte sich gleich mal auf die virtuelle Spurensuche begeben: Internet, Meldeamt, Strafregister, Bankgeschäfte, Mobilfunkbetreiber.

Das Schlafzimmer war eine Höhle in Rot. Burgunderfarbene Satinbettwäsche, dunkelrote Samtvorhänge, ein purpurfarbenes Bild an der Wand. Kolonja wandte sich angeekelt ab, Anna musste lachen. »Ich wusste gar nicht, dass du so ein Problem mit Schwulen hast? Was ist denn so schlimm an den beiden, ist doch schön, wenn zwei sich so liebhaben.«

»Wer weiß. Vielleicht hat er ihn umgebracht. Eifersucht oder Geldgier oder was weiß ich.«

»Das glaub ich nicht, aber wir werden natürlich gleich überprüfen, ob er wirklich im Flugzeug saß. Und spätestens morgen wissen wir den genauen Todeszeitpunkt, dann können wir das ausschließen. Ich hab seine Bordkarte übrigens da draußen im Vorzimmer auf diesem Biedermeiertischchen liegen gesehen, die sah echt aus.«

Das Arbeitszimmer war großzügig angelegt. Zwei Schreibtische standen sich mitten im Raum gegenüber. Da hatten sie also gesessen, die beiden Herren, auf ihren Designerbürostühlen, der eine machte in Immobilien, der andere in Kunst. Wiederings Schreibtisch – Anna erkannte ihn an einem schuhschachtelgroßen Modell der Werkbundsiedlung – war penibel aufgeräumt, auf der grünen Ablagefläche lagen ein Mäppchen und ein paar Briefumschläge. Grafensteins Schreibtisch war das komplette Gegenteil. Papiere in unordentlichen Stößen, mehrere Bildbände aufgeschlagen übereinander, überall klebten gelbe Post-it-Zettel. Kolonja drückte auf die Leertaste der Computertastatur, und mit einem leisen Pling erhellte sich der Bildschirm. »Hoppla, kein Passwort, alles an. Na, der hat nix zu verbergen.«

Anna beugte sich vor und überflog den Text auf dem Schirm.

»Der beschreibt irgendein Bild, schau, da: *Die Farben sind im unteren Drittel des Bildes etwas stumpf, eventuell wurde das Bild durch Wasser oder zu hohe Luftfeuchtig-*

keit beschädigt. Die Leinwand zeigt eine Struktur, die in den Niederlanden des 17. Jahrhunderts... Sehr interessant. Worüber schreibt er da?« Kolonja scrollte nach oben und las die Überschrift vor, als würde er ekliges Essen bestellen: »Jan van Goyen. *Flusslandschaft mit Fischern.*«

»Das wird ein Fall für dich, lieber Robert. So viel Kunst und Kultur, da hüpft doch dein Herz, oder?«

Kolonja zog eine Grimasse. Es war ein alter Witz zwischen ihnen: Anna Habel, die in ihrer Freizeit am liebsten mit einem Stapel Bücher auf dem Sofa lag und im Auto das Programm von Ö1 rauf und runter hörte. Und daneben ihr Kollege Robert Kolonja, der jede Zeitung prinzipiell beim Sportteil aufschlug und sein Autoradio permanent auf Radio Wien eingestellt hatte. Theater, Film und Buch machten ihn nervös, und das Museumsquartier war für ihn nicht mehr als eine Location, wo man im Sommer schön urban ein kühles Bier trinken konnte. Auch Anna musste zugeben, dass sie mit den bildenden Künsten nicht wirklich viel am Hut hatte, bei ihrer Rezeption von Bildern gab es nur zwei Möglichkeiten: Gefällt mir oder gefällt mir nicht. Ihr mittlerweile fast erwachsener Sohn Florian hatte als kleiner Junge eine gewisse Leidenschaft für Museen entwickelt, und besonders die alten Meister hatten es ihm angetan. Damals waren sie stolze Besitzer einer Jahreskarte für das Kunsthistorische Museum gewesen, und Anna dachte kurz an die verträumten Nachmittage, an denen ihr Sohn, mit Audioguide bewaffnet, völlig fasziniert die Säle ablief. Sie hatte damals immer ein etwas schlechtes Gewissen gehabt, weil sie Florians Begeisterung nicht teilte. Oft setzte sie sich nach einiger Zeit ein wenig abseits auf eine Bank und las im mitgebrachten Buch.

»Aber wenn der über diese *Flusslandschaft mit Fischern* schreibt, dann muss das doch da irgendwo sein? Ich mein, ich hab ja keine Ahnung, aber wenn man ein Bild so genau beschreibt, muss man es doch vor sich haben, oder?« Kolonja sah sich suchend im Raum um, blieb vor den Gemälden an der Wand stehen, die augenscheinlich nichts mit Flüssen oder Fischern zu tun hatten.

»Korrekt. Und es klingt ja nicht, als würde er es für ein Schulbuch beschreiben. Aber vielleicht wird ja gerade eine Ausstellung vorbereitet, und er arbeitet am Katalog. – Wart mal.« Anna setzte sich an den PC, öffnete den Internetbrowser und gab in die Suchmaschine *Jan van Goyen, Flusslandschaft* ein. Wikipedia vermeldete: ›Das Gemälde befindet sich im Privatbesitz in Berlin.‹

Auch das E-Mail-Programm war nicht gesichert, und Anna überflog den Posteingang der letzten Tage. Auf den ersten Blick konnte sie nichts Auffälliges erkennen.

»Glaubst du, dass jemand das Bild gestohlen hat und Grafenstein deswegen sterben musste?« Kolonja blickte Anna über die Schulter.

»Raubmord mit Kohlenmonoxidvergiftung? Das hab ich noch nie gehört. Das Türschloss war auch unbeschädigt, der kannte seinen Mörder. Also, ich glaube nicht, dass das etwas mit dem Bild zu tun hat. Wir machen jetzt mal die Nachbarn-Tour.«

»Ich hab's befürchtet. Na ja, so viele wohnen hier ja nicht.«

3

Bernhardt, Cellarius und Cornelia Karsunke hatten Fröhlich und seine Jungs allein in dem Haus zurückgelassen. Sollten die erst einmal ihre Arbeit machen. In der Nähe fanden sie ein Gasthaus mit einem großen Garten, in dem sie ganz alleine waren. Der Kellner war unfreundlich, der Kaffee eine Plörre. Die übliche Berliner Mischung.

Bernhardt ging es um eine erste Bestandsaufnahme, sie mussten etwas festeren Boden unter die Füße bekommen. Also die ersten Eindrücke ordnen, ein bisschen spekulieren. Bernhardt fing an.

»Das Opfer ist 1940 geboren, das immerhin hat Katia herausgefunden. Hatte irgendwas mit Kunst zu tun. Und: Wir sind hier in Ost-Berlin, das ist euch klar?«

Cornelia seufzte, signalisierte, dass sie nicht völlig beschränkt sei, und spann den Faden weiter, es war ein altbewährtes Spiel.

»Er hat schon lange in dem Haus gelebt, der ist da nicht erst vor ein paar Jahren eingezogen.«

Cellarius übernahm.

»Hat er vor dem Mauerfall schon hier gewohnt? Vorsichtiges Ja meinerseits. Ich gebe Cornelia recht, das Haus ist seit Jahrzehnten von dem eingewohnt, würde ich sagen.«

Cornelia nahm den Ball wieder auf.

»Aber was hat er all die Jahre gemacht, vor dem Mauerfall, nach dem Mauerfall? Und die allerwichtigste Frage: Was ist mit den Bildern?«

Bernhardt schaute in einen Baum, wo ein Specht hartnäckig auf den Stamm einhackte.

»Echt können die nicht sein, das ist klar. Aber sie sehen so aus. Wie erklären wir uns das?«

Cellarius wiegte den Kopf und trank von seinem koffeinfreien Kaffee.

»Also, meine Frau und ich, wir sammeln ja selbst Kunst, seit ein paar Jahren, ein bisschen, also nicht richtig…«

Er verheddderte sich, errötete und suchte nach Worten. Bernhardt mochte es, dass sein Kollege nur ungern erwähnte, die Tochter eines großen Immobilienmaklers mit Villa in Dahlem geheiratet zu haben.

»Also, äh, ja, was ich sagen will: Dabei erfährt man so einiges. Fälschungen sind da weit verbreitet. Hat jeder Angst vor, andererseits verschließen aber auch viele die Augen vor der Gefahr, wenn ihnen nur irgendein Experte die Echtheit des Werks garantiert. Wusstet ihr, dass angeblich neunzig Prozent der Werke von Dalí gefälscht sind?«

Cornelia lachte leise. Bernhardt liebte dieses Lachen, das wie mit leichtem Flügelschlag daherkam. Warum hatten sie es nicht geschafft, ein Paar zu werden? Als hätte sie seine Gedanken gelesen, warf ihm Cornelia einen Blick zu, dem er nicht standhalten konnte. Er räusperte sich.

»Nein, aber Dr. Theo Wessel hatte auch gar keinen Dalí, glaube ich. Und dieser Brueghel, nur mal angenommen, der wäre echt, der könnte doch gar nicht auf den Markt gebracht werden.«

Cellarius hob die Hand. »Auf den offenen Markt sicher nicht. Aber es findet sich bestimmt ein Milliardär, der sich so was gern in sein Schlafzimmer hängt. Übrigens: Es gibt sehr gute Fälscher. In China malt ein ganzes Dorf alte europäische Meister auf Anfrage, und zwei, drei von diesen Chinesen sollen richtige Kopierkünstler sein. Also wenn man denen alte Leinwände oder alte Holztafeln liefert und ihnen erklärt, wie man Farben in alter Manier herstellt... Aber so genau weiß ich's auch nicht.«

Bernhardt runzelte die Stirn.

»Stopp. Wir haben ein Problem. Wir können keine stichhaltige Aussage über diese Bilder machen, da brauchen wir Fachleute. Und bis wir die haben... Cornelia, ruf Katia mal an, die soll sich mal um ein paar Spezialisten kümmern. Für diesen Kunstkram sind schließlich nicht wir zuständig. Was ist mit den Kollegen vom Kommissariat für Kunstdelikte? Und es muss ja auch Kunsthistoriker geben, die die Echtheit von Bildern erkennen können.«

Cornelia blickte Bernhardt aus leicht zusammengekniffenen Augen an. »Wird gemacht, Chef.« Die Betonung lag auf dem letzten Wort.

»Danke. Ich nehme mir jetzt die beiden Nachbarhäuser von Wessel vor. Ich hoffe, dass da jemand zu Hause ist und etwas mitzuteilen hat. Und ihr geht mal diesen Ring ab, der eine im Uhrzeigersinn, der andere gegen den Uhrzeigersinn, irgendwann stoßt ihr dann aufeinander und habt hoffentlich viele interessante Aussagen zu unserem Kunstfreund zusammengetragen.«

Auf dem Weg in Richtung Bilderhaus, wie er es für sich nannte, hatte Bernhardt den Eindruck, dass die Natur es einfach übertrieb. Die Bäume am Straßenrand und in den Gärten strotzten vor Grün, die Vögel sangen wild durcheinander, als hätten sie eine Überdosis Kokain bekommen, und dann noch diese verdammten Pollenattacken.

Er ging auf das Nachbarhaus zu, das als eines der wenigen Häuser noch den graubraunen Einheitsputz aus der Zeit vor der Wende trug. Er musste mehrmals an die Tür klopfen, bis ihm ein alter Mann die Tür öffnete. Ein alter Mann? Nach Jahren gerechnet sicher, aber seine ganze Erscheinung drückte Straffheit, Konzentration, Unbeugsamkeit aus. Stahlgraues dichtes Haar, ein Gesicht mit scharfen Konturen wie aus Granit gehauen, direkter Blick.

»Er ist tot.«

Das war keine Frage, sondern eine Feststellung. Der geht keine Umwege, sagte sich Bernhardt, was sein Gegenüber gleich noch einmal demonstrierte.

»Bei solch einem schlimmen Heuschnupfen sollte man immer ein Fläschchen Borwasser dabeihaben.«

»Ja, guter Vorschlag, Herr...«

»Ackermann, Hans Ackermann, und Sie sind...?«

»Kriminalhauptkommissar Thomas Bernhardt, LKA I, ›Delikte am Menschen‹.«

»Kommen Sie rein, Herr Kollege.«

Sie betraten ein karg eingerichtetes Wohnzimmer: ein Sofa, ein Sessel, eine Stehlampe, deren Schirm am unteren Rand Troddeln hatte, ein kleiner Tisch. Alles in gedeckten bräunlichen Farben, die leicht ausgebleicht wirkten.

Bernhardt hatte das Gefühl, als machte er eine Zeitreise zurück in die siebziger, sechziger, vielleicht sogar in die fünfziger Jahre. Der Mann führte ihn in die Küche an einen Tisch mit zwei Stühlen.

»Kaffe?« Er sprach das Wort berlinisch aus, mit offenem e am Ende.

»Gern.«

Er hantierte am Herd, drehte sich zu Bernhardt um.

»Einen richtig aufgebrühten Kaffe, trinken Sie so was?«

»Was ist ein richtig aufgebrühter Kaffee?«

»Man gibt heißes, nicht kochendes Wasser über frischgemahlenes Pulver, wartet, bis sich der Sud gesetzt hat, und gießt vorsichtig ein. Gibt nischt Besseres.«

»Das ist die türkische Methode, oder?«

»Nee, die Weddinger. Hat meine Mutter zu Hause im Wedding so gemacht und meine Frau auch. Sind beide schon lang tot.«

Er hat Selbstdisziplin, sagte sich Bernhardt. Hier war es aufgeräumt und sauber, als gäbe es eine fürsorgliche Hausfrau oder eine täglich tätige Putzfrau.

»Und wir sind Kollegen?«

»Na ja, im weiteren Sinne schon.«

»Und das heißt?«

Hans Ackermann stellte die Kaffeemühle, die er zum Mahlen der Bohnen zwischen die Beine genommen hatte, auf den Tisch neben den Herd, zog die kleine Schublade mit dem Kaffeepulver heraus und schüttete den Inhalt in eine bauchige Kanne. Dann goss er das Wasser darüber und kam mit der Kanne und zwei Kaffeepötten zu Bernhardt und setzte sich an den Tisch.

»Wenn Sie Zeit haben, hole ich ein bisschen aus.«
»Nur zu.«
»Gut. Ich hatte Glück. Ich habe den Krieg überlebt, '44/'45 war ich Flakhelfer auf diesem riesigen Bunker am Humboldthain, kennen Sie vielleicht? Da sind nicht so viele übriggeblieben. Und als alles vorbei war, in dieser völlig zerbombten Stadt, habe ich mir gesagt, jetzt muss alles anders werden.«
»Und da sind Sie Kommunist geworden.«
»Musste ich gar nicht werden, lag sozusagen in den Familiengenen. Roter Wedding, wenn Sie verstehen?«
»Verstehe.«
»Das ging bei mir '49 los mit der Arbeiter- und Bauernfakultät, wo die Kinder der Arbeiterklasse studieren konnten, dann bin ich zur kasernierten Volkspolizei, und dann bin ich zum Wachregiment hier im Städtchen delegiert worden.«
»Im Städtchen?«
»Aus'm Westen, was? In die Häuser hier am Ring sind nach '45 die Genossen der KPD und dann der SED eingezogen. Ulbricht, der Name sagt Ihnen doch noch was?, und sein Politbüro. Das Städtchen wurde natürlich streng bewacht. Mit Wachtposten an den Eingängen, man kam nur mit Passierscheinen rein.«
»Und da gehörten Sie zu den Wachhabenden?«
»Ja. Aber nach den konterrevolutionären Ereignissen im Juni '53 sind die wichtigsten Genossen dann nach Wandlitz in die Waldsiedlung rausgezogen. Konnte man besser sichern.«
»Und Sie sind mitgezogen?«

»Nein, da bin ich zur Kripo. Im Wald wollte ich nicht sitzen. Ich habe dann ganz normale Polizeiarbeit gemacht, war bis '89 in der Mordkommission.«

»Dann sind wir ja wirklich Kollegen.«

»Na ja, mich haben sie nach der Wende nicht übernommen, angeblich aus Altersgründen.«

»Und der Mauerfall? War schlimm?«

»Wir hätten's anders lösen können. Sozialistische Demokratie, Initiative und Kampfbereitschaft. Aber es war ja nichts mehr da. Oben die verkalkten Betonköpfe, unten schlug man sich so durch. Alles war ausgehöhlt, ausgelaugt. Wenn ich an die Kampfjahre in den Fünfzigern denke...«

Er stellte seine Kaffeetasse hart auf dem Tisch ab.

»Die Mauer war nötig, aber die Mauer hat uns auch kaputtgemacht.«

»Und, sind Sie noch Kommunist?«

Bernhardt schien es, als sei das Gesicht von Hans Ackermann jetzt noch einen Deut härter und schärfer konturiert als zuvor.

»Wer einmal dazugehört hat, kann nicht einfach aufhören. Das ist wie in einem Orden, man gehört immer dazu, auch wenn man nicht mehr glaubt.«

»Und Sie glauben nicht mehr?«

Hans Ackermann schwieg lange.

»Ich weiß es nicht. Der Klassenkampf, wie wir ihn geführt haben, ist sicher vorbei. Aber es wird neue Kämpfer geben für eine bessere und gerechtere Welt.«

Bernhardts Widerwille gegen Pathos meldete sich zu Wort.

»Aber hier wohnt es sich ganz schön, oder? Wohnen Sie schon seit den Fünfzigern hier?«

»Für Leute wie mich war das Städtchen nicht vorgesehen.«

»Ach so?«

»Ich bin erst nach der Wende hierhergezogen. Ich hatte ein bisschen Geld, und meine Kinder haben mich unterstützt beim Kauf des Häuschens.«

»Schöne Dialektik, dass Sie jetzt hier wohnen können, wo früher nur die Privilegierten leben durften. Und das ohne jeden Sozialismus.«

Er hatte es sich verscherzt. Ackermann schaute ihn böse an.

»Stellen Sie Ihre Fragen!«

»Was wissen Sie über Ihren Nachbarn Dr. Theo Wessel?«

»Wenig.«

»Wirklich? Sie sind doch sicher ein guter Beobachter.«

Der Appell an seine Professionalität stimmte Hans Ackermann milder.

»Na ja, der hat für sich gelebt, nur das Nötigste gesprochen, Kontakte, wenn's ging, vermieden. Nur die polnische Putze kam an jedem Werktag. Ich würde sagen, der war der letzte Ureinwohner, den's hier noch gab.«

»Wirklich?«

»Nach '89 ist hier alles richtig durchgeschüttelt worden. Ein paar von den Genossen konnten sich noch eine Zeitlang halten. Lotte hat hier bis ins neue Jahrtausend in ihrem Haus gelebt und brav ihren täglichen Spaziergang gemacht.«

»Lotte?«

»Ulbricht. Und Krenz, der den Karren '89 schließlich endgültig in den Dreck gefahren hat, wollte lange nicht weg. Aber gegen die ganzen Anträge auf Rückübertragung war auf Dauer nichts zu machen. Und dann das neue Geld, das hier reingeschissen ist.«

»Alle sind gegangen, und Sie sind gekommen. Hatten ein bisschen Geld.«

»Hatte ich.«

»Gut, aber das ist nicht unser Thema, zumindest jetzt noch nicht. Wessel hat hier also schon lange gelebt. Was hat er beruflich gemacht?«

»Gute Frage.«

»Fragt sich, ob's eine gute Antwort gibt?«

»Ich weiß es nicht.« Bernhardt spürte eine leichte Abkühlung. Machte Ackermann wieder dicht? »Und es interessiert mich auch nicht mehr wirklich.«

»Wissen Sie, dass in dem Haus die Wände mit teuren Bildern geradezu tapeziert sind?«

»Nee.«

Punkt. Mehr hatte er offensichtlich nicht zu sagen.

Als spürte Ackermann, dass er die Temperatur des Gesprächs zu abrupt abgesenkt hatte, schlug er wieder einen verbindlichen Ton an.

»Na ja, ich kann mich ja mal ein bisschen umhören. Aber versprechen Sie sich nicht zu viel davon.«

Hans Ackermann entließ Thomas Bernhardt mit festem, trockenem Händedruck.

»Können jederzeit wiederkommen, gibt auch Kaffe.«

Das Nachbarhaus auf der anderen Seite von Wessels Hexenhäuschen war das blanke Gegenteil der beiden Häuser, die Bernhardt bislang besucht hatte. Es strahlte in blendendem Weiß, der Rasen war perfekt getrimmt, und sein Grün leuchtete aufdringlich, das Glas der hohen Fenster war offensichtlich verspiegelt, man konnte nicht ins Innere schauen.

An der Eingangstür, die von zwei Säulen flankiert wurde, tat sich nach Bernhardts Klingeln geraume Zeit nichts. Dann öffnete sich die Tür, und eine junge Frau trat in den Bildausschnitt. Bernhardt war beeindruckt. Eine dunkelhaarige Schönheit, die in ihrem taubengrauen Kostüm geradezu furchterregend kühl und beherrscht wirkte. Sie blickte ihn abwartend an. Bernhardt brauchte eine Sekunde zu lange, bis er endlich seinen Ausweis gezeigt und seine Frage gestellt hatte, was dazu führte, dass er ein leichtes Unterlegenheitsgefühl verspürte. Sie hingegen wurde, wenn das überhaupt ging, noch cooler.

»Nein, ich bin nicht die Besitzerin, ich bin die Assistentin von Daniela Fliedl – den Namen haben Sie bestimmt schon gehört. Offensichtlich ist im Nebenhaus etwas passiert, der Rummel lässt sich ja nicht übersehen, aber wir haben damit nichts zu tun, also –«

Bernhardts Verunsicherung wurde von aufkommendem Zorn verdrängt.

»Das wird sich herausstellen. Grundsätzlich gilt: Wer Ermittlungen behindert, macht sich strafbar. Also, wer immer Daniela Fliedl sein mag, wenn sie hier ist, will ich mit ihr reden. Und mit Ihnen und möglichen anderen Bewohnern des Hauses auch. Jetzt. Sofort. Verstanden?«

Eine Augenbraue seines Gegenübers zuckte kurz nach oben, eine winzige Zornesfalte bildete sich über der Nasenwurzel.

»Daniela Fliedl ist eine bekannte Film- und Fernsehschauspielerin, und ich bin ihre Beraterin, Managerin... wie immer Sie das nennen wollen. Zu meinen Aufgaben gehört es auch, sie vor Zudringlichkeiten zu schützen.«

»Sie scheinen stark unter Realitätsverlust zu leiden. Machen Sie mich jetzt einfach mit Ihrer Chefin bekannt.«

»Das werde ich nicht tun.«

»Sollten Sie aber, sonst spreche ich einfach eine Vorladung aus. Dann darf die große Film- und Fernsehschauspielerin zu uns ins Kommissariat in die Keithstraße kommen. Und zufälligerweise wird ein Reporter der B.Z. da sein.«

»Sie drohen? Das ist ja nicht zu glauben. Die B.Z. ist längst hier.«

Bernhardt wunderte sich. »Was soll das denn heißen?«

Dann die Überraschung. Aus dem Dunkel des Hausflures trat Sina Kotteder und stellte sich neben den weiblichen Zerberus. Die rasende Reporterin von der B.Z. versuchte sich als Friedensstifterin.

»Thomas, ich kenne Daniela schon lange. Man könnte sagen, wir sind befreundet. Deshalb bin ich hier. Daniela ist total schockiert über die Ereignisse im Nebenhaus. Und in Stresssituationen reagiert sie immer mit einer Migräne. Also ist das jetzt wirklich nicht der richtige Zeitpunkt...«

»Lasst den Quälgeist rein, es hilft ja nichts.«

Zwischen die beiden Wächterinnen ihres Wohlbefindens war Daniela Fliedl getreten. Ach, die ist das, konstatierte Bernhardt. Die kleinen blonden Löckchen. Der nervöse Gestus. Das leicht hysterische »Tritt-mir-bloß-nicht-zu-nahe-ich-bin-so-unglaublich-sensibel«-Getue, klar, der konnte man wirklich nur schwer entgehen, wenn man mal den Fernseher einschaltete.

Er folgte den dreien ins riesige, bis zum Dach offene Wohnzimmer. Ein weiter leerer Raum, in dem ein Flügel, eine Biedermeier-Chaiselongue, ein schöner alter Tisch und drum herum ein paar Stühle dekorativ verteilt waren.

Als stünde sie vor der Kamera, sank Daniela Fliedl auf die Chaiselongue und legte eine Hand vor die Stirn.

»Nur die nötigsten Fragen, mehr nicht, bitte. Bitte!«

»Kannten Sie Ihren Nachbarn?«

»Flüchtig.«

»Das heißt?«

»Ich habe ab und zu mit ihm gesprochen.«

»Worüber?«

»Über das Wetter. Nichts Besonderes.«

»Waren Sie in seiner Wohnung?«

»Nein!«

Eine schnelle, sehr klare Antwort. Bernhardt hatte seine Zweifel.

»Konnten Sie in seine Wohnung sehen?«

»Nein!«

»Wirklich nicht?«

»Nein! Wieso bezweifeln Sie meine Antwort?«

»Der kann ja nicht immer die Läden geschlossen gehalten haben.«

»Aber er hatte Jalousien, da sah man nichts.«

Bernhardt trat ans Fenster, tatsächlich verwehrten die Jalousien jeden Einblick, das Haus wirkte wie verriegelt.

»Haben Sie vergangene Nacht etwas gesehen oder gehört im Haus oder im Garten Ihres Nachbarn?«

»Nein, ich war gar nicht hier. Ich hatte gestern einen Dreh in München und bin heute mit der ersten Maschine in Tegel gelandet.«

Daniela Fliedl wirkte jetzt erstaunlich selbstsicher. Thomas Bernhardt ärgerte sich und wandte sich der Assistentin, oder was immer sie war, zu.

»Und Sie?«

»Was: und ich? Ich war selbstverständlich mit Daniela in München und bin heute früh mit ihr zurückgeflogen.«

Sie ging zum Tisch, griff sich eine Mappe und präsentierte Bernhardt zwei Flugscheine.

»Können Sie gerne überprüfen.«

Sie musterte ihn von oben bis unten und vermittelte ihm überdeutlich: Da kommst du nicht weiter. Sie war sich ihrer Sache sicher. Dennoch hatte Bernhardt den Eindruck, dass irgendetwas in diesem Haus nicht stimmte. War er überempfindlich, wie so oft am Anfang einer Untersuchung? Hörte er die Flöhe husten? Es würde sich weisen.

Er verabschiedete sich. Daniela Fliedl reichte ihm seufzend ihre schlaffe und leicht feuchte Hand, die Vertraute verweigerte ihm den Handschlag und funkelte ihn wütend an, Sina Kotteder zuckte leicht mit den Schultern.

»Vielleicht sehen wir uns noch draußen.«

In Bernhardt machte sich ein vager Missmut breit.

»Weiß ich nicht, ob das nötig ist.«

Sina sandte ihm mit ihrem Blick eine kleine Botschaft: O Mann, was soll das?

Als er auf die Straße trat, kamen ihm Cornelia Karsunke und Cellarius einträchtig plaudernd entgegen. Die waren ja völlig entspannt, stellte Bernhardt verbittert fest.

»Und?«

Cornelia schaute ihn nachdenklich an.

»Nicht viel. Hier gibt's eine schöne Kita. Wir haben eine nette dunkelhaarige Schauspielerin getroffen, die in einem Film mit Til Schweiger –«

»Na toll, meine war blond, Daniela Fliedl.«

»Ach, wirklich? Na ja, und dann hatten wir einen Romanistikprofessor, eine Schriftstellerin, eine Schauspielagentin ...«

»Ah, nicht schon wieder.«

»Aber die waren alle so was von harmlos, die wussten gar nichts, haben von dem Wessel noch nie was gehört. Das ist wirklich eine schöne, friedliche Atmosphäre hier.«

Ja, hier würdest du gerne mit deinen beiden Mädchen wohnen statt in Neukölln, sagte sich Bernhardt. Aber dann wär's dir irgendwann zu einsam und zu brav. Nicht ohne sarkastischen Unterton erinnerte er die beiden daran, dass in diesem friedlichen Städtchen ein Mord passiert war.

4

Im ersten Stock tat sich auf Anna Habels Klingeln an der Tür minutenlang nichts. Erst kurz bevor sie aufgeben wollte, hörte sie schlurfende Schritte. Komplizierte Schlösser wurden geöffnet, und dann stand ihr eine Person gegenüber, die sie an die alte Dame aus den Kinderbüchern von Babar, dem Elefanten, erinnerte. Klein, zart und elegant, mit silbernen Löckchen und dunkelblauem Kostüm. Frau Löwenthal, wie Anna dem kleinen Türschild entnahm.

»Ja, bitte? Wenn Sie mir eine Versicherung verkaufen wollen, muss ich Ihnen gleich sagen, das brauch ich nicht mehr.«

»Nein, keine Versicherung. Ich bin von der Kriminalpolizei, und ich hätte ein paar Fragen bezüglich Ihrer Nachbarn vom obersten Stockwerk.«

»Den beiden Herren? Ach, die seh ich selten. Wissen Sie, ich bin dreiundneunzig. Ich geh nicht mehr so oft raus.«

»Wie lange wohnen Sie hier denn schon?«

»Ich bin hier geboren. Musste dann allerdings ausziehen, als ich achtzehn war. Aber ich hatte Glück, ich bin wieder zurückgekommen.«

Anna rechnete kurz nach und unterdrückte den Impuls, Frau Löwenthal nach ihrer Lebensgeschichte zu fragen.« Und die beiden Herren aus dem oberen Stockwerk, wissen Sie, wann die eingezogen sind?«

»Nein, das weiß ich nicht mehr. Vor ein paar Jahren. Ich war gar nicht unglücklich darüber, da wurde dann nämlich der Lift eingebaut. Wissen Sie, in meinem Alter ist es schon gut, wenn man die Einkäufe nicht mehr hochtragen muss. Vor einigen Monaten war ich einmal bei den Herren oben, da hatte ein Paketdienst was bei mir abgegeben, und ich hab es raufgebracht. Da haben sie mir ein Likörchen aufgedrängt. – Apropos Likörchen. Wollen Sie nicht reinkommen? Ein Tasse Tee vielleicht?«

»Ja, ich komme gerne kurz herein.«

Frau Löwenthal führte sie ins Wohnzimmer. Der Raum war düster, die enge Gasse verschluckte das Tageslicht.

»Nehmen Sie Platz, Kindchen, der Tee ist gleich fertig. In Gesellschaft trinkt es sich doch gleich besser.«

Ein paar Minuten später kam sie mit einem kleinen Tablett zurück, auf dem sie zwei durchscheinende Tassen mit goldbrauner Flüssigkeit und einen kleinen Teller mit dünnen Schokoplättchen arrangiert hatte.

»Was ist denn mit den beiden Herren im oberen Stock?«

»Herr Grafenstein ist leider gestorben.«

»Oje, der war doch noch ein junger Bursch.«

»Frau Löwenthal, haben Sie gestern etwas Ungewöhnliches gesehen? Irgendwas gehört im Stiegenhaus?«

»Nein, ich bin früh schlafen gegangen. Und mein Schlafzimmer ist im hinteren Teil der Wohnung, da hör ich gar nichts.« Sie deutete mit einer unbestimmten Bewegung auf eine schmale Tür, die von zwei Bücherregalen eingerahmt war.

»Und wer wohnt noch hier?«

»Herr und Frau Kastberger. Aber mit denen red ich noch weniger.«

»Warum denn?«

»Darüber äußere ich mich nicht. Das sind böse alte Leut, dabei ist der Kastberger viel jünger als ich. Der ist höchstens achtzig.«

»Wissen Sie, wie lange die hier schon wohnen?«

»Und wie ich das weiß. Der Kastberger ist als kleiner Bub hier eingezogen. Und zwar im selben Jahr, als ich ausziehen musste. Da ging meine Familie ins Lager, und die Kastbergers haben die Herrschaftswohnung im dritten Stock bekommen. Der Vater war ein hohes Tier bei den Nazis, die Mutter eine brave blonde Frau, und zusammen hatten sie drei brave blonde Kinder. Eines davon ist der Roman. Die Wohnung hat er natürlich behalten. Und er hat nie ein Geheimnis daraus gemacht, dass er das nicht gut gefunden hat, wie ich hier wieder eingezogen bin.«

Anna versuchte sich vorzustellen, wie sich das für Frau Löwenthal angefühlt haben musste, vom Nazinachbarn angefeindet zu werden, nach allem, was sie erlebt hatte. Die alte Dame riss sie aus den Gedanken, als sie mit leiser Stimme fragte: »Der Herr Grafenstein, an was ist der denn gestorben?«

»Kaputte Gastherme. Wir gehen davon aus, dass da jemand nachgeholfen hat.«

»O mein Gott! Ein Raubmord?«

»Wie kommen Sie denn darauf? War Josef Grafenstein denn so vermögend?«

»Na, die ganzen Bilder, die in der Wohnung hängen, die waren doch sicher was wert, oder?«

»Glauben Sie, das sind alles Originale?«

»Davon geh ich aus. Ich mein, der Herr Grafenstein hat doch im Museum gearbeitet, da hängt man sich doch keine Kopien an die Wand, oder?«

»Da haben Sie wahrscheinlich recht. Na gut, Frau Löwenthal, dann will ich Sie nicht länger aufhalten. Wenn Ihnen noch was einfällt, können Sie mich jederzeit anrufen, ich lass Ihnen meine Karte hier.« Anna stand auf, und die alte Dame erhob sich behende.

»Sie halten mich nicht auf, Kindchen, ich fand es sehr schön, wieder einmal Besuch zu haben.«

»Haben Sie denn gar keine Verwandten?«

»Nein, kaum. Einen Cousin in Australien, aber der kommt nicht so oft.« Sie kicherte. »Manchmal skypen wir.«

»Sie tun was?« Anna musste lachen.

»Na, das ist dieses Telefonieren im Internet. Kennen Sie das nicht?«

»Doch, doch. Ich war nur kurz verwundert. Also, auf Wiedersehen. Hat mich sehr gefreut.«

»Mich auch. Wenn Sie hier in der Gegend sind, können Sie jederzeit auf eine Tasse Tee oder ein Likörchen zu mir kommen.«

Als Frau Löwenthal die Tür hinter ihr schloss, blieb Anna einen Moment lang im dunklen Treppenhaus stehen. Sie dachte an ihre Großmutter, die so ganz anders war als diese alte Dame. Eine Frau vom Land, die als Zehnjährige als Dienstmagd auf einen Bauernhof geschickt worden war. Hitler fand sie zwar im Nachhinein nicht mehr so gut, weil ihr junger Mann im Krieg gefallen war, aber Arbeitslose gab's wenigstens keine, und ordentlich war's auch in der Stadt.

Kolonja platzte in ihre Gedanken. »Und?«, rief er ihr zu, als er den Treppenabsatz runterpolterte.

»Nicht viel. Frau Löwenthal hatte nicht viel über die beiden Herrn zu berichten. Und bei dir?«

»Im zweiten Stock macht niemand auf, und im dritten wohnt ein pensionierter Regierungsrat mit seiner Frau, die nichts als Verachtung für ihre Nachbarn haben. Sie hätten nicht *ein* Wort mit den beiden Perversen gesprochen. Die alte Dame unten wäre ja ganz nett und gebildet, obwohl sie Jüdin sei. Ich sag's dir, mir kommt gleich das Kotzen!«

»Na, über Schwule wart ihr euch doch wenigstens einig.«

Kolonja verdrehte die Augen. »Du hältst mich für komplett rückständig, oder? Ich kann mir das halt nicht vorstellen, zwei Männer, aber eigentlich ist es mir wurscht.«

»Menschen tun so einiges, was ich mir nicht vorstellen kann. Komm, wir gehen noch mal rauf.«

Am Treppenabsatz stießen sie auf Holzer und seine Jungs, die gerade dabei waren, das Polizeisiegel anzubringen.

»Lasst uns noch einen Moment rein, ich möcht mich noch ein wenig umsehen.«

»Macht ihr nachher dicht?«

»Klar, machen wir.«

Die Abendsonne schien schräg durch die großen Fenster, und die Porträts der Mädchen leuchteten, als würden sie von einem Bühnenscheinwerfer in Szene gesetzt. Anna stellte sich ganz nah davor, und eines der Kinder blickte sie aus dem Bild so direkt an, dass sie den Blick abwenden musste. »Ich glaube, die sind echt«, sagte sie tonlos. »Weißt du, was die wert sind?«

»Ich habe keine Ahnung. Wir sollten uns mal in ihren PCs umschauen, vielleicht finden wir Spuren von Kinderpornographie.«

»Manchmal bist du ein wenig eindimensional, mein Lieber. Ich weiß nicht, was du hast, die sind doch der Hammer.«

Kolonja war schon rausgegangen, und als Anna ihn suchte, fand sie ihn im Arbeitszimmer vor Grafensteins Computer. Er klickte ziellos ein paar Ordner an und öffnete dann erneut das Mailprogramm. Anna blickte ihm über die Schulter und sah, dass Grafenstein in seinem PC definitiv mehr Ordnung hielt als im analogen Leben auf seinem Schreibtisch: diverse Unterorder, penibel beschriftet: *Privat. KHM. Abrechnungen. Dorotheum. Palais Ferstl. Laufende Projekte* und so weiter.

»Geh mal auf *Laufende Projekte*.«

Kolonja öffnete die Korrespondenz, und Anna beugte sich über ihn, um den Mailverkehr zu lesen. Sie bemerkte den leichten Schweißgeruch ihres Kollegen und fragte sich, wie er wohl reagieren würde, wenn sie ihm zum nächsten Geburtstag ein Deodorant schenken würde.

Lieber Josef, wie sieht's denn aus mit Deinem Gutachten zum van Goyen. Es ist eilig, mein Kunde drängelt schon.

Lieber Theo, gut Ding braucht Weile. Und die neue Ausstellung hält mich ziemlich auf Trab. Bin übrigens einem interessanten Bild auf der Spur. Einem Italiener aus dem 17. Jahrhundert, der über Österreich nach Polen gewandert sein soll. Ich werde Dich auf dem Laufenden halten. Ist in Berlin auch so ein scheußliches Wetter? Hier schneit es, und es ist kalt, dabei haben wir Ostern. Jedenfalls: In den nächsten Tagen bekommst Du Dein Gutachten, pass schön auf die Fischer in der Flusslandschaft *auf. Herzlich, Josef.*

»Okay. Der schreibt also echt ein Gutachten über ein Bild, das er nicht vor sich hat. Ist ja nicht sehr seriös. Ich würde sagen, wir lassen das Gerät mal vom Computer-Kurti durchforsten. Handy haben die Jungs schon mitgenommen?«

»Ja, ich hab vorhin mit dem Motzko telefoniert, der ist schon dabei, die Nummern zu checken.«

»Gut, dann gehen wir jetzt ins Büro und wühlen uns durch das Leben von Herrn Josef Grafenstein. Fürs Kunsthistorische Museum ist es schon zu spät, das machen wir morgen.«

Als die beiden aus dem dunklen Hausflur in die Gluckgasse traten, hielt ihnen ein Radio-Wien-Reporter ein Mikrophon unter die Nase: »Gibt es schon irgendwelche Erkenntnisse? Spuren? Zeugen? Frau Chefinspektor, können Sie mir etwas über die Todesursache verraten?«

Anna schüttelte lediglich den Kopf, rempelte den Journalisten ein wenig an und lief mit großen Schritten davon. Kolonja konnte ihr nur mit Mühe folgen.

5

Im Haus von Theo Wessel war Fröhlich mit seinen Jungs von der weißen Truppe immer noch aktiv. Er präsentierte Bernhardt, Cellarius und Karsunke, kaum hatten sie das Zimmer im Parterre betreten, gleich einen spektakulären Fund: In einem Bananenkarton mit dem Aufdruck *Onkel Tuca,* den seine Leute in einem Tresor hinter einem Bild gefunden hatten, lagen dicht gestapelt Bündel mit Euro-Noten. Sie überschlugen das grob und kamen auf eine Summe von knapp einer Million.

Davon abgesehen: nichts. Keine Bankauszüge, keine Liste mit PIN-Nummern. Auch keine private Korrespondenz, der Papierwust auf dem Schreibtisch enthielt hauptsächlich Notizen zu den Bildern, zumindest ergab sich dieser Eindruck beim ersten flüchtigen Durchblättern. Verschlüsselt schien da nichts zu sein.

Keine Frage: Hier wollte jemand möglichst nicht greifbar sein.

Fröhlich arbeitete mit seinen Jungs unermüdlich weiter. Das würde bis tief in die Nacht gehen. Bernhardt fuhr mit Cornelia Karsunke und Cellarius in die Keithstraße. Zuvor hatte er Martin vom »doppelten Reformator« als Nachtwache in das Wessel-Haus beordert.

Freudenreich, Chef des LKA 1, ›Delikte am Menschen‹, empfing sie in der Keithstraße mit sorgenvoller Miene, wie es seine Art war. Sie beruhigten ihn: Nach ihrer Einschätzung deute nichts auf politische Verwicklungen hin. Was Freudenreich aufatmen und beruhigt nach Hause gehen ließ.

Katia Sulimma war früher gegangen, weil sie einen Arzttermin hatte. Auf Bernhardts Schreibtisch hatte sie eine dünne Mappe gelegt, auf die sie einen Zettel geklebt hatte: »Wessel ist irgendwie nicht richtig fassbar. Morgen mehr.« Sie schauten sich die paar Fotos an, die Katia aus Zeitungen kopiert hatte und auf denen ein graues, verwischtes Männlein im Hintergrund verdämmerte, das Wessel sein konnte oder irgendjemand anderer. Bernhardt fiel auf, dass eines der Fotos aus der *New York Times* stammte und Wessel im Guggenheim-Museum zeigte. Wessel ein Global Player? Und dann gab es immerhin noch einen Artikel über reiche und einflussreiche Kunstmäzene und Kunsthändler in einer Hochglanzzeitschrift. Katia hatte einen Satz angestrichen: »Doch nicht jeder liebt das Licht der Öffentlichkeit, wie zum Beispiel Theo Wessel, ein Mann, der große Räder dreht und nach kurzen Auftritten immer wieder abtaucht.«

Bernhardt zeigte Cornelia und Cellarius das Foto. Nachdem die beiden es intensiv angeschaut hatten, holte Cellarius eine Lupe. Aber auch die schaffte keine Klarheit.

Cornelia sprach es aus.

»Na ja, vielleicht isser's, vielleicht auch nicht.«

6

Als Anna Habel wenig später ihr Büro betrat, hatte Helmut Motzko schon ganze Arbeit geleistet. Er reichte ihr ein Blatt mit den biographischen Daten des Opfers. Sie überflog es, während sie ihren Pullover über den Bürostuhl schmiss.

Josef Grafenstein, geboren am 10. Juli 1951 in Lausanne. Österreichischer Staatsbürger. Studium der Kunstgeschichte in Wien, Paris und Rom. Nicht verheiratet, keine Kinder. Eine Halbschwester, geboren 1967, wohnhaft in Bregenz. In der Gluckgasse 13 seit zwölf Jahren gemeldet, gemeinsam mit Christian Wiedering. Eigentumswohnung. Kein Eintrag im Strafregister.

»Frau Habel, ich hab hier die Telefongespräche der letzten sechsunddreißig Stunden. Nur vier Nummern. Eine vom Kunsthistorischen Museum, zweimal von seinem äh... wie sagt man... Wohnungsgenossen, eine Nummer von einem Herrn Ernest Gföhler und eine deutsche Handynummer, die kann ich aber noch niemandem zuordnen.«

»Gut. KHM ist zu spät, den Herrn Wiedering lassen wir für heute mal in Ruhe, den besuchen wir morgen noch einmal. Und dieser Ernest Gföhler – wissen wir etwas über den? Haben Sie schon versucht, ihn anzurufen?«

»Ein Rahmenmacher aus dem ersten Bezirk. Geht aber keiner ran. Was machen wir mit der deutschen Nummer?«

Anna nahm den Zettel, den Motzko in der Hand hielt, an sich und tippte die Handynummer in ihr Telefon. Sie konzentrierte sich, legte sich Stift und Papier zur Hand. Es klingelte lange. Sie wollte schon aufgeben, als das Gespräch doch angenommen wurde und eine verschnupft klingende Männerstimme ein knappes »Ja« in den Hörer bellte.

»Grüß Gott. Mein Name ist Chefinspektor Anna Habel, Kriminalpolizei Wien. Mit wem spreche ich?«

»Das gibt's ja nicht! Anna, hier ist Thomas, Thomas Bernhardt. Wie kommst du denn an diese Nummer?« Thomas Bernhardt spürte, wie sich sein Herzschlag beschleunigte. »Mensch, Anna, das ist aber jetzt wirklich irre, weißt du, dass du auf dem Handy eines Mordopfers anrufst?«

»Wieso, du lebst doch noch!«

Vor Thomas Bernhardts innerem Auge tauchten kurz ein paar verwischte Bilder auf: wie er mit Anna nach ihrem letzten gemeinsamen Fall ein paar Tage auf einer Hütte in Kärnten verbracht hatte, im tiefen Winter, sie waren eingeschneit, einen endlosen Tag und eine lange Nacht hatte der Schnee gewirbelt, und dann war die Sonne herausgekommen, eine unglaublich intensive Sonne, die die Schneelandschaft in ein glitzerndes Paradies verwandelt hatte. Tagsüber waren sie Ski gelaufen, Anna Habel liebte Schussfahrten in der Hocke, ihren Hintern knapp über der Piste. Sie hängte Thomas Bernhardt um Längen ab, der ihr in breit ausgefahrenen Schwüngen folgte. Wenn sie zu viel Vorsprung hatte, wartete sie auf ihn. Und wenn er endlich schnaufend neben ihr abbremste, lachte sie jedes Mal und konnte es nicht lassen, ihn auf den Arm zu nehmen: »Keine Kondition und keine Technik, und mit so jemandem fahre ich in die Berge!« Nachts lagen sie in ihrer Kammer, die nach Holz duftete, unter dicken Federbetten und rollten sich kurz vor dem Einschlafen müde und zufrieden aufeinander. Auch da übernahm Anna die Führung und bestimmte das Tempo.

Thomas Bernhardt riss sich aus seinen Erinnerungen.

»Anna, jetzt erklär mal bitte, wie du an diese Nummer gekommen bist.«

»Das weiß ich doch selbst nicht. Ich hab einen ermordeten Kunsthistoriker, auf dessen Handy diese Nummer gespeichert ist. Und du hebst ab. Jetzt erklärst du *mir* mal, was hier läuft.«

»Ob du's glaubst oder nicht, ich hab hier auch einen Kunsttypen, der ermordet worden ist. Und sein Handy, dessen Verschlüsselung wir gerade geknackt haben, halt ich in der Hand. Die müssen also zu Lebzeiten miteinander telefoniert haben.«

»Das heißt…«

»…wir haben einen gemeinsamen Fall.«

»Nicht schon wieder.«

»Komm, jammre nicht. Da müssen wir durch.«

Sie tauschten aus, was sie bisher wussten. Das war gar nicht so viel. Thomas Bernhardt fing an: Er hatte einen Kunstliebhaber, der wie ein Einsiedler lebte und in dessen Haus Bilder berühmter Maler hingen – ob Originale oder Fälschungen, unklar. Zudem war der Mann, Theo Wessel hieß er, ein Geheimniskrämer, der seine Spuren zu verwischen suchte. In sein Notebook waren sie noch nicht eingedrungen. Alles in allem: schlechte Spurenlage.

Anna Habel fiel ihm ins Wort: Was? Theo hieß der? Sie habe in Wien einen toten Kunstexperten, der Bilder bewertete, ohne sie vor sich zu haben. Und in dessen Notebook waren sie schon zugange gewesen, der arbeitete nämlich ohne Passwörter. »Und stell dir vor«, nur mühsam gebremster Triumphton, »der hat mit einem Theo in Berlin ausführlich per Mail korrespondiert, zuletzt über ein Bild *Flusslandschaft mit Fischer*. Schau mal bei deinem Theo nach, vielleicht hängt's da?« Aber ihre Spuren wiesen auch in eine andere Richtung: Ihr Mann habe in einer schwulen Partnerschaft gelebt, bisher allerdings keine tragfähigen Hinweise auf eine Beziehungstat, werde man aber im Auge behalten.

Und sie rackerten los in Wien und Berlin. Cellarius checkte die Einwohnermelderegister. Cornelia Karsunke versuchte, den Alltag von Wessel aufzuhellen: Gehörte ihm das Haus, oder war er Mieter? Wo hatte er ein Bankkonto? Krebitz versuchte zu klären, ob die Nummern der Geldscheine aus Onkel Tucas Bananenkiste irgendwo vermerkt waren. Katia Sulimma setzte sich auf die Spur des Akademikers Dr. Theo Wessel. Wo war Wessel promoviert worden? Parallel dazu begann Anna mit ihrer Truppe das gleiche Kleinklein in Wien. Das konnte dauern.

7

Mit seinem Nasenspray war Thomas Bernhardt ganz gut über die Nacht gekommen. Jetzt saß er an seinem Schreibtisch in der Keithstraße, die Fenster waren geöffnet, im Blattwerk des Baumes draußen hüpften kleine Vögel herum und tschilpten, die Luft floss mild in den Raum, der Filterkaffee in seinem Pott duftete. Er kippte seinen Sessel zurück und legte die Füße auf den Schreibtisch. Hinter seiner Bürotür hörte er das leise, geschäftige Summen seiner Kollegen. Die Maschine lief.

Und wenn er jetzt einfach verschwände, an einen brandenburgischen See führe... Brandenburgischer See? Er gab dem leisen Ticken in seinem Unterbewusstsein nach und rief seinen alten Freund und Kollegen in Templin an. Dort war Maik, der Vopo, wie er ihn nannte, Revierleiter. Maik war vor 1989 in Ostberlin Mitglied der Mordkommission gewesen und hatte nach der Wende mit Bernhardt zusammengearbeitet. Sie hatten ein paar Fälle gelöst und waren Freunde geworden. Schon vor Jahren hatte sich Maik »aufs Land zurückgezogen«, wie er das nannte. Manchmal besuchte ihn Bernhardt in seiner Hütte an einem kleinen See in Brandenburg. Dann angelten sie Bierflaschen aus einer Kiste, die sie im See versenkt hatten, und tranken, bis ihnen die Zunge schwer wurde. Viel zu sagen hatten sie sich nicht, das Einverständnis mit dem anderen war weitgehend stillschweigend.

Maik freute sich. »Komm doch raus heute Abend, das Wetter ist super. Wir knacken ein paar Lübzer. Bei uns ist tote Hose, nur ums Häuschen von der Angie müssen wir uns ein bisschen kümmern, die kommt übers Wochenende raus.«

»Mann, so gut sollte es mir auch mal gehen.«

»Du hast einen schwierigen Fall, ich hör's an deiner Stimme.«

»Na ja, ein Toter, der ein großes Geheimnis um sich gemacht hat. Vielleicht sagt dir der Name was: Dr. Theo Wessel?«

»Nie gehört.«

»Aber im Haus nebenan wohnt einer, der behauptet, dass er vor '89 in der Mordkommission bei euch gearbeitet hat, Hans Ackermann.«

»Na, jetzt haut's mich um, Hanne Ackermann?«

»Und?«

»Tja, solche Typen wie den findest du kaum noch. Der gehört noch zu den Genossen, für die das Wort ›Prolet‹ eine Ehrenbezeichnung ist. War mal ein knallharter Klassenkämpfer.«

»Ja, hat er mir erzählt, roter Wedding, Arbeiter- und Bauernfakultät, kasernierte Volkspolizei, Wachregiment im ›Städtchen‹, wusste ich gar nicht, dass es das mal gab.«

»Ja, da war er stolz drauf.«

»Und als die Bonzen nach Wandlitz gegangen sind, ist er zu euch gekommen?«

»Hat er dir das so erzählt?«

»Ja, dann war er jahrzehntelang in der Mordkommission, so habe ich's jedenfalls verstanden.«

»Der gute Hanne. Ich befürchte, da hat er dir einen Bären aufgebunden. Wenn ich das richtig in Erinnerung habe, war der erst in den letzten Jahren bei uns. Vorher war er woanders, aber wo genau, hat er nie gesagt. Nur so Andeutungen gemacht, Sondereinsätze, und dabei hat er geguckt, als hätte er die Revolution in Afrika oder in irgendeinem lateinamerikanischen Land vorangetrieben.«

»Und du hast keine Ahnung?«

»Hm, 'ne Ahnung hab ich schon, aber ich frag da erst noch einmal ein bisschen rum. Und ruf dich dann an.«

»Wann?«

»Ein bisschen Zeit braucht das schon, aber ich denke, dass ich dir bald mehr sagen kann. Ansonsten, wenn du heute Abend nicht kommen kannst, versuch's am Wochenende. Maschenka kommt auch, kannst du dich erinnern?«

Natürlich konnte sich Thomas Bernhardt erinnern an die kleine Frau mit der gebogenen krummen Nase, die endlose Sommertage nackt auf dem Steg vor Maiks Hütte am See verbracht hatte und am Ende des Sommers bis in die letzten Ritzen fast schwarz gebrannt war. Sie hatte ihm gefallen, auch und gerade ihre extreme Wortkargheit.

Er nahm sich vor, am Wochenende rauszufahren an den stillen See. Die Vorstellung, Maschenka wiederzusehen, trug sicher mit zu der Entscheidung bei.

Die Spurensuche in Sachen Dr. Theo Wessel verlief zäh. Mal seufzte Cornelia entnervt, dann legte Katia ihre Hand mit den perfekt lackierten roten Nägeln vor die Stirn und schüttelte den Kopf, und selbst Cellarius schien nichts herauszufinden.

Thomas Bernhardt rief bei den Kollegen von der Abteilung Kunstdelikte am Tempelhofer Damm an und fragte, wann denn mit der Abordnung eines Mitarbeiters zu rechnen sei, man habe doch gestern bereits nachgefragt. Er schilderte kurz den Sachverhalt. Der freundliche Kollege am anderen Ende der Leitung versicherte ihm, dass am nächsten Morgen ein junger Kollege pünktlich um acht Uhr seinen Dienst in der Keithstraße antreten werde. Es wäre hilfreich, wenn im Laufe des Tages eine kurze Zusammenfassung des Falles bei ihnen einginge.

Bernhardt versprach es und beauftragte Krebitz, der unwillig nickte. Das Schriftliche war nicht unbedingt seine Sache. Er war der Typ Schnüffler, der gerne wie ein Jagdhund in der freien Wildbahn unterwegs war.

Bernhardt unterdrückte einen Niesanfall und griff missmutig zu den Augentropfen und dem Nasenspray, die auf seinem Schreibtisch standen. Er tröpfelte sich Flüssigkeit in die Augen, jagte sich zwei Sprühstöße in die Nase – und musste anschließend mehrmals niesen. Danach putzte er sich die Nase und sagte sich, dass er jetzt eigentlich noch mal sprühen müsste. Aber er ließ es sein, griff zum Telefonhörer und wählte die Nummer der Gemäldegalerie am Kulturforum.

Es war ihm klar, dass die bürokratischen Wege in öffentlich-rechtlichen Institutionen sehr verzweigt waren. Doch diesmal dauerte es besonders lange. Mühselig näherte er sich über viele Vermittlungen dem Mann an der

Spitze: dem Direktor. Und je näher er ihm kam, desto schwieriger wurde es. Immer wieder erklärte er, weshalb er anrief. Entschiedene Frauenstimmen versicherten ihm, dass der Direktor ein vielbeschäftigter Mann sei. Gleich habe er einen Auftritt vor dem Kulturausschuss des Abgeordnetenhauses, danach Gremiensitzungen, morgen Treffen mit Kollegen in Paris, dann eine Einladung nach Barcelona, ein paar Tage später einen Vortrag in Harvard. Zwischendrin sei er zwar für kurze Zeit in Berlin, aber diese Tage seien blockiert für seine wissenschaftliche Arbeit. Vielleicht kurz vor der Sommerpause? Man werde in den nächsten Tagen zurückrufen.

Bernhardt nieste absichtlich laut in den Hörer und raffte sich zu einer massiven Intervention auf. Wie ihn das nervte. Er werde zur Sitzung ins Abgeordnetenhaus gehen, dann könnte er dem Herrn Direktor gleich persönlich mitteilen, wie schwer es sei, ihn zu erreichen. Kurzes, pikiertes Schweigen am anderen Ende der Leitung, schließlich ein schnippisches: »Ich werde mal sehen, was sich machen lässt, ich rufe Sie zurück.« Bernhardt sagte, er bleibe in der Leitung. Was nicht sehr freundlich aufgenommen wurde.

In der sich dehnenden Wartezeit kritzelte Bernhardt auf seiner Schreibtischunterlage mit einem Bleistift herum. Das machte er immer, wenn er warten musste. Die beste Methode, um nicht wütend zu werden. Anna Habel als Skiläuferin ging ihm ganz gut von der Hand. Rasant düste sie in Rennhaltung auf eine Anhöhe zu, hinter der ein steiler Hang ins Bodenlose abfiel. Auf dem zweiten Bild sah man eine große Schneekugel, aus der zwei Skier und zwei Skistöcke ragten. Darüber eine Sprechblase: »Sie sind verhaftet!« Dann eine dritte Zeichnung: Maschenka, die vom Steg vor Maiks Hütte in den See sprang. Als die Stimme des Direktors ertönte, legte Bernhardt das Blatt in die Schreibtischschublade auf die anderen Blätter, die im Laufe der Jahre entstanden waren.

Der Direktor klang wie der Typus der freundlich-kompetenten Führungskraft, erst beim zweiten Hinhören wurde einem klar, dass hier doch reichlich Durchsetzungswille und Selbstbewusstsein vorhanden waren.

»Herr Bernhardt, es ist dringend, wie ich höre ...«

»Ich fasse mich kurz.«

Bernhardt ärgerte sich über seine beflissene Antwort, schilderte aber in knappen Worten den Sachverhalt, was den Direktor nicht sonderlich aus der Fassung brachte.

»Eine Sammlung mit Bildern quer durch die Kunstgeschichte und die Epochen. Hochinteressant. Aber ich verstehe nicht ganz, was ich da ...«

»Ich bitte Sie um eine erste Einschätzung, ob das Fälschungen sind oder nicht. Vielleicht fällt Ihnen etwas auf, was uns weiterbringt.«

Der Direktor verhielt sich zögerlich.

»Also, tja ... Wenn das gute Fälschungen sind ... Wie heißt der Ermordete?«

»Dr. Theo Wessel.«

»Sagt mir erst mal nichts.«

»Sagt niemandem was. Ein fast weißes Blatt.«

»Obwohl ... Aber Spekulieren hat keinen Sinn. Gut, ich schaue mir das an, so in zwei, drei Wochen, früher ist da nichts drin.«

»Nicht heute noch? Können Sie nicht irgendwie...?«
»Nein, nein. Diese Abgeordneten im Kulturausschuss, denen ich gleich Rede und Antwort stehen muss, sind unglaublich langsam, unfassbar umständlich und mit Sachkenntnis nicht unbedingt gesegnet. Stört die aber nicht weiter, das spielen sie vielmehr mit aller Kraft aus. Der härteste Tag des Jahres.« Der Direktor lachte. Bernhardt fand ihn plötzlich ganz sympathisch. Der war eben Profi wie er selbst auch.

»Noch mal die Frage –«

»Ist das denn wirklich so dringend?«

»Wirklich. Es geht um Mord.«

»Sie wollen sagen, es sei sozusagen meine staatsbürgerliche Pflicht, Ihnen zu helfen?«

»Sie formulieren es perfekt.«

Der Direktor sog Luft durch die Zähne und zögerte einen Moment, bevor er sich aufraffte.

»Na gut, ich hoffe, dass ich bei den Volksvertretern rechtzeitig wegkomme und hier noch ein paar Briefe diktieren kann. Holen Sie mich um siebzehn Uhr in der Gemäldegalerie ab, oder schicken Sie jemanden. Wenn ich Ihnen bei der Wahrheitsfindung behilflich sein kann...«

Die Dreierbande Cellarius, Karsunke und Sulimma arbeitete weiter verbissen vor sich hin. Der große Durchbruch ließ auf sich warten. Aber immerhin gab's erste Erkenntnisse. Wessel war seit 1963 am Majakowskiring gemeldet, doch für die Zeit davor fehlten die Daten. Sehr seltsam, waren sie absichtlich gelöscht worden? Das Haus gehörte ihm. Seit den frühen Neunzigern war er im Grundbuch eingetragen. Auch ein Konto von Wessel bei der Sparkasse hatten sie entdeckt. Doch es gab keine auffälligen Geldbewegungen, außer dass monatlich ein Betrag per Bareinzahlung einging, der ziemlich genau Wessels laufende Kosten abdeckte. Die Bareinzahlungen waren in unterschiedlichen Städten vorgenommen worden, mit erfundenen Absendern.

Und dann kam doch Bewegung in die Sache, und zwar gleich doppelt.

Zunächst rief Luther vom »doppelten Reformator« an, der Martin am frühen Morgen als Wachhund in der Wohnung von Wessel abgelöst hatte.

»Wirklich unglaublich, ich habe mir die Schränke mal genauer angeschaut, die da mitten im Raum stehen. In den Schubladen war gar nichts, einfach leer, hatten wir ja gestern schon festgestellt. Aber ich habe da einfach noch ein bisschen rumgebosselt, und dann war da so eine kaum sichtbare Nut. Und plötzlich öffnete sich ein zusätzliches Fach, wirklich gut konstruiert. Und drin jede Menge Briefe, Geschäftsabrechnungen, was weiß ich.«

Bernhardt genoss diesen speziellen Moment in jeder Ermittlung, der dann eintrat, wenn sich die Spreu langsam vom Weizen trennte und sie Material in die Hände bekamen.

»Luther, du bist eine feste Burg. Wir kommen.«

Und er machte sich mit Cellarius und Cornelia Karsunke auf den Weg nach Pankow.

Doch auf die Hochstimmung folgte gleich eine kalte Dusche. Während der Autofahrt rief einer der Computerjungs an und teilte mit, dass die gesamte Korrespondenz auf Wessels Notebook jeweils nach Sendung und Empfang sofort automatisch gelöscht worden war. Beim Telefon genau das Gleiche. Da sei nur mit großem Aufwand noch etwas zu machen, und das könne lange dauern.

So richtig runterziehen konnte sie das aber nicht. Luthers vielversprechender Fund war durch diese schlechte Nachricht noch wichtiger geworden. Also nichts wie nach Pankow ins Bilderhäuschen.

Und da wartete die zweite gute Nachricht auf sie.

Luther stand wie ein selig schmunzelndes Honigkuchenpferd neben dem Schrank in der Mitte des Raumes. Und Fröhlich krähte stolz wie ein Hahn auf dem Mist.

»Leute, manchmal muss man mal uff'n Knöppchen drücken, und wat denkste? Sesam, öffne dich.«

Mit großer Geste wies er auf eine schmale, halb offen stehende Tür.

»Da war vorher 'ne glatte Wand mit Holzpaneel, nicht zu sehen, außer 'nem kleenen Spalt. Irjendwann denk ick, det der da nich hinpasst. Un ick kieke, un ick weeß nich, irjendwie Instinkt, wa? Und jeh da mit 'ner dünnen Messerschneide rin. Und schraub da un mache un hett beinahe schon wieda uffjejeben, und denn... Ick saaje dir: Wer ditte jebaut hat, war 'n janz schlauet Köppchen. Bis de den Knopp jefunden hast, perfekt verbaut in 'nem Holzkubus. Und wenn de den gedrückt hast, ist erst ma übahaupt nicht passiert, nischt. Du musstest den drehen wie bei 'nem Safe, und dann kamen noch 'n paar Tricks. Aba ick war ja ma Safeknacker, haha. Übrijens, da hab ick ma 'ne Jeschichte erlebt...«

Bernhardt winkte so heftig ab, dass Fröhlich für eine Sekunde verstummte.

»Okay, jedenfalls schwingt die Tür uff, und da iss mir mit einem Schlag klar: Det war dem seine Cheops-Pyramide.«

Er schob die drei voller Begeisterung durch den Türspalt. Das helle Licht im Raum blendete sie erst, dann sahen sie die Bilder – an jeder Wandseite eines. Sie standen davor wie die Ochsen vor dem Scheunentor und deuteten mit spitzen Fingern auf die deutlich sichtbaren Signaturen: Picasso, Gauguin, van Gogh, Cézanne.

Als Erster fand natürlich Fröhlich die Sprache wieder.

»Leute, wat iss'n ditte?«

Ja, was war das? Bilder von den größten Malern des zwanzigsten Jahrhunderts hingen hier in einer Art Schatzkammer. Die mussten echt sein, sonst wären sie wohl kaum lebendig in diesem Schrein begraben worden. Sie waren ratlos. Wo sollte das denn hinführen? Bernhardt sagte in das Schweigen seiner Kollegen hinein: »Der Direktor der Gemäldegalerie holt uns hoffentlich heute Abend auf den Boden der Tatsachen zurück, er wird schon was über diese Bilder zu sagen wissen. Aber jetzt erst mal zu Wessels Papierkram, vielleicht werden wir da wieder geerdet.«

Die Papiere, die Luther entdeckt hatte, waren wirklich eine Fundgrube. Es handelte sich um eine Vielzahl von

Gutachten, in denen in mehr oder weniger gedrechselten Sätzen die Echtheit eines Bildes bestätigt wurde. Diese Echtheitszertifikate galten, wie sie feststellten, den Bildern, die rundherum an den Wänden zu sehen waren. Und dann: zahlreiche Korrespondenzen mit Museen, nicht den großen und bekannten, sondern mit Museen in Deutschland, Europa, den USA und in Asien, von denen sie noch nie etwas gehört hatten. Diese baten um Bilder als Leihgaben oder schickten welche zurück, die zehn Jahre oder länger bei ihnen ausgestellt worden waren.

Bernhardt und seine Leute begriffen nicht alles, aber eins war klar: Wessel war weltweit aktiv gewesen. Und wieder stellten sie fest, dass er um Geheimhaltung bemüht gewesen war. Namen waren geschwärzt, und grundsätzlich arbeitete Wessel mit Kürzeln. Ein J.G. in Wien kam regelmäßig vor und war offensichtlich einer seiner engsten Vertrauten, den er immer wieder um Expertisen gebeten und der offensichtlich reichlich geliefert hatte. Das musste Annas Toter sein, Josef Grafenstein. Bernhardt freute sich im Stillen, Anna und er würden sich bestimmt schon bald treffen müssen. Er sah schon vor sich, wie er Anna in ihrem Büro überraschte und wie er sie nach getaner Arbeit zu einer Fahrt auf dem Riesenrad im Prater einladen würde. Er unterdrückte den Impuls, sie anzurufen, schließlich gab es noch nicht viel Neues zu berichten, und die Frau Chefinspektor konnte ja manchmal auch ziemlich zickig reagieren. Darauf hatte er jetzt keine Lust.

Vielmehr wollte er sich nun voll auf die »Schatzkammer«, wie er den geheimen Raum getauft hatte, konzentrieren. Immer wieder ging er hinein und schaute sich die Bilder an, die von einer leuchtenden Aura umgeben zu sein schienen. Der Picasso zeigte eine Frau in leicht verzerrten Proportionen, die auf einem Stuhl in einem kargen Zimmer saß und einen strahlend roten Hut trug; bei dem van Gogh handelte es sich wohl um ein Selbstbildnis, wie der Laie Bernhardt immerhin erkennen konnte; auf dem Gauguin-Bild räkelten sich drei nackte braune Südseemädchen vor einem blauen Himmel, der zur Hälfte von einer weiblichen Götzenfigur verdunkelt wurde; und Cézanne hatte einen mürrisch dreinblickenden Bauern oder Arbeiter in Seitenansicht gemalt.

Nur widerstrebend verließ Bernhardt den Raum, als ihn Cellarius und Cornelia zu sich winkten. Sie hatten gemeinsam mit Luther die Papiere aus dem Geheimfach in dem Schrank zu ordnen versucht und sie auf dem Boden ausgelegt.

Cellarius wies wie ein militärischer Stratege auf die Sammlung. »Da haben wir noch Tage mit zu tun. Was uns aber, glaube ich, wirklich weiterbringen wird, ist das da.«

Er zeigte auf einen Stapel Aktenmappen, der schief aufgetürmt neben der Tür zur Schatzkammer stand.

»Und was ist das?«

»Jede Mappe trägt den Namen eines Malers.«

Cellarius griff sich die oberste Mappe, öffnete sie und hielt sie Bernhardt hin.

»Schau, Daten zu einem Bild von Picasso. Ich blättere jetzt einfach mal durch. Da steht alles drin, wann entstanden, von welchem Galeristen auf den Markt gebracht, in welchem Museum es von wann bis wann hing. Und dann wird's interessant: Die zwei größten Rubriken lauten ›Verschollen‹ und ›Wiederentdeckt‹. Der Picasso, den wir uns gerade da drinnen angeschaut haben, war sechzig Jahre verschollen, wenn ich das richtig gelesen und verstanden habe, und wurde in einem abgelegenen amerikanischen Museum irgendwo in Illinois wiederentdeckt.«

»Moment, wie kann ein Bild einfach verschwinden und dann irgendwann in einem amerikanischen Museum in Illinois wiederentdeckt werden?«

»Das weiß ich auch nicht.«

»Glauben wir das?«

»Klingt irgendwie komisch, aber vielleicht gibt's so was? Jedenfalls sind auch in den anderen Mappen, die ich mir angeschaut habe, die Rubriken ›Verschollen‹ und ›Wiederentdeckt‹ am längsten.«

»Verdammt, wird Zeit für einen oder am besten mehrere Experten. Ich hab da jemanden.«

Bernhardt atmete auf, als er aus der Düsternis des Bilderhauses in die strahlende Helligkeit des Frühlingstages trat. Unter dem blauen Himmel, in dem ein paar Wattewölkchen sanft vom Wind vorangetrieben wurden, fühlte er sich plötzlich auf unbegreifliche Weise glücklich: Sonne, Licht!

Ein paar kleine Kinder, die sich an den Händen hielten, gingen an ihm vorbei und quasselten ohne Punkt und Komma vor sich hin. Die Betreuerin, die ihnen folgte, drehte den Kopf und lächelte ihn an, und er lächelte zurück. Und dann sagten sie beide wie aus einem Mund: »Endlich Frühling!« Und sie fügte noch hinzu: »Ist das nicht schön?« Und er wollte enthusiastisch antworten: »Ja. Wirklich. Ja.« Aber eine massive Pollenladung attackierte ihn unerwartet. Er nieste fünf-, sechs-, siebenmal. Danach putzte er sich die Nase und sah durch die Tränen, die ihm in die Augen getreten waren, wie die schlanke, junge Kinderbetreuerin, die ein paar Schritte hinter ihren Schützlingen zurückgeblieben war, ihm zuwinkte und rief: »Gesundheit!«

»Gesundheit.« Bernhardt war für einen Augenblick irritiert. Wieso kam das Echo als Bass zurück? Er drehte sich zur Seite und sah Hans Ackermann, grau und kantig, der an seinem Gartenzaun lehnte. Mann aus Eisen, schoss es Bernhardt durch den Kopf.

»Na, schon weitergekommen?«

»Man kommt immer weiter.«

»Wollen aber nichts sagen?«

»Haben Sie früher, als Sie bei der Mordkommission waren, Ergebnisse einfach so weitergegeben?«

»Wenn ich mir zusätzliche Erkenntnisse erhoffte.«

»Ah, interessant, Sie haben zusätzliche Erkenntnisse für mich? Auf geht's.«

»Nee, noch nicht, aber ich hatte Ihnen ja gesagt, dass ich mich umhören wollte.«

»Und, bei wem haben Sie sich umgehört?«

»Na ja, schwierig.«

»Das ist entschieden zu wenig.«

»Was ich sagen kann, dass da immer 'ne blonde Frau kam.«

»Weiß ich schon.«

»Ach so. Und ab und zu fuhren große schwarze Limousinen bei ihm vor. Aber das war immer tief in der Nacht. Und die blieben auch nicht lange.«

»Warum haben Sie mir das nicht schon gestern gesagt?«

»So oft kam das nicht vor, und ich habe dem keine große Bedeutung beigemessen.«

»Na, Sie sind mir ja ein Kollege. Was ist denn da passiert? Wurde irgendwas abgeliefert oder abgeholt?«

»Schwer zu sagen. Sein Garten ist ja so zugewuchert.«

Bernhardt spürte einen leisen Unwillen in sich aufsteigen. Spielte der Typ mit ihm?

»Also, wenn Sie was erfahren ... dann will ich das umgehend hören.«

»Ehrensache.«

Bernhardt verabschiedete sich knurrig. Ackermann blieb kerzengerade an seinem Gartenzaun stehen und schaute Bernhardt lange hinterher.

8

Die Fahrt vom »Städtchen« zum Kulturforum war flott verlaufen, ausnahmsweise hatte sich der Verkehr nirgendwo gestaut. Bernhardt parkte seinen Wagen auf dem Platz vor der St.-Matthäus-Kirche, dem einzigen alten Gebäude auf diesem Areal. Alt im Berliner Sinne, korrigierte sich Bernhardt. Die Kirche im neoromanischen Stil des 19. Jahrhunderts wirkte wie ein Fremdkörper inmitten der Bauten, die nach 1945 auf der Nachkriegsbrache hochgezogen worden waren: Philharmonie und Kammermusiksaal, die vor dem Grün des Tiergartens im Sonnenschein golden glänzten, der riesige Dampfer der Staatsbibliothek, an dem der Autoverkehr in Richtung Potsdamer Platz vorbeibrauste, der nüchterne und elegante Kasten der Nationalgalerie.

Da fielen die Gemäldegalerie mit dem Kupferstichkabinett und das Kunstgewerbemuseum, die später entstanden waren, doch erheblich ab. Von außen betrachtet, könnten die auch eine Gesamtschule oder ein Zwischenlager für Atommüll beherbergen, sagte er sich. Eine Architektur, die vor dem selbst auferlegten Zwang zur Bescheidenheit und dem strikten Willen, nicht aufzufallen, geradezu in die Knie ging. Ein in Stein und Beton gefasstes ideologisches Statement aus den achtziger Jahren,

Motto: Wir trumpfen nicht auf, wir sind klein und rein, soll niemand drin wohnen als die politische Korrektheit allein. Was ihm aber gefiel: dass der Platz vor der Gemäldegalerie als schiefe Ebene angelegt war. Das war wenigstens ein Hauch von Abweichung.

Den Direktor hatte er sich ganz anders vorgestellt. Als leicht weltfremden Gelehrten mit Glatze und einem weißen Haarkranz, der widerspenstig vom Kopf abstand, und mit einer kleinen Nickelbrille. Aber der Mann, der ihn in seinem Büro empfing, war eine auffällige Mischung aus Manager und Künstler: runde rötliche Hornbrille, Tweedanzug mit feinem Hahnentrittmuster und eine quietschgelbe, nachlässig gebundene Krawatte unter dem Kinn. Seine zugleich lockere und konzentrierte Haltung war von einer kaum merklichen Ungeduld grundiert, Motto: Eigentlich müsste ich jetzt schon wieder woanders sein.

»Ah, da sind Sie ja, dann lassen Sie uns mal gleich losfahren. Ich hoffe, Sie haben mir da wirklich was zu bieten.«

»Entschuldigung, könnten wir zuerst in den Saal mit der niederländischen Malerei gehen?«

»Hm, Ihr Interesse in allen Ehren, aber ist das jetzt der richtige Zeitpunkt?«

»Mein Interesse ist naturgemäß beruflich bedingt und auf ein bestimmtes Gemälde gerichtet, nämlich *Die niederländischen Sprichwörter* von Brueghel.«

Der Direktor lächelte. Ironisch? Sarkastisch?

»Ach, da führe ich Sie gerne hin. Ist kein allzu großer Umweg.«

Als Bernhardt mit dem Direktor durch die Ausstellungsräume ging, war er überrascht, wie hell und licht alles war, welch starke Präsenz die Bilder hatten. Diese Diskrepanz zwischen außen und innen hatte er gar nicht mehr in Erinnerung gehabt. Aber er war ja auch nur einmal in der Gemäldegalerie gewesen, und das vor langer Zeit, als er sich nämlich »seinen« Brueghel mal in echt anschauen wollte.

Schnellen Schrittes waren sie durch die Säle mit den Dürers und Cranachs gegangen, dann blieb der Direktor abrupt stehen und wies mit großer Geste auf eine Wand.

»Da hängt Ihr Lieblings-Brueghel. Normalerweise.«

Bernhardt blickte auf die leere Wand.

»Normalerweise?«

»Ja, jetzt nicht mehr.«

»Gestohlen?«

»Nein, nein, keine Angst, hier ist noch nie etwas gestohlen worden. Und hier wird auch in Zukunft nichts gestohlen werden. Unsere Sicherheitsvorkehrungen sind schon ziemlich perfekt. Schauen Sie einfach auf das kleine Schild, das da hängt.«

Bernhardt beugte sich vor.

»Ausgeliehen an das Kunsthistorische Museum Wien anlässlich der Ausstellung *Licht und Dunkel – Die niederländischen Meister des 16. und 17. Jahrhunderts.*«

Er richtete sich auf.

»Das ist ja der Hammer.«

»Wieso? Das ist ganz normale Praxis zwischen Museen.«

»Mag sein. Aber in diesem Bilderschatzhaus, in das

wir jetzt fahren, hängt der ebenfalls. Und sieht verdammt echt aus. Sie werden staunen.«

Der Direktor staunte tatsächlich und kam aus dem Staunen gar nicht mehr heraus. Die professionelle Kühle, die er als eine Art Schutzmantel um sich trug, fiel von ihm ab. Wie ein überwältigtes Kind bewegte er sich durch das Schlaraffenland der Bilder. Murmelnd, kopfschüttelnd, mit roten Ohren. Manche Bilder ließen ihn nicht mehr los, dann trat er zurück, pirschte sich nach kurzem Verweilen wieder nah heran, betrachtete sie aus verschiedenen Blickrichtungen.

»Das glaube ich nicht. Das gibt's doch nicht. Wie kann das...«

Bernhardt hätte ihm beinahe eine Hand auf die Schulter gelegt.

»Wie kann was?«

»Wie kann jemand so perfekt fälschen, frage ich mich?«

»Sind es denn Fälschungen?«

»Das weiß ich nicht, aber es müssen Fälschungen sein, denn wenn die Bilder echt sind, gibt es ein Erdbeben auf dem Kunstmarkt, wie es noch nie eins gegeben hat. Obwohl, andererseits...«

»Andererseits?«

»Na ja, wenn die Bilder gut dosiert über die Jahre auf den Markt kommen... Wer weiß...«

»Sie meinen, der Markt könnte das verkraften?«

Der Direktor lächelte leicht verkrampft.

»Der Markt hat einen riesigen Magen, der verkraftet fast alles.«

»Aber ob er das verkraften kann, was ich Ihnen jetzt zeige?«

Bernhardt führte den Direktor ins Obergeschoss und stellte ihn vor den Brueghel. Cornelia Karsunke, die die beiden in dem Bilderhäuschen empfangen hatte, sagte später zu Bernhardt, dass er wie ein gewiefter Dramaturg gewirkt habe, der den Direktor durch geschickte Verzögerung und immer neue Überraschungen in einen Schock manövriert habe. Wenn sie ehrlich sein solle: In Bernhardts Verhalten sei ein gewisser Sadismus zu spüren gewesen. Bernhardt hatte das entschieden verneint, sich aber insgeheim eingestanden, dass er das Verunsicherungsspiel mit dem Direktor nicht ungern getrieben hatte.

Die Konfrontation mit dem Brueghel hatte den Direktor ziemlich aus der Fassung gebracht. Immer wieder bewegte er sich auf das Bild zu und entfernte sich wieder von ihm, er schnüffelte an der Farbe herum, begutachtete den Rahmen und fuhr mit einem Finger leicht über die Oberfläche. Dann betrachtete er zum Schluss lange die Rückseite. »Das gibt es nicht«, seufzte er noch, dann verfiel er in brütendes Schweigen, das er schließlich mit einem Seufzer beendete. »Der kann nicht echt sein, und wenn doch… unvorstellbar.«

Bernhardt nahm ihn behutsam am Arm und führte ihn nun zur Schatzkammer, zu Picasso, Gauguin, Cézanne, van Gogh. Doch diese Überdosis wirkte erstaunlicherweise beruhigend auf den Direktor. Er kam langsam wieder zu sich, erwachte wie aus einem Traum und wandte sich an Bernhardt.

»Soll ich Ihnen etwas sagen?«

»Ich bitte darum.«

»Ich weiß es nicht.«

»Was wissen Sie nicht?«

»Ob das Originale oder Fälschungen sind. Fast neige ich dazu zu sagen: teils, teils.«

»Das heißt?«

»Ich habe nur Hypothesen: Falls sie echt sind, könnten einige der Bilder über Diebstahl hierhergekommen sein. Es wird immer geklaut, einerseits, aber so viele Diebstähle, das kann eigentlich nicht sein. Wenn es sich um Diebesgut handelte, ließe sich das jedenfalls schnell nachweisen, da haben wir genügend Listen. Oder es sind Bilder aus irgendeinem Depot, das die Nazis angelegt hatten. Oder Raubkunst, die '45 weggekommen ist, nach Russland oder Texas, wer weiß. Alles ist möglich. Wenn es allerdings Fälschungen sein sollten, hätten wir ebenso ein Problem, denn in dem Falle wurde hier auf aller-, allerhöchstem Niveau gearbeitet. Das wäre in diesem Ausmaße einmalig. Jedes Bild muss jedenfalls genau untersucht werden, Röntgen, Spektralanalyse, die ganze Latte.«

»Dann ziehen wir das durch.«

»Ja, wenn's so einfach wäre. Das dauert Monate oder Jahre. Wir haben ein super Forschungslabor in Berlin, in der Schlossstraße in Charlottenburg, aber die sind total überlastet.«

Bernhardt wandte seinen Blick von den Bildern.

»So wichtig ist das nun auch wieder nicht. Wir suchen einen Mörder.«

Aus den Augenwinkeln sah Bernhardt, wie Cellarius kurz mit dem Kopf nickte. Und er fragte sich, ob er nicht tatsächlich zu stark auf die Kunstschiene gesetzt hatte. Aber dann fiel ihm noch etwas ein.

»Der echte Brueghel hängt ja in Wien.«

Der Direktor riss unvermittelt die Augen auf. »Der echte? Und wenn's nun gar nicht der echte ist?«

Als der Direktor mit einem Taxi davongebraust war, griff Bernhardt zum Telefon. Anna Habel meldete sich nach dem ersten Klingelzeichen.

»Mein Lieber, ich höre.«

»Küss die Hand. Jetzt hör zu: Ich hab einen Auftrag für dich. Hier im Haus von Theo Wessel hängen Brueghels *Niederländische Sprichwörter*, in der Berliner Gemäldegalerie hingegen gibt es an der Wand, wo der echte Brueghel normalerweise seinen Platz hat, eine leere Stelle.«

»Was? Hat den irgendwer geklaut und dann in dein Mörderhaus geschafft?«

»Nee, besser. Der hängt bei euch im Kunsthistorischen Museum. Den haben wir Berliner euch Wienern ausgeliehen für 'ne schöne Sonderausstellung. Und jetzt sind wir ein bisschen beunruhigt. Ist da alles in Ordnung im Kunsthistorischen Museum? Schick doch mal die nette Gabi Kratochwil hin.«

»Die ist krank. Ist mir übrigens rätselhaft, was du an dieser Kratochwil findest. Davon abgesehen: Solche Floskeln wie ›Es wäre schön‹ oder ›Könntest du *bitte*‹ sind in Berlin-Neandertal noch nicht in Gebrauch, oder?«

»Hochverehrte Kollegin, ich bitte sehr, diese direkte Ansprache eines nördlichen Barbaren zu pardonieren.

Gerne würde ich mein Fehlverhalten in einem gemütlichen Beisl Ihrer Wahl wiedergutmachen.«

»Das würde mir gerade noch fehlen. Ich muss mich primär um meinen toten Kunstfritzen kümmern. Du hörst von mir.«

»Na ja, wir haben zwei tote Kunstfritzen. Und ganz zufällig standen die, wie wir beide wissen, in regem Verkehr miteinander.«

Anna kicherte.

»Was ist denn daran so lustig?«

»Na, der Verkehr? Mein toter Kunstfritze war nämlich sehr schwul.«

»Ach Gott, bist du kindisch!«

»Muss ja auch mal sein, oder? Aber Spaß beiseite. Ins Museum lassen die mich heute nicht mehr rein. Und erreichen werde ich da auch keinen mehr. Das sind Beamte, die gehen pünktlich.«

»Bürokraten.«

»Nein, ein zivilisiertes Land mit menschlichen Arbeitszeiten. Aber bevor du dich jetzt wieder aufregst: Mein erster Weg morgen früh führt mich sowieso ins KHM. Mein Toter hat da nämlich gearbeitet. Und wenn ich schon da bin, kann ich ja bei diesem Brueghel vorbeischauen. Und im Übrigen bringen sie's in den Nachrichten, falls der geklaut worden sein sollte. Wie heißt das Bild noch mal?«

»*Die niederländischen Sprichwörter*. Bitte sieh nach, ob es da hängt!«

»Jawohl. Und ich schau auch gleich, ob es eine Fälschung ist. Erkenn ich sicher auf den ersten Blick.«

»Mach dich nur lustig über mich. Du hast keine Ahnung, was wir hier alles gefunden haben, in diesem kleinen Häuschen. Das dauert ewig, um festzustellen, was davon echt ist und was gefälscht. Abgesehen davon wissen wir noch gar nicht, ob der Mord überhaupt etwas mit den Bildern zu tun hat.«

»Also gut. Wir tauschen uns aus. Aber vielleicht ist es ja wirklich nur ein blöder Zufall, dass die beiden sich kannten.«

»Das glaubst du wohl selber nicht. Also, bis morgen.«

Bernhardt ließ sein Telefon in die Jackentasche gleiten und ging zusammen mit Cornelia Karsunke die Treppe hinunter.

Draußen zögerte Bernhardt und raffte sich dann doch auf.

»Was machst du heute Abend? Ich hab Weißwein zu Hause.«

Cornelias Blick war unergründlich.

»Annäherungsversuch? Ich denke, du brauchst so viel Freiraum?«

»Hab ich nie gesagt.«

»Aber dich so verhalten.«

»Bist du immer noch sauer?«

»Nicht wegen mir. Aber wegen der Mädchen. Die haben dich so ins Herz geschlossen. Noch heute erzählen die manchmal von dem Abend im Culle, weißt du, als wir im Bad am Columbiadamm waren, oder von der Radtour auf dem Tempelhofer Feld.«

»Ja, das war wirklich schön.«

»Und warum haben wir das dann nicht mehr gemacht?«

»Wir können ja wieder mal so was machen.«

Cornelia lächelte, wie nur sie lächeln konnte: zärtlich, als könnte sie alles verstehen. »Du bist ein Idiot, aber ich nehm dich mit, steig ein.«

»Und was ist mit deinem Freund?«

»Nix, den habe ich weggeschickt, endlich, für immer.«

»Und die Kinder?«

»Ach, schwierig. Was soll ich sagen?«

Sie blies die Luft hörbar aus, zog die Schultern hoch und schwieg eine Zeitlang. Dann wandte sie sich ihm zu.

»Komm, wir machen's uns schön, bestellen uns Sushi und genießen den Abend. Ich habe auch Weißwein im Kühlschrank, und die Kinder kriegen Apfelsaft.«

Bernhardt lächelte. »Ich habe ja nichts Besseres vor.«

»Ey, solche Sprüche find ich echt toll.«

Nora und Greti standen in der Küche. Sie hatten sich viel zu große Schürzen umgebunden und hantierten am Tisch. Mehl staubte, sie hatten sich vorgenommen, Plätzchen zu backen.

Bernhardt bewunderte Cornelias Ruhe. Schnell und sicher brachte sie alles in Ordnung und buk schließlich Kartoffelpuffer, die sie auf einem Teller stapelte. Aus der Speisekammer holte sie ein Glas mit Apfelmus, das sie geöffnet auf den Tisch stellte. Nach dem Essen spielten sie Halma, in der Linde vor dem Fenster fächelte der Wind, ab und zu nieste Bernhardt, was Nora und Greti immer von neuem zum Lachen brachte. Die Dämmerung kam, die Sperlinge im Baum verstummten langsam, auf der Brandmauer des gegenüberliegenden Hauses lag ein rosafarbener Schein.

Ohne zu quengeln, gingen die Mädchen zum Zähneputzen ins Bad und dann in ihr Zimmer, nachdem sie sich höflich von Bernhardt verabschiedet hatten. Nora hatte ihre Hand eine Zeitlang in Bernhardts Hand ruhen lassen und ihn ernst angeschaut, als wollte sie ihn ermahnen.

Nach einiger Zeit schaute Cornelia ins Kinderzimmer und kam dann auf Zehenspitzen zurück. Sie schloss die Küchentür, schaltete das Licht aus und stellte einen Stuhl unter die Klinke. Sie zögerten keinen Moment, zogen sich gegenseitig aus, warfen zwei Kissen auf den Boden, liebten sich wortlos und unterdrückten sogar ihre Seufzer. Ein paar Minuten noch blieben sie danach im Zwielicht der Straßenlaterne eng umschlungen auf dem Boden liegen. Cornelia schaute ihn mit einem ganz und gar unschuldigen, mädchenhaften Lächeln an.

»O Gott, war das schön. Du warst so zärtlich. Ich auch, oder?«

»Sehr.«

»Du musst jetzt aber gehen, die Kinder werden nachts oft wach. Es wäre so schön, wenn wir das öfter machen könnten.«

Er nickte und sagte nichts. Sie brachte ihn nackt zur Tür, hielt ihn noch einmal kurz zurück, stellte sich breitbeinig hin, schob ihr Becken nach vorn und deutete auf die Stelle zwischen ihren Beinen, wo es perlmuttfarben glitzerte. »Schau mal, das warst du.«

9

Als Anna die Wohnungstür aufschloss, wummerte ihr laute Musik entgegen. Wenigstens hatte sich die Stilrichtung in den letzten Jahren wohltuend verändert, früher konnte sie die Bässe der elektronischen Beats in ihrem Bauch fühlen, nun hörte Florian immer öfter Stones, Beatles, David Bowie. Anna streifte die Schuhe ab, wusch sich die Hände und klopfte an die Zimmertür, bevor sie sie einen Spalt öffnete.

Florian saß am Schreibtisch, tief über ein Blatt Papier gebeugt, daneben ein abenteuerlicher Stapel an Heften, Schulbüchern und Mappen. Er legte seinen Zeigefinger auf die Lippen und deutete mit dem Kopf auf sein Bett, in dem Anna ein Bündel mit langen Locken erkennen konnte. Florians Freundin Marie, die inzwischen quasi bei ihnen wohnte, schien die Musik nicht zu stören.

Anna zog die Tür wieder zu, warf einen Blick in den Kühlschrank und entschied sich dann für kein Abendessen und einen Espresso. Heute roch es schon fast nach Sommer, und wie immer um diese Jahreszeit dachte Anna an enge T-Shirts und kurze Hosen, die sie zwar schon seit Jahren nicht mehr trug, aber ein paar Kilo weniger wären jetzt, da man sich nicht mehr in den Winterklamotten verstecken konnte, doch irgendwie schön.

Den Espresso trank sie mit einem Schuss Milch und einem Stück Zucker, und nachdem sie ihre alte Trainingshose aus der Bügelwäsche gezogen hatte, machte Anna es sich auf dem Sofa bequem. Das kleine Notebook auf ihren Knien balancierend, gab sie die Webseite des Kunsthistorischen Museums ein und scrollte durch die übersichtlich gestaltete Homepage. Die aktuelle Ausstellung mit den Niederländern stand im Zentrum, sie lief seit Anfang des Jahres und war wohl ein echter Publikumsmagnet. Es wurde geraten, die Karten im Internet zu reservieren und wenn möglich nicht am Wochenende zu kommen.

Anna versuchte vergeblich, den Namen ihres Mordopfers auf der Homepage zu finden. In den Suchmaschinen hatte sie ein wenig mehr Erfolg: Er schien ein echter Partylöwe gewesen zu sein, der arme Josef Grafenstein, nun lag er aufgebläht wie ein Ballon im Kühlfach der Gerichtsmedizin. Auf den Google-Bildern sah man ihn meist mit rotglänzenden Wangen und einem Glas in der Hand, immer umringt von Menschen in Feierlaune. Auf einem Foto stand er vor einem riesigen Gemälde – Anna hatte keine Idee, wem sie das farbenfrohe Bild mit Einhörnern, Faunen und seltsamen Drachenwesen zuordnen sollte, es fand sich auch keine Bildunterschrift. Grafenstein blickte ernst, fast pathetisch in die Kamera, als wollte er gleich etwas Gewichtiges sagen.

Sie sprang noch ein wenig hin und her, las ein bisschen in Wikipedia über Brueghel und tippte dann das Wort »Kunstfälschung« in die Suchmaschine. Obwohl sie die ausgeworfenen Texte lediglich überflog, wurde Anna beinahe schwindlig ob der Fülle der Artikel. Noch nie hatte sie sich beim Betrachten eines Bildes in einem Museum oder einer Galerie gefragt, ob das Ding echt sei oder nicht. Sie war einfach davon ausgegangen, dass nur echte Kunst öffentlich ausgestellt wurde, doch je weiter sie las, desto verwirrter wurde sie: Was war echt, was falsch? Wer bestimmte über Echtheit? Was hatte jemand davon, sich ein gestohlenes Kunstwerk zu kaufen und es nie jemandem zeigen zu können? Und wie viel Geld war da im Spiel?

Anna klappte das Notebook zu, erhob sich vom Sofa und schenkte sich ein Glas Wein ein. Und vielleicht ein kleines Stück Käse? Das konnte nicht so schlimm sein, ohne Brot, also ohne Kohlenhydrate. Anna hatte die leise Vermutung, dass der Tote mit den schönen Bildern keine einfache Nummer werden würde. Kein Raubmord, keine Eifersucht, kein Affekt. Da ging es um was anderes. Anna überkam plötzlich ein heftiges Gefühl der Erschöpfung, wenn sie an so Dinge wie internationale Kunstmafia, Expertisen und Auktionen dachte. Es gab kaum etwas, von dem sie so wenig Ahnung hatte, obwohl sie sich ja wenigstens für Kunst interessierte, im Gegensatz zu ihrem Kollegen. Fast musste sie lachen, als sie sich Robert Kolonja vor den Gemälden des Kunsthistorischen Museums vorstellte, obwohl – die nackten Rubensdamen würden ihm wahrscheinlich gefallen.

Diesen Gföhler, diesen Rahmenmacher, mussten sie unbedingt finden, er war vermutlich der Letzte, mit dem Grafenstein telefoniert hatte. Und sie mussten rausfinden, für wen Grafenstein am Samstag gekocht hatte, das war vermutlich die letzte Person, die ihn lebend gesehen hatte ... wenn nicht sogar der Mörder.

Anna hatte Florian und Marie erst gar nicht bemerkt, sie standen im Türrahmen, und um Florians Mund spielte ein spöttisches Lächeln. Maries Locken standen in alle Richtungen.

»Also, ich hab jetzt fertiggelernt, und Marie ist wieder wach. Und du arbeitest schon wieder. Wie wär's, wenn du uns auf eine Pizza einladen würdest?«

»Ich? Jetzt? Wie kommst du denn darauf?«

»Na, weil du meine Mutter bist und ich minderjährig und du dafür sorgen musst, dass ich eine anständige Mahlzeit am Tag habe.«

»Aha. Und Pizza ist eine anständige Mahlzeit.« Anna lachte und schwang sich vom Sofa. »Gut, eigentlich wollt ich heute nichts mehr essen, aber wenn ihr mich so lieb fragt.«

Sie liefen ein paar Straßen weiter in die Pizzeria und bekamen den letzten freien Tisch. Der abrupte Frühlingsanfang hatte die Wiener wohl in Ausgehlaune versetzt. Kurz überlegte Anna, einen Salat zu bestellen, um im letzten Moment auf Pizza mit Rucola und weißen Spritzer umzuschwenken. Dabei kam ihr Thomas Bernhardt in den Sinn, der ihr mal erzählt hatte, auf Rucola allergisch zu reagieren. Wenn er auch nur ein Blatt davon zu sich nahm, schwoll er rot an und bekam keine Luft mehr. Schwierig in Zeiten wie diesen, wo das frühere Unkraut praktisch in jedem Gericht vorkam. Wäre eigentlich nett, wenn er jetzt hier mit am Tisch säße, der Berliner, er würde sicher ein großes Bier bestellen, dann ewig in der Speisekarte herumsuchen und sich nicht entscheiden können.

»Na, Mama, an was denkst du, dass du so verklärt lächelst?« Florian sah Anna erwartungsvoll an.

»Ich? An nichts: also, das heißt, an meinen neuen Fall.«

»Aha. Und was gibt's da zu lächeln?«

»Ich habe gar nicht gelächelt. Kannst du dich noch erinnern, wie wir fast jedes Wochenende ins Kunsthistorische gegangen sind?«

»Klar. Die Bilder kenn ich immer noch in- und auswendig. Ich weiß sogar noch, an welcher Stelle im Audioguide sich der Sprecher geräuspert hat. Und was hat das jetzt mit deinem Fall zu tun?«

»Da geht's um einen toten Kunstexperten im ersten Bezirk, der auch für das KHM gearbeitet hat. Und um einen toten Kunstsammler in Berlin, der in seinem verwunschenen Häuschen lauter berühmte Bilder hängen hat – ob echt oder gefälscht, das ist noch nicht klar.«

»Wow! Urspannend. Und wieder mal Berlin! Deshalb das Lächeln.«

»Ich könnte auf Urspannendes gerade gut verzichten. Ein kleiner Raubmord wäre mir lieber als so eine komplizierte Geschichte.«

Die Unterhaltung wurde vom Kellner unterbrochen, der drei riesige Pizzen brachte, und als danach alle drei mit vollem Magen dasaßen, kam sie nicht mehr so richtig in Gang.

»Ich geh dann mal. Danke für die Pizza.« Marie erhob sich zögernd vom Stuhl und gab Anna zwei schnelle Küsschen auf die Wangen. Dann beugte sie sich über Florian, fuhr ihm mit beiden Händen durchs Haar und küsste ihn lange und ausgiebig. Anna sah auf ihren leeren Teller, es war ihr immer noch unangenehm, ihren fast erwachsenen Sohn in solch eindeutigen Posen zu sehen. Andererseits fand sie es auch befremdlich, wie bieder die beiden doch waren, Marie war erst sechzehn, ein Jahr jünger als Florian, und sie benahmen sich manchmal wie ein älteres Ehepaar.

Anna erwachte und hatte das Gefühl, jemand sitze auf ihrer Brust und drücke ihr die Luft ab. Sie hatte einen seltsamen Traum gehabt, in dem die Kinder auf dem Bild in Grafensteins Wohnzimmer mit großen Augen schweigend durch ihr Schlafzimmer tobten. Ihr Mund war ausgetrocknet, und sie musste dringend aufs Klo. Sie tappte durch die dämmrige Wohnung und wusste sogleich, dass sie nicht mehr einschlafen konnte, obwohl es erst fünf Uhr war. Sie öffnete die Fenster. Dieses Brueghel-Bild, das sie sich da heute anschauen sollte, würde das denn wirklich was bringen? Ohne groß nachzudenken, tippte sie eine SMS an Thomas Bernhardt. *Wie soll ich erkennen, ob der Brueghel falsch ist?*

Die Antwort kam prompt in Form eines Anrufs: »Ach, das war mehr ein Witz gewesen, selbst Experten können das nicht einfach so feststellen! Aber jetzt solltest du schlafen.«

»Ups. Ich wollte dich nicht wecken.«

»Hast du aber. Ist nicht schlimm. Hatte eh einen Scheißtraum.«

»Ich auch.«

»Was hast du geträumt?«

»Von irgendwelchen verletzten Kindern, die durch mein Schlafzimmer tobten.«

»Oje, du Arme. Ich hätte sie dir vertrieben.«

»Ja, ja. Was hast du denn geträumt?«

»Weiß ich nicht mehr so richtig. Irgendwie bin ich durch das Brueghel-Bild gehetzt worden von einem Riesenei, das mich fressen wollte.«

»Das klingt ja, als seist du in deinem Traum durch die niederländischen Sprichwörter gelaufen. Ist ja auch wirklich eine wirre Geschichte mit dem Bild. Meinst du, es könnte sein, dass es mehrere Originale gibt, die verschollen sind? Haben die das damals nicht so gemacht, wenn ein Bild ein Erfolg war: das Ganze noch mal gepinselt?«

»Jetzt hör auf, das Ganze noch zu komplizieren! Mehrere Originale, da müsste es ja irgendwie doch sichtbare Unterschiede geben, auch wenn sie noch so klein sind. Sag mal, möchtest du nicht noch ein bisschen schlafen? Obwohl, hier wird's gerade hell.«

»Ja, hier auch. Wär schön, wenn du jetzt da wärst.«

»Wo da?«

»Na, hier bei mir. Sei nicht so spitzfindig.«

»Bin ich gar nicht.«

Sanft war er heute, der ansonsten so zynische Kommissar aus Berlin. Sie plänkelten noch ein wenig hin und her, es gab immer wieder lange Pausen, die jedoch nicht unangenehm waren, sondern sich sehr vertraut anfühlten.

Anna kuschelte sich in die Sofakissen und lauschte seiner Stimme nach, die irgendetwas von einem Ossi-Polizisten-Nachbarn und einer berühmten Schauspielerin erzählte, und dachte dabei an seine Hände, stellte sich vor, wie sie unter die dünne Wolldecke fassten.

»Sag mal, hörst du mir überhaupt zu?«

»Äh, ja. Du sagtest, dass dieser Ex-DDR-Polizist, der mit dieser Schauspielerin zusammen da lebt...«

»Du bist einfach süß. Nein, der lebt da nicht mit dieser Schauspielerin, denn der ist mindestens achtzig. Schlaf jetzt, und träum was Schönes. Oder: Koch dir einen Kaffee, geh duschen und dann ins Büro. Wann fährst du ins Museum?«

»Sobald es aufsperrt. Und dann knöpf ich mir den Lebensgefährten noch mal vor und such nach dem Typen, mit dem der Grafenstein das letzte Mal telefoniert hat. Und dann befrag ich alle Nachbarn noch einmal, und dann schau ich mir seine Konten an, und dann –«

»Ist ja gut. Ich weiß, du hast ein schweres Leben. Ich kenn das, mir geht's ähnlich. Höre ich da eine gewisse Abgeschlagenheit?«

»Geht schon. Ich hab nur das Gefühl, das wird ein total komplizierter Fall. Und ich hab keine Lust auf diese Kunstkacke. Ich will Mörder fangen.«

»Ach, wir wachsen doch an unseren Aufgaben. Und noch wissen wir ja nicht, ob es was mit Kunstkacke – wie du das so fein nennst – zu tun hat. Vielleicht ist es doch ein Eifersuchtsmord.«

»Schön wär's. Na ja. Dann mach's gut.«

»Mach's besser. Wir hören uns.«

Anna hielt das Telefon noch einen Moment ans Ohr und streckte sich auf dem Sofa aus. Jetzt fühlte es sich an, als könnte sie sofort wieder einschlafen, doch dann würde sie nicht mehr hochkommen. Sie duschte ausgiebig, kochte sich einen Kaffee und fand noch ein Joghurt im Kühlschrank. Als sie vor ihrem Haus auf die Straße trat, war es sieben, und Anna wunderte sich wie so oft, wie viele Menschen bereits unterwegs waren.

10

Im Büro hing immer noch die abgestandene Luft des langen Winters. Anna riss die Fenster weit auf. Der Himmel über dem Donaukanal war blau, die Bäume üppig grün, ein paar einsame Jogger und Hundebesitzer waren zu sehen. Als Kolonja eine Stunde später das Zimmer betrat, war das Fenster immer noch offen, und die Luft war frisch geworden.

»Bist du wahnsinnig! Da verkühlt man sich ja gleich!« Kolonja ging zum Fenster und machte es zu.

»Guten Morgen! Ich muss hier ein wenig Luft reinlassen, es mieft wie in einer Skihütte. Schau doch mal, wie schön es draußen ist.«

»Ja, ja, wunderschön. Also mir ist kalt. Willst auch einen Kaffee?«

»Ja gerne, wir haben einen langen Tag vor uns. Vielleicht kann man ein Koffeindepot anlegen?«

Drei Minuten später kam Kolonja mit zwei großen Kaffeebechern zurück, hinter ihm schlüpfte Helmut Motzko durch die Tür.

»Also, wie gemmas an?« Robert Kolonja ließ sich schwer auf den Bürostuhl fallen.

»Wir müssen heute diesen Ernest Gföhler auftreiben, er war wahrscheinlich der Letzte, der mit Grafenstein telefoniert hat. Und gleich wenn sie aufsperren, fahren wir ins Museum.«

»Da war ich noch nie.«

»Du bist dreiundfünfzig Jahre, nein, fast vierundfünfzig Jahre alt und warst noch nie im Kunsthistorischen Museum?«

»Nein.« Kolonja ging in Verteidigungsstellung. »Ich hatte da einfach noch nie was zu tun.«

»Im Museum hat man nichts zu tun, da geht man hin, um sich Bilder anzuschauen.«

»Für so was hab ich keine Zeit.«

»Na, dann trifft es sich ja gut, dass wir da heute hinmüssen. Und zwar nicht nur, um die Leute nach Grafenstein zu befragen, wir müssen uns auch ein paar Bilder anschauen.«

Kolonja sah sie mit schiefem Kopf an, und Anna erzählte ihm von dem doppelten Brueghel, dem einen in Wien und dem anderen in Berlin, und dass einer davon definitiv nicht echt sei.

»Und wie sollen wir rausfinden, ob der in Wien der echte oder der falsche ist?«

»Das weiß ich auch nicht. Wir stellen uns davor und warten auf eine Eingebung. – Motzko, wann sperrt das Museum auf?«

»Um zehn.« Wie immer hatte der junge Kollege seine Hausaufgaben gemacht und saß erwartungsvoll an seinem Platz. Irgendwie mochte ihn Anna, auch wenn er sie manchmal an einen treuen Polizeihund erinnerte.

»Das ist viel zu spät. Wir brechen jetzt auf, und Sie versuchen inzwischen jemanden im Museum zu erreichen.

Und geben Sie mir mal die Nummer von diesem Gföhler.« Er reichte ihr einen Zettel. »Was? Keine Handynummer?«

»Nein, auf der Anrufliste von Josef Grafenstein war diese Nummer gespeichert, und die gehört zu diesem Rahmengeschäft im ersten Bezirk, und das wiederum gehört einem Herrn Ernest Gföhler, und auf den wiederum ist kein Handy angemeldet.« Helmut Motzko klang kleinlaut.

»Ist ja gut. Sie können nichts dafür.«

Es klingelte dreimal ins Leere, dann sprang ein Anrufbeantworter an, und eine sympathische Stimme ertönte: »Rahmenmacher Ernest Gföhler, grüß Gott. Die Öffnungszeiten sind Montag bis Freitag von zehn bis achtzehn Uhr und natürlich nach Vereinbarung. Hinterlassen Sie eine Nachricht, ich rufe zurück.«

»Guten Morgen. Mein Name ist Anna Habel, Kripo Wien. Ich bitte um einen Rückruf unter folgender Nummer.« Sie gab die Nummer des Büros wie auch ihre Handynummer an.

»So, Herr Motzko. Sie rufen bitte ein bisschen später Herrn Wiedering an und vereinbaren noch einen Termin. Haben wir den Abschlussbericht der Gerichtsmedizin und des Technikers schon?«

»Die kommen im Laufe des Vormittags. Aber da sind wohl keine Überraschungen mehr zu erwarten.«

»Und Frau Kratochwil? Wann kommt die wieder?«

»Heute leider noch nicht. Hat immer noch Fieber.«

Der junge Kollege war sichtlich enttäuscht, als Anna ihm mitteilte, dass er im Büro die Stellung halten musste.

»Und wenn's Ihnen fad wird, dann lesen Sie doch im Internet ein wenig über Kunstfälschungen, da haben Sie genug zu tun. Ich hab das Gefühl, wir brauchten da noch einen Experten.« Anna wusste, dass spätestens am Abend ein ordentliches Dossier auf ihrem Schreibtisch liegen würde.

Auf dem Weg nach draußen schauten sie noch beim Hofrat vorbei und unterrichteten ihn vom Gang der Ermittlungen.

»Ui, das Kunsthistorische! Seien S' vorsichtig und taktvoll, insbesondere Sie, Frau Habel. Da arbeiten viele Adelige!«

»Adel gibt's doch keinen mehr in Österreich, hab ich geglaubt.«

»Na ja, Adel gibt's nicht mehr, das heißt aber nicht, dass es keine Adeligen mehr gibt. Und die haben immer noch ganz schön was mitzureden in diesem Land.«

»Und wie erkenn ich die?«

Auf diese Frage schüttelte der Hofrat nur leicht säuerlich grinsend den Kopf und murmelte etwas von »Dass Sie die nicht erkennen, verwundert mich nicht«. Anna schluckte eine Bemerkung runter, und Kolonja räusperte sich, um sein Grinsen zu kaschieren.

Sie parkten irgendwo hinter dem Parlament und gingen in Richtung der beiden riesigen Museen. Am zugigen Rondell vor dem Stadtschulrat, wo unablässig Autobusse und Straßenbahnen einfuhren, beschlossen sie, noch schnell einen Kaffee zu trinken. Kolonja bestellte sich eine Debreciner mit scharfem Senf, und Anna lief das Wasser im Mund zusammen. »Lass mich mal abbeißen.«

»Kauf dir selber eine!« Kolonja hielt ihr lachend den Pappteller hin, und Anna biss vorsichtig hinein. »Eigentlich grauslich, oder?«

»Ja, eh. Trotzdem gut, manchmal.«

Als das Handy klingelte, wischte sich Anna die fettigen Finger an ihrer Jeans ab und nahm den Anruf entgegen.

»Frau Habel? Motzko hier. Also, ich hab eine Dame erreicht, eine Frau Salzer. Sie holt Sie am Personaleingang ab, der liegt seitlich am Gebäude.«

»Danke, Motzko, wunderbar. Wir melden uns dann. – Robert, komm, aufessen. Und wisch dir den Mund ab.«

Kurz darauf betraten sie das Museum durch den Seiteneingang, Anna wandte sich an einen grimmig aussehenden Herrn in der Portiersloge.

»Guten Tag, wir möchten zu Frau Salzer.«

»Hamma nicht, eine Frau Salzer.« Der Mann starrte Anna ins Gesicht.

»Doch, sie erwartet uns.«

»Es gibt keine Frau Salzer bei uns.«

»Jetzt schaun Sie doch mal in Ihren Computer!« Anna wurde ein wenig unwillig.

»Ich brauch nicht in meinen Computer zu schauen. Ich weiß auch so, dass Sie im falschen Museum sind. Naturhistorisches.« Der Mann blickte sich beifallheischend um, fand allerdings zu seinem großen Bedauern kein Publikum für seinen Triumph. Anna schaute verwirrt, und Robert Kolonja begann zu lachen. »Und das dir! Museum verwechselt. Komm.«

Sie gingen den Ring entlang und kämpften sich durch

einen Haufen japanischer Touristen, die gerade aus einem Reisebus gestiegen waren. Sie trugen alle die gleichen orangen Stoffhütchen und standen wie eine zu groß geratene Kindergartengruppe auf dem breiten Gehsteig, lediglich die Zweierreihe fehlte. Anna warf einen Blick auf Maria Theresia, die in der Sonne leuchtete. ›Die hat's auch nicht leicht gehabt: sechzehn Kinder und ein Weltreich, da bin ich lieber Chefinspektorin‹, dachte Anna, und sie traten in den Eingang, der exakt spiegelverkehrt zum Naturhistorischen gebaut war. Die Portiersloge lag nun auf der rechten Seite, der diensthabende Beamte sah um einiges freundlicher aus.

»Guten Tag, wir haben einen Termin bei Frau Salzer.«
»Ja, da brauch ich Ihren Ausweis, bitte.«
Die beiden zogen ihren Dienstausweis aus der Tasche und legten ihn auf das Pult. Der Portier zog die Augenbrauen hoch und griff zum Telefon. Hinter ihnen fuhr mit lautem Gebrumm ein Lastwagen der Ottakringer Brauerei in den Hof, und Anna konnte kaum verstehen, was der Pförtner zu ihnen sagte. »Sie können hier … Frau … holt Sie ab.« Er schob die Ausweise zurück und öffnete das Drehkreuz.

Wenige Minuten später stand eine junge Frau in weißem Blazer vor ihnen. »Guten Tag. Mein Name ist Salzer.« Sie blickte sie fragend an.

»Kriminalpolizei Wien, Anna Habel, das ist mein Kollege Robert Kolonja, wir würden gerne mit dem Direktor sprechen.«

»Der Direktor ist eine Direktorin, und die ist noch nicht da. Um was geht es denn?«

»Um einen Ihrer Mitarbeiter.«

»Das können Sie auch mit mir besprechen. Hat jemand eine Straftat begangen?«

»Ja, jemand hat jemand anderen ermordet.«

»Was sagen Sie da? Einer unserer Mitarbeiter hat jemanden umgebracht? Das kann sich nur um ein Missverständnis handeln.«

»Nein, einer Ihrer Mitarbeiter wurde umgebracht, wenn ich das so drastisch ausdrücken darf.«

Frau Salzer wurde bleich, und ihr Blick weitete sich. Anna sah förmlich, wie sie alle ihre Kollegen an ihrem geistigen Auge vorbeiziehen ließ. »Wer?«, flüsterte sie.

»Josef Grafenstein. Wir haben ihn am Montagvormittag tot in seiner Wohnung aufgefunden.«

»Herr Grafenstein?« Frau Salzer wirkte fast erleichtert, Grafenstein war wohl keiner ihrer Lieblingskollegen. »Der war hier nicht … na, wie soll ich sagen … nicht fix angestellt. Er war mehr so ein externer Berater.«

»Aber er hatte ein eigenes Büro im Haus?«

»Ja, das war so ein Relikt von vor über zehn Jahren. Der damalige Direktor hat ihm dieses Büro zugesprochen, dafür hat Herr Grafenstein immer wieder Expertisen für das Haus gemacht. Er ist ein Experte für Renaissancekunst.«

»Wie oft war er denn hier?«

»Nicht so oft. Vielleicht ein-, zweimal die Woche.«

»Können wir den Raum sehen und seine Personalakte, falls es so etwas gibt.«

»Ja, natürlich, ich bring Sie hin. Und wegen der Akte frag ich gleich im Personalbüro nach.«

Es ging durch zwei Höfe und mehrere Büros, und Anna wunderte sich wie so oft, dass es hinter den Kulissen dieser aufgeladenen Wiener Prunkbauten so normale Dinge wie schmucklose Büros mit Kaffee auf Warmhalteplatten, lärmende Arbeiter und Brauereifahrzeuge gab. Nach vielen Gängen und Treppen, die immer wieder von Sicherheitstüren unterbrochen waren, öffnete Frau Salzer mit ihrer Magnetkarte eine sehr alte, kleine Holztür, und die drei standen im Foyer des Kunsthistorischen Museums, da, wo sich normalerweise die Besucherschlange zu den Garderoben drängelte. Frau Salzer blickte auf ihre kleine Armbanduhr. »Noch ist es ruhig. In einer halben Stunde geht's hier richtig los.«

Anna war beeindruckt, als sie über die große Marmortreppe in den zweiten Stock gingen, und selbst der Museumsfeind Kolonja blickte sich mit großen Augen um. Auch wenn sie es eilig hatten, konnte Anna es sich nicht verkneifen, einen Blick von oben in die Kuppelhalle zu werfen. Ein paar Kellner bereiteten das Kaffeehaus auf den Besucheransturm vor, ein junger Mann im schwarzen Anzug spielte halbherzig ein paar Takte auf dem Klavier. Anna beugte sich weit über das Geländer und ließ ihren Blick über den bunten Marmor schweifen.

»Kommen Sie?« Frau Salzer war schon weitergegangen, sie hatte den Blick ja jeden Tag.

Im hintersten Winkel des Museums – da wo selbst Florian bei seinen unzähligen Streifzügen wohl nie hingekommen war – befand sich das Münzkabinett. Es roch nach altem Holz und ein wenig nach Staub, und an der rechten Seitenwand des langen Ganges hingen unzählige postkartengroße Porträtbilder. Kolonja blieb stehen und studierte die Informationstafel: »Porträtsammlung Erzherzog Ferdinands II. von Tirol. Mensch, schau mal, wie viele Bilder von berühmten Persönlichkeiten der hat machen lassen, ist ja unglaublich.«

»Ja, toll! Jetzt komm aber! Ist ja schön, dass du dich plötzlich für Kunst interessierst, aber wir haben noch ein bisschen was zu arbeiten heute. Du kannst bald privat wiederkommen.«

Der lange Gang endete an einer massiven doppelflügeligen Holztür mit der Aufschrift: Saal III. An der Tür ein kleines Schild – kein Eintritt.

Dahinter verbarg sich ein geräumiges, gediegen eingerichtetes Zimmer – mehrere Bilder an den Wänden, ein rotes samtenes Sofa und ein aufgeräumter Schreibtisch. Anna trat ans Fenster und blickte auf die Ringstraße und das Heldentor.

»Wenn Sie hier warten möchten, ich bringe nur schnell die Personalunterlagen von Herrn Grafenstein.«

»Ja natürlich, kein Problem, wir warten hier.«

Robert Kolonja öffnete die Schreibtischschubladen und den eleganten Büroschrank. Ein paar Schnellhefter und Stifte, mehr war nicht im Schreibtisch, im Schrank ein Hängeregister mit penibel beschrifteten Reitern: *Pisanello, van der Weyden, Memling...*

»Wahrscheinlich alles Kunden von ihm.« Kolonja fächerte die Blätter durch.

»Schätzchen, das sind alles Maler. Alle schon ein paar Jährchen tot. Aber macht nichts. Wir nehmen das Zeug mit.«

Als Frau Salzer den Raum wieder betrat, schob Robert Kolonja die Schublade zu. Im selben Augenblick klingelte Annas Handy auf dem Grund ihrer Handtasche, und sie begann zu wühlen. Kurz bevor sich die Mailbox aktivierte, fand sie es und nahm ab, ohne auf die Nummer zu schauen. »Ja?«

»Guten Tag. Sprech ich mit Frau Habel?«

»Ja. Wer will das wissen?«

»Ernest Gföhler. Sie baten um meinen Rückruf!«

»Herr Gföhler! Na wunderbar!« Sie winkte Frau Salzer, die mit einem Blatt Papier in der Hand in der Tür stand und sie fragend anblickte, kurz zu. Sie trat ein und setzte sich abwartend auf die Kante des Sofas.

»Gut, dass Sie zurückrufen. Wir hätten ein paar Fragen an Sie.«

»Ja, natürlich, ich höre.«

»Nicht am Telefon. Sind Sie heute in Ihrem Geschäft?«

»Ja, aber ich habe sehr viel zu tun. Können wir das nicht jetzt klären?«

»Nein. Können wir nicht. Mein Kollege und ich sind in circa einer Stunde bei Ihnen. Halten Sie sich bereit. Und – haben Sie eigentlich kein Handy?«

»Bisher hab ich ganz gut ohne gelebt. Ist es strafbar, kein Handy zu haben?«

»Natürlich nicht. Also bis später, Herr Gföhler.« Anna drückte das Gespräch weg, ohne auf eine Antwort zu warten, und wandte sich an Frau Salzer, die plötzlich kleiner wirkte, wie sie da auf dem riesigen Samtsofa saß.

»Kennen Sie Ernest Gföhler?«

»Ja natürlich. Das ist der beste Rahmenmacher in ganz

Wien. Wir arbeiten öfter mit ihm zusammen. Ist aber spezialisiert auf moderne Kunst, er hängt fast jede Ausstellung in der Albertina. Was ist mit ihm?«

»Nichts. Wir müssen ihm nur ein paar Fragen stellen. Haben Sie die Akte?«

»Na ja, Akte ist ein wenig übertrieben.« Sie reichte ihr ein Blatt Papier, auf dem in knappen Worten Herrn Josef Grafenstein die Nutzung eines Büroraumes im KHM ohne Befristung gestattet wurde. Von einer Gegenleistung oder Miete war nichts zu lesen. Ausgefertigt hatte das Papier am 24. April 1991 ein gewisser Helmut Kaspar. »Der damalige Direktor«, erklärte Frau Salzer.

»Und warum hatte er dieses Privileg? Was hat Herr Grafenstein denn für das Museum gemacht?«

»So ganz genau weiß ich das auch nicht. Wie gesagt, er fertigte Expertisen und Gutachten an – und vor ein paar Jahren hatten wir hier eine große Renaissanceausstellung, da hat er am Katalog mitgearbeitet und Spezialführungen für VIPs gemacht.«

»Wann ist denn Ihre Frau Direktor zu sprechen?«

»Wahrscheinlich erst am späten Nachmittag. Die haben heute wichtige Budgetverhandlungen.«

»Bitte richten Sie ihr aus, dass sie mich gleich anrufen soll, wenn sie im Haus ist.«

»Selbstverständlich. Sagen Sie mir noch, wie er sterben musste, der arme Herr Grafenstein?«

»Bedaure, das ist aus ermittlungstechnischen Gründen nicht möglich. Kannten Sie denn seinen Lebensgefährten?«

»Lebensgefährten? Ach so... Das wusste ich nicht...«

»Was wussten Sie nicht?«

»Dass Herr Grafenstein, na ja, dass er schwul ist.«

»Haben Sie ihn denn mit Frauen gesehen?«

»Nein, warum?«

»Nur so. Frau Salzer, ich habe noch eine Bitte: Könnten wir einmal kurz in den Ausstellungsraum gehen? Ich würde gerne einen Blick auf die *Sprichwörter* von Brueghel werfen.«

»Ja natürlich. Gerne!« Die junge Frau blickte auf ihre Uhr. »Dann schnell jetzt, in zehn Minuten sperren wir auf, dann stehen die Menschentrauben davor.«

Die drei gingen treppauf, treppab, und immer wieder kamen sie völlig überraschend an Orten raus, mit denen Anna nicht gerechnet hatte. Da hing es, das Bild, perfekt inszeniert als Solitär an einer Wand, gut ausgeleuchtet und ziemlich groß. Selbst Robert Kolonja konnte sich dem Bann nicht entziehen. »Wow, ist ja Wahnsinn! Schau dir das an! Diese Details! Ist ja irre.«

»Sag ich doch. Kunst ist geil.«

»Und was bedeutet das alles?«

»Na ja, Sprichwörter eben.«

»Die werden alle auf unserem Audioguide erklärt.« Frau Salzer klang plötzlich wieder selbstbewusst und professionell, als wäre sie persönlich verantwortlich für die starke Anziehungskraft des Bildes.

»Dafür haben wir leider jetzt keine Zeit. Aber nun, wo mein Kollege auf seine alten Tage die Kunst entdeckt, kann er ja öfter wiederkommen.«

»Da empfehle ich Ihnen die Jahreskarte. Die ist wirklich sehr günstig.«

Eine Kordel signalisierte, dass man nicht näher ans Bild herantreten durfte. Anna beugte sich ein wenig darüber, doch sofort trat ein Aufseher, der bisher diskret in der Ecke gestanden hatte, einen Schritt auf sie zu. So ein Schwachsinn, wie sollte sie erkennen, ob das Bild echt oder gefälscht war? Sie nahm ihr Handy aus der Tasche und drückte auf Bernhardts Nummer. Er nahm sofort ab.

»Ja?«

»Ich steh im Museum vor den *Sprichwörtern*. Unglaublich!«

»Das find ich auch.«

»Ich hatte als Kind mal ein Puzzle mit tausend Teilen von Brueghels *Kinderspielen*. Seitdem ist der Maler bei mir verknüpft mit verregneten Nachmittagen, Keksen und Kakao und den seltenen Stunden, in denen mein Vater mit mir gespielt hat.«

»Die kleine Anna beim Puzzlespielen – das hat dich wohl geprägt. Und kannst du ein paar Sprichwörter deuten?«

»Nein. Du?«

»Ich hatte die mal als Poster. Ein paar weiß ich noch: *Mit dem Kopf durch die Wand. Sie greift nach dem Hühnerei und lässt das Gänseei fahren. Auf glühenden Kohlen sitzen.*«

»Also. Wie geht das jetzt weiter? Wir haben zwei identische Bilder, eines in Wien und eines in Berlin. Eines davon ist das Hühnerei, das andere das Gänseei. Was tun wir?«

»Tja, das in Berlin wird jetzt untersucht. Ich hab allerdings keine Ahnung, wie lange das dauern wird, bis die irgendwas sagen können. Dann muss man das in Wien natürlich auch untersuchen.«

»Wie stellst du dir das vor? Ich kann doch nicht einfach das Herzstück dieser Jahrhundertausstellung abhängen lassen!«

»Ach, das schaffst du schon. Da hast du schon schwierigere Dinge bewältigt.«

»Du hast leicht reden. Dein Brueghel hängt in einem privaten Haus, meiner hingegen im größten Museum Österreichs, und zu allem Überfluss haben hier angeblich lauter Adelige mit den besten Beziehungen das Sagen.«

Anna hatte sich während des Telefonats völlig in die Details des Bildes vertieft, und als sie hochblickte, erschrak sie. Ein Pulk Menschen stürmte auf sie zu, der Aufseher winkte sie mit einer hektischen Handbewegung zurück. Das Museum war geöffnet.

11

Thomas Bernhardt legte den Hörer auf. Es rührte ihn, dass Anna sich von einem Bild aus dem 16. Jahrhundert so begeistern ließ. Und er selbst blieb ja auch nicht kühl, wenn er den Brueghel sah. So richtig abgebrüht und ausgekocht waren sie beide also doch noch nicht, stellte er befriedigt fest und fiel einen Sekundenbruchteil später fast von seinem Stuhl.

Die Tür zu seinem Zimmer wurde mit einem Schwung aufgestoßen. »Da ist er!«

Katia Sulimma trat in den Sonnenstrahl, der ins Zimmer fiel, und leuchtete wie eine Verheißung auf: Mit ihren roten Highheels, der engen schwarzen Hose, der blauweiß gepunkteten Bluse und den pechschwarzen Haaren, von denen kleine Funken zu sprühen schienen, verkörperte sie blanke Energie und Lebenslust. Mit leichter Hand schob sie einen jungen Mann, der sich ein wenig zu sträuben schien, auf Bernhardts Schreibtisch zu.

Als sie hinausstöckelte, drehte sie den Kopf über die Schulter und lächelte ihn an. »Thomas, sei nett zu dem Kollegen Perutz von den Kunstdelikten.«

Der junge Kollege, der einen schwarzen Nadelstreifenanzug trug, darunter ein weißes Hemd, stand etwas unbeholfen vor Bernhardts Schreibtisch. Wie ein Prüfling, sagte sich Bernhardt, und er spürte, wie ein leichtes Überlegenheitsgefühl reflexartig in ihm einrastete: Wir von der Mordkommission sind die Harten, ihr von den Kunstdelikten seid die, ja, was denn?, die Weicheier, die Intellektuellen?

Er verscheuchte diesen blöden Gedanken. Verdammt, sie waren Kollegen, jeder gab auf seine Art sein Bestes. Er ging um seinen Schreibtisch herum.

»Willkommen, gut, dass du da bist, ging ja ausnahmsweise mal schnell mit der Abordnung, sag noch mal, wie heißt du?«

»Perutz. André Perutz.«

Sie setzten sich an den Besprechungstisch. Einen Pott mit Kaffee auf der Wärmeplatte der leise vor sich hin röchelnden Filterkaffeemaschine lehnte André Perutz mit einer entschiedenen Handbewegung ab. Bernhardt konnte es dann doch nicht lassen, eine Marke zu setzen.

»Latte-Macchiato-freie Zone hier.«

»Kein Problem, trinke ich nicht.«

»Tee?«

»Nur sonntags, *five-o'clock-tea* mit handgepflücktem Darjeeling, nur die drei jüngsten Blätter pro Busch, dazu ein paar Duchy-Biskuits von Prince Charles.«

Überrascht blickte Bernhardt den jungen Kollegen an, der zart errötet war: Schau an, Ironiker, hält dagegen. André Perutz begegnete Bernhardts Blick und lenkte dann geschickt ein.

»Ach was. Am liebsten guten Espresso, aber den kriegt man ja selbst in Italien kaum noch und erst recht nicht bei uns in den Büros. Oder habt ihr 'ne Maschine?«

»Zu teuer.«

»Leider.«

»Na, dann Prost!«

Bernhardt hob seinen Becher und schluckte die bittere Plörre. Haut einem wahrscheinlich irgendwann wirklich die Magenwand durch, sagte er sich.

André Perutz schwenkte die Klarsichthülle, die er die ganze Zeit in der Hand gehalten hatte, und zog zwei Blätter heraus.

»Nicht sehr ergiebig, was ich da von euch bekommen habe.«

»Ach so, sorry, das ist vom Kollegen Krebitz, der hat andere Stärken.«

»Na, das beruhigt mich.«

Bernhardt gab eine gedrängte Darstellung, die André Perutz immer wieder mit Zwischenfragen unterbrach. Sehr präziser Kollege, fand Bernhardt. Am Ende schüttelte Perutz den Kopf.

»Das Ding ist irgendwie zu fett. Dass sich ein Fälscher eine Epoche oder einen Maler vornimmt, das gibt's. Dass aber in diesem Ausmaß quer durch die Jahrhunderte gefälscht wird, das wäre, soweit ich das einschätzen kann, wirklich eine neue Dimension. Das müssen mehrere gewesen sein.«

»Und wenn's gar keine Fälschungen sind? Wenn das alles Originale sind, die irgendwelche Banden weltweit zusammengeklaut haben?«

»Weißt du, im Prinzip ist auf diesem Markt alles möglich. Aber von den wirklich großen Malern werden gar nicht so viele Bilder geklaut, und da gibt's auch genau geführte Verzeichnisse. Bringt nichts, jetzt hier rumzuspekulieren. Ich muss das Haus sehen, die Bilder, wir müssen jede Menge Experten finden, und wir müssen wenigstens ein paar Bilder im Rathgen-Forschungslabor analysieren lassen. Der Chef dort kriegt wahrscheinlich einen Herzkasper, wenn wir mit Picasso, Cézanne, van Gogh, Brueghel anmarschieren. Schnelle Ergebnisse dürfen wir uns da auf keinen Fall erhoffen.«

»Schaffst du das allein?«

»Nie und nimmer. Ich binde meine Kollegen am Tempelhofer Damm ein, und ich brauche hier einen Kollegen, mit dem ich eng zusammenarbeiten kann.«

Thomas Bernhardt ging mit ihm zu Cellarius, der sich immer noch durch Wessels Papiere grub.

Bernhardt schaute Cellarius fragend an, der mit den Schultern zuckte. »Schwierig. Diese Provenienzlegenden, was da echt und was fake ist, kann ich nicht erkennen. Und dieser Josef Grafenstein aus Wien kommt zwar häufig vor hier. Aber richtig konkret wird's nicht. Manchmal habe ich das Gefühl, dass da ganz bewusst Verschleierung betrieben wird.«

»Versuch das zu klären.«

Dann endlich machte Bernhardt Cellarius und Perutz miteinander bekannt.

André Perutz in seinem schwarzen Nadelstreifenanzug und Cellarius in seinem hellen Sommeranzug, die beiden textilen Dandys, harmonierten von Beginn an. Sie transportierten gemeinsam Wessels Papiere in eine geräumige Kammer, wo sie sie auf einem großen Tisch ausbreiteten.

Perutz blätterte, las sich fest, griff sich neue Ordner, überflog einzelne Blätter, schüttelte immer wieder den Kopf.

»Das ist extrem professionell. Offensichtlich sind da für jedes Bild umfangreiche Stammbäume angefertigt worden, die die Provenienz, also die Herkunft der Bilder, belegen sollen. Klingt alles erst einmal glaubwürdig. Da muss ich richtig ins Detail gehen. Auf die Schnelle lässt sich das nicht klären.«

Seine Augen glänzten, und Cellarius ließ sich von seiner Begeisterung anstecken. Bernhardt schaute die beiden an.

»Es scheint mir, als könnte ich euch allein lassen.«

Doch Perutz wollte unbedingt Wessels Haus sehen, mitsamt der »Schatzkammer«, wie das geheime Zimmer jetzt schon hausintern hieß. Und so fuhren sie zu dritt nach Pankow. Zurück blieben die gutgelaunte Katia Sulimma und eine in sich gekehrte Cornelia Karsunke, die den immer noch spärlichen Hinweisen auf Theo Wessels Leben folgte.

Bevor er das Büro verließ, legte Bernhardt seine Hand für einen Moment leicht auf Cornelias Schulter und fragte mit leiser Stimme, ob sie gut geschlafen habe. Sein Herz machte einen Hüpfer, als sie ihn anlächelte.

»Sehr. Als die Kinder morgens zu mir kamen, ach egal… Es war so schön gestern Abend. Das nächste Mal bleibst du über Nacht.«

»Und die Kinder?«

»Ach, wahrscheinlich würden die sich freuen, wenn du in meinem Bett liegst.«

Bernhardt beugte sich weiter nach vorne, beinahe hätte er sie geküsst. Aber er bremste sich ab, trat einen Schritt zurück und sprach noch leiser.

»Du riechst so gut.«

»Weil wir zusammen geschlafen haben… Du, ich habe eine Idee: Wollen wir nicht morgen Abend mal mit Nora und Greti in die Prinzessinnengärten am Moritzplatz gehen? Da kann man gärtnern, einfach so. Das wäre doch toll!«

»Morgen? Okay, vielleicht kriegen wir's hin. Aber nur, wenn du dir eine grüne Schürze umbindest und ein Kopftuch trägst.«

»Mach ich. Und vergiss nicht, was du gerade versprochen hast. Und jetzt hau endlich ab.«

Im Bilderhaus des Dr. Theo Wessel waren Fröhlich und seine Mannen noch immer aktiv.

»Meesta, juut, dette mal vorbeischaust. So janz alleene hat unser Bilderfreund hier nich jehaust. Paar Stammjäste muss er schon jehabt ham. Wir ham fünf verschiedene Fingerabdrücke, die übers janze Haus verteilt sind. Und zwar an allen Ecken und Enden.«

»Also war er kein Einsiedler?«

»Weeß ick nich, auf jeden Fall sind hier Leute rumspaziert, und nich zu knapp.«

»Könnt ihr die Fingerabdrücke irgendwelchen Personen zuordnen?«

»Wär schön, wa? Wir ham sie durch die Datenbanken jejagt, aber null Erjebnis.«

Thomas Bernhardt überlegte. Die Fingerabdrücke der

beiden Putzfrauen, Mutter und Tochter, mussten überall im Haus auftauchen, das war klar.

Blieben also Fingerabdrücke dreier unbekannter Personen. Handwerker? Nein, die tapsten nicht durchs ganze Haus und verteilten flächendeckend ihre Fingerabdrücke. Bernhardt überlegte: Es gab eine mysteriöse schöne, blonde Frau, von der nicht nur die Putzfrau, sondern auch der alte Hanne Ackermann wusste. Und nachts, hatte der gesagt, seien bei Wessel manchmal Besucher aufgetaucht. Aber das waren Schemen, mehr nicht.

Bernhardt beschloss, Ackermann in seinem grauen Haus zu besuchen und ihm härter als bisher auf den Zahn zu fühlen. Doch zunächst gesellte er sich zu Perutz, der sich wie ein staunender Knabe durch diese Galerie der besonderen Art bewegte.

»Unfassbar. Ich werde alle vorhandenen Bilder fotografieren, eine Bestandsliste anlegen und dann mit den Werkkatalogen der einzelnen Maler vergleichen. Wichtig ist auch, die Provenienzlegenden zu überprüfen, die dieser Wessel geschaffen hat. Wie hat er die aufgebaut, was ist da wahr, was gelogen? Und natürlich müssen wir checken, ob sich's nicht doch um ganz ordinäres Diebesgut handelt.«

Bernhardt runzelte die Stirn.

»Hört sich nicht so an, als ginge das schnell.«

»Nee, sicher nicht. Da ist das ganze Kommissariat Kunstdelikte gefordert.«

»Na, dann ran an die Arbeit.«

12

Anna Habel hatte langsam ihre gewohnte Betriebstemperatur erreicht, und das hieß, dass sie ihr eigenes Tempo erhöhte und zugleich ihre Mitarbeiter auf Trab brachte. Was sie besonders gerne bei dem bedachtsamen Kolonja machte. »Du fährst jetzt zu dem trauernden Witwer Wiedering und versuchst noch mal ein bisschen was aus dem Leben seines verblichenen Gefährten Grafenstein zu erfahren. Und frag ihn über sein Verhältnis zu teuren Bildern aus. Haben die beiden im großen Stil Kunst gekauft, sich auf Auktionen rumgetrieben? All so was. Und über seine Immobiliengeschäfte soll er uns, bitt schön, auch mal aufklären. Ist der ein kleines Licht oder eine große Leuchte auf dem Sektor? Aber bitte, Kolonja: vorsichtig und behutsam. Du weißt: der Hofrat.«

»Und was machst du?«

»Ich geh zu unserem vielbeschäftigten Rahmenmacher.«

»Können wir nicht tauschen?«

»Nein, nein, du schaffst das schon. Wenn du dich nicht auskennst, dann schreib einfach alles auf. Zeig bloß nicht, dass du keine Ahnung von dem Zeug hast – und keine blöden Bemerkungen über Schwule!«

»Schon klar. Ich bin ja nicht völlig unsensibel.«

»Wir treffen uns dann im Büro. Bis gleich.«

Anna freute sich auf den kurzen Spaziergang, der sie über einen ihrer Lieblingsplätze führte: den Heldenplatz. Sie ging durch das Heldentor und warf einen Blick auf die gewölbte Fassade der Nationalbibliothek. In ihrer ersten Zeit in Wien war sie oft an diesen Ort gekommen, sie liebte den Lesesaal mit den kleinen grünen Lampenschirmen und den leise wispernden Menschen, den Geruch nach alten Büchern. Oft hatte sie hier gelernt, der Raum half ihr, sich zu konzentrieren, und die Bibliothek war auch definitiv besser geheizt als ihr kleines Untermietzimmer mit den undichten Fenstern. Sie ging durch das zugige Tor der Hofburg, bahnte sich den Weg durch eine Gruppe knipsender Touristen. Plötzlich blieb der Pulk stehen, weil ein Mann in einer seltsamen Uniform den Weg versperrte. Die Leute begannen in allen Sprachen aufgeregt zu wispern, und Anna traute ihren Augen nicht: Wie in einem Film der Wien-Tourismus-Werbung öffnete sich ein schmiedeeisernes Tor in einem der Hauseingänge, und heraus kamen mindestens fünfzehn schneeweiße Pferde, die mit lautem Hufgeklapper von Männern über die Straße geführt wurden. Die Lipizzaner hatten anscheinend ihr vormittägliches Training beendet und durften wieder in ihre Stallungen. Die Touristen waren begeistert, Fotos wurden geschossen, und als der Spuk vorbei war, wechselte Anna mit den anderen Menschen die Straßenseite und blickte noch einen Moment auf die Schimmel, die nun aus ihren halboffenen Stalltüren gelangweilt auf die Menschen blickten. Das war einer der Gründe, warum sie die Stadt so sehr liebte, immer wieder konnte so etwas passieren – hundert Meter vom Wiener Graben, der teuersten Einkaufsmeile der Stadt, wird der Verkehr von fünfzehn weißen Pferden aufgehalten, man hätte sich nicht gewundert, wenn plötzlich der Kaiser im Fenster gestanden hätte, um einen Blick auf seine Rösser zu werfen. In Kombination mit der kleinen Privatführung im menschenleeren KHM war Anna heute Vormittag alles in allem auf ihre Kosten gekommen, zumindest was das Flair ihrer Wahlheimatstadt ausmachte.

Einen Moment fühlte sie sich als Touristin. Jetzt ins Cafe Bräunerhof für eine kleine Melange, dachte sie. Doch gleich darauf rief sich die Chefinspektorin der Wiener Mordkommission zur Ordnung, sie war hier unterwegs, um einen Mord aufzuklären. Sie überlegte kurz, wie sie am schnellsten zu dem Laden dieses Rahmenmachers kam. Die Fahnengasse war, soviel sie sich erinnern konnte, eine winzige Straße, die von der Herrengasse abzweigte.

Die Tür öffnete nach innen, und ein kleines Glöckchen zeigte ihr Kommen an. Aus dem hinteren Bereich des unordentlichen kleinen Ladens ertönte eine Stimme. »Moment, bitte! Ich komme gleich.« Es dauerte mehrere Minuten, bis ein großgewachsener Mann in einem zerschlissenen blauen Arbeitskittel aus dem dämmrigen Licht nach vorne kam. Er wischte sich die Hände am Mantel ab und streckte Anna mit einem warmen Lächeln die Rechte entgegen. »Sie müssen die Kommissarin sein.«

»Woher wissen Sie das?« Anna kramte in ihrer Tasche nach dem Polizeiausweis.

»Na, Sie sehen jetzt nicht aus wie eine Malerin, die ihre neue Ausstellung hängen will.«

»Ist das jetzt ein Kompliment oder eine Beleidigung?«

»Eine einfache Feststellung. Kaffee?«

»Kommt darauf an, was Sie zu bieten haben.« Anna ärgerte sich – viel zu freundschaftlich, zu privat klang das – viel zu unprofessionell.

»Oh, die Dame trinkt nicht alles. Ich hätte einen schönen Latte Macchiato, wenn's genehm ist.«

»Ja, gerne.«

Ernest Gföhler bediente die schicke Espressomaschine routiniert. »Zucker?«, fragte er, legte ein kleines Mandelplätzchen auf die Untertasse und streute eine Prise Kakao über den Milchschaum. »Was kann ich für Sie tun?«

»Kennen Sie einen Herrn Josef Grafenstein?«

»Den Josef? Ja, natürlich kenn ich den.«

»Wann haben Sie ihn das letzte Mal gesehen?«

»Da muss ich nachdenken. Warum, ist was passiert?«

»Bitte beantworten Sie meine Frage.«

»Ich weiß nicht genau. Vor ein oder zwei Wochen vielleicht. Je älter man wird, desto schneller verfliegt die Zeit, geht es Ihnen auch so?«

»Bitte versuchen Sie mir eine genaue Antwort zu geben.«

Gföhler fischte einen schwarzen Kalender aus einer teuer aussehenden Ledertasche und blätterte hin und her. »Warten Sie, ich hab's gleich. Vor zehn Tagen, da waren wir auf einer Auktion im Palais Ferstl, und danach sind wir noch was essen gegangen. Steht da in meinem Kalender.« Er hielt Anna stolz das aufgeschlagene Büchlein vor die Nase.

»Und telefoniert? Wann haben Sie mit ihm das letzte Mal telefoniert?«

»Muss ich die Frage beantworten?«

»Wenn Sie sie nicht beantworten, machen Sie sich verdächtig. Wir können die Befragung auch im Präsidium fortsetzen, da gibt es allerdings keinen so guten Kaffee.«

»Regen Sie sich nicht gleich so auf, ich beantworte Ihre Frage ja. Ich möchte nur wissen, warum das alles wichtig ist.«

Anna entschied sich für die harte Variante. »Josef Grafenstein ist tot. Er ist keines natürlichen Todes gestorben. Wieso wissen Sie das nicht, war doch schon in den Nachrichten.«

Aus dem Gesicht von Ernest Gföhler wich sämtliche Farbe. Er sank auf einen kleinen Schemel und starrte Anna ungläubig an. »Ich hab keinen Fernseher, und Radio hab ich auch nicht gehört. Wurde er überfallen? Ausgeraubt?«

»Nein, das kann man so nicht sagen. Also, wann haben Sie mit ihm telefoniert?«

»Am Samstag, so gegen achtzehn Uhr. Er wollte, dass ich vorbeikomme, weil der Wiedering nicht da war. Er ist nicht gern allein.«

»Und?«

»Was und?«

»Na, sind Sie vorbeigekommen?«

»Nein, ich sagte Ihnen doch, ich habe ihn das letzte Mal vor zehn Tagen gesehen.«

»Warum nicht?«

»Ich hatte keine Lust. Ich hab gesagt, dass ich Theaterkarten hätte, aber ich hatte schlichtweg keine Lust.«

»Warum nicht?«

»Warum nicht, warum nicht...« Gföhler war aufgestanden und blickte durch das Schaufenster auf die ausgestorbene Gasse. »Können Sie nichts anderes fragen?«

»Ich frage das, was ich wissen muss.«

»Ich weiß nicht, warum ich keine Lust hatte. Geht Ihnen das nicht manchmal auch so? Dass Sie eine bestimmte Person zu einem bestimmten Zeitpunkt nicht sehen wollen? Auch wenn Sie die Person mögen. Sagen Sie mir jetzt, was passiert ist?«

»Ich habe es Ihnen bereits gesagt. Josef Grafenstein ist unter ungeklärten Umständen gestorben. Mehr gibt es dazu erst einmal nicht zu sagen. Was hatten Sie für ein Verhältnis?«

»Er war ein guter Kunde. Vor vielen Jahren haben wir uns auf einer Auktion kennengelernt.«

»Und was hat er alles rahmen lassen?«

»Na, sehr viel, er hat mich auch öfter empfohlen, zumindest am Anfang meiner Karriere. Inzwischen brauch ich's nicht mehr.« Er blickte nachdenklich auf die Bilder in seiner Werkstatt und sah Anna plötzlich direkt in die Augen. »Sagen Sie, wie halten Sie das aus?«

»Was meinen Sie?«

»Na, den Tod, der Sie umgibt. Diese schrecklichen Verbrechen, mit denen Sie sich beschäftigen müssen – das muss einen doch völlig kaputtmachen.«

»Das lassen Sie mal meine Sorge sein. Ich schaff das schon. Wo waren Sie am Samstagabend zwischen neunzehn Uhr und Mitternacht?«

»Zu Hause. Und ja, ich war alleine. Und nein, ich habe keine Zeugen. Eine Flasche Wein und Emma sind meine

Zeugen. Ich lese gerade die wunderbare Neuübersetzung der *Madame Bovary*.«

»Erzählen Sie mir ein wenig mehr über Herrn Grafenstein?«

»Ach, das ist schwierig. Er war ein ganz eigener Typ. Ein typischer Altösterreicher, aus irgendeiner Adelsfamilie. Ein bisschen elitär, sehr konservativ, aber im Grunde seines Herzens ein guter Mensch.«

»Konservativ und schwul?«

»Ja glauben Sie, nur die linken Spontis können schwul sein? Sie haben keine Ahnung, wie viele im rechten Lager vom anderen Ufer sind. Ist natürlich für viele eine schwierige Situation, christlich, konservativ, jeden Sonntag in die Messe, ÖVP wählen und dann... na ja. Er hat sich aber nicht... selber...?«

»Nach dem derzeitigen Stand der Ermittlungen können wir das ausschließen. Wieso fragen Sie? Würden Sie ihm das zutrauen?«

»Nein, eigentlich nicht. Er war ein lebensfroher Mensch. Andererseits – jeder hat seine dunklen Stunden, oder?«

»Wie war die Beziehung zwischen dem Grafenstein und Christian Wiedering?«

»Innig und symbiotisch. Sie turtelten nach so vielen Jahren immer noch wie frisch Verliebte. Süß, aber auch manchmal befremdlich.«

»Gab es Konfliktthemen? Spannungen?«

»So oft hab ich sie nicht zusammen gesehen, ich hatte mehr Kontakt mit Josef. Das Einzige, was mir einfällt: Christian war wahnsinnig eifersüchtig.«

»Und hatte er Grund dafür?«

»Nein, ich mein, der Josef hat gerne geflirtet, aber er war mehr so der Verbalerotiker. Betrogen hätte der den Christian nie.«

»Und der Job von Herrn Grafenstein? Wie muss ich mir den vorstellen?«

»Wie Sie sich den vorstellen müssen? Na ja, dieser ganze Kunstmarkt ist ein sehr komplexer Bereich. Das ist ein wenig schwierig zu erklären.«

»Versuchen Sie's doch einfach. Ich bin mittelmäßig intelligent, ich sag Bescheid, wenn ich nicht mehr folgen kann.«

»Jetzt sind S' nicht gleich beleidigt. Ich meinte ja nur, man kann das nicht in ein paar Sätzen erklären.«

»Ich habe Zeit.«

»Na gut. Einerseits hat der Josef Gutachten gemacht. Er betrieb Provenienzforschung.« Ernest Gföhler blickte Anna erwartungsvoll an. »Sie wissen, was das ist?«

»Na ja, schon. Die Herkunft der Bilder?«

»Genau, das ist meist sehr aufwendig: Nicht nur das Bild selbst, also Material und Beschaffenheit, sondern auch die ganze Besitzgeschichte müssen geklärt werden. Wem gehörte das Bild davor, wie kam es in den Besitz des derzeitigen Inhabers und vieles mehr. Der Josef hat manchmal unglaubliche Dinge ausgegraben, über Bilder, über die man jahrelang nichts herausgefunden hatte – da zauberte er dann plötzlich doch noch Kaufverträge und Urkunden aus dem Hut.«

»Wie macht man das?«

»Das Wichtigste sind die richtigen Kontakte. Er kannte einfach jeden in der Kunstszene und nicht nur in Europa.

Das ist ein sehr diffiziler Markt. Sie können sich gar nicht vorstellen, wie viele Fälschungen unterwegs sind.«

»Und die Bilder, die Grafenstein und Wiedering zu Hause hängen haben? Sind die echt oder gefälscht?«

Ernest Gföhler grinste sie ein wenig abfällig an. »Sie glauben doch nicht, dass sich ein Kunstexperte einen gefälschten Helnwein an die Wand hängt.«

»Aber der kostet doch 'ne Menge Geld!«

»Das ist eine Frage der Relation, der Helnwein ist noch im unteren Preissegment. Und was wollen Sie: Andere kaufen sich teure Autos und Ferienhäuser. Wenn man der Kunst einmal verfallen ist, kommt man nicht mehr von ihr los.«

»Und was hat er noch gemacht, der Grafenstein?«

»Wieso noch?«

»Weil Sie vorhin ›einerseits‹ gesagt haben.«

»Hab ich das?«

»Ja, haben Sie.«

»Na ja, er hat viel publiziert. In diversen Kunstzeitschriften. Und Texte für Ausstellungskataloge hat er geschrieben. Na ja, und ein bisschen gehandelt hat er auch, gekauft, verkauft, aber nicht im großen Stil.«

»Kennen Sie einen Theo Wessel?«

»Hm, ja, warten Sie. Ist das nicht so ein Berliner Kunstsammler? Ich erinnere mich, dass Josef ihn manchmal erwähnt hat. Hab ihn aber nie gesehen. Wieso, was ist mit dem?«

Anna ignorierte die Frage und stand auf. »Darf ich?« Sie deutete auf eine halboffene Tür, die in ein hinteres Zimmer führte.

»Bitte.« Gföhler machte eine einladende Handbewegung.

In dem erstaunlich großen Raum sah es aus wie in einer Tischlerwerkstatt. Überall lehnten Holzleisten und Rahmen in allen Größen, und auf einem Tisch lagen unzählige Fotos von Gemälden mit nackten Menschen. Anna beugte sich darüber, konnte sich der Faszination der hässlichen und gleichzeitig ästhetischen Abbildungen nicht entziehen. Besonders ins Auge stachen ein nackter Mann, der sich auf einem weißen Laken räkelte und einen Hund im Arm hielt, und eine unglaublich dicke Frau, die seitlich auf einem Sofa lag und mit einer Hand ihre schwammige Brust abstützte.

»Einundzwanzig Millionen Euro.« Ernest Gföhler tippte auf die Dicke.

»Ui, obwohl, die möcht ich ja nicht in meinem Schlafzimmer hängen haben.«

»Darum geht's doch nicht.« Er sah Anna an, als würde sie in einem Gourmetrestaurant Fischstäbchen mit Kartoffelpüree bestellen. »Das kauft man sich doch nicht, um es übers Bett zu hängen. Kennen Sie den Maler?«

»Muss man?«

»Na ja, nicht unbedingt. Lucian Freud. Einer der größten realistischen Maler.«

»Verwandt?«

»Mit Sigmund? Ja. Enkel.«

»Und was machen Sie mit ihm?« Anna deutete auf die Fotos.

»In ein paar Wochen gibt es eine große Ausstellung

von ihm im KHM. Und ich soll den Kurator beim Hängen der Bilder beraten.«

»Ich dachte, Sie sind Rahmenmacher. Na gut, wie auch immer, ich muss leider mein kleines Privatkolloquium auf einen anderen Tag verlegen, ich muss jetzt weiter. Herr Gföhler, ich danke für Ihre Hilfe, bitte halten Sie sich in den nächsten Tagen zur Verfügung, falls wir noch weitere Fragen an Sie haben.«

»Ich muss mir jetzt aber nicht ein Handy kaufen, damit ich Tag und Nacht für Sie erreichbar bin, oder?«

»Nein, Sie sollten nur regelmäßig Ihren Anrufbeantworter abhören und nicht ins Ausland fahren.«

»Gut, ich wüsste zwar nicht, was ich Ihnen noch erzählen könnte, aber Sie können mich jederzeit anrufen.«

»Gut, dann wünsch ich einen schönen Tag. Danke, ich finde selbst hinaus.«

Als sie in die Fahnengasse trat, wehte Anna ein warmer Wind entgegen. An allen Ecken standen orangegekleidete Mitarbeiter der Stadtbetriebe und kehrten mit Besen den Rollsplit, der sich im überlangen, nicht enden wollenden Winter angesammelt hatte, aus jeder kleinsten Ecke. Das war für Anna immer das Zeichen dafür, dass der Winter endgültig vorbei war, und jedes Jahr war es wie ein kleines Wunder: Innerhalb weniger Tage war die Stadt vom Staub und Mief befreit, und die Straßen wirkten, als hätte sie jemand Zentimeter für Zentimeter blankgeputzt.

SMS von Kolonja. *Fertig. Bin am Weg ins Büro. Gemma schnell was essen?* Anna schrieb ein Smiley zurück. Am Schottentor stieg sie in den D-Wagen und traf zeitgleich mit Kolonja im Bären ein. Auf der Tageskarte standen gefüllte Paprika und Schinkenfleckerl, und auf beides hatte Anna keine rechte Lust. »Wir könnten doch mal in die Servitengasse gehen, da gibt es eine coole Suppenküche, mit Tagessuppen und Currys und so.«

Kolonja starrte sie verständnislos an. »Suppen? Ich bin ja nicht krank!« Er bestellte sich die Paprika, Anna eine Leberknödelsuppe und einen gemischten Salat.

»Und?«

»Na ja, dieser Wiedering ist völlig am Ende. Der hat damit sicher nichts zu tun. Der kommt aus dem Heulen nicht raus, so etwas kann man nicht spielen.«

»Tja, ich glaub's auch eher nicht. Der hat kein Motiv. Obwohl: Eifersucht, Auftragskiller? Aber das ist, glaube ich, ein bisschen weit hergeholt. Wir müssen halt rausfinden, wer bei dem Grafenstein zum Abendessen war. Das ist der, der ihn als Letzter lebend gesehen hat und der auch sein Mörder sein könnte.«

»Vielleicht war's eine Sie?«

»Ja, vielleicht war's auch eine Sie.«

Sie aßen hastig ihr Mittagessen und legten das Geld abgezählt auf den Tisch. »Kaffee trinken wir im Büro, ich geh noch mal schnell in die Spurensicherung.«

Der Leiter der Spurensicherung, Martin Holzer, empfing sie mit einem entschuldigenden Lächeln. »Viel hab ich nicht für dich. Eines ist schon mal klar, jemand hat die Fingerabdrücke am Weinglas und am Besteck abgewischt. Also auf dem einen Glas sind die Spuren des Opfers und auf dem anderen gar nichts.«

»Das heißt, dass es der Täter war, der Wein mit dem Opfer getrunken hat.«

»Vermutlich schon, es gäbe ja sonst keinen Grund, das Geschirr sorgfältig zu spülen. Also, ich mach das nicht, wenn ich wo zum Essen eingeladen war.«

»Und sonst? Gibt es Spuren?«

»Ja, im Eingangsbereich haben wir ein paar, die weder dem Opfer noch dem Mitbewohner zuzuordnen sind. Und die sind auch auf der Therme zu finden. Kann dir aber nicht genau sagen, wie alt die sind. Könntest du rausfinden, wann der Rauchfangkehrer in der Wohnung war?«

»Ja, mach ich. Ich geh davon aus, dass die Fingerabdrücke nicht registriert sind.«

Holzer lächelte sie nur mitleidig an. »Das Handtuch, das die Therme nach oben hin verstopft hat, ist leider auch nicht besonders aufschlussreich. Ein Ikea-Produkt.«

»Tja, komisch, es gibt irgendwie keinerlei Motiv. Nichts geklaut, ein geordnetes Beziehungsleben, seltsam.«

»Was sagt denn der Schima?«

»Noch gar nichts. Außer dass der Mann tot ist. Du kennst den Schima ja, der spricht erst, wenn er alle Ergebnisse hat.«

Zurück im Büro empfing sie der wie immer aufmerksame Motzko.

»Kaffee?«

»Äh, nein, oder ja, bitte. Hat der Schima angerufen?«

»Ja, gerade eben. Er hat einen Befund. Der Tote wurde mit K.o.-Tropfen außer Gefecht gesetzt, also, ich meine, als er noch gelebt hat. Der Schima sagt, es war eine ziemliche Menge. Und dann hat ihn jemand ausgezogen und in die Wanne gelegt. Da muss er aber schon tief und fest geschlafen haben.«

»Sehr interessant. Somit können wir Selbstmord ausschließen, und wahrscheinlich war der abendliche Gast der Mörder. Wir müssen noch mal alle Nachbarn befragen, den muss doch irgendjemand gesehen haben! Und sonst?«

»Nicht viel. Der Grafenstein ist eine unauffällige Person gewesen, nur einmal kam er mit dem Gesetz in Konflikt – dem Steuergesetz. Er musste fünfzigtausend Euro Steuern nachzahlen.«

»Mein Gott, wie viel muss man verdienen, wenn man fünfzigtausend Euro Steuern nachzuzahlen hat?! Der war doch eigentlich Beamter, oder?«

»Ja, da ging es um irgendwelche Bilder, die er verkauft hat.«

»Und wieder die Bilder. Haben Sie sich ein wenig eingelesen in das Thema Kunstfälschung?«

Motzko sah sie unglücklich an und legte den Kopf schief. »Das ist ein riesiges Thema, aber doch nicht unseres!«

»Nicht direkt, aber wenn's was mit dem Mord zu tun hat?«

»Glauben Sie?«

»Ich glaube noch gar nichts. Haben Sie irgendeine Verbindung zu diesem Theo Wessel in Berlin gefunden?«

»Ja, noch ein paar Mails und ein, zwei Fotos. Und er hat öfter auch Geld auf ein Konto nach Berlin überwiesen oder auch von dort welches erhalten.«

»Da müssen wir dranbleiben. Was gehört vom Kollegen Bernhardt?«

»Ich? Warum ich?« Motzko sah sie vielsagend an.

Anna ignorierte die Bemerkung. »Also, die einzige Spur, die wir haben, ist dieser ominöse Abendessensgast. Ich schlage vor, wir holen uns ein paar von den uniformierten Kollegen und befragen auch noch die restlichen Anwohner. Vielleicht hat ihn doch jemand gesehen und kann ihn beschreiben.«

Wie auf ein geheimes Kommando klingelte der Apparat auf Annas Schreibtisch. »Ah, Berliner Nummer. – Habel!«

»Anna? Gibt's was Neues bei euch? Hör zu, das ist wahrscheinlich ein wenig schwierig, aber du musst dieses Brueghel-Bild in eurem Supermuseum abhängen lassen. Es muss dringend untersucht werden.«

»Du bist lustig. Wie soll das gehen? Ich kann doch da nicht einfach hinspazieren und dieses Bild mitnehmen.«

»Lass dir was einfallen, du schaffst das schon. Es ist wirklich wichtig. Ich ruf dich später noch mal an und erklär dir alles, aber wir brauchen so rasch wie möglich Ergebnisse. Wir müssen einfach wissen, ob dieser Brueghel echt ist.«

»Aufgelegt.« Anna starrte den Hörer in ihrer Hand ein paar Sekunden an, dann schüttelte sie den Kopf und wählte die Durchwahl ihres Chefs: »Herr Hofrat? Haben Sie eine Minute für mich? Ich glaube, wir haben ein Problem.«

13

Thomas Bernhardt steckte sein Handy in die Hosentasche. Gut, die Anna würde das schon hinkriegen. Sie hatte genug Ehrgeiz, es den Berlinern zu zeigen. Aber sie selbst traten auf der Stelle. Cellarius und Perutz gaben sich ganz der Bestandsaufnahme von Wessels kuriosem Kunstkabinett hin und kamen ihm schon vor wie zwei weltfremde Kunsthistoriker. Fröhlich und seine Mannen putzten und pinselten immer noch akribisch vor sich hin. Und Cornelia Karsunke und Katia Sulimma, die in der Keithstraße den verwischten biographischen Spuren des Opfers folgten, hatten telefonisch um Geduld gebeten. Sie hätten da zwar einen winzigen Hinweis, Geschäfte in New York, vielleicht sei da was dran, aber sie müssten noch ein paar Sachen klären. Wenn sich das verfestigte, würden sie ihn sofort anrufen.

Bernhardt trat schlechtgelaunt aus Theo Wessels dunkler Kunsthöhle. Die Sonne strahlte auch am späten Nachmittag noch mit einer Kraft, als wollte sie ihren Triumph über das halbe Jahr Berliner Dunkelheit genießen. Als er aus dem verwilderten Garten auf den Bürgersteig trat, schloss er geblendet die Augen und nieste, zwei-, drei-, viermal. Seine Augen tränten und schwollen an. Er nieste noch einmal.

»Gesundheit!«

Sein verschleierter Blick fiel auf eine junge Frau – war das nicht? – genau, die Kindergärtnerin oder Erzieherin oder sozialpädagogische Fachkraft oder wie das hieß. Inmitten ihrer schnatternden Zwergenschar wirkte sie so frisch, fröhlich und frei, aber nicht unbedingt fromm, dass es Bernhardt einen schmerzenden kleinen Stich versetzte.

»Sie hat's aber ganz schön erwischt. Heuschnupfen?«
»Ja.«
»Na, da sind Sie hier ja genau richtig. Wir waren im Bürgerpark, alles blüht, man denkt, es ist das Paradies.«
»Im Paradies gibt's keinen Heuschnupfen. Und ein Bürgerpark als Paradies wäre mir auch neu. Wo ist der denn?« O Gott, war er das wirklich, dieser mürrische, alte Mann?

Sie wies vage hinter sich. Er versuchte sich ihr Gesicht einzuprägen. Die schwarzen kurzen Haare fielen ihr in die Stirn, hohe Wangenkochen, weit auseinanderstehende, dunkle Augen, großer Mund.

»Ach, tut mir leid, dass Sie leiden, an so einem schönen Tag.«

Wie ein Hirtenhund umkreiste sie jetzt ihre unruhige Herde, kein Schäfchen sollte davonlaufen und sich verirren.

»Ich habe Heuschnupfen, weil ich leiden will. Um dann bedauert zu werden. Sagt jedenfalls die Psychoanalyse, sagt mein Arzt.«

Sie lachte, und er sah ihre schönen kräftigen weißen Zähne.

»Sagt wer, was ...? So ein Blödsinn, obwohl: Ich bedauere Sie ja wirklich, vielleicht hat die Psychodingsbums doch recht?«

»Na bitte. Und danke, dass Sie mich bedauern.«

»Sie sollten sich aber nicht selbst bedauern, das bringt nichts.«

»Guter Ratschlag.«

»Gern geschehen. Sind Sie eigentlich der Kommissar, der hier ermittelt?«

»Ja, bin ich.«

»Und, wissen Sie schon, wer der Täter ist?«

»Nein.«

»Schwieriger Fall?«

»Allerdings.«

»Na, dann sehen wir uns vielleicht noch mal?«

»Haben Sie denn sachdienliche Hinweise?«

Sie lachte. »Ach, endlich reden Sie wie in einem Krimi. Nein, ich fand nur immer den Garten so hässlich und das Haus darin noch hässlicher. Aber sonst weiß ich nichts.«

»Gehen Sie morgen wieder in den Bürgerpark?«

»Nein, morgen gehen wir in den Schlosspark.«

Sie zeigte in die entgegengesetzte Richtung.

»Und da gibt's ein Schloss?«

Sie schob mit der Hand die Haare aus der Stirn und schaute ihn direkt an.

»Na klar. Niederschönhausen. War früher so 'ne Art Regierungsschloss oder wie man das nennen soll, da hat die DDR ihre Staatsgäste untergebracht. Irgendwie so was.«

»Und kommen Sie dann wieder hier vorbei?«

Sie legte den Kopf schief und kniff leicht die Augen zusammen.

»Nein. Aber übermorgen. Wir wechseln immer zwischen Bürgerpark und Schlosspark.«

»Eine Wanderin zwischen den Welten, sozusagen.«

»Wenn Sie meinen.«

Sie wandte sich ab und setzte sich mit ihrer unruhig gewordenen Kinderschar in Bewegung. Nach ein paar Metern drehte sie sich noch einmal um.

»Viel Erfolg! Und gute Besserung!«

»Danke!«

Thomas Bernhardt hatte plötzlich gute Laune. Der Heuschnupfen beruhigte sich, er kannte das, nach einer Attacke herrschte in der Regel ein paar Stunden relative Ruhe, bevor es wieder losging. Sein Blick öffnete sich, er sah klarer. Er ging auf Hans Ackermanns Haus zu. Jetzt würde mal Klartext geredet.

Er drückte auf den Klingelknopf. Das scheppernde, leis asthmatische Bimmeln versickerte im Haus. Stille. Nochmaliges Klingeln, weiter Stille. Thomas Bernhardt machte seinen Job lange genug, er spürte: Das Haus war leer. Seine Erfahrung sagte ihm: Der Vogel war ausgeflogen. Warum? Wohin? Würde er zurückkehren? Hatte er einen Fehler gemacht, hätte er diesen seltsamen Ackermann unter Bewachung stellen müssen? Aber mit welcher Begründung? Dann ermahnte er sich: Ruhig Blut, der alte Klassenkämpfer war vielleicht doch nur zu Aldi gegangen, Sonderangebote abgreifen.

Er legte die Hand auf die Türklinke, die Tür gab nach,

schwang langsam auf. Er spürte die Anspannung eines Jägers. War doch jemand da? Versteckte er sich hinter einer Tür, im Bad, auf dem Dachboden? Er ging langsam vorwärts, witternd, sichernd. Er rief den Namen des Alten. Dumpfer Klang, kein Echo.

Anders als in seinen frühen Jahren, als er die Welt revolutionär umkrempeln wollte, war Bernhardt inzwischen ein Anhänger des Rechtsstaats. Er durfte hier nicht einfach rumstreifen, das war ihm klar. Einerseits. Andererseits würde er für diese Wohnung wohl kaum einen Durchsuchungsbefehl bekommen. Es gab keinen Grund, außer seinem vagen Verdacht, dass mit Ackermann irgendetwas nicht stimmte. Er beruhigte sein Gewissen, indem er sich sagte, dass Gefahr im Verzug sei.

Mit wenigen Sprüngen nahm er die Treppe in den ersten Stock. Er ging von Zimmer zu Zimmer, riss die Tür zu einer kleinen Toilette auf. Nichts. Er stieg auf einer wackligen Leiter zum Dachboden hoch. Staub und Stille. Ein staubfreies Viereck auf dem Boden, als hätte dort bis vor kurzem eine Truhe oder ein Koffer gestanden.

Bernhardt entschied sich für eine schnelle, konzentrierte Durchsuchung des Hauses. Durchsuchung? Wenn er später gefragt werden sollte, würde er antworten, er habe doch nur nach dem Bewohner des Hauses geschaut, ob dem nichts passiert war, er sei schließlich ein alter Mann.

Doch sein Einsatz brachte nichts. Als hätte eine Tatortreinigung stattgefunden: sauber geschichtete Wäsche in einer Truhe, Jacken und Mäntel in einem Schrank, aber kein Papierkram, nirgends, keine Fotoalben, keine Aktenordner, nichts.

Drüben, im Kunstmuseum der besonderen Art, wackelte Fröhlich mit dem Kopf. »Meesta, et jeht imma weita. Kannste dich an den kleenen Finanzbeamten in Reinickendorf erinnern, mit den drei großen Schwestern? Weeßte, die Geschichte mit der Axt, er hatt'se alle drei..., weeßte noch? Blutorjie, wa?«

»Fröhlich, ist gut, was hat das –?«

»Hat, Meesta, hat. Dem Typen sind wir nämlich uff die Spur jekomm', weil wir so 'n kleenet, läppischet Foto jefund'n ham, kannste dir erinnern? Det Foto hier ist zwar jrößa, aba schau dir ma die Schöne an, ham wa hinter'm Brueghel in einem gut getarnten Safe gefunden.«

Er hielt Bernhardt ein großes Foto vor die Nase, das Porträt einer Frau, deren Basiliskenblick sich hart auf den Betrachter richtete, als wollte sie ihn hypnotisieren. Auf ihrer Wange glitzerten zwei Tränen. Oder waren es Perlen? Bernhardt fiel es schwer, sich von diesem Blick zu lösen. Auf der Schulter der Frau ringelte sich eine kleine Schlange. Die Frau behauptete sich gegen das aggressive Licht, das auf sie fiel. Das Bild inszenierte eine Botschaft, so schien es Bernhardt: Mich wird niemand besiegen. Eine Amazone mit blondem üppigem Haar, das wie eine Aureole um ihren Kopf leuchtete.

Bernhardt atmete durch.

»Stark. Kannst du was dazu sagen?«

Fröhlich legte das Foto in den Lichtkegel einer besonders grellen Lampe. Er schob das Bild hin und her, drehte und wendete es.

»So Meesta, jetz jenau hinjeschaut. Siehste die verwischten Buchstaben hier uff der Rückseite? Det kann ick dir entziffern. Pass uff.«

Fröhlich machte ein bisschen Hokuspokus wie ein Zauberer auf einem Kindergeburtstag.

»Die heeßt, die heeßt. Na warte. Die heeßt… Aljona Schwartz. Wat is'n det für 'n Name? Copyright: Annie… wart ma… Leibovitz.«

Die Hand von Perutz, der sich mit Cellarius zu ihnen gestellt hatte, zuckte nach vorne.

»Zeig mal, das ist doch…«

Fröhlich trat schnell einen Schritt zurück und hielt das Foto in die Luft. »Nee, nee, nur gucken, nich anfassen.«

Perutz hob beide Hände und machte eine beschwichtigende Bewegung. »Okay, ich weiß, wer die Frau ist.«

Sie blickten ihn verblüfft an. Bernhardt ärgerte sich im Stillen über den Informationsvorsprung, den Perutz hatte. Und ärgerte sich dann darüber, dass er sich ärgerte. War doch nichts dagegen zu sagen, sie waren ein Team.

»Na dann lass uns mal an deinem Wissen teilhaben.«

Perutz meinte, da müsse er etwas ausholen.

Bernhardt schaute auf seine Uhr.

»Gehen wir in das Gasthaus, wo wir vorgestern waren. Da kannst du uns dein Kolleg halten, Perutz.«

Kaum hatte er das gesagt, bedauerte er die leichte Schärfe, die seinen Worten beigemischt war. Er ermahnte sich, freundlicher zu Perutz zu sein.

Als er kurz darauf mit Cellarius und Perutz auf dem schmalen Bürgersteig im Gänsemarsch in Richtung Gasthaus lief, nahm er alles in einer Art gesteigerter Wahrnehmung auf. Für Bernhardt war es immer wichtig, dass er bei einer Ermittlung nach einer gewissen Zeit den Geist des Ortes spürte. Und jetzt bemerkte er zufrieden, dass er nach seinem ersten Widerstreben langsam in dieser Gegend ankam. Das Gefühl der Fremdheit, das sich ihm zu Beginn der Ermittlungen aufgedrängt hatte, als sei er in ein exterritoriales Gebiet der Stadt gelangt, löste sich auf.

Vor seinem inneren Auge sah er diese Ringstraße in den zwanziger Jahren. Er stellte sich vor, wie der gehobene Mittelstand die Augen vor der Weltwirtschaftskrise, vor den Straßenkämpfen, vor den politischen Wirren verschloss. Hatte die Anlage hier nicht etwas geradezu Burgartiges? Man lebte mit dem Rücken zur Außenwelt, fehlte eigentlich nur ein Wassergraben. Dann die dreißiger Jahre, als die politische Situation langsam kippte, die Fahnen mit dem Kreuz, die an den Häusern hingen. Dann die Nachkriegszeit, die einst Verfolgten, nun die Sieger der Geschichte, die sich hier verschanzten und tief im Inneren Angst hatten vor ihren einstigen Verfolgern, die sich widerwillig, leise murrend und knurrend angepasst hatten. Das bewachte, abgeriegelte Städtchen in den Fünfzigern. Bis 1990 ein stiller Ort, an dem die Zeit nur langsam verging. Und urplötzlich der abrupte Riss, der Sprung ins Heute mit neuen Bewohnern. Und mittendrin, wie ein Gespenst der Vergangenheit, Ackermann, verdammt, wo war der?, und Wessel, der einfach keine scharfen Konturen bekam.

Als sie an einem Zaun entlanggingen, hinter dem sich ein großes grünes Rasenstück ausbreitete, auf dem eine Rutsche und eine Hüpfburg standen, winkte eine junge Frau. »Hallo!«

Bernhardt erkannte die Kindergärtnerin. »Hallo! Wo sind die Zwerge?«

»Das sind Kinder, kleine Menschen.«

Er begriff. »Ach so, Entschuldigung.«

»Macht nichts. Die Kinder schlafen.«

»Und Sie haben frei? Wir gehen ins Gasthaus, kommen Sie mit?«

»Nein, nein, ich muss hierbleiben, guten Appetit.«

Sie winkte ihnen noch einmal zu.

Cellarius drehte leicht den Kopf und schaute Bernhardt an.

»Wusste gar nicht, dass du hier schon soziale Kontakte geknüpft hast. Wer war das denn?«

»Ach, eine Straßenbekanntschaft.«

»Aha.«

Im Gasthaus waren sie wie beim letzten Mal die einzigen Gäste. Sie setzten sich unter einen Lindenbaum, dessen starker Blütenduft Bernhardt zu schaffen machte. Die nächste Attacke baute sich auf, er schnuffelte vor sich hin. Die Tempotaschentücher waren ihm ausgegangen.

Der Kellner, ein junger Mann mit scharf ausrasiertem, schmalem Backenbart und einem kleinen lächerlichen Haardreieck unter der Unterlippe schlenderte nach zehn Minuten Wartezeit langsam heran.

»Wir haben frische Soljanka.«

Bernhardt lehnte sofort ab. Broiler gab es nicht mehr, panierte Jagdwurstscheiben mit Sättigungsbeilage gab es nicht mehr, aber Soljanka, diese pampige Mixtur aus Kraut und roten Beeten mit einem Klecks Sahne drauf, die hatte die DDR überlebt. Sie entschieden sich geschlossen für Bockwurst mit Brot, was der Kellner mit hochgezogenen Augenbrauen quittierte.

Bernhardt schaute Perutz an. »Und?«

Perutz fixierte Bernhardt mit einem Blick, der signalisierte: Du wirst dich wundern.

»Also, Annie Leibovitz ist eine der größten Fotokünstlerinnen der Gegenwart. Ihre Porträts von Prominenten sind berühmt, die Originalabzüge ihrer Fotos ganz schön wertvoll –«

Bernhardt unterbrach ihn. »Schön und gut. Aber warum hat Wessel, der Freund der alten Meister, sich für dieses Foto einer lebenden Künstlerin interessiert und es hinter seinen Brueghel gesteckt? Wer ist Aljona...«

»...Schwartz? Aljona Schwartz ist im Kunsthandel eine der ganz Großen. Sie stammt aus irgendeinem Dorf hinter dem Ural. Ist in den Neunzigern als junge Frau nach Berlin gekommen, wo sie mit Ikonen handelte, erst an der Kantstraße, dann am Kurfürstendamm. Dann weitete sie die Geschäfte aus, eine Zeitlang war die russische Avantgarde ihr Spezialgebiet. Wir hatten sie mal auf dem Schirm.«

»Warum?«

»Sagen wir mal so: Bei nicht wenigen Bildern stellte sich die Echtheitsfrage. Sie holte Werke aus dem Dunkel wie ein Zauberer die Kaninchen aus dem Zylinder.«

»Zum Beispiel?«

«Kasimir Malewitsch, ich weiß nicht, ob der euch was sagt. Der hat manche seiner Gemälde in doppelter und dreifacher Ausführung produziert, da ging mal was verloren, tauchte wieder auf. Waren chaotische Zeiten in den zwanziger und dreißiger Jahren in der Sowjetunion und danach auch. Für einen cleveren Händler war und ist da schon einiges drin, wenn er die richtigen Experten für ein Echtheitszertifikat an der Hand hat.«

Cellarius hob die Hand. »Was willst du damit sagen?«

»Dass manches vielleicht nicht so echt ist, wie es behauptet wird.«

In Cellarius meldete sich der Amateursammler. »Wie kann man denn einigermaßen sicher sein, dass man nicht betrogen wird?«

Auf dem Gesicht von Perutz zeigte sich ein leicht amüsiertes Lächeln. »Sicher sein kannst du nie.«

»Aber ihr beobachtet doch den Markt, da könnt ihr doch eingreifen.«

»Schön wär's. Ab und zu wird's zu dreist, und dann werden wir aktiv. Aber das meiste läuft unter der Aufmerksamkeitsschwelle, unserer sowieso, weil wir viel zu wenige sind, aber auch unter der Aufmerksamkeitsschwelle der Kritiker, Wissenschaftler, Profisammler, Galeristen. Und wisst ihr, vieles wollen die auch gar nicht wahrnehmen, die bilden letztlich einen geschlossenen Zirkel, wo gerne einer dem anderen die Hand wäscht. Auf dem Kunstmarkt zirkuliert einfach zu viel Geld, und für alle fällt etwas ab.«

Bernhardt beugte sich nach vorne und biss in die lauwarme Bockwurst, auf die der Kellner seinen Daumen gepresst hatte, als er sie auf den Tisch knallte. Bernhardts herzhafter Biss provozierte einen kleinen Fettstrahl, der auf den Tisch spritzte.

»Sorry, niemand getroffen, hoffe ich. Perutz, bevor das Gift in dieser Wurst wirkt, erzähl uns noch was über Aljona Schwartz.«

»Gerne. Berlin war ihr schnell zu klein. Zwar gibt's ein paar angesehene, alteingesessene Auktionshäuser und Galerien in der Stadt. Aber im Ganzen ist hier zu wenig Geld im Umlauf. Die vielen Galerien in der Auguststraße und drum herum in Mitte kannst du in der Regel vergessen, das ist ein Potemkin'sches Dorf, viel Kulisse, wenig Handfestes.«

»Und die begabte Aljona aus dem Dorf hinterm Ural wollte was Handfestes?«

»Mit dem Dorf hinterm Ural, das ist mehr 'ne Legende. Sagen wir so, sie ist eben einfach aus den Weiten Russlands aufgetaucht und ging ihren Weg.«

»Und der führte wohin?«

»Sie begegnete einem dieser russischen Oligarchen, Supermilliardär, Öl, Gas, diese Schiene.«

»Man liebt sich, man heiratet gar?«

»Genau, du sagst es. Sie wurde bald amerikanische Staatsbürgerin und eröffnete eine Galerie in London mit Dependancen in New York, L. A. und Peking.«

»Peking?«

»Peking. Da gibt's inzwischen auch Milliardäre, Mao hätte seinen Spaß dran. Und da die protestantische Ethik weder den russischen noch den chinesischen Kapitalisten vermittelt worden ist, bauen die halt keine Werkssiedlungen für ihre Arbeiter und überführen ihr Vermögen auch nicht in Stiftungen zum Wohle der Menschheit wie Bill Gates. Lieber kauft man sich in diesen Kreisen riesige Hochseeyachten, Fußballvereine, was weiß ich, Wohnungen an der Upper East Side in New York für hundert Millionen Dollar. So was. Und, da wird's spannend für uns, man legt sein Geld gerne auch in Kunst an.«

»Warum machen die das? Ein Bild an der Wand bringt doch nichts. Außer du verkaufst es wieder.«

Wieder legte Perutz das amüsierte Lächeln des Fachmanns auf.

»Du bist auf dem richtigen Weg. Die Wertsteigerungen auf dem Kunstmarkt sind irre. Du musst früh einsteigen, damit du später gewinnbringend verkaufen kannst. In diesem knallharten Geschäft gibt es keine Kunstliebhaber...«, Perutz schaute Cellarius an, »... sondern nur Spekulanten, Preistreiber – und natürlich Betrüger. Wie zum Beispiel eine New Yorker Kunsthändlerin, die Künstler des abstrakten Expressionismus, Jackson Pollock und Kollegen, verkauft hat. Jetzt steht sie vor Gericht wegen Fälschungen.«

Bernhardt warf den Zipfel seiner Bockwurst angewidert auf den Teller. »Zurück zu unserer lieben Aljona.«

»Die liebe Aljona ist eine, die diesen Betrieb am Laufen hält. Und das meiste, und das ist das Interessante, wird gar nicht mehr offen auf Auktionen präsentiert und gehandelt. Nehmen wir mal an, du kaufst einen dieser Schinken von Lucian Freud für, na, sagen wir mal, schlappe dreißig Millionen Dollar, den hängst du dir nicht in die schöne Millionärsvilla, sondern der geht unmittelbar nach Erwerb zum Beispiel in den Genfer Zollfreihafen.«

»Moment, in den Genfer Zoll... was?«

»Zollfreihafen. Da steht ein riesiger Betonkasten mit Schließfächern, in denen du deine Picassos, und was weiß ich, Damien Hirsts und Jeff Koons, Gerhard Richters und so weiter einstellen kannst. Kannst du aber auch in Luxemburg oder Singapur oder Hongkong oder London und auf den britischen Jungferninseln. In jedem dieser Lagerhäuser sind mehr Schätze gebunkert, als der Louvre vorzeigen kann, in Genf angeblich dreihundert Picassos.«

»Moment, dreihundert? Wo kommen die denn alle her?«

»Picasso war ein sehr produktiver Künstler.«

»Verstehe. Und was ist der Sinn dieser Lagerhäuser?«

»Ganz einfach: Ach, wie gut, dass niemand weiß – was ich alles besitze und an der Steuer vorbeijongliert habe. Diskretion, Schutz vor der Öffentlichkeit. Und da fließt natürlich jede Menge Bargeld.«

»Mir fällt das Wort Geldwäsche ein.«

»Na so was.«

Bernhardt putzte sich die Nase mit den Tempos, die er als »Nachtisch« bestellt hatte und die der Kellner mit einem verächtlichen Grinsen auf den Tisch geworfen hatte. Dann nippte er am Kaffee und blickte Perutz nachdenklich an.

»Und was glaubst du? Hatte der Wessel mit Aljona Schwartz zu tun?«

»Keine Ahnung. Vielleicht war dieses Leibovitz-Foto eine Art Gastgeschenk?«

»Wie? Du meinst, die bringt ihr eigenes Foto mit und schenkt ihm das?«

»Warum nicht? Schriftsteller bringen ja auch ihr eigenes Buch mit und signieren es. Eitelkeit gehört doch zur menschlichen Grundausstattung.«

»Spekulieren wir mal. Die Putzfrau hat eine blonde Frau gesehen. Und der Ackermann hat uns vom Besuch einer blonden Frau erzählt. War die wirklich hier, dann hat sie sich in diesen Stuben vielleicht mit einem Fingerabdruck verewigt. Perutz, kommt man an diese Aljona denn ran?«

»Schwierig, du musst halt ein paar Millionen haben, mindestens. Ansonsten hast du keine Chance. Und du musst die schöne Aljona in New York, London, Singapur, Shanghai oder auf irgendeiner kleinen karibischen Insel aufspüren.«

Cellarius lachte. »Wir fragen einfach Freudenreich, er soll uns ein bisschen Spielgeld geben.«

Bernhardts Handy knurrte.

Katia Sulimma hatte ihr glockenhelles Lachen angestellt. »Thomas, du musst sofort ins Kommissariat kommen. Cornelia und ich haben diesen Wessel aus seinem dunklen Loch gezerrt. Du wirst dich wundern.«

»Spann mich nicht auf die Folter.«

»Am Telefon ist das schwer zu erklären. Wir haben ein Konto von Wessel in Liechtenstein entdeckt, wo richtig viel Marie drauf ist.«

Bernhardt gefiel es, wenn Katia Sulimma kurzfristig aus ihrer Rolle als Model herausfiel und wieder zur proletarischen Berliner Göre wurde. Er stachelte sie noch ein bisschen an.

»Marie?«

»Na, Knete, Kohle, Zaster. Und nicht zu knapp.«

»Aber Liechtenstein, ich denke, da gibt's ein richtig gutes Bankgeheimnis?«

»Denkst du. Und da hast du auch recht. Aber Cornelia und ich, wir ham's geknackt. Da staunste, was? Wenn du da oben im schönen Pankow entbehrlich bist, komm einfach vorbei. Wir haben noch ein paar andere Knaller.«

»Hattest du entbehrlich gesagt?«

»Na ja, komm einfach vorbei, wenn du kannst.«

14

Der Hofrat sah Anna erwartungsvoll entgegen.
»Gibt es neue Entwicklungen?«
»Kann man so sagen.«
»Jetzt sprechen Sie schon, lassen Sie sich nicht alles aus der Nase ziehen.«
»Also, es gibt einen zweiten Toten.«
»Mein Gott, wieso erfahr ich das jetzt erst?«
»Weil der nicht hier ist, der liegt in Berlin.«
»Und was hat der mit uns zu tun?«
»Der war Kunsthändler.«
»Na und? Mein Gott, Frau Habel, was ist denn heute nur los mit Ihnen? Macht Sie der Frühling träge?«
»Na ja, der Herr Grafenstein war doch auch in Sachen Kunst unterwegs.«
»Ja, aber nur weil in zwei europäischen Großstädten zwei Menschen der gleichen Berufsgruppe umgebracht wurden, hängt das doch nicht zwangsläufig zusammen.«
»Aber die zwei kannten sich, und bei dem Berliner Toten wurde ein Bild gefunden.«
»Ist ja nichts Ungewöhnliches bei einem Kunsthändler.«
»Ja, aber es ist ein Brueghel. Und derselbe Brueghel hängt in Wien. Im Kunsthistorischen Museum. Leihgabe aus Berlin.«

»Oje.« Der Hofrat war ein wenig blass geworden, stand auf, schenkte sich ein Glas Wasser aus einer Karaffe ein und trank es in großen Schlucken aus.

»Genau. Und die in Berlin können angeblich nicht erkennen, ob in der Bude von diesem Wessel ein echter Brueghel hängt oder nicht. Aber es ist durchaus denkbar.«

»Oje. Das würde dann ja heißen, dass der in Wien –«

»Genau, dass der in Wien gefälscht ist. Oder dass es zwei gibt, wovon einer dann aus dem Nichts kommt.«

»Oje. Sie wissen schon, was Sie da sagen?«

»Die Berliner sagen, man muss das Bild sofort abhängen lassen und zur Untersuchung bringen.«

»Die Berliner sagen! Seit wann tun wir denn, was die Berliner sagen? Und außerdem betrifft das definitiv nicht unsere Abteilung. Wir sind die Mordkommission, schon vergessen? Und der Brueghel, egal, ob echt oder gefälscht, hat sicher nicht den Grafenstein umgebracht. Das vergessen Sie jetzt schön wieder, und wenn die Berliner lästig sind, dann verbinden Sie sie mit mir. Und jetzt verschwinden Sie und suchen den Mörder von diesem Herrn Grafenstein, bitte sehr.«

Mit wedelnder Hand verscheuchte er Anna aus seinem Büro, als wäre sie eine lästige Stubenfliege.

Gerade als sie die Tür zugezogen hatte, meldete ihr Handy das Eintreffen einer Kurzmitteilung. *Checkst du mal Name Aljona Schwartz!*

Anna lachte und schrieb zurück: *Check ich Name Aljona Schwartz, voll krass.*

Kaum geschrieben, schon klingelte das Telefon. »Machst

du dich lustig über mich?« Bernhardt klang etwas kurzatmig, aber freundlich.

»Nein, das würd ich nie tun! Check ich für dich Namen, Alter!« Ein uniformierter Beamter, der ihr entgegenkam, blickte Anna verwundert an, und sie ging mit dem Handy am Ohr auf die Damentoilette.

Bernhardt stieg nicht darauf ein. »Das ist eine ganz große Nummer in diesem Kunstzirkus, angeblich läuft nichts ohne sie. Versuch mal rauszufinden, ob es eine Verbindung zwischen ihr und eurem toten Grafenstein gibt.«

»Ach, ich liebe es, wenn du mir Aufträge erteilst.«

»Hör ich leisen Spott in deiner Stimme?«

»Wie kommst du darauf? Na gut, ich jage den Namen mal durch unsere Systeme. Nur: das mit dem Bild hier im Kunsthistorischen Museum, das geht nicht so einfach, wie du dir das vorstellst. Wir sind da nicht zuständig.«

»Wie, ihr seid nicht zuständig?«

»Na, wir sind die Mordkommission. Wir können nicht ins Kunsthistorische Museum gehen und ein Bild abhängen lassen.«

»Nicht einmal, wenn ein Zusammenhang zu einem Mord besteht?«

»Das wissen wir doch gar nicht. Du weißt doch auch nicht, wie das zusammenhängt, oder?«

»Nein, aber wir können diese Spur nicht einfach vernachlässigen. Ich schick dir nachher einen Zwischenbericht über alles, was wir bisher recherchiert haben. Da geht es um Abermillionen. Habt ihr auch so eine Kunstdelikteabteilung?«

»Klar, ich kenn da aber keinen. Ich mach mich mal schlau und ruf dich dann an, okay? Und wie geht's sonst so?«

Anna blickte während des Telefonats in den kleinen, etwas matten Spiegel, der über dem Waschbecken angebracht war, und strich sich eine Haarsträhne hinters Ohr.

»Na ja, einigermaßen. Hier ist der Frühling ausgebrochen. Alles blüht, und mein Heuschnupfen ist leider auch voll ausgebrochen.«

»Das ist alles psychisch.«

»Spinnst du? Jetzt fängst du auch noch damit an. Also, bis später. Tschüss.«

»Selber tschüss, und ich checke – wie hieß die Lady noch mal?«

»Schwartz mit tz. Aljona Schwartz.«

Im Büro saßen Robert Kolonja und Helmut Motzko über den Obduktionsbericht gebeugt. Die Fotos der aufgedunsenen Leiche von Josef Grafenstein waren fein säuberlich an die Pinnwand geheftet. Jemand hatte ein Post-it über das Geschlechtsteil des Toten geklebt. Daneben hing ein Farbfoto von Grafenstein, als er noch lebte. Anna stellte sich davor und betrachtete den jovial lächelnden älteren Herrn. »Sieht der aus wie ein Mitglied der Kunstfälschermafia?«

»Wie sieht denn ein Mitglied der Kunstfälschermafia aus? Sag bloß, dass ist deine neuste Vermutung!« Kolonja war neben sie getreten, und in seiner Stimme lag fast ein wenig Verzweiflung.

»Vermutung. Ist halt eine mögliche Richtung. Und dieser Berliner Parallelmord. Bernhardt hat gerade angerufen, die sind da irgendeinem großen Ding auf der Spur. Aber davon lassen wir uns erst mal nicht beeindrucken. Aufgabe Nummer eins ist, endlich jemanden zu finden, der diesen Besucher bei Grafenstein gesehen hat. Wie viele Leute können wir bekommen?«

Bevor Kolonja antworten konnte, öffnete sich die Tür, und herein schob sich Gabi Kratochwil. »Hallo. Ich bin wieder da. Hab mich gesundschreiben lassen, mein Arzt war leider erst ab Mittag da, darum komm ich jetzt erst.« Sie war noch blasser als sonst, ihre spitze Nase stach rot hervor, die Augen wirkten verschleiert.

»Sind Sie sicher, dass Sie schon gesund sind?« Anna musterte sie skeptisch. »Es hat wenig Sinn, wenn Sie uns hier alle anstecken.«

»Nein, es ist alles wieder gut. Das Fieber ist weg, ich hab nur noch ein wenig Schnupfen.«

»Gut, dann bleiben Sie heute mal indoor. Wir haben einen neuen Fall, Motzko soll Ihnen alles zusammenfassen. Könnte sein, dass heute noch ein Bericht aus Berlin kommt, es spricht viel dafür, dass es dort einen Mordfall gibt, der mit unserem zusammenhängt. Und dann hätte ich da noch einen Namen, den man bitte überprüfen müsste: Aljona Schwartz. Wann, wie, wo ist die in den letzten Jahren in Wien aufgetreten, bitte die Promispalten nicht vergessen.«

Wie immer glitt Gabi Kratochwil, ohne viel nachzufragen, hinter ihren Schreibtisch, schaltete den Computer ein und begann augenblicklich mit der ihr aufgetragenen Arbeit.

Annas Handy klingelte in den Tiefen ihrer Tasche. Eine Wiener Festnetznummer, die sie nicht kannte.

»Ja, bitte? Anna Habel.«

»Ernest Gföhler. Guten Tag, Frau Habel. Stör ich?«

Anna legte kurz den Finger an die Lippen, und die Kollegen verstummten. »Nein, nein, alles gut. Ist Ihnen noch was eingefallen?«

»Wie meinen Sie? Ach so! Zum Josef! Nein, leider nicht. Aber ich habe eine Idee. Was machen Sie heute Abend?«

»Äh, warum? Wollen Sie mit mir ausgehen?«

Gföhler lachte. »Ja, warum nicht? Würden Sie denn mit mir ausgehen wollen?«

»Das kommt darauf an.«

»Ich hätte da einen Vorschlag.«

»Ich höre?«

»Sie interessieren sich doch so wahnsinnig für Kunst, seit neuestem.«

»Ja, zwangsläufig.«

»Heute Abend ist eine Auktion im Palais Dorotheum. Keine von den großen Auktionen, aber da kommen ein paar nette Sachen unter den Hammer. Zufällig wollte ich da hingehen, und zufällig ist meine Begleitung ausgefallen.«

»Und zufällig dachten Sie, ich würde einspringen?«

»Na ja, ich dachte, das interessiert Sie. Die Szene. Ich mein, Sie recherchieren doch, oder?«

»Na ja, nur weil das Opfer in der Kunstszene tätig war, heißt das nicht unbedingt… Ich mein, wenn der Bäcker wär, würde ich auch nicht… ach, was soll's. Ich komm gerne mit. Um wie viel Uhr geht's los?«

»Um neunzehn Uhr dreißig. Und, Frau Kommissar?«

»Chefinspektor heißt das. Ja bitte?«

»Können Sie sich noch umziehen?«

Anna sah an sich herab. Eine nicht ganz frisch gebügelte Bluse, ausgeblichene Jeans und Sneakers. »Ja, was soll's denn sein? Das kleine Schwarze?«

»Na, wenn Sie so etwas haben, das ist nie falsch. Nein, aber ein Kostüm reicht auch.«

Anna musste lachen. Ein Kostüm? Ihr einziges Kostüm hatte sie seit mindestens fünf Jahren nicht getragen, da würde sie wohl nicht mehr reinpassen. »Gut, ich werde mich angemessen kleiden. Wo treffen wir uns?«

»Kurz vor halb vor dem Palais, Dorotheergasse? Oder wir trinken vorher noch irgendwo einen Aperitif?«

»Das schaff ich nicht. Ich muss ja schließlich noch nach Hause, mich umziehen. Also, bis später.«

Anna drückte das Gespräch weg und blickte in die erwartungsvollen Gesichter ihrer Kollegen. Robert Kolonja grinste sie an. »Na, ein neuer Verehrer? Ich würde dich ja auch mal gerne im kleinen Schwarzen sehen.«

»Vergiss es. Das ist ein Arbeitstermin. Ich geh mit diesem Rahmenmacher auf eine Auktion. Schau mir mal das sogenannte Milieu unseres Opfers an.«

»Alleine?«

»Ja, natürlich alleine. Da wird mich keiner in einen Hinterhalt locken. Also, entspannt euch. Ich geh nach Hause, such mir was Angemessenes zum Anziehen und fahr da hin. Wir sehen uns morgen.«

Florian lehnte am Küchenschrank und wachte über seinem Schinken-Käse-Toast, der im Griller vor sich hin brutzelte. In der Hand hielt er ein Französischvokabelheft und blickte nur kurz auf, als Anna die Tür aufschloss.

»Schon da?«

»Ja, aber ich muss gleich wieder weg. Kannst du mir auch einen Toast machen?«

»Klar. Wo musst du noch hin?«

»Zu einer Kunstauktion. Und du? Hast du Schularbeit?«

»Ja, und ich hasse diese Sprache abgrundtief! Affektiert und völlig schw... Ach, ich weiß auch nicht, nie werde ich freiwillig Französisch sprechen. Was machst du bei einer Kunstauktion? Willst du was ersteigern?«

»Ich muss recherchieren. Ich hab doch den toten Kunstfritzen. Und da hab ich heute einen Typen kennengelernt, der nimmt mich mit zu so einer Kunstauktion.«

»Apropos Typ. Was macht eigentlich dein Berliner?«

»Erstens ist das nicht *mein* Berliner. Und zweitens macht der gar nichts. Also, ich mein, ich weiß nicht, was der macht. Arbeiten wahrscheinlich, der hat auch eine Leiche.«

Florian stellte den fertigen Toast vor sie hin, um für sich selbst einen neuen in das Gerät zu klemmen. Anna biss hinein und sagte mit vollem Mund: »Ich muss mich jetzt umziehen und dann gleich los. Bitte mach den Griller sauber, und wisch den Tisch ab.«

»Ja, mach ich. Sogar Putzen ist besser als Französischlernen.«

»Du Armer! Ein Jahr noch, dann ist es vorbei. Dann

wirst du dich dein ganzes Leben nach deiner Schulzeit sehnen.«

»Ja, sicher!«

Anna stand vor ihrem Kleiderschrank und zog prüfend einige Teile heraus. Keine Ahnung, wo das Kostüm war, außerdem hatte sie keine Lust, wie eine Bankangestellte auszusehen. Vielleicht könnte sie als Künstlerin durchgehen, jedenfalls wollte sie nicht jedem dort auf die Nase binden, dass sie Polizistin war. Man konnte sich ja mal ein wenig umhören.

Ernest Gföhler stieg gerade aus einem Taxi, als Anna hastig die enge Gasse entlanglief. »Sind Sie zu Fuß gekommen?« In seiner Stimme lag Verwunderung.

»Nein, mit der Straßenbahn.«

»Ich kann nicht mit den öffentlichen Verkehrsmitteln fahren.« Gföhler verzog das Gesicht, als würde er über eine unappetitliche Krankheit sprechen. »Ich ertrage die Menschenmengen nicht. Gehen wir rein?«

»Herr Gföhler, ich habe noch eine Bitte. Ich würde gerne inkognito bleiben, also nicht als Beamtin der Mordkommission hier auftreten. Meinen Sie, wir kriegen das hin?«

»Kein Problem! Ich liebe kleine Lügen. Was wollen Sie sein?« Er blickte sie mit schiefgeneigtem Kopf prüfend an.

»Was könnt ich denn sein?«

»Eine Polizistin, die sich so angezogen hat, dass man glauben soll, sie mache irgendwas in Kunst.«

Anna wurde rot und ärgerte sich im selben Augenblick darüber. Sie hatte ein schwarzes Kleid gewählt, das knapp über dem Knie endete, dazu schwarze Strümpfe, knallrote Stiefel und einen Schal im selben Farbton.

»Entschuldigen Sie! Nein, das war ein Scherz, Sie sehen großartig aus! Was wollen Sie sein?«

»Vielleicht Ärztin?«

Sie betraten das Palais, das Würde und Gediegenheit ausstrahlte. Die Dame am Empfang grüßte Ernest Gföhler namentlich und nickte Anna höflich zu.

15

Thomas Bernhardt machte sich auf den Weg in die Keithstraße und winkte Cellarius und Perutz zu, die im schönen Pankow zurückblieben, im gruftigen Haus, vor dem der Frühling immer wildere Kapriolen schlug.

In der Keithstraße waren die Fenster geöffnet, der Blütenstaub der Bäume wehte in kleinen Wirbeln ins Zimmer, wo Cornelia Karsunke und Katia Sulimma ganz entspannt in ihren Stühlen hingen. Katia hatte ihre nackten Füße auf den Schreibtisch gelegt und ihr Blümchenkleid hochgerafft.

»Thomas, was hast du denn mit deinen Augen gemacht?«

»Ich mache damit gar nichts. Das sind die Scheißpollen.«

Katia ging zum Kühlschrank, griff sich aus dem Tiefkühlfach ein paar Eiswürfel, die sie in ein Taschentuch wickelte und Bernhardt reichte.

»Hier, halt dir das mal auf die Augen.«

»Danke, sehr nett. Aber jetzt will ich was hören von euch.«

Und die beiden legten los: Als hätten sie sich vorher eine geschickte Dramaturgie überlegt, präsentierten sie abwechselnd ihre Ergebnisse. Erzählte die eine, schob die andere Zeitungsausschnitte oder Internetausdrucke zu Bernhardt hin, die der Verdeutlichung des Gesagten dienten. Skizzierte die eine am Flipchart Wessels Wege durch den Dschungel des Kunstbetriebs, zeigte die andere Blätter mit Zahlenkolonnen, die Hinweise auf auffällige Finanztransaktionen gaben, die Wessel zugeschrieben werden konnten.

Noch gab es Unwägbarkeiten, noch blieb manches spekulativ. Aber so viel ließ sich sagen: Wessel hatte mehrere fette Konten in Liechtenstein, auf denen sehr hohe Beträge gebunkert waren. Bernhardt war verblüfft.

»Wie seid ihr denn daran geraten?«

Katia Sulimma kniff ein Auge zu und legte einen Zeigefinger unter das andere.

»Es gibt Leute, reiche Leute, die nicht einsehen, dass sie für ihr mühsam verdientes Geld Steuern zahlen sollen, die dann für den Bau von Autobahnen oder Schwimmbädern oder Musikschulen ausgegeben werden, damit jeder Popel was davon hat. Nee, das sehen die nicht ein, und dann bietet sich eben ein Konto in Liechtenstein, der Schweiz, auf den Cayman Islands oder in Belize an. Dummerweise gibt's dort aber Bankangestellte, die selbst ganz gern reich wären. Und die stellen dann CDs zusammen mit den Daten dieser, nennen wir sie mal: Steuerminimierer, und verkaufen sie für viel Geld, zum Beispiel an die Bundesrepublik Deutschland.«

Bernhardt schob die kleine Eispackung von einem aufs andere Auge.

»Hab ich von gehört. Ist eigentlich eine Sauerei, dass sich der Staat zum Hehler macht.«

Cornelia Karsunke schaltete sich mit ihrer weichen Stimme ein, die wieder so klang, als käme sie aus einer anderen Welt.

»Ja, da hast du sicher recht, aber wir haben den rechtsphilosophischen und moralischen Aspekt mal beiseitegelassen.«

»Okay, aber wie seid ihr da drangekommen?«

Katia Sulimma blitzte ihn mit ihrem Lächeln an. »Na ja, die CDs gibt's. Und es gibt Leute bei uns, die damit arbeiten und versuchen, diesen Steuerfuzzis auf die Schliche zu kommen. Und einen von denen kenne ich, ist mein neuer Freund, und der war so nett und hat die Computer mit ihren Suchmaschinen mal laufenlassen. Und dann haben die sich an den Wessel rangearbeitet.«

»Und?«

»Na ja, als Steuerhinterzieher ein ziemlich kleines Licht im Vergleich zu den wirklich Großen wie einem Hoeneß, deshalb hatten die den Wessel auch noch gar nicht auf dem Radar. Aber es geht bei ihm immerhin auch um ein paar Millionen.«

»Und? Gibt's da zeitliche Auffälligkeiten?«

»Du meinst, ob zu bestimmten Zeiten mehr eingezahlt wurde? Schwer zu sagen. Manchmal ballen sich die Zahlungen, manchmal ist Stillstand.«

Cornelia räusperte sich.

»Ich hab mal überprüft, ob zum Beispiel nach Auktionen bei Sotheby's und Christie's, da werden ja die großen Sachen gedealt, größere Summen eingegangen sind. Einmal sieht's so aus, aber das kann Zufall sein. Aus New York ist viel Geld geflossen, kurz nachdem da Werke von, warte mal, Male... Malewitsch... versteigert wurden.«

»Kasimir Malewitsch, das ist ja ein Ding, taucht da in irgendeinem Zusammenhang der Name Aljona Schwartz auf?«

Cornelia Karsunke schaute Thomas Bernhardt überrascht an.

»Wo hast du den Namen her?«

»Es könnte sein, dass die mit unserem toten Wessel zu tun gehabt hat.«

»Ehrlich? Das ist ja echt stark. Die hat da auffällig viel gekauft und verkauft, deshalb ist mir die aufgefallen, nicht nur den Male-dingsbums, sondern auch, warte mal«, sie blätterte in dem Papierwust, der vor ihr lag, »Kirchner, Pechstein, das sind, äh, deutsche Expressionisten, steht hier... und, Moment, niederländische Meister, Frans Hals und Jan van Goyen.«

Bernhardt warf das tropfende Taschentuch, in dem sich die Eiswürfel verflüssigt hatten, in den Papierkorb.

»Cornelia, Katia, wir müssen die möglichen Zusammenhänge zwischen Wessels Ein- und Verkäufen auf der einen Seite und den Überweisungen auf seine Liechtensteiner Konten auf der anderen Seite genau rekonstruieren. Katia, dein Freund kann uns da sicher helfen. Sind Bilder von dem Wessel auf dem Kunstmarkt hin und her bewegt worden? Wo, wann? Grabt bei den Auktionshäusern.« Bernhardt zögerte. »Sonst noch was von eurer Seite?«

Cornelia schaute ihn aus ihren Tatarenaugen an. »Du bist ganz schön anspruchsvoll.«

»Und ihr erfüllt meine Ansprüche.«

Katia lachte, schwang ihre Füße vom Schreibtisch, stieg in ihre Highheels, stolzierte zu Bernhardt und legte ihm ihre Hand auf die Schulter. »Thomas, wenn du uns nicht hättest...«

Die beiden hatten tatsächlich noch mehr auf Lager: dass sie diese Aljona Schwartz einer verschärften Betrachtung unterzogen hätten, denn... Cornelia hielt Bernhardt zwei Zeitungsausschnitte vor die Augen. Auf dem einen war Aljona Schwartz auf einer Auktion zu sehen. Sie überragte die Männer, die mit schafsmäßig bewunderndem Lächeln um sie herum standen, um einen Kopf. Verdammt scharf, extrem durchsetzungsfähig, sagte sich Bernhardt und dachte an das Foto von, wie hieß die... Annie Leibovitz. Auf dem anderen Ausschnitt stand ein Mann neben ihr, der wirkte, als wollte er stillschweigend aus dem Bild verschwinden. Mich gibt's gar nicht, signalisierte seine Körperhaltung. Und das war... Wessel.

Cornelia und Katia zauberten andere Bilder hervor. Wessel neben Aljona, Wessel hinter ihr, Wessel am Rande, Wessel in einem kleinen Pulk von Ausstellungsbesuchern. Immer grau und mit abwehrendem Gestus. Und Bernhardt stellte erstaunt fest, dass Wessel auf den Fotos so blass und unscheinbar wirkte wie ein Schemen, der schon in Auflösung und im Verschwinden begriffen war. Manchmal trug er eine dicke, schwarze Hornbrille, manchmal einen grauen Schnäuzer, die ihn zusätzlich verfremdeten.

Seine Art, da zu sein und zugleich nicht da zu sein, war offensichtlich erfolgreich. Nur in einer Bildunterschrift wurde sein Name genannt. Wessel, die graue Spinne, die ihr Netz spann, das niemand wahrnahm.

»Und? Sonst noch was?«

Cornelia schaute ihn verblüfft und ehrlich empört an.

»Sonst noch was? Das reicht dir nicht? Weißt du ...«

»... weißt du«, fuhr Katia fort, »dass man seine Mitarbeiter durch Lob und Anerkennung motiviert? Du warst doch auf diesem Führungskräfteseminar, da hast du wohl nicht richtig aufgepasst, scheint mir.«

»Doch, natürlich, Superarbeit von euch. Allerhöchste Achtung, ich liebe euch.«

Cornelia schüttelte leicht den Kopf, und Katia tippte sich mit dem Finger an die Stirn. »Nee, lieben musste uns nicht. Obwohl, Thomas, manchmal wär's doch ganz nett.«

Betriebsfrieden gerettet, alle drei lachten.

Als sich Thomas Bernhardt in den Sessel in seinem Büro warf, klingelte das Telefon. Der Direktor der Gemäldegalerie klang ziemlich echauffiert.

»Was da jetzt auf uns zukommt, das ist allerhand.«

Thomas Bernhardt verstand nicht ganz.

»Was ist allerhand?«

»Na, das ist doch ein Erdbeben. Meine Kollegen, der ganze Kunst- und Kulturbetrieb werden jetzt durchgeschüttelt. Die B.Z. bringt es auf der ersten Seite: ›Der größte Kunstfälscherskandal aller Zeiten‹. Und jetzt hängen sich natürlich auch die anderen Zeitungen dran, das Fernsehen, weltweit.«

»Na ja, so funktioniert das nun mal. Die B.-Z.-Blondine ist eben immer die Schnellste.«

»Darum geht's doch nicht. Wir fragen uns natürlich

alle, wie ist dieser Mann vorgegangen? Hat der uns vielleicht was untergeschoben? Wir wissen doch gar nichts. Sind das Originale, Fälschungen, gestohlene Bilder? Wie weit sind Sie denn?«

»Was das betrifft, nicht sehr weit. Sie sind doch der Spezialist, Sie haben doch selbst gesagt, dass der in seinem Bildergroßhandel wahrscheinlich die ganze Palette im Angebot hat: Originale, Fälschungen, gestohlene Bilder, was weiß ich. Was beunruhigt Sie denn so? Halten Sie es für möglich, dass der hier seine Bilder in die Museen gedrückt hat?«

»Ja, nein, ich weiß es nicht.«

»Ich glaube, wir sollten noch mal in Ruhe miteinander reden. Am besten heute noch.«

»Das geht nicht. Obwohl... kommen Sie um zwanzig Uhr zu mir in die Gemäldegalerie, wenn Sie Zeit haben. Es gibt Wein.«

»Wein?«

»Wein, genau. Und nicht zu knapp. Wir haben hier so eine Art Weinmesse.«

»Ich verstehe nur Bahnhof, Weinmesse in der Gemäldegalerie?«

»Sie werden sehen. Einer der schrecklichsten Tage des Jahres, als wäre mein Auftritt im Kulturausschuss des Abgeordnetenhauses gestern nicht schon anstrengend genug gewesen.«

16

Anna ging mit Ernest Gföhler durch die überladenen Räume im Dorotheum und fühlte sich ziemlich fehl am Platz. Er hatte sich am Empfang ein Schild mit einer Zahl geholt und auch Anna eines in die Hand gedrückt. Sie wusste nicht, was sie damit anfangen sollte.

Der Saal, den sie durchquerten, war voller Glasvitrinen, in denen Unmengen von kleinen Figuren, Broschen und Schmuckstücken ausgestellt waren – Anna verstand nicht, was die Leute daran finden konnten. An den Wänden gab es kaum einen freien Zentimeter, alles war von unterschiedlich großen Bildern bedeckt.

Der Raum, in dem die Auktion stattfand, wirkte seltsam nüchtern. Ungefähr hundertfünfzig Stühle, kahle Wände, große Fenster mit Alurahmen, man konnte kaum glauben, dass man sich in einem alten Palais befand. Sie nahmen Platz, die Reihen waren schütter besetzt, einige der Stühle waren mit Hilfe von Kleidungsstücken reserviert. Vorne saß auf einem kleinen Podium eine hübsche junge Frau mit hochgesteckten Haaren, Perlohrstecker und dunkelblauem Blazer und blickte abwartend in die Menge.

Kurz nachdem Anna Habel und Ernest Gföhler Platz genommen hatten, schaute die junge Frau auf ihre Armbanduhr, rückte ihr Headset mit Mikrophon zurecht und sprach eine kurze Begrüßungsfloskel. Sie hatte eine sehr klare Aussprache, die durch ihren deutschen Akzent verstärkt wurde. Nun wurden in schneller Abfolge Fotos von Bildern an die Wand geworfen, die junge Dame nannte jeweils eine Nummer und den Ausrufungspreis. Anna brauchte einige Minuten, um sich zurechtzufinden. Bei manchen Bildern wurde innerhalb von Sekunden weitergeschaltet, die junge Frau scannte das Publikum mit ruckartigen Bewegungen ihres Kopfes und konnte anscheinend blitzschnell erfassen, wenn für ein Bild kein Gebot einging. Das Bieten erfolgte durch beiläufiges Heben des Schildes mit der Zahl, und Anna umklammerte ihres ganz fest, damit sie nicht aus Versehen ein Bild ersteigerte. Die Intervalle, mit denen sich der Ausrufungspreis nach oben schraubte, verstand Anna nicht. Manche Bilder kamen auf ein paar hundert Euro, es waren aber auch welche für mehrere tausend dabei. Ernest Gföhler bot ein paarmal mit, er hob eher halbherzig sein Schild mit der Nummer 56, und es schien ihm nichts auszumachen, dass er jedes Mal überboten wurde. Neben der jungen Frau im blauen Blazer nahmen noch zwei Mitarbeiter des Auktionshauses am Telefon Angebote an.

Als sie sich ein wenig akklimatisiert hatte, beobachtete Anna die Menschen, die an einem frühlingshaften Dienstagabend ihre Zeit bei einer Auktion verbrachten. Bei weitem nicht alle boten mit. Was also taten sie hier? Interesse am Kunstmarkt, Langeweile? In der Reihe vor ihnen saßen zwei interessant aussehende Damen mittleren Alters, sehr elegant gekleidet, ein wenig Ökoversandhaus, aber mit Witz und Schick. Sie boten ganz gezielt auf einige Bilder, und als sie bei dreien den Zuschlag erhielten, klatschten sie sich ab wie zwei Vierzehnjährige.

Ungefähr zehn Reihen vor ihnen saß ein Mann, der kein einziges Gebot abgab. Anna sah nur seinen Rücken, ein braunes Tweedsakko, breite Schultern, graues Haar. Beim teuersten Bild hob er lässig die Hand, wurde ein paarmal überboten und erhielt dann den Zuschlag, was er mit einem beiläufigen Kopfnicken bestätigte.

Nach zig Bildern wurde Anna Habel schläfrig, die Lider wurden schwer. Sie war wohl kurz eingenickt, als neben ihr Ernest Gföhler den dicken Katalog mit einem lauten Knall zuklappte.

»So, dann wollen wir mal.« Er erhob sich, und Anna folgte ihm in einen kleinen Nebenraum, wo eine dicke Frau an einer Kasse saß. Gföhler hatte wohl während Annas kleiner Absenz ein Bild ersteigert, blätterte fünfhundert Euro auf den Tresen und bekam eine Quittung überreicht.

»Man zahlt bar?«

»In der Regel ja, wenn's nicht um zu hohe Summen geht.«

Die beiden Damen kamen mit einem Bündel Geldscheinen ebenfalls zur Kasse und freuten sich sichtlich über ihre Beute. Als sie den Raum gerade verlassen wollten, kam der graumelierte Herr im Tweedsakko auf Gföhler zu. »Ernest! Schön, dich zu treffen. Und, hast du was ergattert?«

»Ja, nur eine Kleinigkeit. Den Kleinlercher. Ist nichts wert, ich weiß, aber der stammt aus dem gleichen Ort wie ich, da bin ich ein wenig sentimental. Und wer weiß, vielleicht wird er ja mal teuer, dann schaut ihr alle.«

»Und wer ist die charmante Begleiterin an deiner Seite? Magst du mich nicht vorstellen?«

»Oh, entschuldige bitte. Das ist eine alte Freundin von mir. Anna Ha–«

Anna trat einen Schritt nach vorne und streckte ihrem Gegenüber rasch die Hand entgegen. »Anna Haller. Grüß Gott.«

»Guten Abend, Frau Haller. Richard Oberammer, es ist mir eine Freude und Ehre. Sind Sie auch Sammlerin? Ich hab Sie noch nie hier gesehen.«

»Na ja, nicht so richtig. Ich interessiere mich eher privat für Kunst.«

»Wie schön. Welche Epoche?«

Anna fühlte, wie ihr die Röte ins Gesicht stieg. »Äh. Na ja, am besten gefallen mir die Niederländer. Die alten Meister...«

»Da sind Sie hier aber ganz falsch. Und was sind Sie im Brotberuf?«

»Ärztin. Radiologin. Sehr technisch, mein Job. Darum such ich den Ausgleich in der Kunst. Vielleicht möchte ich ein wenig zu sammeln beginnen.«

»Ich kann Sie jederzeit beraten, wenden Sie sich nur vertrauensvoll an mich.« Er blickte zwischen Ernest Gföhler und Anna Habel hin und her und fragte dann: »Was halten Sie davon, wenn wir alle noch eine Kleinigkeit essen gehen? Ich bin am Verhungern.«

»Also, ich hab nichts mehr vor. Von mir aus gerne. Wie sieht's mit Ihnen aus?« Gföhler sah Anna vielsagend an, fast schien es ihr, als zwinkere er ihr zu.

»Ja, warum eigentlich nicht.«

»Gut, dann lassen Sie mich nur schnell meine Schulden begleichen, und wenn noch was übrig bleibt, dann lad ich Sie zum Essen ein.«

Anna musste sich zwingen, nicht allzu auffällig auf das dicke Bündel Geldscheine zu starren, das Richard Oberammer aus der Innentasche seines Tweedsakkos zog. Er ging zu der Dame an der Kasse, die begrüßte ihn wie einen alten Bekannten, und er blätterte ungerührt viele rosarote Scheine auf den Tresen. Anna versuchte kurz zu schätzen, bis sie die Summe auf der Anzeige der Registrierkasse sah: 85 000 Euro.

»Sie lassen liefern, wie immer?« Die dicke Dame lächelte ihn an.

»Ja, bitte, wie gehabt. Ich kann mir das ja schlecht unter den Arm klemmen.«

Anna konnte es kaum glauben, mit diesem Richard Oberammer gleich so einen zahlungskräftigen Kunstsammler an der Angel zu haben. Der kannte sich bestimmt aus.

Gföhler brachte sich wieder ins Spiel. »Ich muss allerdings noch schnell runter, meinen Kleinlercher abholen, der ist ja nicht so groß.«

»Kein Problem, wir begleiten Sie, und dann geh'n wir zu den Drei Hacken, okay?«

Sie gingen in den Keller, wo Gföhler seine Rechnung an einem Tresen präsentierte und ihm ein Mann in grauem Arbeitsmantel eine kleine Rolle überreichte.

Als sie in die Dorotheergasse traten, hatte es empfindlich abgekühlt, und Anna schlang ihren dünnen Mantel enger um sich.

»Ist Ihnen kalt, Frau Doktor? Hier nehmen S' meinen Schal.« Schon hatte der Kunstsammler einen hellgrauen Kaschmirschal um Annas Schultern gelegt, sie konnte es gar nicht ablehnen. Die beiden Herren nahmen sie in die Mitte, und so schlenderten sie durch die Innenstadt. Anna fühlte sich ein wenig wie eine Touristin: Es dämmerte, die Luft war frisch und kühl, und überall roch es nach blühenden Bäumen. Und neben ihr zwei interessante Herren, von denen einer, der mit dem vielen Geld in der Tasche, verdammt gut aussah.

»Waren Sie schon mal in den Drei Hacken?«

»Ich glaube nicht. Ich kann mich nicht erinnern. Vielleicht früher?«

»Woher kennt ihr euch eigentlich?« Richard Oberammer dirigierte sie an zwei Fiakern vorbei.

Ernest Gföhler fasste Anna am Arm und tat, als würde er länger nachdenken. »Wir haben uns doch auf dieser Vernissage in Graz kennengelernt, oder?«

»Ja, stimmt, das ist auch schon wieder ein paar Jahre her.«

Sie traten in die enge Gaststube, und auch hier wurde Oberammer wie ein alter Bekannter begrüßt. Selbstverständlich war für ihn ein Tisch freigehalten worden. Er bestellte eine Flasche Veltliner vom Markowitsch – »Sie trinken doch Wein, oder, Frau Doktor?« – und blickte gar nicht erst in die Speisekarte, die der Kellner aufgeschlagen vor ihn hingelegt hatte. »Ich nehm die geröstete Kalbsleber im Majoransafterl. Was nehmt ihr? Bestellt euch was Schönes, ihr seid meine Gäste. Das Hirn ist hervorragend hier und auch die Nierndln.«

»Ich nehm das Kalbsschnitzerl.« Anna fragte sich kurz, ob sie sich von diesem Kunstsammler, den sie ja gar nicht kannte, zum Essen einladen lassen durfte. War das schon Bestechung? Aber er lädt ja eine Radiologin ein und keine Kriminalbeamtin, sagte sie sich.

»Haben Sie Berührungsängste mit Innereien? Sie als Ärztin?« Oberammer lächelte sie verständnisvoll an.

»Nicht direkt. Aber essen muss ich's nicht gerade.«

Der Wein war fruchtig und sehr kalt, genau wie Anna es mochte. Sie lehnte sich zurück und betrachtete die beiden Herren, die den Auktionsabend ein wenig nachdiskutierten. Rasch kamen sie auf das Thema Sammeln, und Anna musste sich sehr zurückhalten, nicht ständig nachzufragen. Oberammer wandte sich ihr wieder zu: »Und wofür schlägt Ihr Herz, ich meine kunstmäßig?«

»Ach, ich mach das sehr intuitiv. Ich kaufe nur Sachen, die mir gefallen, falls ich sie mir leisten kann.«

»Das ist der richtige Zugang, eigentlich der einzig wahre! So mache ich das auch.«

»Allerdings in etwas größerem Stil als die Frau Doktor.« Gföhler lachte. »Aber nein, im Ernst. Sie hat einen guten Geschmack. Hat ein paar schöne Dinge gefunden in den letzten Jahren.«

»Also wie gesagt, ich berate Sie gerne ein wenig. Man muss sehr aufpassen inzwischen, der Markt ist durchdrungen von guten Fälschungen.«

»Wirklich? Kommt das oft vor?«

Annas Frage wurde vom Kellner unterbrochen, der ein goldbraunes Schnitzel vor ihr abstellte. Gföhler hatte den Saibling bestellt.

»Sie dürfen gerne von meiner Leber kosten, vielleicht kann ich Sie ja bekehren.« Oberammer hatte bereits einen großen Bissen genommen, kaute genüsslich. »Um zu Ihrer Frage zurückzukehren: Natürlich gibt es viele Fälschungen. Und es gibt ja weiß Gott auch viele gutgläubige Menschen, die sich total freuen, wenn sie ein vermeintliches Schnäppchen gemacht haben.«

»Ja, private Sammler, oder? Ich mein, in Museen hängen doch keine Fälschungen, oder?«

»Na, Sie wollen's ja genau wissen! Nein, in Museen ist alles hundertprozentig geprüft. Es ist kein leichter Job, wenn zum Beispiel jahrelang so ein Bild verschwunden ist, und dann taucht es plötzlich auf. Da sind die Gutachter schon gefordert.«

»Ja, das stelle ich mir sehr schwierig vor. Ich würde solchen plötzlich wiederaufgetauchten Bildern nicht trauen. Kannten Sie denn diesen Gutachter, wie hieß er noch mal, Josef Grafenstein, von dem in der Zeitung stand, dass er ermordet wurde?« Für Anna war es schwierig, sich so naiv zu geben, besonders mit dem Rahmenmacher an ihrer Seite, der ja wusste, welches Spiel sie spielte.

»Den Grafenstein, natürlich, den kannte jeder, der sich mit Kunst befasst.« Darauf musste es Anna nun beruhen lassen, sie konnte unmöglich auch noch fragen, was Richard Oberammer am vergangenen Wochenende getan hatte. Ernest Gföhler war sichtlich irritiert über das Spiel, das Anna spielte. Er sah sie stirnrunzelnd an und richtete dann mit etwas säuerlicher Miene das Wort an sie. »Jetzt erzählen Sie doch mal, was Sie so machen, verehrte Frau

Doktor. Beschäftigen Sie sich mit Knochenbrüchen und so banalen Dingen?« Er lächelte sie herausfordernd an, und Anna begann ein wenig zu schwitzen. Zum Glück war eine ihrer besten Freundinnen Radiologin, so kannte sie wenigstens ein paar Fachbegriffe.

»Nein, ich bin in der Angiographie tätig, besser gesagt in der Angiokardiographie.«

»Ui, das klingt kompliziert. Ich hoffe, dass wir uns da nie begegnen.«

»Ja, wenn Sie bei mir auf dem Tisch liegen, hätten Sie wohl größere Herzprobleme, das wollen wir mal nicht annehmen.«

Richard Oberammer klinkte sich ein. »Und wie ist das so? Sich mit dem Herzen zu beschäftigen?«

»Faszinierend. Der Gedanke, dass so ein kleiner Muskel alles am Leben erhält... das find ich auch nach so vielen Jahren immer noch... ja, wie soll ich sagen... faszinierend eben.«

»Ja, das kann ich verstehen. Ich meine, auch in der Kunst sind die Herzen ein spannendes Thema, seit Jahrhunderten. In der christlichen Darstellung und im Mittelalter, sehr interessant. Alleine diese Herzzeichnungen von Leonardo da Vinci sind – bahnbrechend. Schmeckt Ihnen das Schnitzerl? Darf ich noch ein Glas Wein einschenken?«

»Es schmeckt ausgezeichnet. Und ja, gern. Darf ich fragen: Was machen Sie sonst so im Leben, wenn Sie nicht gerade auf der Jagd nach Bildern sind?«

»Die Jagd nach Bildern, wie Sie das nennen, ist eine durchaus tagesfüllende Beschäftigung.«

»Das glaub ich Ihnen gern, aber mit irgendwas müssen Sie ja auch Ihr Geld verdienen.«

»Gott sei Dank nicht mehr. Ich muss es nur gut verwalten. Nachspeise? Die Palatschinken sind sensationell hier.«

Gföhler gähnte demonstrativ und stand abrupt auf. »Meine Lieben, ich muss mich verabschieden. Ich bin todmüde. Ihr könnt ja gerne noch bleiben. Frau Doktor, ich darf Sie doch in der Obhut von Richard Oberammer lassen, oder?« Gföhler stand auf und deutete einen Handkuss an.

»Mach dir keine Sorgen, Ernest, ich pass gut auf Frau Haller auf und werde sie auch nach Hause begleiten.«

»Eigentlich brauch ich niemanden, der auf mich aufpasst, und ich finde auch ganz gut allein heim.«

»Davon geh ich aus. Ich will Sie auch nur begleiten. Also Ernest, mach's gut. Ich ruf dich morgen an, ich glaub, ein paar von den neuen Sachen, die ich in letzter Zeit gekauft habe, könnten neue Rahmen gebrauchen.«

Richard Oberammer bestellte dann doch noch eine Nachspeise – »Einmal Palatschinken mit zwei Gabeln, bitte« –, dazu noch Espresso, und als Anna das nächste Mal auf die Uhr sah, war es fast Mitternacht. Der Kunstsammler war ein angenehmer Gesprächspartner, geistreich und witzig, sehr aufmerksam und interessiert. Sie unterhielten sich angeregt über Bücher, Theater und Filme, Anna erzählte von Florian, Oberammer hatte eine erwachsene Tochter, die in Amerika lebte. Sie lachten viel und bemerkten gar nicht, dass sich das Gasthaus ziemlich geleert hatte. Oberammer ließ die Rechnung kom-

men, und als Anna den Versuch machte, in ihrer Tasche nach der Geldbörse zu kramen, hielt er ihre Hand fest.
»Da denken Sie nicht mal dran. Sie sind natürlich mein Gast.«

Die Singerstraße lag wie ausgestorben vor ihnen, kein Auto fuhr, und wieder hatte Anna das Gefühl, als hätte sie einen Zeitsprung gemacht, als würde jetzt gleich eine Pferdekutsche vorbeifahren, nicht einer von diesen Touristenfiakern, sondern eine echte.

»Gehen wir noch einen Absacker trinken?« Oberammer riss sie aus ihren Gedanken.

»Ich weiß nicht. Es ist schon sehr spät.«

»Wo wohnen Sie denn?«

»Ich? In Währing. In der Nähe des Türkenschanzparks.« Anna überlegte, ob es schlau war, ihren echten Wohnbezirk anzugeben, andererseits wusste sie eigentlich ohnehin nicht mehr, warum sie dieses Versteckspiel eigentlich veranstaltete. Ihre Undercover-Mission kam ihr plötzlich völlig lächerlich vor, sie stieg nur nicht aus, weil es inzwischen total peinlich gewesen wäre.

»Und Sie?«

Sie waren ein Stück die Singerstraße raufgegangen, und Richard Oberammer hatte sie fast unbemerkt in eine kleine Gasse dirigiert. Nun standen sie auf dem Franziskanerplatz, direkt vor dem Kleinen Café.

»Ui, da war ich seit Jahren nicht mehr! Das gibt es immer noch?«

»Sehen Sie, sag ich doch – einen Absacker trinken. Wo könnte man das besser?«

»Ah, da fallen mir noch einige ein. Das Alt Wien und

vor allem das Anzengruber. Da hab ich meine Studentenzeit verbracht.«

»Na, dann weiß ich nicht, ob ich mich von Ihnen behandeln lassen möchte. Kommen Sie, ein Gläschen geht doch noch.«

Das Kleine Café sah aus wie vor zwanzig Jahren. Fast hatte man das Gefühl, die gleichen Leute säßen an den kleinen Tischen, nur zehn Kilo schwerer und zwei Jahrzehnte älter. Hier war Wien nicht ausgestorben, alle Plätze waren besetzt, sie stellten sich an die Theke, und Oberammer studierte die Getränkekarte. »Was möchten Sie, meine Liebe?«

»Ich weiß nicht, eigentlich hab ich genug getrunken. Ich nehm einen Averna und ein Mineralwasser.«

»Gute Entscheidung. Das nehm ich auch.«

»Wo wohnen Sie denn jetzt?«

Richard Oberammer deutete vage mit der Hand in Richtung Tür.

»Ganz in der Nähe. Das nächste Mal gehen wir zu mir.«

»Und dann zeigen Sie mir Ihre Bilder?«

»Ich wüsste nichts, was ich lieber täte.«

»Wie gehen Sie denn vor, beim Bilderkaufen? Nur Wertvolles? Besitzen Sie viel?«

»Mein Gott, Sie gehen aber ran!« Oberammer lachte und legte seine Hand auf Annas Arm. »Ja, ich sammle schon lange. Das Erstaunliche ist, es findet sich immer noch ein Plätzchen für ein neues Bild in meiner Wohnung.«

»Das könnte jetzt heißen, dass Sie ein paar Bilder in

einer kleinen Dachgeschosswohnung hängen haben oder ein paar mehr Bilder in einer riesigen Altbauwohnung.«

»Und was denken Sie?«

»Zweiteres.«

»Da liegen Sie richtig. Aber schön langsam wird die große Altbauwohnung zu klein, dann muss ich mir was überlegen.«

»Zum Beispiel? Bestimmte Bilder wieder verkaufen?«

»Nein, ich würde mich niemals von meinen Bildern trennen. Wissen Sie, den Grundstock meiner Sammlung legte mein Großvater. Und alles hat mit einem Bild begonnen.« Oberammer blickte an Anna vorbei, als würde er hinter ihr die Vergangenheit sehen.

»Mit einem Bild? Was denn für einem?«

»Mein Großvater war im Zweiten Weltkrieg an der Front in Russland. Und neben ihm im Schützengraben lag ein gewisser Johann Dobrowsky, von meinem Opa Hans genannt. Als eine Granate einschlug, blieb mein Opa wie durch ein Wunder unverletzt, aber seinen Kameraden hatte es schwer erwischt.« Richard Oberammer klang, als hätte er die Geschichte schon oft erzählt. »Jedenfalls versorgte ihn mein Großvater, verband die Wunden, versuchte ihn vor dem Erfrieren zu retten. Die beiden lagen einen ganzen Tag und eine ganze Nacht in diesem Loch, und mein Opa umarmte den Hans die ganze Nacht, um ihn zu wärmen.«

»Er wurde gerettet? Ja, natürlich wurde er gerettet!«

»Ja, und er schenkte meinem Großvater nach dem Krieg ein Bild. Das war damals natürlich nichts wert, mein Opa hätte es allerdings sowieso nicht verkauft. Er verstand nicht viel von Kunst, aber irgendwas hat dieses Bild in ihm wohl wachgeküsst, denn ein paar Jahre später fing er an zu sammeln. Und vermachte dann meinem Vater eine beträchtliche Sammlung, der sie wiederum mir vererbte.«

»Und Sie? Sie fühlen sich verpflichtet, das weiterzuführen?«

»Was heißt verpflichtet? Es ist eine Selbstverständlichkeit für mich.«

»Und wenn die Wohnung zu klein wird?«

»Tja, wer weiß. Vielleicht baut die Stadt ja ein kleines Museum zu Ehren meines Großvaters. In ein Depot kommen meine Bilder jedenfalls nicht. Sie würden allen Glanz verlieren.«

»Machen das viele?«

»Was?«

»Na, Kunst sammeln und die in einem Depot lagern?«

»Ja, aber das sind Barbaren. Die lieben ihre Bilder nicht. Es gibt zwei Typen von Sammlern: die, die es ausschließlich für Geld tun, Kunst als Wertanlage und so, und die, die verrückt sind – also solche wie mich. Da gibt es auch einige.«

»Ich hab mal in einer Illustrierten was gelesen über so eine Russin, die da groß im Geschäft ist.«

»Da meinen Sie sicher die schöne Aljona Schwartz. Ja, das kann man so sagen ... groß im Geschäft. Aber sie gehört eindeutig zur ersten Kategorie. Sie hat ein gutes Händchen, aber lieben tut sie die Bilder nicht. Für die Frau ist das alles nur Business.«

»Glauben Sie wirklich?«

»Klar glaub ich das. In ihrer Wohnung hat die kaum etwas hängen, das meiste ist in Depots im Zollfreihafen.«
»Lebt die Dame denn in Wien?«
»Nein, sie ist aber immer wieder mal hier. Dauersuite im Imperial. Jetzt reden wir aber von etwas anderem. Zum Beispiel von Ihnen. Diese dumme, neureiche Russin ist doch nicht so interessant!«

Anna versuchte, in der nächsten halben Stunde die vielen nicht unintelligenten Fragen ihres Gesprächspartners zu Themen wie Herzkrankheiten, Gesundheitswesen, Medizinerausbildung, Neubau eines Zentralkrankenhauses und und und abzuwehren, was ihr nur teilweise gelang.

An ihrem Platz an der Theke wurde es immer enger, das Café war inzwischen voller Nachtschwärmer, die den Nachhauseweg noch ein wenig hinauszögern wollten. Anna stand sehr dicht bei Richard Oberammer, der legte immer wieder mal seine Hand auf ihren Arm und blickte sie mit seinen strahlend blauen, von kleinen Lachfältchen umgebenen Augen an.

»Jetzt hätte ich gerne eine Zigarette.« Anna verspürte plötzlich ein starkes Bedürfnis nach Nikotin, obwohl sie seit über zehn Jahren Nichtraucherin war. Ganz selten hatte sie Lust zu rauchen, und nun war so ein Moment. Richard Oberammer kaufte beim Kellner ein Päckchen, bezahlte die Getränke, und sie verließen das kleine Lokal. Oberammer gab Anna eine Zigarette, nahm sich auch eine und zündete sie an. Dann legte er ihr wieder den Kaschmirschal um die Schultern und ließ den Arm darauf liegen. »Gehen wir ein Stück?«

»Ja, bis zum nächsten Taxistand.«

»Der ist leider gleich da drüben. Ist Ihnen kalt?«

»Nein, und können wir mit diesem blöden Sie jetzt dann mal aufhören?« Anna war froh, dass es dunkel war und die dürftige Beleuchtung der historisierenden Straßenlaternen wenig Licht spendete, so konnte ihre Begleitung nicht sehen, wie sie errötete.

»Aber sehr gerne lasse ich das mit dem blöden Sie. Gut, dass du es ansprichst, ich hätt mich nicht getraut.«

»Oh, dass du schüchtern wärst, ist mir noch gar nicht aufgefallen.«

»Innerlich schon.« Sein Arm lag noch immer auf ihren Schultern, und jetzt zog er sie ein wenig an sich. Anna verspürte ein leises Ziehen im Bauch.

»Am Stephansplatz ist auch ein Taxistand, bringst du mich da noch hin?«

»Bis ans Ende der Welt bring ich dich.«

»Na, wir wollen nicht übertreiben, oder?«

»Musst du morgen arbeiten?«

»Ja. Muss ich.«

»Sehen wir uns wieder? Du hast mir noch nicht mal deine Handynummer gegeben.«

»Du hast mich nicht danach gefragt.«

»Dann tu ich's jetzt.«

Anna nannte ihre Mobilnummer, und Richard Oberammer tippte sie in sein Smartphone. Dann holte er aus der Innentasche seines Sakkos eine Visitenkarte und gab sie Anna.

Ein bisschen hatte sie gehofft, dass kein Taxi da stehen würde, aber natürlich stand eine lange Wagenkolonne bereit. Richard umarmte sie kurz, drückte ihr einen zarten Kuss auf die Stirn und öffnete die Tür des ersten Taxis.

»Ich ruf dich an«, hörte Anna ihn noch sagen, bevor die Tür mit einem satten Knall zufiel und der Fahrer sie durch den Rückspiegel ansah. »Fahr'ma wo?«

17

Thomas Bernhardt hatte einen Einfall. Er ging zu Cornelia und Katia.

»Habt ihr Lust auf einen schönen Abend in der Gemäldegalerie, Achtung: mit Weinprobe?«

Katia Sulimma schaute ihn belustigt an.

»Ach nee, was ist denn jetzt los? Obwohl… wär gar nicht schlecht. Was hältst du davon, Cornelia?«

»Er hat sich endlich mal an sein Führungskräfteseminar erinnert, jetzt will er in der Praxis anwenden, was er gelernt hat: Wertschätzung, gleiche Augenhöhe, den anderen ausreden lassen, angstfreie Atmosphäre, wir sind ein Team, das ganze Programm, stimmt's, Thomas?«

»Ich fühle mich durchschaut.«

»Meinst du denn, man kann in Jeans da hingehen?«

»Na klar, ist doch Berlin.«

Cornelia telefonierte und versuchte, ihre beiden Mädchen für den Abend unterzubringen. Sie hatte Glück, Reyhan, die Bauchtänzerin, die über ihr wohnte, hatte keinen Auftritt und würde auf die Mädchen aufpassen. Währenddessen tippte und wischte Katia auf ihrem Smartphone rum.

»Ah, damit hatte ich gar nicht gerechnet: Friedrich hat heute Abend Zeit.«

Sie schaute die beiden an.

»Ja, guckt nicht so, der heißt Friedrich, ist doch 'n schöner Name. Und wisst ihr, was er vorschlägt: Wir gehen zu Elektrokohle Lichtenberg, das ist so 'n riesiges Industriegebiet im Osten, wo jetzt ein vietnamesischer Großmarkt ist. Und da kommen heute Abend alle hin, die Tango tanzen wollen, das sind Tausende, so 'n richtig schöner Flashmob.«

Cornelia Karsunke wollte etwas sagen, aber Katia Sulimma fiel ihr ins Wort.

»Aber du, lass dich nicht aufhalten. Das tut euch bestimmt gut.«

Katia Sulimma zeigte manchmal durch kleine Gesten oder Worte, dass sie hoffte, sie würden sich endlich dazu durchringen, ein richtiges Paar zu sein. Sie hatte mit Bernhardt sogar einmal Klartext geredet. Ihre Ermahnungen konnte man mit einem Satz zusammenfassen: Du verspielst dein Glück.

Als Thomas Bernhardt und Cornelia Karsunke den Vorraum der Gemäldegalerie betraten, staunten sie nicht schlecht. Mehrere Sektstände waren aufgebaut, vor denen dichtgedrängt Leute mit ihren Gläsern standen. Offensichtlich war Vorglühen angesagt, bevor's in die Wandelhalle ging.

Vor dem Eingang stand der Direktor und wirkte wie das Unglück in Person.

»Ah, da sind Sie ja endlich – und in Begleitung, wie schön, herzlich willkommen.«

Er nahm sie mit in die Wandelhalle, wo geschätzte fünfzig Weinprobierstände aufgebaut waren; überall wurde schon ordentlich gepichelt. Ein Summen und Brausen wie in einem Bienenkorb lag in der Luft. Junge Mädchen und Männer reichten auf Silbertabletts Fingerfood.

Bernhardt war irritiert.

»Ähm, wieso ist das denn erlaubt? Haben Sie keine Angst um die Bilder?«

Der Direktor raufte sich die Haare.

»Na ja, wir wollen nicht elitär sein. Und da öffnen wir uns auch für solche, äh, Events. Der Verband der Prädikatsweingüter schiebt uns dafür eine ganz schöne Summe rüber. Die können wir gebrauchen. Und zu den Führungen durch die Säle darf man keine Gläser mitnehmen. Aber entschuldigen Sie mich, ich muss jetzt erst meine Rede halten.«

Nach der Ansprache eines adligen Winzers sagte der Direktor ein paar Worte, erläuterte das Motto des Abends, »Das Profane und das Heilige«, wobei der Wein irgendwie sowohl für das eine wie das andere stand, sozusagen das verbindende Glied, wenn Bernhardt das richtig verstand, denn nur die wenigsten hörten dem Direktor zu. Und erst recht nicht einem Professor, der anschließend zu einem Vortrag ansetzte, in dem es um Wein und kultische Handlungen ging, angefangen bei den alten Griechen. Aber seine gelehrte Rede versank, ertrank, oder sollte man sagen: ersoff?, im Gequassel der Weintrinker.

Braungebrannte, mehr oder weniger grellgeschminkte Ladys mit viel Goldschmuck schäkerten mit mittelalten Knaben, deren weiße Hemden unter dem dunklen Anzug mindestens um einen Knopf zu weit geöffnet waren. Es gab aber auch die ernsthaften Weintrinker, die wie in einem religiösen Akt den Wein schier endlos im Mund rollten, angestrengt die Stirn runzelten und schließlich die speichelversetzte Flüssigkeit in ein Tongefäß spien. Das Profane siegte eindeutig über das Heilige, fand Bernhardt und schaute den Direktor an, der sich nach seiner Begrüßungsrede wieder zu ihm und Cornelia gesellt hatte.

»Sie wirken nicht sehr glücklich.«

»Na ja, das ist hier ... egal, wissen Sie, die Unruhe bei mir und meinen Kollegen über diesen Mann in Pankow ist schon sehr groß, das treibt uns um.«

»Ich denke, Sie betreuen ein abgeschlossenes Sammelgebiet, wie wir soliden Briefmarkensammler sagen würden?«

Der Direktor verzog gequält das Gesicht.

»Sehen Sie, der Brueghel ...«

»Ja, was ist mit dem?«

»Es gibt ja jetzt zwei, und die müssten schnellstmöglich einem Vergleich unterzogen werden. Ich habe schon mit den Kollegen in Wien gesprochen, aber das ist ja alles nicht so einfach.«

»Aber das muss Sie doch nicht beunruhigen: Ihr Brueghel ist doch der echte, der hängt schon seit Jahr und Tag hier. Und ab und zu wird er halt ausgeliehen, so wie jetzt.«

»Ja, eben. Aber der Brueghel in diesem Haus in Pankow, der wirkt so echt. Zum Verzweifeln.«

»Hm, wie wird denn so ein Bild wie der Brueghel nach Wien transportiert?«

»Gut verpackt, klimatisiert, eigener Transporter, Wachpersonal plus unsere Leute.«

»Und da kann nichts passieren?«

»Da ist noch nie etwas passiert!«

»Keine Unfälle, nie etwas geklaut worden, nie etwas verschwunden?«

»Nicht dass ich wüsste.«

Cornelia Karsunke räusperte sich.

»Sagt Ihnen der Name Aljona Schwartz etwas?«

Thomas Bernhardt klatschte innerlich Beifall. Guter Tempowechsel! Der Direktor wirkte irritiert.

»Ja, natürlich, die kennt jeder in unserem Metier. Aber ich habe nichts mit ihr zu tun, da müssten Sie die Kollegen fragen, die sich mit der Moderne befassen.«

»Aber gerade hat sie einen Gainsborough verkauft, aus Privatbesitz. Der ist doch achtzehntes Jahrhundert, oder?«

»Stimmt, aber woher wissen Sie das?«

»Intensive Zeitungslektüre. Waren Sie da auch interessiert?«

»Nein, da sind wir gut ausgestattet. Und unsere Gelder von der Lottostiftung würden da sowieso nicht ausreichen.«

Ein hochgewachsener Mann mit Fliege, dessen lockige Mähne auf unglückliche Weise ins Cremefarben-Rötliche verfärbt war, trat auf sie zu. Der Direktor stellte ihn vor: Zacher, einer der großen Immobilienentwickler, von New York bis Shanghai unterwegs, in Wirklichkeit aber ein Liebhaber der Künste, ein Mann, ohne dessen Aktivitäten die schönsten und größten Ausstellungen der letzten Jahrzehnte nicht stattgefunden hätten, ein Amateur im Wortsinne und ein wahrer Impresario, der Museen, Galerien und Kunsthändler effektiv vernetzte zum Nutzen der Kunst und der Künstler. Ohne seine rastlosen Aktivitäten wären wir ärmer, fügte der Direktor beflissen und ein bisschen atemlos hinzu.

Groß-Zacher, wie Bernhardt ihn bei sich nannte, war exquisit gekleidet: weißes Hemd mit Manschettenknöpfen, perfekt sitzender Anzug, sicher von einem Londoner Maßschneider, wie Bernhardt nicht ohne Neid registrierte, ein buntes Tüchlein lugte keck aus der Brusttasche und unterschied sich im Farbton natürlich von der locker gebundenen Fliege. Als er hörte, dass Thomas Bernhardt und Cornelia Karsunke von der Mordkommission waren, zuckte seine Augenbraue kaum merklich hoch.

Aber Zacher hatte sich sofort wieder im Griff und schlug einen leichten, schnellen Ton an.

»Alles schrecklich hier, du leidest, ich seh's dir an, mein Freund«, er bedachte den Direktor mit einem leicht spöttischen Seitenblick, »aber der Wein ist doch klasse. Ein gutes Promille werde ich mir hier schon gönnen. Und die Dame und der Herr von der Mordkommission sind doch außerhalb ihres Dienstes hier, nehme ich mal an, und dürfen geistige Getränke zu sich nehmen?«

Bernhardt bemühte sich, auf den leichten Ton Zachers einzusteigen. »Wir lassen uns ausnahmslos von allen Drogen anregen und inspirieren, nicht zuletzt von der Wahrheit.«

»Die Wahrheit – eine Droge? Interessante These. Wie sieht's denn mit der Wahrheit im Fall dieses Knaben in Pankow aus?«

»Der scheint ja mächtig eingeschlagen zu haben in Ihren Kreisen.«

Cornelia Karsunke schaltete sich in das Geplänkel ein. Später gestand sie Bernhardt, dass sie sich einfach nur fehl am Platze gefühlt habe, in Jeans, zwischen all diesen geschminkten, aufgebrezelten Damen, geschafft von einem langen Tag, und dass sie nur aus ihrem Unterlegenheitsgefühl herauskommen und nicht wie ein begriffsstutziges, schweigsames Vorstadtmädchen wirken wollte. »Niemand will den gekannt haben. Finden Sie das nicht seltsam? Vielleicht haben *Sie* ihn gekannt?«

Viel zu plump, fand Bernhardt. Doch beobachtete er verblüfft, was sich nun auf dem Gesicht Zachers abspielte. Ein winziges Sekundentheaterstück. Deutete er das richtig? Zacher überlegte, nein, er spielte einen Gedanken durch: Soll ich etwas sagen oder nicht? Nutzt es mir, schadet es mir? Bernhardt hatte den Eindruck, dass er einem leichthändigen Spieler zuschaute, dessen Gesichtszüge sich nach diesem winzigen Augenblick der Anspannung gleich wieder entspannten.

»Ich liebe Frauen, die den direkten Weg einschlagen. Nun: Nach allem, was ich höre, und das ist ja bis jetzt gar nicht so viel, könnte dieser Wessel, so heißt er doch?, eine absolute Ausnahmefigur, vielleicht sogar eine Jahrhundertfigur gewesen sein. Ich habe ihn nicht gekannt, nein, aber vielleicht bin ich ihm zweimal begegnet, allerdings ohne ihn richtig wahrzunehmen. Vor mehr als zwei Jahrzehnten, kurz nach der Wende, geisterten mal ein paar Bilder auf dem Markt rum, die hingen angeblich bis '45 in der Dresdener Gemäldegalerie, wurden dann nach

Russland verschleppt und gelangten in den Jahren '89/'90 urplötzlich aus dubiosen russischen Arsenalen ans Licht der Welt. Und irgendwo im Halbdämmer schlich da auch eine Figur rum... Lange her, die Bilder verschwanden dann so schnell, wie sie aufgetaucht waren. Die Aktion war gut eingefädelt, aber dann doch zu dreist.«

Cornelia hatte Land gewonnen und versuchte, ihre Position auszubauen.

»Was heißt, eine Figur schlich im Halbdämmer rum?«

»Das heißt, was es heißt. Man sah ihn nicht richtig, man ahnte ihn eigentlich nur. Und wusste nicht, wer er war. Ende. Und ich hätte ihn längst... vergessen vielleicht nicht, aber in den tiefsten Kammern meines Gedächtnisses abgelegt, wenn er nicht vor ein paar Jahren wieder kurz aufgetaucht wäre, wieder am Rande, wieder kaum wahrnehmbar. Das war die Zeit, als ich in New York für eine große Ausstellung verhandelte. Und an einer Figur kam man schon damals nicht vorbei...«

»Aljona Schwartz?«

»Genau, junge Frau. In der Berliner Mordkommission kennt man sich aus, das freut mich.«

»Danke.«

»Nun, diese Lady Schwartz sitzt im Beirat der Guggenheim Foundation und vieler anderer Beiräte und Kommissionen, und sie hatte damals einen Adlatus, einen Berater, wenn man das so nennen will, ein großer Unbekannter, der in Nebenzimmern rumsaß und telefonierte. Seltsamerweise hat man sich nie gefragt, wer das eigentlich ist, was der genau macht. Noch nicht mal seinen richtigen Namen kannte man. Manche nannten ihn Theo, Theodore...«

Zacher unterbrach sich und zog einen Mann in die Runde, der ähnlich exquisit gekleidet war wie er selbst. Das schüttere, leicht gewellte graue Haar trug er halblang, und auch er hatte sich eine Fliege umgebunden. Offensichtlich bedeutete die Fliege für den feinsinnigen Kunstbetriebler, was für den Oberstudienrat einst die Baskenmütze war, sagte sich Bernhardt. Sein schon stark verwelktes Gegenüber hatte offensichtlich seit seiner Jugend den Typus des Ästheten kultiviert und perfektioniert. Wo bin ich hier bloß hingeraten?, gab er in seiner Mimik und Gestik zu verstehen. Aber dabei sein wollte er schon, das war hinter seinem Gehabe durchaus zu spüren. Oder waren Zacher und dieser Mann nur gekommen, weil *sie* hier waren, die Ermittler im Falle Wessel? Hatte der Direktor Bernhardt quasi hergelockt, um ihn ein paar Leuten aus dem Kunstbetrieb vorzustellen, damit diese mal einen Eindruck gewinnen, mal auf den Busch klopfen, die Richtungen der Ermittlungen durch ein paar wohldosierte Anmerkungen zu Wessel in eine Richtung drehen konnten?

Bernhardt war plötzlich verstimmt, was lief hier? Er schaute missmutig den gut aufgelegten Zacher an, der sich jedoch von seinem finsteren Blick nicht beeindrucken ließ.

»Darf ich Ihnen Walter Müllereisert vorstellen? Einen der großen Kenner der Moderne, einen unserer besten Gutachter, ach, was sage ich: der beste, dem können Sie jedes Bild anvertrauen. Er bestätigt zuverlässig, ob's echt ist oder nicht. Aber sehr teuer. Da geht's nicht nach Gebührenordnungstabelle, stimmt's, lieber Walter?«

Walter Müllereisert lächelte gequält. Bernhardt fragte sich: Wer spielte hier mit wem?

Cornelia jedenfalls blieb im Spiel und wandte nochmals ihre Überrumpelungstaktik an, die für Bernhardt ganz neu war. »Herr Müllereisert, haben Sie auch schon Gutachten für Aljona Schwartz geschrieben?«

»Hm, äh, natürlich, an ihr führt kein Weg vorbei, sagen wir mal so.«

»Und alles im grünen Bereich?«

Müllereiserts Mundwinkel sanken verächtlich nach unten.

»Wie meinen Sie das?«

Bernhardt liebte in diesem Moment Cornelias sanfte, warme Stimme sehr, die in seltsamem Kontrast zu ihren Fragen stand.

»Na ja, konnten Sie für Frau Schwartz immer positive Gutachten verfassen?«

»So ist es.«

»Auch über Malewitsch?«

»Ich wüsste nicht… Ich kann mich nicht an jedes Gutachten erinnern… Sollten Sie mir allerdings unterstellen wollen…«

Zacher zupfte Walter Müllereisert vergnügt am Ärmel, was dieser verärgert abwehrte.

»Walter, was Frau…, wie war noch mal Ihr verehrter Name, genau: Karsunke, wunderbar berlinisch, also Frau Karsunke wollte doch nur ein wenig über die Usancen im Betrieb informiert werden, mehr nicht.«

Cornelia lächelte so verträumt, wie nur sie es konnte, und Bernhardt zerschmolz ein bisschen.

»Genau, Herr Zacher, wir sind ja Laien, wir müssen uns einarbeiten.«

Zacher lachte und tätschelte Cornelias Arm, Walter Müllereisert schaute verkniffen vor sich hin, der Direktor wusste offensichtlich nicht so genau, wie er sich verhalten sollte. Und Bernhardt wollte jetzt dem Ganzen ein Ende machen.

»War sehr interessant, meine Herren. Falls Sie uns noch brauchen, bitte melden, und wenn wir was von Ihnen wissen wollen, wenden wir uns vertrauensvoll an Sie. Meine Kollegin und ich beenden jetzt offiziell unseren Dienst und werden uns mal ein bisschen von Stand zu Stand durchtrinken. Vielen Dank, Herr Direktor, für die Einladung.«

Sie tranken sich wirklich durch. Nach ein paar Gläsern empfand Bernhardt das Gesumse und Gebrumse in der Wandelhalle beinahe als angenehm. Als sie genug intus hatten, ließen sie ihre Gläser stehen und streiften durch die Säle. Vor Vermeers *Junger Dame mit Perlenhalsband* hielt ein junger, dicklicher Kunsthistoriker, der nur noch ein bisschen Flaum auf dem Kopf hatte, einen Vortrag. Bernhardt folgte seinen Ausführungen: über die soziale Stellung des Mädchens, über die subtilen Anspielungen auf Laster und Tugend in dem Bild, über die Todsünde der Superbia. Was man alles aus einem Bild lesen konnte.

Langsam breitete sich in Bernhardt ein wohliges Gefühl aus. Der füllige junge Mann, an dessen kleinem Finger ein großer blauer Ring blinkte und der etwas lieblich Süßes und Argloses ausstrahlte, war ihm sympathisch, er hätte ihm gerne weiter zugehört, aber irgendwann endete das Kolleg. Und Bernhardt spürte, dass der Tag seinen Tribut forderte.

Beim Gang durch die Menge in der Wandelhalle schwankte er ein wenig. Draußen auf dem abschüssigen Platz vor der Gemäldegalerie legte er den Arm um Cornelia. Die ließ das mit einem leisen »Ey« geschehen.

Über dem Platz strahlte ein Dreiviertelmond. Immer noch lag Blütengeruch wie schweres Parfüm über der Stadt. Aus der Philharmonie zur linken Seite strömten Leute, gegenüber rauschte der Verkehr vor der Staatsbibliothek in Richtung Potsdamer Platz, rechter Hand drang Orgelmusik aus der Kirche.

Sie schlenderten langsam in Richtung Keithstraße. Schweigend. Bernhardt sah die Anspannung des Tages, die sich in Cornelias Gesicht gegraben hatte. Als sie nach einem halbstündigen Spaziergang vor dem Haus der Mordkommission ankamen und Cornelia ihre Rostlaube aufschloss, raffte sich Bernhardt auf.

»Müde?«

»Ja, sehr.«

»Kommst du noch mit?«

»Nein, ich muss Reyhan ablösen. Es ist schon viel zu spät.«

Sie legte ihre wie immer leicht feuchte Hand auf seine Wange und küsste ihn auf den Mund. Dann stieg sie in ihren Wagen, zögerte einen Moment und fuhr dann, ohne zurückzublicken, davon.

18

Das laute Gezwitscher der Vögel im Baum vor ihrem Fenster weckte Anna kurz vor sechs. Es war zu früh zum Aufstehen, sie dachte an Richard Oberammer, an seine blauen Augen, und versuchte sich an seine Stimme zu erinnern. Sie hatte schon so lange nicht mehr geflirtet, dass sie sich fragte, ob sie sich die Geschehnisse des Vorabends nur einbildete.

Nach zwanzig Minuten gab sie auf, duschte und machte sich eine große Schale Müsli. Im Vorzimmer lag ihre Jacke und darüber der graue Kaschmirschal von Richard Oberammer. Den hatte sie wohl vergessen zurückzugeben. Anna zögerte kurz, und dann schlang sie sich den Schal um den Hals, den dezenten Duft des Kunsthändlers konnte sie jetzt ganz zart riechen.

In der Straßenbahn dachte Anna an den Rahmenmacher, der seine Abneigung gegen öffentliche Verkehrsmittel wie eine schicke Marotte kultivierte. Der 40er war knallvoll, sie stand eingekeilt zwischen einem grauen Anzug, der scharf nach Aftershave roch, und mehreren Jugendlichen, die sich gerade eine Ausrede überlegten, warum sie zu spät in die erste Stunde kommen würden. Plötzlich blieb ihr Blick an einer fetten Schlagzeile hängen, sie konnte nicht alles lesen, die Dame, die sich die

Gratiszeitung vor das Gesicht hielt, war teilweise verdeckt. *Brueghel im...schung?*

»Oh, Verzeihung!«

»Kein Problem.«

Anna hatte sich weit nach vorne gebeugt, um die Schlagzeile zu entziffern, und dabei gar nicht bemerkt, dass sie sich an die Schulter des Anzugträgers gelehnt hatte.

Eine ältere Dame tippte ihr von hinten auf die Schulter: »Wollen Sie?«, und hielt ihr eine Ausgabe der Gratiszeitung hin. Anna bedankte sich verblüfft, blätterte auf Seite zwei und überflog den Artikel mit der Headline: *Brueghel im KHM – dreiste Fälschung?*

Seit einer Woche ist Wien im Brueghel-Fieber. Tausende Wiener und Wienerinnen und mindestens genauso viele Touristen sind seit Beginn der Ausstellung ins Museum gepilgert, um die »Jahrhundertausstellung« zu bewundern. Die Leiterin des Museums, Agnes Höflein, spricht von einem absoluten Rekord. Das Herzstück der Ausstellung ist das berühmte Bild Die niederländischen Sprichwörter. *Nun ist dieses Bild ein zweites Mal aufgetaucht, und zwar im Zuge von Ermittlungen in einem Mordfall in Berlin. Es hing im ersten Stock eines Privathauses. Ist das KHM einer Fälschung aufgesessen? Auch in Wien gab es einen Todesfall, der eventuell mit dem gefälschten Bild zusammenhängen könnte. Ein externer Mitarbeiter des Kunsthistorischen Museums wurde am Montag tot in seiner Wohnung aufgefunden. Die Polizei geht von Fremdverschulden aus, wollte sich aber noch nicht konkreter äußern. Auch von Seiten des Museums gab es zu Redaktionsschluss noch keine Stellungnahme.*

Im Büro war es heiß. Kolonja saß im T-Shirt am Besprechungstisch, Helmut Motzko hatte sein Hemd um einen Knopf mehr als sonst aufgemacht, und selbst Gabi Kratochwil wirkte irgendwie aufgelöst. Anna lief durchs Zimmer und riss ein Fenster auf, dann streckte sie Kolonja die Zeitung hin. »Hier, lies mal.«

Kolonja überflog den Artikel. »Das ist doch absurd. Ich mein, das hat doch nichts mit unserem toten Grafenstein zu tun, oder?«

»Das weiß ich auch nicht. Aber seltsam ist es schon. Frau Kratochwil, haben Sie inzwischen mehr Material aus Berlin bekommen?«

»O ja, so viel Material, dass ich bis um zweiundzwanzig Uhr hier war, um zu lesen.« Der Satz kam keineswegs vorwurfsvoll aus ihrem Mund, eher wie eine trockene Feststellung, Anna wurde einfach nicht schlau aus ihrer jungen Kollegin.

»Es ist alles ziemlich kompliziert. Also, dieser tote Berliner scheint wohl irgendwie in Kunstfälschung verstrickt gewesen zu sein. Aber, Frau Habel, ich glaub, das ist alles ein bisschen zu viel für die Mordkommission. Da geht's um Millionenbeträge und irgendwelche Sammler aus Russland oder China und ... das ist alles sehr kompliziert.«

»Sie haben recht, wir müssen uns jetzt mal mit unserer Kunstfälscherabteilung zusammenschließen. Haben Sie irgendwas rausbekommen über diese Aljona Schwartz?«

»Nichts, was die in Berlin nicht auch schon wüssten.«

»Aber ich hab gestern was über sie erfahren, anscheinend ist sie regelmäßig in Wien.« Anna erzählte vom vergangenen Abend und versuchte alles so knapp wie möglich zusammenzufassen, als das Telefon klingelte. Kratochwil nahm ab: »Ja, ja. Es geht schon viel besser... Nein, keine echte Grippe, ein grippaler Infekt, aber schon arg. Ja ... Das ist lieb... Vielen Dank! Ja, ich freu mich auch... Moment bitte, ja, sie ist eh da, ich verbinde.« Sie hielt die Hand über den Hörer und hauchte: »Bernhardt«, bevor sie das Gespräch auf Annas Apparat leitete.

»Guten Morgen!«

»Das wünsch ich auch.«

»Ist bei euch auch so schönes Wetter?«

»Du rufst doch nicht an, um mit mir übers Wetter zu plaudern?«

»Nein, naturgemäß nicht. Habt ihr schon was rausgefunden?«

»Was meinst du? Also, wenn du wissen willst, wer unseren Kunstfuzzi um die Ecke gebracht hat – keine Ahnung.«

»Und was ist mit Aljona Schwartz?«

»Ich hab gestern jemanden sehr Interessanten kennengelernt, einen Kunstsammler –«

»Ach, jemand sehr Interessanten, so, so.«

»Genau. Und der weiß, dass Aljona Schwartz Dauergast im Hotel Imperial ist und da wohl eine eigene Suite hat.«

»Na wunderbar! Warst du schon da?«

»Du bist witzig! Warum denn? Es ist doch kein Verbrechen, ein Hotelzimmer zu mieten. Wobei, es ist natürlich schon ein Verbrechen, so viel Geld zu haben, dass man eine Suite für fünfzigtausend Euro im Monat oder mehr anmieten kann, aber kein Verbrechen im juristischen Sinn. Außerdem gibt es keinen Hinweis, dass diese Dame etwas mit meinem Fall zu tun haben könnte.«

»Wart's ab. Auf jeden Fall mit meinem!«

»Aber an dem arbeitest *du*! Und es gibt keinen begründeten Verdacht, dass mein Toter mit deinem Toten zusammenhängt, nur weil die ein paar Mails gewechselt haben.«

»Keinen begründeten Verdacht?« Bernhardt schnaufte empört. »Stell dich doch nicht dümmer, als du bist! Dein Typ schreibt meinem Typen jede Menge Gutachten und steht mit ihm in regelmäßigem Kontakt, das waren Geschäftspartner, aber du siehst keinen begründeten Verdacht, kannst du mal –«

»Ist ja gut, ist ja gut. Spiel dich nicht so auf! Okay, du hast ja recht. Also, wir checken heute noch mal Grafensteins Unterlagen und schauen, ob wir eine Verbindung zu dieser Aljona und dem... wie hieß der andere noch mal? Der alte Nachbar?«

»Ackermann. Hans Ackermann. Und sag das nicht mit so einer hochgezogenen Augenbraue. Der ist verschwunden. Jedenfalls ist er nicht zu Hause, und wir haben an alle Polizeidienststellen in Berlin und Brandenburg sein Foto geschickt.«

»Ist ja schön für Berlin und Brandenburg. Im Übrigen kannst du meine Augenbrauen gar nicht sehen. Und gewöhn dir einen anderen Ton an.«

»Du auch. Halt mich einfach auf dem Laufenden.«

»Wird mir kein Vergnügen sein.«

»Bist du noch ganz...?«

Sie hatte gerade das Gespräch beendet, da klingelte es erneut, und eine dünne Stimme fragte: »Frau Habel?«

»Ja, das bin ich. Wer spricht denn da?«

»Hier spricht Frau Löwenthal. Sie wissen schon, die alte Nachbarin von Herrn Grafenstein.«

»Natürlich. Guten Tag! Wie geht es Ihnen?«

»Danke, ausgezeichnet. Ich will Sie auch gar nicht lange aufhalten, mir ist nur etwas eingefallen.«

»Sie halten mich nicht auf, Frau Löwenthal. Was ist Ihnen denn eingefallen?«

»Also, der Herr Grafenstein, der war am Samstagnachmittag noch mal bei mir. Das hab ich ganz vergessen zu erzählen.«

»Und was wollte er?«

»Er hat mir ein Bild gebracht.«

»Er hat Ihnen ein Bild gebracht?«

»Ja, er hat gemeint, er hat es bekommen, aber es passt nicht in seine Wohnung. So vom Stil her – wissen Sie? Und dann hat er gemeint, er leiht mir das. Sozusagen als Aufbewahrungsort. Weil's schad drum wär.«

»Weil's schad drum wär. Und wo ist das Bild jetzt?«

»Na, in meinem Schlafzimmer. Er war so lieb und hat es gleich aufgehängt. Ich bin ja nicht mehr so gut in solchen Dingen.«

»Wissen Sie denn, was für ein Bild das ist? Von welchem Maler?«

»Ich hab ihn nicht gefragt. Da ist ein dicker Mann drauf, der wirft Schweinen etwas zum Fressen hin. Mir gefällt es eigentlich nicht, aber ich wollte nicht unhöflich sein.«

»Und hängt das da jetzt noch? In Ihrem Schlafzimmer?«

»Ja natürlich. Und da ist mir eingefallen, dass der Herr Grafenstein nicht mehr ist, und jetzt hab ich sein Bild. Das müsste ich dem Herrn Wiedering zurückgeben, ich mein, der ist ja der Erbe, oder?«

»Frau Löwenthal, ich schick Ihnen mal meinen Kollegen, der holt das Bild bei Ihnen ab, okay?«

»Ja, aber – muss ich das nicht zurückgeben?«

»Wir schauen uns das Bild an, und dann geben wir es zurück. Ist es ein großes Bild?«

»Nein, nein, ganz klein.«

»Gut, vielen Dank, dass Sie mich angerufen haben. Bis bald.«

»So, liebe Kollegen. Jetzt fangen wir an. Kolonja und ich fahren noch mal ins Kunsthistorische und knöpfen uns diese Direktorin vor. Die wird eh ein bisschen nervös sein, wegen der Brueghel-Geschichte. Frau Kratochwil und Herr Motzko, Sie holen das Bild von Frau Löwenthal ab. Aber vorsichtig, Frau Löwenthal ist eine sehr alte Dame, und das Bild ist eventuell wertvoll. Sobald ihr es habt, versucht herauszufinden, was das für ein Bild ist. Da gibt's doch sicher Möglichkeiten im Internet.«

Auf der großen Treppe des Museums war schon reger Verkehr. Die Schlagzeile über den eventuell gefälschten Brueghel hatte noch mehr Leute angezogen, viele wollten das Bild sehen, bevor es vielleicht abgehängt wurde, egal ob echt oder falsch. Wien hatte endlich wieder einen kleinen Skandal. Anna Habel und Robert Kolonja gingen an der langen Schlange, die sich an der Kassa anstellte, vorbei und zogen ein paar böse Blicke auf sich. Anna holte ihren Dienstausweis aus der Tasche und hielt ihn dem Museumsbeamten, der die Tickets kontrollierte, unter die Nase.

»Ja, und?«

»Ich bin von der Polizei.«

»Ja, das seh ich. Und das heißt?«

»Wir müssen rein. Mit Frau Höflein sprechen.«

»Des kann ein jeder sagen. Haben Sie einen Termin?«

»Nein, aber wir müssen sie sprechen.«

»Warum nehmen Sie dann nicht den Büroeingang? Ich glaube nicht, dass die Frau Direktor so einfach Zeit hat, Sie können sich nicht vorstellen, was im Moment hier los ist. In einer halben Stunde ist eine Pressekonferenz.«

»Bitte rufen Sie Frau Salzer an und …«

»Ich kann hier niemanden anrufen, sehen Sie das nicht? Wer soll dann die Eintrittskarten überprüfen? Jetzt gehen S' halt rein und da nach hinten an diesen Tresen. Die Damen helfen Ihnen.«

Die beiden ließen sich vom Strom der Besucher mitreißen, alle hatten das gleiche Ziel: *Die Sprichwörter* von Brueghel im ersten Stock.

»Komm, wir schaun auch noch mal.« Kolonja nahm Anna am Ärmel und zog sie in Richtung Treppe.

»Hast du deine Liebe zur Kunst entdeckt? Oder glaubst du, du erkennst die Fälschung?«

»Nein, nein, nur mal schauen.«

Die Absperrkordel war etwas weiter vom Bild entfernt gesteckt als beim letzten Mal, links und rechts standen zwei Museumsbeamte mit unbewegten Gesichtern. Der Andrang war riesig, man konnte das Bild kaum sehen. »Eine Frechheit ist das! Drehen uns die Piefkes ein gefälschtes Bild an!« – »Ja, da unten in der Ecke, schau, die Frau mit dem roten Oberteil, die kommt mir ganz unecht vor.« – »Nein, wir haben sicher das echte! Das kann doch unseren Experten nicht passieren, dass sie ein falsches Bild einkaufen.«

Anna grinste ihrem Kollegen zu und deutete mit dem Kopf nach hinten. Abgang. »Schön, dass die Wiener wieder alles ganz genau wissen. Komm, mir reicht's. Wir suchen diese Frau Höflein.«

Die Frau, die ihnen gegenübersaß, wirkte müde und genervt. Das konnte sie auch durch ihr professionelles Make-up nicht verbergen. Die hohen Wangenknochen dezent gepudert, die blonden Haare in einem Knoten hochgesteckt, die kleinen Perlohrstecker passten perfekt. Anna fühlte sich neben solchen Frauen immer ein wenig wie eine Bäuerin; selbst wenn sie sich in einer teuren Boutique einkleiden würde, würde sie niemals so aussehen wie diese Frau – eine echte Dame.

»Ich weiß nicht, was Sie von mir wollen. Sie sind doch von der Mordkommission? Für Sie hab ich im Moment wirklich keine Zeit.«

»Frau Direktor, es tut mir ja leid, dass wir ungelegen kommen, aber es geht nun mal um Mord. Herr Grafenstein war Angestellter Ihres Hauses und ist leider keines natürlichen Todes gestorben. Deswegen sind wir hier.«

»Herr Grafenstein war kein Angestellter, er hatte hier lediglich ein Büro und war freier Dienstnehmer.«

»Was wissen Sie über ihn?«

»Ich? Gar nichts weiß ich über ihn. Ein angenehmer Mensch, sehr kultiviert, gebildet und ein großer Kunstkenner. Aber er war lange vor meiner Zeit hier, ich hab ihn von meinem Vorgänger übernommen.«

»Was genau waren seine Aufgaben?«

»So genau weiß ich das gar nicht. Er hat Expertisen geschrieben und uns beraten. Manchmal war er, glaub ich, auch bei Ankäufen involviert. Aber wie gesagt, ich kannte ihn nicht gut. Haben Sie schon alle Personalunterlagen erhalten?«

»Ja, Frau Salzer war so nett und hat uns alles gegeben. Hatte er mit der Brueghel-Ausstellung etwas zu tun?«

»Wie meinen Sie?«

»So, wie ich gefragt habe. War er involviert in die Konzeption dieser Ausstellung.«

»Ja, er war ein Berater.«

»Und? Ist er nun echt oder falsch, der Brueghel?«

»Das wüssten wir auch gern. Ich geh davon aus, dass er echt ist. Der andere in Berlin, also, der wurde in einem Häuschen gefunden! Wer hängt sich denn einen echten Brueghel in ein Häuschen mit Garten? Aber die Berliner, die müssen das gleich so aufbauschen!«

»Hängen Sie ihn nun ab?«

»Das liegt nicht nur in meiner Hand. Ich habe in«, sie blickte demonstrativ auf die Uhr, »einer Viertelstunde einen Termin mit dem Kurator und der Ministerin. Wir werden es dann entscheiden. Es wäre ein unglaublicher

Verlust für die Ausstellung, aber ich hoffe immer noch, dass wir Entwarnung aus Berlin bekommen. Ich bin sicher, es handelt sich um einen Irrtum.«

»Kennen Sie eine Aljona Schwartz?«

»Jeder, der im Kunstbetrieb tätig ist, kennt Aljona Schwartz. Sie ist außerdem eine großzügige Förderin diverser Projekte hier am Museum.«

»Kannte Herr Grafenstein Frau Schwartz?«

»Davon kann man ausgehen. Die Szene ist nicht sehr groß, und, wie gesagt, jeder kennt sie.«

Das laute »Pling«, das eine neue Kurzmitteilung auf Annas Handy vermeldete, veranlasste Frau Höflein, aufzustehen und sehr bestimmt ihren Stuhl zurechtzurücken.

»So, meine Herrschaften. Ich glaube, wir haben alle zu tun. Ich muss mich um die *Sprichwörter* kümmern und Sie sich um den armen Grafenstein. Sie können natürlich jederzeit Frau Salzer anrufen, sie wird Ihnen alles Nötige bereitstellen.«

Anna blickte aus dem Augenwinkel auf das Handy, und ihre Stimme zitterte ein wenig, als sie sich von der Direktorin des Museums verabschiedete. Sie verließen den Raum, und Kolonja sah Anna fragend an. Die reichte ihm wortlos ihr Smartphone, die Nachricht war von Gabi Kratochwil: *Haben das Bild von Fr. Löwenthal geholt. Es ist ein Brueghel und heißt ›Perlen vor die Säue werfen‹.*

19

„Könnte sein, dass das eine richtig heiße Sache ist, an der du da rumschraubst.«

Das war Maik, der Vopo, wie Thomas Bernhardt ihn kannte. Ein Liebhaber des Überraschungsangriffs: keine Begrüßung, keine Vorrede, gleich zur Sache.

Bernhardt klemmte den Telefonhörer an die Schulter und griff nach dem Kaffeepott. »Ey, ich denke, du brauchst Zeit? Seit wann bist du so schnell?«

»Vorsichtig, nicht unverschämt werden. Wenn man seine Pappenheimer kennt, geht's manchmal schnell.«

»Und du kennst deine Pappenheimer?«

»Kannste von ausgehen. Also in der Kaderakte von Ackermann...«

»Moment, Moment. Ich denke, so was gibt's nicht mehr?«

»Völlig richtig, die Dinger sind nach der Wende berichtigt und bereinigt, shampooniert und gewaschen worden, und nicht wenige sind durch den Schredder gewandert.«

»Und?«

»Na ja, es gibt ja noch die mündliche Überlieferung der Zeitzeugen.«

»Aha.«

»Genau. Also, der gute alte Hanne hat dir seinen Werdegang eigentlich völlig korrekt erzählt...«
»Aber?«
»Aber es gibt eine Lücke. In den Siebzigern bis Anfang der achtziger Jahre ist er zwar offiziell im Polizeidienst gewesen, wenn mich aber nicht alles täuscht und ich eins und eins richtig zusammenzähle, hat er sich seinen Vaterländischen Verdienstorden in Bronze –«
»Nur in Bronze?«
»Komm, das war nicht so schlecht, da gab's 'ne schöne Prämie für deinen Kampf um die Sicherung des Friedens und die Festigung der sozialistischen Gemeinschaft oder so ähnlich, hätte ich auch gerne mitgenommen.«
»Womit hat er sich den verdient?«
»Durch Kunsthandel.«
»Was soll das, Maik? Verarschen kann ich mich selber.«
»Nee, musste gar nicht. Pass auf, ich erklär's dir: Das kleine Land, von dem wir sprechen, brauchte Valuta, Westgeld, Devisen, sonst wär's pleitegegangen. Aber wie kommt man an das Geld des Klassenfeindes heran? Da gab's viele Wege, einer davon: Du verkaufst deine politischen Gegner oder an der Mauer gescheiterte Flüchtlinge oder Querulanten oder arbeitsscheue Elemente oder Kriminelle an die Bundesrepublik. Um immer genügend Menschenmaterial zu haben, füllst du deine Gefängnisse und bietest deine Gefangenen dem Westen zum Verkauf an. Ein Gefangener hat zum Schluss bis zu hunderttausend richtig schöne, stabile deutsche Westmark gebracht. Kannste ja mal ausrechnen, was da zusammenkam, wenn du Jahr für Jahr Tausende Menschen verkauft hast.«

»Und?«

»Ein paar Milliarden waren das schon. Aber so viele Gefangene, wie wir Devisen brauchten, konnten wir gar nicht verkaufen. Das war ja keine beliebig vermehrbare Masse.«

»Was tun?«

»Gute Frage, alter Leninist. Die Antwort lautet: Man muss diese Dinge nüchtern betrachten. Und nüchtern betrachtet, konnte man dem Westen nicht nur Menschen verkaufen, sondern auch Kunst, hatten wir ja 'ne Menge von.«

»Und wie ist das gelaufen?«

»Na ja, professionell, wie alles bei uns. Mit 'ner richtig schönen Kunst und Antiquitäten GmbH, die in Mühlenbeck bei Berlin ihren Sitz hatte. Die hat alles Mögliche in den Westen geschaufelt.«

»Und da war Ackermann dabei?«

»Ja. Übrigens, ich bitte dich da um Quellenschutz, muss nicht bekannt werden, dass du das alles von mir hast. Ich will weiter mit Maschenka in Ruhe auf meinem Steg am Polsensee liegen. Übrigens: Kommst du am Wochenende?«

»Ist Maschenka auch da?«

»Ey, ich bin da, zwei Kisten Lübzer sind schon gekauft, das reicht doch, oder? Aber wenn du's wissen willst: Maschenka hat auch vor zu kommen.«

»Wunderbar, wenn ich's schaffe, bin ich dabei. Aber noch zu dieser Kunst und Antiquitäten GmbH?«

»Ganz einfach: Das waren Jäger und Sammler. Die haben die Depots in den Museen geleert, allein aus den

Kunstsammlungen in Dresden haben die Hunderte von Werken verkauft. Und eine ihrer besonderen Spezialitäten war es, privaten Sammlern ans Leder zu gehen. Wenn ein Sammler oder ein argloser Erbe ein Stück verkauft hatte, um mit dem erhaltenen Geld vielleicht was Neues zu kaufen, haben die dem daraus einen Strick gedreht. Das war Handel, also kriminell, es wurde eine Steuerschuld konstruiert, die nur beglichen werden konnte mit der Übergabe des Kunstwerks.«

»Und die haben dann alles in den Westen verkauft?«

»Na ja, dahin, wo's Devisen gab. An Museen, an Galerien, an Privatleute.«

»Und ist das dokumentiert? Gibt es Verkaufslisten oder so was?«

»Darfste mich nicht fragen. Die Schredder liefen '89/'90 jedenfalls ziemlich heiß.«

»Hm, du bist also sicher, dass Ackermann da mitgemischt hat? Wie denn genau?«

»Er hat Bilder gesucht, er hat sie gefunden, er hat Depots angelegt. Am Verkauf selbst war er, glaube ich, nicht beteiligt. Da hatten sie Typen, die ein bisschen geschmeidiger waren.«

»Und Wessel?«

»Der Typ mit der Bilderkammer? Ja, das ist interessant. Überall, wo ich mich umgehört habe, wurde früher oder später von einem großen Unbekannten geraunt. Aber niemand wollte da richtig ran. Vielleicht wussten die auch wirklich nichts Konkretes. Es soll jedenfalls einen Typen gegeben haben, der in der Wendezeit Bilder an sich gebracht hat, die er seither so peu à peu verkauft. Alle haben mit größter Hochachtung von dem gesprochen, schlauer Fuchs, eiskalter Hund, seit langem vielfacher Millionär. So in der Richtung. Aber wie gesagt: nix Konkretes.«

»Kannst du da noch ein bisschen dranbleiben?«

»Ich versuch's, aber das Ding ist, glaube ich, erst mal ziemlich ausgelutscht. Weißt du, keiner will sich da die Finger verbrennen und alte Geister wecken.«

»Ist mir schon klar. Danke erst mal. Hast du viel zu tun?«

Maik, der Vopo, lachte aus vollem Herzen.

»Hier in Templin und Umgebung? Nee, wir bereiten uns auf den Sommer vor. Hoffentlich wird's schön heiß, dann machen wir Notbesatzung, und die anderen kriegen hitzefrei. Mann, Thomas, lass dich hierher versetzen.«

»Ich versuch's. Mach's gut und noch mal danke.«

Ackermann, Ackermann. Thomas Bernhardt drehte und wendete die Fakten: War der Olle ein Handlanger, ein Mann fürs Grobe? Oder war er ein Strippenzieher? Vielleicht zusammen mit Wessel? Eins war klar: Die konnten nicht nebeneinander wohnen und nichts miteinander zu tun haben. Was hieß das? Waren sie Komplizen? Aber was, wenn sie Konkurrenten gewesen waren, jeder auf seine Art sein Ding gemacht hatte und sie sich irgendwann ins Gehege gekommen waren?

Thomas Bernhardt konnte sich den eisengrauen Ackermann nicht auf dem Parkett des Kunsthandels vorstellen. Also doch eher ein Handlanger, der Wessel den Rücken freihielt? Oder ein missgünstiger Rentner, längst aus dem

Geschäft raus, der mit wachsender Wut auf den erfolgreichen Nachbarn starrte? Zu viele Fragen und keine halbwegs zufriedenstellende Antwort.

Fröhlich rief an, das alte Spiel: »Meesta, kannste dir denken, Fingerabdrücke von den Putzfrauen sind überall, ham wa jescheckt. Aba, uffjepasst, von dem lieben Ackamann sind se ooch überall, wir ham se mit denen in seinem Haus abjeglichen. Ick weeß, nich janz legal.«

Bernhardt fragte nach: »Die Fingerabdrücke von dem Ackermann sind überall im Haus verteilt?«

»Ja, ooch an den Bildern. Sieht so aus, als hätte er se uffjehängt. Aber een Fingerabdruck könn wa nich zuordnen, und den jibts nur im Wohnzimma. War vielleicht der Mörder ... oder die Mörderin. Wat meenste?«

Die berlinisch krähende Stimme von Fröhlich klang nach, als Bernhardt von neuem ins Grübeln kam. Vielleicht war der Ackermann eine Art Faktotum für Wessel gewesen. Wie musste man sich die Begegnungen der beiden vorstellen? Wann ging Ackermann zu Wessel? Nur nachts? Diese Schauspielerin, wie hieß die noch? Daniela Fliedl, genau, die hatte nie jemanden ins Haus von Wessel gehen sehen. Hatte er das richtig gespeichert? Der müsste er doch noch mal richtig auf den Zahn fühlen.

20

Das Bild lag auf dem Schreibtisch, sie beugten sich alle darüber und stießen dabei fast mit den Köpfen zusammen. Kolonja wollte es ein wenig in die Mitte des Tisches schieben, als Gabi Kratochwil seine Hand aufhielt.

»Vorsicht, nicht anfassen! Wissen Sie, was das kostet?«

»Ich mach ja gar nichts. Bis jetzt hat es an einem Nagel über dem Bett einer alten Frau gehangen. Und die Kollegen, die es hierhergebracht haben, haben es schließlich auch nicht vakuumverpackt.«

»Jetzt hört's auf zu streiten. Schaut's euch lieber das Bild an!«

Anna setzte sich und betrachtete das kleine runde Ding, das höchstens einen Durchmesser von fünfzehn Zentimeter hatte. Ein dicker Mann mit einer seltsamen Pelzmütze hatte einen Sack aus grobem Leinen umgebunden, zu seinen Füßen drei Schweine. Riesige weißblaue Klunker purzelten aus seiner Hand den Schweinen vor die Füße.

»Ich finde es hässlich.« Kolonja sprach aus, was alle dachten.

»Aber es ist über vierhundert Jahre alt.« Gabi Kratochwil hatte Ehrfurcht in ihrer Stimme.

»Hässlich hin oder her, wir müssen rausfinden, warum der Grafenstein dieses Bild hatte und warum er es seiner alten Nachbarin geliehen hat. Ich fürchte, das hängt doch irgendwie alles zusammen.« Anna versuchte Ruhe in die Truppe zu bringen, war aber sicher, dass die Kollegen ihre Aufregung sehr wohl wahrnahmen. »Wir müssen jetzt den Überblick behalten. Frau Kratochwil, Sie recherchieren bitte sofort alles, was es über dieses Bild zu recherchieren gibt. Motzko und Kolonja, ihr fahrt noch mal zu Wiedering und horcht ihn aus. Er muss was wissen über dieses Bild.«

»Und was machst du?« Kolonja sah sie kampfeslustig an.

»Ich telefoniere jetzt mal mit Berlin, und dann denk ich nach. Das muss auch mal jemand tun, oder? Und noch was, ich glaub, ich fahr ins Hotel Imperial.«

»Kaffeetrinken oder was?«

»Nein, ich muss da was nachfragen. Erzähl ich euch später.«

Anna nahm das Bild vorsichtig an sich und ging damit in ihr Büro. Sie wusste nicht so recht, was sie damit anfangen sollte, und lehnte es auf dem Aktenschrank an die Wand. Dann wählte sie Bernhardts Nummer.

Thomas Bernhardt nahm sofort ab.

»Hallo, na, sitzt du auf dem Telefon?«

»Ja, fast, es klingelt die ganze Zeit. Und? Was gibt es Neues bei euch?«

»Wir haben ein Brueghel-Bild gefunden.«

»Wie? Noch eines? Wo?«

»Ja, ein ganz kleines. Der Grafenstein hat es seiner Nachbarin geborgt. Er hat's ihr einfach übers Bett gehängt.«

»Wie bitte?«

»Jetzt steht es auf meinem Aktenschrank.«

»Du hast es mitgenommen? Weißt du, was das wert ist?«

»Nein, das recherchiert die Kratochwil gerade. Und ja, ich habe es mitgenommen. Ich mein, es hing im Schlafzimmer einer alten Dame. Glaubst du, da wäre es sicherer?«

»Ihr müsst unbedingt rausbekommen, ob das echt ist! Und woher der Grafenstein es hat! Und warum es bei der alten Dame hing!«

»Beruhige dich! Wir sind schon dran. Wir haben hier viel zu wenig Personal. Schließlich sollten wir einen Mord aufklären.«

»Das hängt doch zusammen. Sag mal, der sehr interessante Typ, von dem du erzählt hast, dieser Kunstsammler, hat der eigentlich ein Alibi?«

»Das hab ich ihn nicht gefragt. Ich war nicht offiziell im Dorotheum. Sozusagen verdeckte Ermittlung.«

»Wieso das denn?«

»Hat sich so ergeben.«

»Und als was hast du dich ausgegeben?«

»Als Radiologin.«

»Als Radiologin?«

»Ja, mir ist nichts Besseres eingefallen. Die schauen ja auch dahinter, das passt doch irgendwie. Also, wie tun wir jetzt weiter?«

»Meine Liebe, du musst diese Aljona Schwartz ins Visier nehmen. Die hängt da irgendwie mit drin, das spür ich.«

»Gut, wenn du das spürst, dann ist das wohl ein Zeichen, oder?«

»Mach dich nicht lustig über mich. Du fährst jetzt einfach in dieses Imperial und fragst nach, wann die Dame wieder erwartet wird.«

»Und du glaubst, die sagen mir das einfach so?«

»Das schaffst du schon. Sonst komm ich nach Wien, wir nehmen uns ein Zimmer da, und wir ermitteln verdeckt. Die Radiologin und der Internist.«

»Das können wir uns nicht leisten, fürcht ich. Und in die Spesenabrechnung können wir das auch nicht reinschummeln.«

»Wär aber nett. Du, ich muss Schluss machen, hier geht's drunter und drüber. Wir telefonieren am Abend noch mal?«

»Okay, und ich fahr jetzt ins Hotel, ich krieg schon raus, ob die Dame da ist.«

»So gefällt mir das schon besser. Anna, die Schreckliche. Du klopfst jeden Hotelportier weich.«

»Na, schauma mal.«

In der Hotellobby fühlte Anna sich schlagartig in eine andere Welt versetzt. Sie erinnerte sich daran, dass sie als Studentin einmal zum Kaffeetrinken hier war, wusste allerdings nicht mehr, mit wem. Gut erinnern konnte sie sich allerdings an die abfälligen Blicke, die sie sich damals eingefangen hatte, als sie mit ihren schneenassen Stiefeln, abgewetzter Cordhose und Kapuzenparka am Türsteher und an der Rezeption vorbeilief und das Kaffeehaus suchte. Das hatte sich inzwischen geändert, die Hotelangestellten hatten sich wohl daran gewöhnt, dass die schlecht angezogenen Gäste manchmal die prominentesten und wohlhabendsten waren. Wenn Johnny Depp oder Pierce Brosnan hier eincheckten, trugen sie auch keine schwarzen Anzüge, und die anorektischen Models in ihren bauchfreien T-Shirts gehörten wohl inzwischen auch zum Alltag eines jeden Nobelhotels. Der junge Mann mit dem akkuraten Seitenscheitel, der am Empfang stand, erfasste sie schon bei ihrem Eintreten mit seinem Blick und lächelte ihr aufmunternd zu. Es schien, als spürte er ihr Zögern, ihre Unsicherheit auf diesem Terrain.

»Guten Tag. Wie kann ich Ihnen helfen.«

Auf seinem Namensschild stand Kevin Mittermeier, und fast wunderte sie sich, dass jemand mit dem Namen Kevin einen Job am Empfang im Hotel Imperial bekam.

»Ich bin auf der Suche nach einem Ihrer Gäste.«

»Sind Sie verabredet?«

»Nicht direkt. Ich würde nur gerne wissen, ob die Dame sich momentan im Haus aufhält.«

»Das kann ich Ihnen leider nicht sagen. Wir geben keinerlei Auskünfte über unsere Gäste.«

Anna legte ihren Ausweis auf den Tresen, der junge Mann warf einen kurzen Blick darauf und lächelte Anna ungebrochen freundlich an. »Das ändert nichts an der Tatsache, dass wir absolute Diskretion gegenüber unseren Gästen bewahren.«

»Möchten Sie nicht wissen, für wen ich mich interessiere?«

»Nein, das ist unerheblich. Sie werden bei uns keine Auskunft bekommen. Es sei denn, Sie hätten einen offiziellen Durchsuchungsbefehl.«

»Meine Güte, Herr Mittermeier«, fast hätte sie Kevin gesagt, »ich möchte doch nichts durchsuchen, ich möchte lediglich wissen, ob Frau Aljona Schwartz sich im Hause aufhält.«

»Es tut mir leid. Ich kann Ihnen dazu keine Auskunft geben.«

»Tja. Dann werde ich wohl einen Kaffee in Ihrem schönen Haus trinken und wieder gehen. Wir sehen uns.«

»Ich wünsche Ihnen einen guten Tag, Frau Chefinspektor.« Kevins Lächeln war um keinen Deut weniger geworden, er behandelte wohl alle Menschen, die vor dem Rezeptionstresen standen, als wären sie Besitzer einer schwarzen American Express Card.

Anna setzte sich an einen der kleinen Tische im hinteren Bereich des kleinen Kaffeehauses, so dass sie einen guten Blick auf den Raum und den Eingangsbereich hatte, und bestellte sich eine Melange und ein Stück Imperialtorte. *Mandelblätter mit zarter Butter-Schokoladen-Creme, gedeckt mit Marzipan und köstlicher Milchschokoladenglasur.*

Auf ihrem Smartphone googelte sie den Namen Aljona Schwartz und ging auf Bildersuche. Unzählige Bilder einer blonden Frau tauchten auf, die Augen etwas schräg gestellt, die Wangenknochen auffallend hoch, sorgfältig gezupfte Augenbrauen, dezente Schminke. Das Alter von Frauen wie dieser konnte man nur sehr schwer schätzen, gute Kosmetik und sorgfältige Pflege konnten viele Jahre wettmachen. Vermutlich war Aljona Schwartz älter, als sie aussah. Anna speicherte eines der beiden Bilder auf dem Handy, und als der Kellner ihren Kaffee brachte, hielt sie ihm das Display vor die Nase. »Kennen Sie die Dame?«

Der distinguierte Herr im schwarzen Anzug sah sie erstaunt an und schüttelte dann mit einer kaum wahrnehmbaren Bewegung den Kopf.

Vor der Damentoilette saß eine junge Frau mit schwarzem Haar und einer kleinen Lesebrille auf der Nase. Sie blickte von ihrem Kreuzworträtsel auf.

Auf dem Tisch stand ein kleiner Teller, auf dem ein paar Münzen lagen. Anna legte einen Fünfzigeuroschein dazu, und die junge Frau sprang von ihrem Stuhl auf. »Madame, bitte – danke!« Sie holte eine Sprühflasche mit Desinfektionsmittel und ein Zellstofftuch unter dem Tisch hervor und begann flink, die Klobrille einzusprühen und abzuwischen. »Bitte seeehr, Madame, bitte schööön.«

Anna verrichtete ihr Geschäft und blieb in der Toilettenkabine, bis sie sicher war, dass sich niemand in dem kleinen Vorraum befand. Dann ging sie raus, wusch sich die Hände und überprüfte kurz ihre Frisur im Spiegel. Mehrere Haare hatten sich aus ihrem Zopf gelöst, sie sah unordentlich und müde aus. Die junge Frau beobachtete sie durch den Spiegel, abwartend, unsicher, als hätte sie Angst, Anna würde den Geldschein wieder an sich nehmen. Als Anna ihr das Handydisplay mit dem Foto von Aljona Schwartz hinhielt, zuckte sie zusammen und blickte ängstlich zur Tür.

»Kennen Sie die Dame? Haben Sie die schon mal gesehen?«

»Ja.« Ihre Stimme klang erstaunlich fest. Sie hatte wohl wirklich Angst um die fünfzig Euro, denn sie zögerte keine Sekunde.

»Und? Ist sie oft hier? Wissen Sie, wer das ist?«

»Ja, ist oft hier. Hat Wohnung ganz oben.«

»Wieso wissen Sie das?«

»Putze ich Vormittag oben alle Klos, sitze ich Nachmittag hier.«

»Und wann haben Sie sie das letzte Mal gesehen?«

»Ich weiß nicht. Vor ein paar Tagen vielleicht?«

»Wann?«

»Ich weiß nicht genau. Vielleicht vor Wochenende.«

Die Tür ging auf, und herein trat eine ältere Dame im cremefarbenen Kostüm. Die Klofrau zuckte zusammen und öffnete der Frau rasch die Tür zu einer Kabine. Anna stellte sich an den Spiegel und wusch sich ausgiebig die Hände. Als die Klotür zu war, stellte sich Annas Gesprächspartnerin dicht neben sie und begann hektisch den Spiegel zu putzen. »Gehen Sie jetzt. Ich weiß nix mehr.«

Anna winkte dem Kellner und ließ die Rechnung kommen. Zwölf Euro für einen Kaffee und eine wenn auch sehr leckere Torte – davon konnte sie früher als Studentin dreimal zu Mittag essen, zumindest in der Mensa. Auf dem Kärntnerring blendete die Sonne, und im ersten Moment war sie etwas desorientiert. Anna kramte ihr Handy aus der Tasche und sah, dass sie eine Mitteilung erhalten hatte.

Würde dich gerne sehen. Darf ich dich zum Essen einladen? Richard.

Annas Herz klopfte bis zum Hals. O mein Gott, auf was hatte sie sich denn da eingelassen? Ein Flirt in einer laufenden Ermittlung, und dann auch noch mit falscher Identität, das schrie geradezu nach Schwierigkeiten. Jetzt bloß nicht zurückschreiben, erst mal abwarten.

Anna versuchte, Kolonja zu erreichen, doch es sprang sofort die Mailbox an. Im Büro hatte sie mehr Glück, Gabi Kratochwil nahm nach dem ersten Klingeln ab.

»Hat der Kolonja sich gemeldet?«

»Bei mir nicht.«

»Und wissen Sie schon was über das Bild?«

»Jede Menge. Es ist so: Das Bild ist zwar ein Brueghel, aber ein anderer, und der –«

»Stopp. Frau Kratochwil, ich bin in zwanzig Minuten da, dann erzählen Sie mir alles, okay?«

Als Anna das Büro betrat, sah die junge Kollegin kaum von ihrem Bildschirm auf.

»Und? Jetzt schießen Sie los. Was haben Sie rausgekriegt?«

»Also, dieses Bild ist von einem Brueghel, aber von einem anderen. Dem Jüngeren. Das war der Sohn von dem Älteren.«

»Ich versteh gar nichts.«

»Also, dieser berühmte Brueghel, von dem auch dieses Bild im Kunsthistorischen ist, also wenn es echt ist, der hatte zwei Söhne, Jan und Pieter, und die haben auch gemalt. Und zwar genauso wie der Vater und auch teilweise die gleichen Sachen. Immer wieder. Wie am Fließband, das war so eine richtige Fabrik. Aber dieser Schweinehirt da, das ist so ein Auszug – quasi eine Singleauskopplung – von den *Sprichwörtern* im Museum – also, das hat auf jeden Fall der Sohn, also eben der Jüngere, gemalt. Das Bild wurde vor ungefähr einem Jahr im Dorotheum versteigert. Und jetzt wird es wieder verkauft.«

»Aber es liegt doch hier? Wie kann es dann verkauft werden? Mein Gott, diese ganze Kunstkacke, muss mich das wirklich interessieren?«

»Ich glaube schon, gehört ja zu unserem Fall. Aber wir haben Kollegen, die sich mit so etwas beschäftigen.«

»Gut, dann übergeben Sie das mal alles an diese Kollegen, und die sollen rauskriegen, wo dieser kleine Brueghel herkommt.«

Just in dem Augenblick, als Motzko und Kolonja ins Büro polterten, zeigte Annas Handy den Empfang einer Kurzmitteilung an. Richard. Anna warf einen schnellen Blick drauf: *20 Uhr Gasthaus Wild?*

›Na, wenigstens mit Fragezeichen und nicht mit Ausrufezeichen‹, dachte Anna und drückte die Nachricht weg. Und immerhin war er so diskret, nicht anzurufen, wahrscheinlich stellte er sich vor, sie stünde im OP und könne seinen Anruf ohnehin nicht entgegennehmen.

Kolonja wischte sich mit einem riesigen beigen Taschentuch den Schweiß von der Stirn. »Mein Gott, was ist das für eine Hitze heute.«

»Und? Wie geht's dem armen Hinterbliebenen?«

»Der leidet ziemlich, den wird seine Schwester wohl noch eine Zeitlang versorgen müssen.«

»Und ist ihm noch was eingefallen?«

»Nicht wirklich. Wir haben hier noch eine Liste mit Grafensteins Freunden und Bekannten. Zumindest die, die Wiedering kannte.«

Motzko holte sein kleines, schwarzes Notizbuch aus der Brusttasche seines Sakkos und blätterte darin.

»Habt ihr nach dieser Aljona Schwartz gefragt?«

»Ja, haben wir. Natürlich kannte Grafenstein die Dame. Und laut Wiedering haben sie sich vor zwei Wochen auch getroffen, die Frau Schwartz und der Herr Grafenstein. Er weiß allerdings nicht, warum konkret. Angeblich hat er sich in den Job seines Lebensgefährten nicht eingemischt, ist nur hin und wieder zu Vernissagen mitgegangen oder hat ihn begleitet, wenn er eine Reise gemacht hat, um ein bestimmtes Bild anzuschauen.«

Robert Kolonja war zwischenzeitlich zum Getränkeautomaten gegangen und kam mit vier Flaschen Cola unter dem Arm zurück ins Zimmer. Eine stellte er Gabi Kratochwil direkt vor den Bildschirm, auf den sie immer noch starrte, die anderen beiden drückte er Motzo und Anna in die Hand. »Ich glaub ehrlich gesagt nicht, dass der was damit zu tun hat.«

»Na, da warst du aber vorgestern noch ganz anderer Meinung. Was ist der Grund für dein Umdenken?«

»Ich weiß auch nicht, diese Trauer kann man nicht spielen. Der ist wirklich komplett verzweifelt.«

»Ja, ich hab eh nie geglaubt, dass er es war. Außerdem hat er ein Alibi. Die Frage ist nur, ob der Grafenstein in irgendwelche dunklen Geschäfte verwickelt war und sein Liebster davon wusste und jetzt nichts sagt.«

»Warum sollte er nichts sagen?«

»Im Gegenteil: Warum sollte er was sagen? Grafenstein ist tot und bleibt auch tot. Was hätte Wiedering also davon, wenn er Schmutzwäsche ans Tageslicht zerren würde?«

Anna nahm einen großen Schluck von ihrer Cola. »Gestern war ich mit diesem Rahmenmacher ja noch essen. Und da hab ich einen ganz interessanten Typen kennengelernt, so einen privaten Kunstsammler. Der kennt sich richtig gut aus in diesem Milieu. Die Namen Aljona Schwartz und Josef Grafenstein sind ihm ein Begriff.«

»Und hat der ein Alibi?«

»Warum sollte der ein Alibi haben?«

»Sag mal, was ist denn mit dir los? Hast du ihn nicht gefragt? Du erinnerst dich, das machen wir so.«

»Ach, Robert, der hat doch damit nichts zu tun. Ich hab den kennengelernt, als ich undercover unterwegs war.«

»Undercover? Und als was?«

»Radiologin.«

»Radiologin. Pff. Du bist ja nicht ganz dicht.«

»Entschuldigung.« Gabi Kratochwil schaute von ihrem Schreibtisch auf wie ein Kind, das zwischen seinen streitenden Eltern sitzt. »Da kommt jetzt gleich eine Kollegin von der Kulturgutfahndung und holt das Bild ab.«

»Soll kommen.« Kolonja machte sich keine Mühe, seine schlechte Laune zu verbergen.

Da flog auch schon die Tür auf, und eine kleine, schmale Frau mit kurzen Haaren und einer runden Brille stürmte ins Büro.

»Ihr habt einen Brueghel für mich? Lasst sehen!«

Ihr Blick scannte den Raum und blieb an den anwesenden Personen nur eine Millisekunde haften, sofort entdeckte sie das kleine runde Bild, das immer noch auf dem Aktenschrank an der Wand lehnte. »Ist ja irre! Das gibt's ja nicht.«

»Hallo, ich bin Anna Habel.« Anna trat auf die quirlige Frau zu und reichte ihr die Hand.

»Entschuldigung. Ich hab mich gar nicht vorgestellt. Nina. Nina Rathner. Von der Abteilung Kulturgutfahndung.«

»Freut mich. Ich bin Anna Habel, Chefinspektorin, das sind meine Kollegen: Robert Kolonja, Helmut Motzko und Gabi Kratochwil.«

»Und ihr habt das Bild im Zuge einer Mordermittlung gefunden?«

»Ja. Also besser gesagt, das Mordopfer hat es einer Nachbarin geborgt. Ihr übers Nussholzbett gehängt. Ich vermute, er wollte es kurzfristig verstecken. Aber wir haben keine Ahnung, ob das irgendwie mit unserem Mord zusammenhängt.«

»Ist ja unglaublich. Darf ich?« Nina Rathner hatte sich dünne, weiße Baumwollhandschuhe übergestreift, nahm das Bild vorsichtig in die Hände, hielt es sich dicht vors Gesicht, drehte und wendete es.

»Ist es echt?« Kolonja sah der jungen Kollegin skeptisch über die Schulter.

»So schnell kann ich das nicht sagen. Aber ich kann euch was zeigen. Darf ich?«

Sie deutete auf Kratochwils Bildschirm, die stand auf und ließ Nina Rathner Platz nehmen.

Sie streifte die Handschuhe ab, gab ein paar Suchbegriffe ein, und schon öffnete sich ein Fenster am Bildschirm, das klar und deutlich das Gemälde zeigte, das zwei Meter entfernt an der Wand lehnte.

»Könnt ihr alle gut sehen?« Es war eine rein rhetorische Frage, denn obwohl sich alle über den PC beugten, begann Nina Rathner laut vorzulesen: »Pieter Brueghel II., *Perlen vor die Säue werfen.* Öl auf Holz, Durchmesser 12,5 cm. Provenienz: Privatsammlung Österreich. Dem Gemälde liegt ein ausführliches Gutachten von Dr. Josef Grafenstein bei. Dieser kleine Tondo gehört zu einer Serie von Darstellungen zwölf flämischer Sprichwörter und so weiter und so fort. So, und jetzt passt mal auf. Wir sind hier auf der Seite von einem kleinen privaten Auktionshaus, dem Haus Perlhuber. Die Auktion ist für nächste Woche angesetzt, der Ausrufungspreis liegt bei hundertfünfzigtausend Euro. Was sagt uns das jetzt?«

»Das sagt uns, dass das Bild vor einem Jahr im Dorotheum versteigert worden ist und jetzt noch mal versteigert wird?« Kolonja legte die Stirn in Runzeln. »An wen wurde es damals versteigert?«

»Unbekannt.«

»Wie unbekannt?«

»Na ja, man muss da nicht persönlich mitbieten. Wer anonym bleiben möchte, bietet über einen Sensal.«

»Einen was?«

»Sensal heißt das. Die bieten im Auftrag eines anonymen Kunden.«

»Interessant. Wir gehen also davon aus, dass dieser Sensal für Herrn Grafenstein geboten hat. Und sonst?«

»Sonst was?«

»Na ja, wie ist das Bild überhaupt in die Auktion gekommen? Ich mein, so einen alten Brueghel findet man ja nicht einfach auf dem Dachboden, oder?«

»Tja, das wird eher schwierig zu recherchieren. Eventuell aus der Sammlung des Fürsten Liechtenstein, der hat vor einiger Zeit ein paar Stücke verkauft, um die Fenster im Palais reparieren zu können.«

»Der arme Fürst. Kann man das Dorotheum zwingen, uns Informationen rauszugeben?«

Nina Rathner sah sie nachdenklich an, und bevor sie etwas sagen konnte, gab Anna sich die Antwort selbst. »Wahrscheinlich nicht einfach so. Ich mein, es gibt keinen Grund anzunehmen, dass mit dem Bild etwas nicht in Ordnung war, oder? Nur weil es bei der Nachbarin eines Mordopfers an der Wand hing.«

»Und jetzt wird es noch mal versteigert?« Kolonja schüttelte verwirrt den Kopf.

»Nein. Das Bild steht ja hier auf dem Aktenschrank, du Depp!« Anna verlor jetzt alle Zurückhaltung. »Wenn das Auktionshaus Perlhuber das Bild nächste Woche anbietet, dann nehme ich an, dass es auch in dessen Besitz ist und nicht bei Frau Löwenthal überm Bett hängt. Das heißt also?«

»Dass es zwei Bilder gibt.« Motzko sagte es ganz leise, als wünschte er, der Satz wäre nicht wahr.

»Genau«, bestätigte Nina Rathner. »Ich würde vorschlagen, ich nehm das jetzt mal an mich und setze mich mit den Mitarbeitern von Perlhuber in Verbindung. Dann schauen wir mal, was los ist. Ihr kümmert euch um euren

Toten und ich mich um die Bilder.« Nina Rathner zog ihre Baumwollhandschuhe wieder an, holte eine Plastikfolie mit Noppen aus ihrer Tasche und wickelte das Bild vorsichtig ein.

Als die lebhafte Kollegin das Büro verlassen hatte, blickten sich die vier ein wenig ratlos an. Wie weiter?

21

Bernhardt war überrascht, als Cellarius ins Zimmer kam.

»Ich denke, du bist mit Perutz am Majakowskiring?«

»Nein, Perutz macht mit seiner Bestandsaufnahme allein weiter. Wir sind da auf ein Ding gestoßen... Vielleicht haben wir jetzt einen Ansatzpunkt. Es geht um Kirchner.«

Bernhardt spürte, dass irgendetwas den Jagdinstinkt von Cellarius geweckt hatte.

»Kirchner?«

»Ernst Ludwig Kirchner, expressionistischer Maler, Mitglied der Brücke. Pechstein und Nolde haben auch dazugehört.«

»Man lernt nie aus.«

»Ja, und von dem Kirchner haben die Nazis Hunderte von Bildern zerstört wie von vielen anderen modernen Künstlern auch. Entartete Kunst. Aber es gibt Werkkataloge, die bieten gute Vorlagen, so dass ein Maler die verschwundenen Bilder neu malen kann.«

»Du meinst noch mal so malen, wie es der Künstler gemacht hat. Also fälschen.«

»Genau, und jetzt ist Perutz der Meinung, die Kirchners bei dem Wessel seien gefälscht. Er ist sich vollkommen sicher. Das Craquelé, das sei nicht altersgemäß, meint er.«

»Krakelei?«

»Ja, so ähnlich. C-r-a-q-u-e-l-é, habe ich vorher auch nie gehört, Risse und Brechungen in der Leinwand, irgendwie kann man anhand dieser Brüche Alter und Echtheit eines Bildes einschätzen.«

»Willst du Kunsthistoriker werden?«

»Lass die Scherze, er meint, dass die Bilder auf den ersten Blick echt wirken, aber irgendetwas sei faul. Hier in Berlin gibt's angeblich einen extrem guten Kirchner-Fälscher, an dem sie schon mal dran gewesen seien, und Perutz glaubt, die Handschrift von dem Typen wiederzuerkennen.«

»Das kann unser Perutz alles sehen? Und wieso sitzt der Meisterfälscher nicht im Knast?«

»Da gab's wohl eine Art Übereinkunft. Er hat versichert, die Bilder nur für sich selbst oder für Freunde zum privaten Vergnügen gemalt zu haben. Und in Zukunft wolle er keine neuen Kirchners oder Pechsteins mehr herstellen.«

»Und?«

»Perutz sagt, dass einiges sehr wohl im Halbdunkel kursiert ist. Aber die Beweislage war wohl zu dünn, und dann ist der Fall versickert. Seither hat der Typ stillgehalten, nimmt man an, sagt Perutz.«

»Nimmt man an, sagt Perutz, unser Guru. Und wie heißt der Meisterfälscher? Wo wohnt er?«

»Kann ich dir sagen: Giselher Suhrbier. Und damals hat er am Oranienplatz gewohnt, im Hinterhaus in einer

Einzimmerwohnung und hatte unterm Dach sein Atelier, sagt Perutz.«

»Hör auf mit: sagt Perutz. Wenn der da noch wohnt, sollten wir uns den mal anschauen, was meinst du?«

»Einfach hingehen und den besuchen? Wahrscheinlich wohnt der längst woanders. Was versprichst du dir konkret davon?«

»Dass wir einen Faden in die Finger bekommen, dem wir folgen können und der uns zum Ziel führt, mein Gefühl sagt mir...«

»Ach, komm, das darf jetzt nicht wahr sein.«

Bis zu diesem hellen Frühlingstag hatte der Oranienplatz in Bernhardts Erinnerung nur im Herbst und Winter existiert: Scharfe, kalte Winde fegten da aus den Seitenstraßen auf die Platzmitte, verwirbelten Blätter und Unrat. Dunkelgekleidete Menschen hasteten aneinander vorbei, missmutig und mit gesenkten Köpfen. Im Kreisverkehr stauten sich Autos, der kalte, sauer schmeckende Ruß aus den Schornsteinen vermischte sich mit den Abgasfahnen aus den Auspuffen. Fast meinte er, die anschwellenden Hupkonzerte noch zu hören.

Das waren seine ersten Jahre in Berlin gewesen, die er nur schwach im Gedächtnis hatte. War nicht alles dunkel gewesen, als er als Neunzehnjähriger Ende Oktober ins eingemauerte West-Berlin gekommen war? Er erinnerte sich an klamme, karge Wohnungen, in die kein Licht fiel, an den Muff der Hinterhöfe, den grauen, wie eingewachsen wirkenden Grind der Häuser, an die Einschusslöcher vom Krieg und an Kreuzberg mit den verrümpelten Kneipen, an Schmalzbrot und schales Bier, an das besetzte Bethanien-Krankenhaus, das so 36. Und müde war er immer gewesen.

Und jetzt? Schien die Sonne über dem Oranienplatz, die Häuser waren hell verputzt, junge Menschen kreiselten auf ihren Rädern über den Platz, die Autofahrer waren in Maßen rücksichtsvoll. Das Camp mit den protestierenden Asylbewerbern wirkte fast idyllisch. Vor dem Bioladen standen schöne Holzstühle auf dem Bürgersteig, im Sonderangebot gab's einen Robiola und Wildschweinsalami aus der Toskana.

In einem Eckhaus wurden *coworking spaces* für kreative Arbeiter und für Start-ups mit *venture capital* angeboten. Die »Asketen des Luxus« annoncierten die Veranstaltung »Wir feiern den Alltag«. Man konnte sich aber auch üben in »Abschiedskunde – Gemeinsam weinen«.

Thomas Bernhardt deutete auf den Zettel an der Scheibe. »Wär was für uns, oder?«

Cellarius lachte und schüttelte den Kopf.

»Ich weine lieber allein.«

»Typischer Individualist. Und wo finden wir nun Giselher, den alten Recken?«

Unversehens gelangten sie doch wieder ins alte Berlin. Zeitreise. Sie gingen durch einen langen, gelb gekachelten Flur. Bernhardt schnüffelte, dieser Geruch, gesättigt von einem Jahrhundert Armut und vom Bombenkrieg, unverkennbar. Sie liefen über einen Hinterhof, auf dem drei kaputte Fahrräder ineinander verkeilt waren und auf einem schmalen Rasenstück ein paar blasse Tulpen mit gesenkten

Köpfen vor sich hin gilbten. Die Begrenzungsmauer zum Hinterhof des Nebenhauses war dicht bedeckt mit schwellenden Graffiti in Grün, Rosa und Lila, darüber hatten die »Oranienboys« ihre Tags geschmiert. Thomas Bernhardt stellte wieder einmal fest, dass Graffiti überall gleich waren, ob in L. A. oder Istanbul, es schien da kaum noch lokale Besonderheiten zu geben, oder übersah er die?

Als sei er für einen Film über die Zwanziger gecastet, lehnte ein Mann im ärmellosen Unterhemd, mit Zigarette in der einen und einer knubbeligen Schultheiss-Flasche in der anderen Hand, aus dem Erdgeschossfenster hinter den Mülltonnen. Seine muskulösen Arme waren mit farbigen Tätowierungen bedeckt, was Bernhardt an eine Echse erinnerte.

»Guten Tag, Entschuldigung. Suhrbier?«

»Der Künstla? Vierta. Aba wahrscheinlich is er in seinem Atljö unterm Dach, der arbeetet Tach und Nacht.«

»Und kann er von leben?«

»Woher soll ick'n ditte wissen? Aber wenn er ordentlich Marie hätte, würd er wohl 'ne Wohnung in Dahlem ham, wie Ihr Begleita, wa?«

Bernhardt bewunderte wieder einmal die Menschenkenntnis des eingeborenen Berliners, der gerne alle an seinem Wissen teilhaben ließ.

»Hat aba immahin, ick sach ma, 'n teuret Rennrad. Det nimmt er imma mit inne Wohnung. Also 'n bisken kommt wohl rüba.«

Cellarius räusperte sich. »Wie sieht's mit Besuch aus?«

Viel zu direkt, sagte sich Bernhardt. Und die Quittung gab's tatsächlich sekundenschnell.

»Weeste, Kleena, det ihr zwee Süßn Bullen seid, det riech ick drei Kilometer jeg'n Wind, fracht'n doch selba, tschüssikowski.« Und er knallte das Fenster zu und zog demonstrativ die nikotingelben Gardinen vor.

Sie stiegen die Treppenstufen hoch, die in der Mitte mit braunem Linoleum belegt waren. In schmutzigem Braun war auch die Wand bis in Hüfthöhe gestrichen, darüber war man zu Uringelb übergegangen, das über die Jahre ausgebleicht war. An den Türen türkische, arabische, slawische Namen, ein deutscher Ebert im dritten Stock hielt einsam aus.

Der Geruch im Aufgang waberte unentschieden zwischen Alt und Neu, noch zog das Kohl-Kartoffel-Bouletten-Aroma der Ureinwohner durchs Haus, wurde aber von schärferen, vitaleren Komponenten langsam überlagert. Zwischen den Stockwerken vegetierten in Töpfen blassgrüne Pflanzen, die ihre dünnen Triebe gegen das Licht streckten.

Vor der Tür von Giselher Suhrbiers Wohnung standen mehrere leere Bilderrahmen, genau auf die bemalte Tür fiel ein scharfer Sonnenstrahl, in dem der Staub tanzte.

Cellarius beugte sich vor. »Ach, das ist eine dieser Stierkampfszenen von Picasso.«

Thomas Bernhardt trat neben ihn. Tatsächlich: ein Reiter mit Lanze auf einem Pferd, ein Stier in Angriffsstellung. Das Ganze leicht hingetuscht über die Wohnungstür.

Cellarius schüttelte den Kopf. »Das ist ja schon mal

eine Ansage. Zeichnet einen Picasso auf seine Tür. Wirkt absolut echt.«

»Ist es aber nicht, kennen wir schon.«

Einige Stufen über ihnen beugte sich ein Mann übers Treppengeländer. Sein schwarzes T-Shirt und seine Jeans waren mit Farbe bunt beschmiert. Ein schlanker, hochgewachsener Typ mit markanter Adlernase und kurzgeschorenen grauen Haaren, dessen offener Blick Bernhardt beeindruckte.

»Gleich zu zweit?«

Bernhardt mochte es nicht, wenn er überrumpelt wurde. Er hatte das seit Jahr und Tag verinnerlicht: Das Überraschungsmoment musste auf Seiten der Polizei liegen. Während er noch nach Worten suchte, zeigte Cellarius mehr Geistesgegenwart.

»Schönes Stück da auf Ihrer Tür.«

»Deshalb sind Sie zu zweit hier heraufgestiegen, um mir das zu sagen?«

»Na ja, nicht wirklich. Sind Sie denn Herr Giselher Suhrbier?«

»Ja. Und sagen Sie mir, wer Sie sind?«

»Ja, wir sind von der Polizei, Mordkommission.«

Der Mann auf der Treppe verhielt sich erstaunlich kaltblütig, pendelte Cellarius' Schlag locker aus.

»Hm, sind Sie sicher, dass Sie hier richtig sind?«

Cellarius kam jetzt doch leicht ins Schleudern.

»Na ja, wie soll ich sagen, wir sind sozusagen informell hier.«

»Klingt seltsam.«

Der Mann stieg die paar Treppenstufen herunter, ging

auf Bernhardt und Cellarius zu, wahrte aber einen leichten Sicherheitsabstand.

»Zeigen Sie mir Ihre Ausweise.«

Sie griffen beide fast synchron in ihre Taschen und wiesen sich aus. Bernhardt ärgerte sich, dass er der recht schroff formulierten Aufforderung wie ein braver Schüler nachgekommen war und die gründliche Musterung von Seiten Suhrbiers geduldig über sich ergehen ließ. So etwas konnte ihn für längere Zeit verstimmen. Manchmal kam er aus diesem Gefühlsmischmasch von Missmut, Zorn und Resignation bis zum Ende eines Falls nicht mehr heraus. Er wusste, dass er aufpassen musste.

»Also, Klartext, Herr Suhrbier. Es geht um einen Fall, der mit Kunst zu tun hat. Irgendwas stinkt ungeheuer, und wir kommen nicht weiter.«

Suhrbier starrte ihn an. Intensiv? Aggressiv? Wie sollte er das deuten?

Bernhardt spürte ein leichtes Unbehagen und fuhr etwas versöhnlicher fort: »Das mag jetzt seltsam scheinen, dass wir zu Ihnen kommen, Herr Suhrbier, aber...«

Suhrbier zögerte, lächelte und schüttelte leicht den Kopf.

»Leute, Leute, es muss ja wirklich schlechtstehen, wenn ihr euch zu mir hier hochschleppt. Na ja, ich bin ein braver Staatsbürger, gehen wir ins Atelier.«

Wieder ein überraschender Szenenwechsel. Der riesige Dachboden, den Suhrbier zu seinem Atelier ausgebaut hatte, war wohnlich eingerichtet. Ein schöner alter Eisenofen stand in einer Ecke. Ein prächtiges Biedermeiersofa thronte effektvoll mitten im Raum. Durch ein großes Fenster, das in das Dach eingelassen war, fiel Licht direkt auf eine Staffelei. Alles atmete Behaglichkeit. Von den dunkelbraun gebeizten Balken hingen kleine Mobiles, die leise vor sich hin tanzten und klimperten. In einer dunkleren Ecke lehnten Bilder. Selbst im Zwielicht und aus der Ferne strahlte ihre intensive Farbigkeit in den Raum.

Bernhardt atmete durch. Hatte er jetzt die richtige Kampfeinstellung, funktionierten die Reflexe?

»Das ist ja Spitzweg de luxe hier.«

»Wenn Sie das so nennen wollen.«

Suhrbier stand locker und doch mit Körperspannung in der Mitte des Raumes. »Jetzt klären Sie mich doch einfach auf, was Sie zu mir geführt hat.«

»Sie waren doch mal Fälscher.«

»Stimmt nicht.«

Suhrbier hatte einfach gute Nehmerqualitäten. Bernhardt erinnerte sich an seine Zeiten in der Boxsportstaffel der Polizei und setzte nach.

»Kirchner.«

»Was, Kirchner?«

»Es bestand der begründete Verdacht, dass Sie Bilder von Ernst Ludwig Kirchner gefälscht haben.«

»Sie irren sich, dieser Verdacht hat sich nie bestätigt.«

»Nicht bestätigt?«

»Passen Sie auf, ich erkläre Ihnen das.«

»Das ist aber nett.«

»Sehen Sie, ich liebe es, offen zu sprechen. Besonders an einem so schönen Frühlingstag wie heute. Ich habe ein ganz und gar gutes Gewissen, denn ich tue absolut nichts Verbotenes. Ich kopiere alte Meister.«

»Sie kopieren, na also.«

»Stopp. Ich kopiere alte Meister vom Barock bis zur Moderne. Wissen Sie, warum? Um ihnen nahe zu sein, um ihren Geheimnissen, ihrem Schöpfertum, um's mal ein bisschen hochgestochen zu formulieren, auf die Schliche zu kommen. Und ich will's echt: Also besorge ich mir die alten Leinwände, das alte Holz. In vielen Kunsthandlungen, in großbürgerlichen Haushalten, selbst auf Flohmärkten gibt's künstlerisch wertlose Bilder von alten Niederländern, wenn Sie nur lang genug suchen, und das sind natürlich wunderbare Bildträger. Meine Farbe mische ich nach den jeweiligen Rezepturen, die zu Zeiten des betreffenden Malers benutzt wurden. Schwierig wird's beim Bleiweiß, aber auch da gibt's Wege.«

»Und wozu das?«

»Ich hab's doch gesagt. Ich will den Künstlern nahe sein, ihrer Kreativität, in einer Zeit, da nur noch die Scharlatanerie herrscht. Deshalb höre ich auch schon beim mittleren Picasso auf. Danach gibt's nur noch Schrott.«

Cellarius mischte sich ein. »Das ist aber jetzt ein bisschen hart formuliert.«

»Ja, klar. Auch beim späten Picasso gibt's noch schöne Sachen. Und dieses Stierkampfbild, na ja, passt doch gut auf meine Wohnungstür.«

»Und Ihre Kopien hängen Sie sich dann in Ihre Wohnung?«

Suhrbier zeigte jetzt ein ironisch-höhnisches Lächeln.

»Nein. Für mich ist es das Wunderbarste, diese Gemälde ins Leben zu entlassen, ihre Schönheit den Menschen zugänglich zu machen.«

»Und das heißt?«

»Ich verschenke sie, ich lasse sie in der U-Bahn liegen, stelle sie neben die Mülltonne. Der Hauswart, der im Erdgeschoss wohnt, hat einen Gauguin in seiner Küche hängen. Ist das nicht toll?«

Der Kunstsammler in Cellarius rebellierte. »Ja, aber wenn er den verkauft?«

»Na ja, vielleicht verkauft er den an einen Trödelhändler. Und vielleicht kommt ein Kunstkenner vorbei und kauft ihn und verkauft ihn an eine Galerie… Haben Sie noch nie in der Zeitung von diesen Dachbodenfunden oder Entdeckungen auf dem Trödel gelesen?«

Cellarius verlor beinahe die Contenance. »Aber, verzeihen Sie, das ist ja, das ist ja… eine Sauerei. Irgendwann kann ja niemand mehr wissen…«

Suhrbier wirkte jetzt ganz entspannt, wie jemand, der endlich ein großes und schönes Geheimnis enthüllt.

»Sie haben recht. Neben der Schönheit der alten Meister, die ich liebe, der ich so nahe sein will wie möglich, geht's mir auch darum: Ich will diesen ganzen Kunstmarkt ad absurdum führen, seinen Irrwitz zeigen.«

»Aber damit machen Sie sich strafbar!«

»Keineswegs. Schauen Sie mal beim Hauswart vorbei, auf seinem Bild gibt's zwar eine wunderbare Gauguin-Signatur, da kann kein Experte meckern, aber drunter in Klammern, ganz klein, gut, ich geb's zu, kaum zu sehen, man braucht schon eine sehr gute Lupe, eine zweite Signatur: *S. pinxit.*«

»Was?«

»*Pinxit*. Das ist lateinisch und heißt: ... hat gemalt, und davor S. Alles klar?«

Bernhardt folgte der Gedankenakrobatik dieses seltsamen Kunstfetischisten ohne Probleme: Suhrbier liebte die alten Meister, er liebte aber auch seine eigene Kunst oder besser: seine Kunstfertigkeit. Er identifizierte sich mit seinen großen Vorgängern, die er nicht erreichen, denen er sich aber bis zur absoluten Identität anverwandeln und sich so in ihrer Größe als Seelenverwandter spiegeln konnte. Und dann dieses wunderbare Gefühl, dass Hunderte seiner Bilder sich durch die Welt bewegten. Unerkannt, das war der Kick. Cellarius versuchte, Suhrbier zu provozieren.

»Sie haben nicht nur kopiert. Sie haben auch eigene Werke im Stil der alten Meister angefertigt. Das ist strafbar, und das wissen Sie auch.«

Bernhardt spürte, dass sich Suhrbier nach seinem Coming-out langsam wieder verschloss.

»Kann sein. Glauben Sie mir, ich habe nur für mich gearbeitet, nie für irgendjemanden, der mit meinen Bildern hätte Geld scheffeln wollen. Für diesen alten Zausel in Pankow hätte ich nie einen Pinselstrich gemacht.«

»Den kennen Sie?«

»Nee, aber man liest ja Zeitung, und wenn's nur die ist mit den großen Buchstaben. Klasse Reporterin haben die da.«

Bernhardt merkte, dass er wütend wurde. »Die lassen wir jetzt mal aus dem Spiel. Wenn Sie Ihre Bilder nie verkaufen, wovon leben Sie dann?«

»Erbschaft, können Sie überprüfen. Mein Vater war ein ziemlich bekannter Galerist.«

Suhrbier führte sie noch durch sein Atelier, zeigte ihnen tatsächlich einen wunderbar farbigen Kirchner, einen Matisse, ein paar Niederländer und schließlich, wie er sagte, zwei seiner schönsten Arbeiten der letzten Zeit, zwei Zeichnungen von Brueghel (eben nicht von Brueghel, korrigierte sich Bernhardt verärgert): *Die großen Fische fressen die kleinen* und *Maler und Käufer*. Cellarius konnte nicht an sich halten und raunte: »Sehr anspielungsreich.« Dann entließ sie Suhrbier mit einer geradezu huldvollen Geste.

In der Küche des Hauswarts, in der ein stechender Schweißgeruch das Atmen fast unmöglich machte, hing tatsächlich ein Gauguin (eben nicht, ermahnte sich Bernhardt noch einmal), das *»S. pinxit«* entdeckte er nicht, aber man brauchte ja auch eine richtig gute Lupe, wie sie gerade vom Meisterfälscher, der keiner sein wollte, erfahren hatten.

Der Hauswart (»schönet Bild, wa?«) verabschiedete sie mit einem hämischen: »Ejal, wem oder wat ihr nachjagt, ihr schafft dett schon.«

Als sie auf der Straße standen, schauten sie sich an. Und sahen im Blick des anderen jeweils leichte bis mittelschwere Ratlosigkeit.

Cellarius zuckte mit den Schultern. »Und dem Typen kann man nicht an den Karren fahren?«

»Wahrscheinlich nicht. Der spielt. Ich nehme ihm das ab. Ganz interessante Figur.«

Sie liefen auf dem Weg zu ihrem Auto an dem Haus vorbei, in dem eine *Denkerei* zur philosophischen Einkehr lud. Bernhardt wies mit der Hand auf die goldenen Lettern auf edlem, schwarzgetöntem Glas.

»Schau mal, was da steht: *Amt für Arbeit an unlösbaren Problemen,* sollen wir reingehen?«

Cellarius sah kaum hin.

»Lass mal die Scherze.« Er wirkte verbissen, beleidigt, wie ihn Bernhardt selten erlebt hatte. »Es gibt sicher Leute, die bei dem Suhrbier Bilder abgreifen.«

»Wie meinst du das?«

»Na so: Du freundest dich mit ihm an, und er schenkt dir immer wieder mal ein Bild. Das bringst du dann klammheimlich auf den Kunstmarkt, kassierst still und leise, und Suhrbier ist fein raus. Der wäscht seine Hände in Unschuld und kann weiter der fixen Idee nachhängen, dass seine großen Meister ihren Weg in die Welt hinausfinden.«

»Denkbar. Oder er macht doch eigene Geschäfte. Wieso bist du bei ihm so leichtgläubig?«

»Hm, du hast recht. Ich bin ihm vielleicht wirklich ein bisschen auf den Leim gegangen. Allerdings: Der Gauguin bei dem Hauswart in der Wohnküche, der ist doch stark.«

»Trotzdem sollten wir ihm mal genauer auf die Finger schauen.«

»Ja, sollten wir.«

22

Als wäre alle Luft aus dem Büro gewichen, saßen und standen die Mitarbeiter der Abteilung Leib und Leben im Zimmer herum. Anna fühlte sich, als hätte Nina Rathner aus dem Kunstdezernat mit ihrem Abgang alle Energie mitgenommen. Sie streckte sich durch, ließ die Schultern kreisen und versuchte, ihrer Stimme einen aufmunternden Tonfall zu verleihen. »Ob wir wollen oder nicht, der Mord hängt mit diesen Bildern zusammen.«

Anna war froh, dass Kolonja seinen Ärger anscheinend runtergeschluckt hatte und er wieder klang wie sonst auch: ein wenig träge und vorsichtig, aber durchaus nicht unfreundlich:

»Ja, das fürchte ich auch. Aber wenigstens haben wir da jetzt mal eine kompetente Fachkraft, die sich um diese Bildersache kümmert. Ich glaube, die Kollegin ist gut.«

»Und was machen *wir* jetzt?« Selbst der sonst so eifrige Helmut Motzko klang ratlos.

»Wir müssen versuchen, an dieses Imperial ranzukommen. Vielleicht kann der Hofrat was tun. Die müssen uns sagen, wann diese Aljona Schwartz das letzte Mal da war und das nächste Mal kommt.«

»Du glaubst, das klappt?«

»Na ja, sie ist momentan das einzige Bindeglied zwischen diesen beiden Toten.«

»Welchen beiden Toten?«

»Na, unserem Grafenstein und dem Berliner Kunstsammler.«

»Stimmt, den gibt's ja auch noch. Den hab ich schon ganz vergessen.«

»Weißt du was? Ich geh heute noch mal inkognito mit diesem Kunstsammler was trinken und horch ihn aus.«

»Als Radiologin?«

»Warum nicht? Wer weiß, wenn es eine große Kunstmafia gibt, dann hängt der vielleicht auch mit drin. Und er erzählt mir vielleicht mehr, wenn er nicht weiß, dass ich Bulle bin.«

»Aber du wirst auffliegen. Der merkt doch nach zehn Minuten, dass du keine Radiologin bist.«

»Angiographie ist meine Fachrichtung, und der Herr hat genauso wenig Ahnung davon wie ich. Außerdem: Man muss ja nicht immer über die Arbeit reden.«

»Aber du bleibst telefonisch erreichbar und meldest dich bei mir, wenn du zu Hause bist.«

»Hey, Kolonja! Du wirst dir doch nicht etwa Sorgen machen um mich? Seit wann bist du so fürsorglich?«

»Na, so ein verdeckter Einsatz, das ist nicht ganz legal.«

»Entspann dich, vielleicht bekomm ich ja was raus. Ich ruf den jetzt an und frag ihn, ob er überhaupt Zeit hat, heute Abend.«

Die Kollegen hätten es wohl seltsam gefunden, wenn sie rausgegangen wäre, um dieses Telefonat zu führen, also setzte sie sich an ihren Schreibtisch und drückte auf die gespeicherte Nummer. Richard Oberammer nahm nach dem ersten Klingeln ab. »Hallo! Ich hab schon gedacht, du meldest dich nicht. Ich freu mich sehr.«

Anna bemühte sich um einen sachlichen Ton, konnte die Aufmerksamkeit der Kollegen fast körperlich spüren. »Hallo. Ja, also, ich habe bald Dienstschluss. Wenn du willst, können wir was essen gehen.«

»Wunderbar. Soll ich dich abholen? In welchem Spital arbeitest du eigentlich? AKH?«

»Nein, nein, geht schon. Ich komm irgendwohin.«

»Passt dir das Gasthaus Wild?«

»Ja, sehr sogar. Sagen wir, in einer Stunde?«

»Ja, ich freu mich. Bis dann.«

»Ja, bis später. Wiedersehen.«

»Na, der hat ja schon auf dich gewartet.« Anna spürte Kolonjas Grinsen, obwohl er hinter ihr saß.

»Der freut sich halt, mich zu sehen.«

Obwohl es knapp werden würde, beschloss Anna, noch schnell nach Hause zu fahren, um sich frisch zu machen. In ihrem verschwitzen T-Shirt wollte sie Oberammer nicht gegenübertreten.

In der Straßenbahn schrieb sie ein SMS an Florian: *Wo bist du?* Die Antwort kam prompt. *Bei Matthias. Gehen gleich ins Fußballtraining.*

Florians Schulrucksack lag wie immer mitten auf dem Fußboden, doch immerhin hatte er den Teller vom Mittagessen auf den Geschirrspüler gestellt. Den auszuräumen, um Platz für neues Geschirr zu schaffen, wäre dann doch zu viel verlangt gewesen. Es hatte wohl Nudeln mit Pesto gegeben.

Kurze Dusche, Haare föhnen, und dann stand sie vor dem Schrank und konnte sich nicht entscheiden. Aufgeregt lief sie noch mal schnell ins Bad, trug ein paar Spritzer Parfüm auf und tuschte sich die Wimpern. Zurück im Schlafzimmer wählte sie schließlich ihren Jeansrock und eine hellblaue Bluse, ein wenig aufgepeppt durch ihre roten Stiefel. Sie wollte gut aussehen, doch gleichzeitig sollte es natürlich so wirken, als hätte sie keinen Gedanken an ihr Outfit verschwendet.

23

Sina Kotteder rief Bernhardt aufgeregt an. Sie brauche heute Abend einen Begleiter, großes Event in der brandenburgischen Pampa, einer der großen Kunstsammler des Landes habe ein Get-together in seinem Schloss organisiert. Der gesamte Kunstbetrieb schlage da auf. Sie recherchiere. Und Bernhardt doch auch.

»Ich recherchiere nicht, ich ermittle.«

»Oh, sorry, Herr Kriminalhauptkommissar, aber wäre das nicht für deine *Ermittlungen* ganz interessant, im Schloss von Herrn Böck, so heißt der Knabe, ein bisschen in den Kunstbetrieb einzutauchen? Hauptthema bei den Kunstfuzzis wird doch ganz klar der Skandal um Theo Wessel sein, oder?«

»Die B.-Z.-Blondine und der Kriminalhauptkommissar, kein unflottes Pärchen, in der Tradition von *Die Schöne und das Biest*.«

»Ah, ich bin das Biest, und du bist der Schöne. Wunderbar! Und nenn mich nicht B.-Z.-Blondine.«

»Stopp, warte... Ich hatte Cornelia versprochen, mit ihr und den beiden Mädchen in die Prinzessinnengärten zu gehen, da kann man angeblich gärtnern. Wenn ich mich recht erinnere, war das für heute Abend angedacht. Also, wenn ich da absage –«

»Cornelia gegenüber kannst du dir das nicht leisten, das ist klar. Aber ich hätte dich da gerne dabei. Pass auf, ich rede mit Cornelia. Das wird sie verstehen.«

»Okay. Aber sag mal: Wie bist du an diese Einladung gekommen?«

»Böck weiß es zu schätzen, wenn wir eine schöne Bilderstrecke von seinen Events in unserem Blatt machen. Er hat mich sofort ins Herz geschlossen. Beim ersten Mal hat mich eine Freundin mitgenommen, so wie ich jetzt dich mitnehme.«

»Welche Freundin?«

»Daniela Fliedl. Die kommt heute auch.«

»Diese Spitzenschauspielerin, die neben Wessel wohnt? Ist ja interessant.«

»Komm, jetzt konstruiere dir da nichts zusammen. Die interessiert sich für Kunst, sammelt auch ein bisschen. Vor allem aber liebt sie exklusive Partys, und da macht so schnell keiner dem Böck was vor.«

»Ich habe den Eindruck, ich bin der einzige Mensch in Berlin, der nicht Kunst sammelt. Na ja, und vielleicht noch Krebitz, der Nussknacker.«

»Also, ich hole dich gegen siebzehn Uhr in der Keithstraße ab, bis dann.«

Bernhardt hätte beinahe »Baba« gesagt. Da fiel ihm ein: Was war eigentlich mit Anna Habel? Im Burgtheater konnte sie ja diesmal nicht verschollen sein. Vielleicht im Kunsthistorischen Museum?

Und dann summte der Name Daniela Fliedl in seinem Kopf. Daniela Fliedl, hm.

In der Keithstraße strahlte Katia Sulimma Thomas Bernhardt an.

»Thomas, ich habe eine gute Nachricht für dich.«

»Hans Ackermann hat sich gemeldet?«

»Nein, viel besser. Anna die Schreckliche ist auf der Suche nach dir. Die Wiener Kollegin ist wieder in Bestform.«

Und schon klingelte das Telefon. Als Bernhardt den Hörer ans Ohr hielt, hörte er ein tiefes Schnaufen.

»Wieso gehst du nicht an dein Handy?«

»Hi.«

»Nix hi. Wieso bist du nicht erreichbar?«

»Ich weiß auch nicht, ich glaube, ich habe den Klingelton aus Versehen ausgestellt. Grüß Gott und einen schönen guten Abend nach Wien. Wie geht's?«

»Ja, eh wunderbar.«

»Gibt's was Neues?«

»Ich war im Imperial. Aber die rücken natürlich mit keiner Information raus. Ich hab dann eine Klofrau mit fünfzig Euro bestochen, die erkannte die Schwartz wieder. Wenn das eine Niete ist, dann schuldest du mir fünfzig Euro.«

»Ich lad dich zum Essen ein. Und wusste die Klofrau, ob die Schwartz da ist?«

»Sie war irgendwann letzte Woche in Wien, sie konnte sich aber nicht erinnern, wann genau. Und ich hab noch was.«

»Ja?«

»Der kleine Brueghel. Den wir im Schlafzimmer der alten Dame gefunden haben.«

»Was ist mit dem?«

»Den gibt es zweimal.«

»Schon wieder? Das wird langsam zum Running Gag.«

»Lach du nur, aber es ist so. Einer hängt im Schlafzimmer der alten Dame, und einer wird gerade aktuell bei einer Auktion angeboten.«

»Echt?«

»Ob er echt ist, weiß ich nicht, jedenfalls kannst du das Bild für hundertfünfzigtausend Euro samt einem schönen Gutachten unseres toten Herrn Grafenstein erstehen. Nächste Woche im Auktionshaus Perlhuber.«

»Warst du schon da?«

»Wo da?«

»Bei diesem Perlhuber?«

»*Dort* heißt das dann. Warst du schon *dort*. Nein, war ich nicht, ich war ja im Imperial, und Kolonja und Motzko waren beim Witwer. Wir haben nicht mehr Leute. Aber eine sehr kompetent wirkende Kollegin von der Kulturgutfahndung unterstützt uns jetzt.«

»Ihr immer mit euren hochtrabenden Bezeichnungen. Na, Hauptsache, die findet was raus. Dieses ganze Kunstzeug, ich blicke da nicht mehr durch, wir versacken da in einem Sumpf, ich höre richtig das Schmatzen und Gurgeln.«

»Jetzt fang nicht an zu spinnen. Bis wir Moorleichen sind, dauert das noch ein bisschen. Ich treff mich heut Abend mit diesem Kunstsammler. Diesmal frag ich ihn direkter.«

»Als Radiologin oder als Polizistin?«

»Schau ma mal.«

Thomas Bernhardt seufzte und erzählte Anna von Suhrbier und dessen Wahn, Kopien alter Meister einfach in die Welt hinauszuschicken. Als Anna das hörte, legte sie noch einen Zahn zu, wenn das überhaupt möglich war. »Sind die denn alle verrückt? Warum nehmt ihr den nicht hoch?«

»Ey, komm auf den Boden zurück.«

Er hörte einen kurzen, empörten Schnaufer. War die gute Anna jetzt wirklich mal, wenigstens für eine Sekunde, sprachlos? Das nützte Bernhardt sofort aus. »Ich gehe nachher zu einem lockeren Get-together in einem brandenburgischen Schloss, angeblich sind da alle wichtigen Menschen aus dem Kunstbetrieb. Vielleicht kriege ich was raus. Und wenn nicht, ist's sicher gut für sozio-ethnologische Studien.«

»Ach, und das ist dein Kerngeschäft? Na, viel Spaß.«

»Wollen wir in der Nacht noch mal telefonieren?«

»Wer weiß, wann ich nach Hause komm.«

»Oh, là, là. Sieht er gut aus, dein Kunstsammler?«

»Nicht schlecht zumindest.«

Er schwieg absichtlich, und sie sprang in die Lücke.

»Ach, du kannst mich...«, und drückte ihn weg.

Er drehte sich um. Cornelia Karsunke und Katia Sulimma schüttelten synchron die Köpfe. Katia konnte nur mit Mühe einen Lachanfall unterdrücken.

»Anna die Schreckliche. Hat einfach aufgelegt!«

Bernhardt konnte seinen Ärger nur schlecht verbergen.

»Hat sie. Ja und, was gibt's da zu lachen? Das war ein ganz normales dienstliches Gespräch.«

Cornelia schaute ihn aus ihren Tatarenaugen an.

»Dann lass uns beide doch auch ein ganz normales dienstliches Gespräch führen.«

Sie gingen in sein Büro. Er schloss die Tür. Cornelia setzte sich mit einem Bündel Papieren an den Besprechungstisch.

»Also, ich bin einen Teil der Mappen, die's zu den Bildern gibt, noch einmal durchgegangen. Es gibt zwei Gutachter, die ausführliche Expertisen geschrieben haben. Einmal dieser Wiener, Grafenstein, dann gibt's aber noch einen: Walter Müllereisert. Du erinnerst dich, das ist der, der uns in der Gemäldegalerie vorgestellt wurde, und der hat, wenn Katia und ich diese Geldflüsse auf dem Liechtensteiner Konto von Wessel richtig entschlüsselt haben, richtig viel Geld abgeräumt. Als Spezialist für Surrealisten hat er jede Menge durchgewinkt. Über die Jahre hat sich rausgestellt, dass er sich einige Male geirrt hat, ob absichtlich oder nicht, ist unklar, aber seiner Reputation hat das anscheinend keinen Abbruch getan.«

Walter Müllereisert, der Typ in der Gemäldegalerie, der neben dem Direktor gestanden hatte, zusammen mit Zacher, der in Immobilien und Kunst machte. Was hatte der gesagt, welchen Eindruck hatte er auf Bernhardt gemacht? Er überlegte. Dubios, war das das richtige Wort?

»Und der hat richtig Geld gekriegt?«

»Hunderttausende.«

»Nicht schlecht.«

»Übrigens«, Cornelia blickte ihm jetzt direkt in die Augen, »Sina hat mich angerufen wegen diesem Get-together. Ist schon in Ordnung, wenn du gehst.«

»Aber wir holen das nach mit den Prinzessinnengärten, okay?«

»Willst du denn wirklich?«

»Ja, ich will, ja.«

»Dann freu ich mich.«

Beim Rausgehen streifte sie ihn leicht, er roch sie, in der Tür blieb sie kurz stehen, drehte sich um und lächelte. Bernhardt stellte erstaunt fest, dass sein Herz einen winzigen Tick schneller klopfte.

Bevor's in die brandenburgische Pampa ging, musste aber noch einiges erledigt werden. Er griff zum Telefon.

Was war im Pankower Kunsthäuschen los? Perutz zeigte sich gutgelaunt. »Bernhardt, das ist hier auf 'ne perverse Art wirklich ein Paradies, du wanderst durch die Kunstgeschichte, und dir schlackern die Ohren. Das Beste wäre, das Häuschen würde als Museum erhalten. So nah kommst du der Kunst und den Künstlern nirgendwo.«

»Und wenn du mal aufhören würdest zu schwärmen?«

»Wir sind hier jetzt zu dritt von Kunstdelikte, hast du ja wahrscheinlich schon gehört. Einige Bilder sind einwandfrei Diebesgut, das ergibt ein Vergleich mit unseren Listen. Andere Bilder gelten seit Jahrzehnten als verschollen, dazu gehören die vier Bilder in der Schatzkammer. Wieder andere sind wohl sehr gute Fälschungen, aber bis das geklärt ist –«

»Und was ist mit dem Brueghel?«

»Das ist das große Rätsel, der kommt immer noch absolut echt rüber. Was sagen die denn in Wien? Die können ihren Brueghel doch nicht hängen lassen. Eins von den beiden Bildern muss eine Fälschung sein.«

»In Wien sieht man das anders. Die sind der Meinung: Wir können unseren Museumsbesuchern doch nicht einfach ein Bild entziehen.«

»Ja spinnen die denn, die Ösis? Die lassen ein Bild hängen, das eventuell eine Fälschung ist?«

»Sehen die anders. Aus der Berliner Gemäldegalerie kann keine Fälschung kommen, argumentieren sie, die Fälschung hänge hier. In Wien herrscht jedenfalls ein irrer Andrang, die Leute prügeln sich fast, um einen Blick auf den Brueghel zu erhaschen.«

Perutz lachte. »Du holde Kunst, in wie viel grauen Stunden ... Na gut, wenn's hier was Neues gibt, melde ich mich.«

Zu seiner eigenen Überraschung freute sich Bernhardt auf die Fahrt ins Brandenburgische. Sina Kotteder wartete schon vor der Tür in ihrem kleinen offenen Cabrio. Sie trug eine Lederkappe mit Ohrenklappen, die aussah, als hätte sie sie auf dem Trödel ergattert. Um den Hals hatte sie sich einen bunten Schal gebunden. Als sich Bernhardt in das enge Gefährt zwängte, erinnerte er sich, wie sie die knatternden, tiefgelegten englischen Sportwagen in seiner Kindheit genannt hatten: Hämorrhoidenschaukel. So'n Ding, hatte er sich damals vorgestellt, würde er als Erwachsener fahren, MG oder Triumph. Und ein paar Jahrzehnte später war's nun so weit, allerdings als Beifahrer. Er wandte sich Sina zu und murmelte: »Echt gut gestylt.«

Sie lachte und hieb mit ihrer rechten Faust leicht gegen seinen Oberarm.

»Im Gegensatz zu dir. Pass mal auf.«

Sie zerrte ihm eine Lederkappe über den Kopf und wand ihm ebenfalls einen Schal um den Hals.

»So darf uns aber niemand sehen. So fährt doch heute niemand mehr.«

»Wir schon, alter Spielverderber.«

»Wär's nicht sowieso besser, wir würden das Verdeck schließen? Der Wind, mein Heuschnupfen, und wenn dann noch eine Erkältung –«

»Wer mit mir fährt, kriegt keine Erkältung.«

Er schloss kurz die Augen und lehnte sich ergeben zurück in den genoppten grünen Ledersitz.

Sina startete rasant, gab gleich richtig Hitze. An den Ampeln erregte ihr Gefährt mit dem satten Auspuffgeröhre Aufsehen. Und es gab auf ihrer Fahrt durch die Stadt gen Norden nach Schloss Gägelow viele Ampeln. Sie knatterten an der Gedächtniskirche vorbei, unter dem Eisenbahnviadukt am Bahnhof Zoo hindurch, kreiselten um den Ernst-Reuter-Platz, knatterten die Bismarckallee hoch und erreichten schließlich die Autobahn.

Die Autobahn und die daneben entlanglaufenden Schienenstränge der S-Bahn waren wie ein Urstromtal in die Stadtlandschaft eingefräst. Sina beschleunigte auf der kurzen Auffahrt derart, als wollte sie abheben. Links flog eine riesige rote Backsteinkirche an ihnen vorbei, die über die Autobahn gebaut zu sein schien. Sina scherte aus der dicht geknüpften Kette der Lastwagen aus und schoss auf der Überholspur der leicht ansteigenden, weit gespannten Brücke voran, die sich leicht nach rechts neigte.

Eine Industrielandschaft öffnete sich hinter dem Schlosspark Charlottenburg, rechts ein großes Fabrikgebäude inmitten einer sandigen Brache, links ragten die rotgeklinkerten Gebäude der Siemensstadt auf, dahinter stießen leicht versetzt die Kühltürme des Kraftwerks Reuter ihre weißen Wolken aus, die in den blauen Himmel stiegen und einen großen Pilz bildeten, der an seinem oberen Ende ausfranste.

Im Tegeler Forst, in der tiefgelegten Autobahnschneise, deren oberer Rand durch eine dichte Reihe von Kiefern begrenzt wurde, stieg Sina vom Gaspedal. Sie tuckerten jetzt mit achtzig dahin. Sie schaute ihn an, und er war erstaunt über die Begeisterung in ihrem Gesicht.

»Ich brauche das Tempo beim Rausfahren aus der Stadt, das ist wie ein Sprung in eine andere Welt.«

»Wenn du Glück hast, kriegst du demnächst ein paar Strafzettel zugestellt.«

»Mann, alter Miesepeter, das gönne ich mir. Alles klar bei dir?«

»So was von klar.« Zur Bekräftigung nieste er mehrmals und stellte dann fest, dass seine Taschentücher schon wieder aufgebraucht waren.

Flaches Land, weite Flächen erstreckten sich jetzt vor ihnen. Dörfer zogen vorbei, hinter kleinen Wäldern erkannte man manchmal eine Kirchturmspitze. Sina hielt das Tempo weiter gedrosselt und töffelte im Windschatten eines Laster her.

»Ist schön hier draußen, oder? Gar nichts Besonderes, aber vielleicht gefällt's mir gerade deshalb.«

»Ja, ist irgendwie – karg, protestantisch.«

»Wie meinst du das denn?«

»Keine Ornamente, nichts Auftrumpfendes. Hier wird einem nichts geschenkt. Man muss was tun.«

»Ja, armes Land, seit je. Kann einen auch runterziehen, oder? Wenn ich hier den Winter überstehen müsste, würde ich ganz schön den Blues kriegen.«

»Aber jetzt ist Frühling, und er fühlt sich schon wie ein Sommer an!«

»Siehst du, das ist die richtige Einstellung. Und seit fünf Minuten hast du auch nicht mehr geniest.«

Sie bogen von der Autobahn ab und folgten einer schmalen Straße durch Felder, Wälder und kleine Siedlungen, die aussahen, als hätte sich seit den Zeiten Friedrichs des Großen wenig verändert. Die Häuser, geduckt und grau, standen rechts und links der breiten Durchfahrtsstraße wie trotzige Zinnsoldaten. Nur selten bewegte sich ein Mensch durchs Bild, träge, als lastete das Gewicht der vergangenen Jahrhunderte auf seinen Schultern.

Einmal öffnete sich der Blick auf einen kleinen See, der wie verwunschen aus einem Waldstück herausstach und unter der Sonne blinkte und blitzte.

Bernhardt fragte Sina Kotteder, wie ein Mann es schaffe, alle wichtigen Leute aus dem Kunstbetrieb hier in der brandenburgischen Pampa zu versammeln.

»Das ist ein reicher Erbe. Der hat sich in Gägelow ein altes Herrenhaus gekauft, das ziemlich verfallen war. 1945 wurden die von Gägelows verjagt, und ihr Schloss war erst ein Flüchtlingsheim, dann ein Kindergarten, schließlich ein Lager für den Konsum. Nach dem Fall der Mauer gab's keine alten Gägelows mehr, und da hat der reiche Erbe Böck zugeschlagen und das Ganze aufs Feinste restauriert. Böck ist Kunstliebhaber, Kunstförderer und Kunstkäufer im großen Stil und noch dazu ein toller Gastgeber, deshalb schlagen sich alle drum, bei seinem Sommerfest dabei zu sein.«

An einer Sandsteinkirche, die von einer hohen Mauer umgeben war, bogen sie von der Straße ab und holperten im Schritttempo über unregelmäßiges Kopfsteinpflaster. Sie fuhren auf ein weißgestrichenes Haus zu: 18. Jahrhundert, 19. Jahrhundert? Der Bau überzeugte auf den ersten Blick durch schöne Ausgewogenheit, eine geschwungene Treppe führte mit zwei Aufgängen zu einer glänzenden Holztüre. In einem Rondell vor der Treppe sprühte eine kleine Wasserfontäne.

Sie parkten ihr Auto neben einer Reihe von Fahrzeugen mit Berliner Kennzeichen. Sina Kotteder zog sich die Lederkappe mit Schwung ab, öffnete den Schal und warf beides leichthändig auf den Rücksitz. Sie verwuschelte schnell ihr Haar und blitzte Bernhardt aus ihren blauen Augen an.

»Und, wie sehe ich aus?«

»Toll.«

»Danke, komm, dich machen wir auch ein bisschen zurecht.«

Sie nahm ihm seine Kappe und den Schal ab, schmiss beides ebenfalls nach hinten und strich ihm die Haare glatt. Dann griff sie auf der Rückbank nach einer Tüte, der sie ein Paar Pumps entnahm, schwang sich aus dem Auto und schlüpfte in die Schuhe. Sie zog ihr schwarzes, weit ausgeschnittenes Oberteil und den buntgemusterten Rock glatt und meinte:

»Viele der Frauen sehen hier aus, als seien sie gerade von ihrem Pferd gestiegen, ich nicht. Und mit dir kann ich mich sehen lassen, obwohl: deine roten Augen...«

Die Treppe stieg ein nicht mehr ganz junger Mann herab, der in feinsten Tweed gekleidet war und eine Krawatte trug, die so aussah, als dürften sie nur die Mitglieder des Trinity College in Oxford tragen. Er öffnete theatralisch die Arme, warf eine blonde Haarlocke zurück, die ihm dekorativ ins Gesicht hing, und rückte die Brille aus Schildpatt zurecht. »O wie wunderbar, die Götter sind mir heute wohlgesinnt. Sina, du Schöne, du Schaumgeborene, du krönst mein Fest.«

Er schloss sie in die Arme, schob sie kurz von sich, zog sie wieder an sich, küsste sie auf den Mund, schaute verzückt in den blauen Himmel, bevor er sich wieder Sina zuwandte. »Ambra, Ambrosia, Nektar der Götter. Aber mit wem muss ich dich heute teilen, meine verehrte und geliebte Sina?«

Sina stellte Bernhardt vor, der verzweifelt in seinen Hosentaschen nach einem Tempo suchte. Endlich bekam er ein gebrauchtes zu fassen, hatte aber keinen Mut, es zu benutzen. Stattdessen zog er die Nase hoch. Casimir Böck blickte ihn leicht missbilligend an.

»Thomas Bernhardt, ein Kommissar von der Mordkommission? Das hatten wir hier noch nicht. Aber ich habe deinen extravaganten Geschmack schon immer bewundert, Sina. Hier gibt's ein paar Personenschützer, Herr Bernhardt, das wären vielleicht gar nicht uninteressante Gesprächspartner für Sie.«

Er nahm einen Jüngling, der ein türkisfarbenes Jackett und eine tiefblaue Hose trug und sich neben ihn gestellt hatte, in den Arm.

»Thomas, mein Lieber, jetzt schau nicht so ungläubig, das ist dein Namensvetter Thomas, Bernhardt mit Nachnamen. Wie anspielungsreich übrigens von dir, Sina, jemanden mit diesem Namen mitzubringen. Kennt ihr übrigens den Roman *Alte Meister* von dem richtigen Thomas Bernhard? Spielt im Kunsthistorischen Museum in Wien. Und da geht's um einen doppelten Tintoretto, den *Weißbärtigen Mann*. Ist das nicht apart? Und jetzt der Brueghel, kaum zu glauben, was da gerade abgeht. Aber Herr Bernhardt, verzeihen Sie, das wird Sie ja gar nicht, ganz und gar nicht interessieren, wenn im fernen Wien, im Kunsthistorischen Museum, das zudem an den von mir geliebten Prado nicht im Entferntesten heranreicht, auch nicht an den Louvre, der gleichwohl in vielerlei Hinsicht, was ich von jeher und nie bestritten habe, neben den Uffizien, die wiederum jeden Menschen, der die Kunst liebt und der gegen das allgegenwärtige Banausentum... nein, ich will Sie nicht langweilen, Herr Bernhardt.«

Bernhardt atmete durch. Seltsamerweise gefiel ihm diese Figur. Hinter Casimir Böcks exzentrischer Attitüde, seinem ganzen Tatütata, lauerte etwas Hartes und Widerständiges.

Er nahm Böck ins Visier.

»Ich liebe das Spiel, es ist so viel wirklicher als das Leben.«

Böck zuckte fast unmerklich zusammen, wie von einem winzigen elektrischen Schlag getroffen. Er fixierte Bernhardt, als nähme er ihn erst jetzt richtig wahr.

»Wohl wahr, mein Lieber. Oscar Wilde? Freut mich, dass man bei der Polizei die Kunst einer philosophischen Weltsicht lernt.«

»Wir lernen bei der Polizei noch viel mehr.«

»Nun, Sie werden das an diesem wunderbaren Tag und an diesem Ort der Freuden nicht alles demonstrieren müssen, nehme ich an. Genießen Sie die Stunden hier mit Ihrer bezaubernden Begleiterin. Wir werden uns sicher noch begegnen.« Böck legte einen Arm besitzergreifend um die Schultern des Knaben Thomas und schlenderte mit ihm zur großen Terrasse, wo Menschen dicht an dicht standen und angeregt miteinander plauderten. Bernhardt und Sina Kotteder folgten den beiden in leichtem Abstand über den knirschenden weißen Kies.

Als sie in die summende, sanft hin und her wogende Ansammlung auf der Terrasse traten, machten Bernhardt die gewohnten Orientierungsprobleme zu schaffen. Zunächst sah er nur ein buntes impressionistisches Bild, Farben mischten sich und gingen ineinander über, Gesprächsfetzen wehten hin und her. Bernhardt kannte das und wartete ab, bis sich alles langsam fügte und Konturen annahm. Figuren traten nun aus dem Gewühl hervor, einige Schritte von ihm entfernt sah er den Direktor der Gemäldegalerie. Er sprach mit einem jungen Mann, der eine schwarze Hornbrille trug, ein Modell, das offensichtlich sowohl bei den Männern wie bei den Frauen angesagt war. Bernhardt schien es geradezu, als sei er in ein Klassentreffen der Hornbrillenträger geraten.

Er ließ seinen Blick schweifen. Von der Terrasse öffnete sich der Blick auf einen Park, der von alten Laubbäumen eingefasst war und in leichten Wellen an einem fernen See auslief, hinter dem eine kleine Pyramide aufragte. Dahinter türmte sich dichter Wald auf.

Bernhardt schaute Sina Kotteder überrascht an. »Was soll denn diese Pyramide? Sieht sich dieser Böck als Kunstpharao oder was?«

»Gar nicht schlecht. Diese Pyramide ist der Pyramide in Schloss Branitz nachempfunden, sozusagen eine Replik. Hat sich Fürst Pückler-Muskau...«

»...der Erfinder des Fürst-Pückler-Eises?«

»Genau, aber spiel hier nicht den Banausen, also: So 'ne Pyramide hat sich Fürst Pückler-Muskau im neunzehnten Jahrhundert im Park seines Schlosses Branitz als sein eigenes Grabmal errichten lassen.«

»Na, Fürst Böck hat ja noch einiges vor. Übrigens: Pückler-Muskau, war das nicht der mit der äthiopischen Prinzessin?«

»Bist doch nicht so doof, wie du tust. Und er ist nach England gereist, um sich eine reiche Erbin als Ehefrau zu angeln. Da war er aber, glaube ich, erfolglos.«

Bernhardt lenkte seinen Blick zurück auf die Terrasse. Ganz am Rande seines Blickwinkels bewegte sich ein Bekannter aus der Gemäldegalerie: Walter Müllereisert, der Experte, der einfühlsame Bildbeschreibungen und Echtheitszertifikate verfasste und gerade mit ernstem Blick einem jungen Mann die Welt der Kunst zu erklären schien. Fehlte noch der umtriebige Zacher. Auch er war natürlich dabei, jetzt entdeckte ihn Bernhardt, der Projektemacher stand neben einer schönen jungen Frau und gab den Salonlöwen.

Sina Kotteder schwamm selbstsicher und elegant durch dieses exquisite Soziotop, Küsschen hier, Wangentätscheln dort, Smalltalk ohne Pause. Bernhardt stand allein am Rande und versuchte, sich die Steife aus dem Körper zu schütteln. Er trank bereits das dritte Glas eisgekühlten Champagner, den durchwegs dunkelhäutige Kellnerinnen und Kellner ausschenkten, die in blütenweißen Livreen steckten. Ein paar Schritte von ihm entfernt fielen sich Sina und Daniela Fliedl in die Arme. Zwei Täubchen, die vor Freude gurrten.

An der Balustrade klatschte Böck in die Hände. Neben ihm stand der Knabe Thomas, dessen türkisfarbenes Jackett giftig aufleuchtete.

»Liebe geschätzte, verehrte Gäste, Freunde«, er neigte den Kopf zu Thomas hin, »Geliebter. Wie schön, dass ihr alle wieder da seid. Zweimal im Jahr treffen wir uns hier, um der Kunst und den Künstlern zu huldigen. Ihr wisst, dass mir die bildende Kunst besonders am Herzen liegt, aber auch der Musik fühle ich mich sehr nahe. Die Musik spricht unsere tiefsten Gefühle an, sie öffnet unsere Seele. Und das wird jetzt geschehen, begrüßen Sie die Violinistin Jekaterina Levit mit ihrem Pianisten Werner Mauer.«

Wieder hatte Bernhardt das Gefühl, als würde er auf eine Zeitreise ins 19. Jahrhundert mitgenommen. Die hochgewachsene Geigerin im schulterfreien Kleid, das eng ihren Körper umschloss und bis zum Boden reichte, spielte mit einem innigen Gefühl. Die Töne schwebten, flossen in die Natur, verbanden sich mit ihr. In den Pausen zwischen den Stücken hielt Jekaterina Levit die Augen geschlossen, gab sich ganz der Konzentration hin, die sich auf Bernhardt und auf die Zuhörer übertrug.

Bernhardt fragte sich, wie es gewesen sein mochte, als der preußische Landadel noch in jedem brandenburgischen Dorf residierte. Ob die Junker, die 1945 von den Kommunisten vertrieben worden waren, auch solche exquisiten Feste veranstaltet und tatsächlich über so viel Schick wie diese Kunstbetriebler verfügt hatten? Wahrscheinlich regierte damals mehr agrarische Bodenständigkeit, sagte sich Bernhardt. Diese Adligen lebten jahrhundertelang von der Landwirtschaft, rund ums Herrenhaus gab's keine Ateliers, stattdessen Wirtschaftsgebäude, Scheunen, Misthaufen, niedrige Katen, in denen die Landarbeiter wohnten. Schnitterkasernen, in denen die polnischen Saisonarbeiter mit ihren Familien während der Erntezeit hausten. Lange her.

Inzwischen hatte die Geigerin mit einem großartigen letzten Aufschwung ihr Konzert beendet. Kurzer, heftiger Applaus, üppig dekorierte Dankesworte des Gastgebers, und schon verfielen die Gäste wieder in ihr nervöses Geplapper, obwohl Männer und Frauen einer Tanzcompagnie im Park noch vor sich hin sprangen und trippelten und sich immer wieder in seltsamen Verrenkungen und Verknotungen zusammenballten. *Laokoon* hieß das Stück.

Sina Kotteder tänzelte durch die Menge, verschwand, tauchte wieder auf, blieb nirgendwo lange stehen, machte sich aber, wie Bernhardt nach einiger Zeit feststellte, regelmäßig Notizen in ihrem iPad und fotografierte hier und da, was kein Problem war, im Gegenteil, die Leute stellten sich gerne in Positur. Trank er gerade das sechste oder siebte Glas Champagner? Schließlich erwischte er Sina.

»Wie lange dauert das hier noch?«

»Thomas, das hat gerade angefangen, ich mache nur noch meine Arbeit, dann komme ich zu dir.«

»Musst du nicht.«

»Will ich aber, bis gleich.«

Ohne dass er es gemerkt hatte, hatte sich Zacher an seine Seite gestellt. Sein Gesicht glühte und war von einer feinen Schweißschicht überzogen.

»Sie hier? Das nenne ich eine Überraschung. Ermittlungen?«

Zachers Zunge war schwer, noch ein Glas Champagner und er würde lallen. Der ist unruhig, der macht sich Sorgen, sagte sich Bernhardt, in dessen Kopf es auch heftig alkoholisch rauschte.

»Ermittlungen? Ja, kann man so sagen.«

»Wirklich, darf man fragen...?«

»Ich bin der Mann, der die Fragen stellt.«

»Ja, natürlich, also, ich frage *mich,* was Sie hier suchen.«

Welche Hintergedanken hatte der Hans-Dampf-in-allen-Gassen? Bernhardt ging auf Angriff.

»Ich nehme an, dass hier Leute anwesend sind, die Wessel kannten, vielleicht sogar Geschäfte mit ihm gemacht haben, und ich stelle mir vor...«, Bernhardt merkte, dass sich seine Worte schwer wie Kiesel im Mund wälzten und sich seine Rede verwirrte, ihm war, als perlte es in seinem Kopf wie in einem Champagnerglas, »...ja, ich stelle mir vor, dass ich jemanden zum Sprechen bringe, wie soll ich sagen, jemanden, der ein... na... genau... ein Geheimnis hat und es nicht für sich, irgendwie...«

»Wer sollte das sein?«

»Zum Beispiel Sie? Sind Sie wirklich nie auf diesen Wessel gestoßen?«

Zacher schwitzte, seine Gesichtsfarbe tendierte ins Dunkelrote. Aber er wahrte seinen leicht ironisch getönten Gleichmut. Bernhardt nahm sich noch ein Glas Champagner, schüttete es die Kehle runter und versuchte, Zacher zu fixieren. Der verdoppelte sich unversehens. Spätestens hier hätte er abbrechen müssen, wie sich Bernhardt später scham- und reuevoll eingestand, aber seine Bremsen griffen einfach nicht mehr.

»Ich wette, dass Sie mit diesem Wessel, zum Beispiel...«, er geriet ins Stammeln, das Gesicht von Zacher erschien ihm wie eine höhnische Fratze, und plötzlich fiel ihm in dem Chaos, in dem er herumtaumelte, doch noch etwas ein. Wie hieß diese große Ausstellung, die Zacher zusammengetragen hatte, Cornelia hatte das doch erwähnt, genau: »...*Résumé der Moderne,* da war bestimmt der Wessel mit seinen Bildern...«

Er hatte einen Stein ins Wasser geworfen, tatsächlich wusste er gar nichts von fragwürdigen Bildern bei dieser Ausstellung.

Zacher blieb ganz kühl. Irgendwo in Bernhardts Gehirn ratterte die Einsicht, dass Zacher wieder nüchtern wurde, währenddessen er zunehmend schneller in seinem Rausch versank.

»Lieber Herr Bernhardt, ich rate zu einem Glas Mineralwasser und zu einem längeren Aufenthalt im Schatten.«

Aber Bernhardt konnte und wollte nicht lockerlassen. Er musste diesen Schnösel packen, ihn entlarven, sagte er sich.

»Und Sie haben bestimmt mit Müllereisert –«

Zacher wandte sich von ihm ab.

»Herr Bernhardt, wir lassen das mal, für heute ist gut, morgen ist ein anderer Tag, dann sehen wir weiter.«

Bernhardt stolperte ihm nach und legte seine Hand auf Zachers Arm, die dieser mit nervöser Geste abschüttelte. Zwei Bodyguards näherten sich auffällig-unauffällig und zögerten, als Sina Kotteder mit Daniela Fliedl zu Bernhardt trat.

»Thomas, du kennst ja Daniela.«

Bernhardt wandte sich der Schauspielerin zu, die ihn nervös anblinzelte.

»Hallo, hat sich denn mit meinem Nachbarn etwas ergeben, wie hieß er noch?«

»Wess...el. Wir sind da auf einem ganz... guten... Weg, Herr Zacher will uns helfen, ja, helfen.«

Zacher drehte sich um. »So habe ich das nicht gesagt, keineswegs.«

Inzwischen hatte sich ein kleiner Kreis um Bernhardt und Zacher gebildet. Der Direktor der Gemäldegalerie spitzte die Ohren, der junge Mann mit der Hornbrille hatte den Kopf vorgereckt und runzelte die Stirn. Bernhardt spürte, wie sein Herz schlug.

»Und Sie, Frau Fliedl, leben neben diesem Wessel und wissen von nichts: Ich bin so klein, mein Herz ist rein.«

Daniela Fliedl legte eine Hand vor die Stirn und signalisierte mit einem hellen Seufzer: Migräne! »Das muss ich mir nicht bieten lassen, ich gehe. Sina, kommst du mit?«

Sina schüttelte den Kopf, zeigte auf Bernhardt, zuckte die Schultern und gab zu verstehen: Ich muss den bremsen. Großer Abgang der Mimin. »Geh doch«, murmelte Bernhardt, »du läufst uns nicht weg.«

Unvermittelt schaltete sich der junge Mann mit der Hornbrille ein, Gregor Schmatz, Mitbesitzer einer bedeutenden Galerie, wie Bernhardt später erfuhr.

»Beißen Sie sich nicht an Zacher fest. Das Problem liegt ganz woanders.«

Bernhardt fuhr herum und geriet ins Taumeln.

»Und wo?«

»Bei den Expertisen eines Mannes, auf den wir alle lange gesetzt haben. Aber vor einiger Zeit haben wir entschieden, ihm nicht mehr blindlings zu vertrauen.«

Bernhardt versuchte, sich zu konzentrieren.

»Genauer!«

»Wir sind im Besitz mehrerer Bilder, die wir guten Gewissens nicht mehr auf den Markt bringen können, obwohl es einwandfreie Gutachten dazu gibt. Aber unsere eigenen Recherchen sprechen dagegen.«

»Von wem sind die Gutachten?«

»Von dem besten Gutachter, dem *vermeintlich* besten.«

Bernhardt versuchte, seine Gedanken zu ordnen, seinen Blick zu schärfen. Wie durch Milchglas nahm er wahr, dass Zacher sich geschmeidig von Müllereisert löste, mit dem er zusammengestanden hatte, und er registrierte, wie die anderen, die in Müllereiserts Nähe standen, sich langsam, ganz langsam von ihm lösten.

Bernhardt musste sich jetzt in einem Bruchteil von Sekunden entscheiden. Den Namen aussprechen? Oder nicht? Dann tat er es, lauthals.

»Sie meinen – Müllereisert?!«

Der Hornbrillengalerist setzte ein triumphierendes Lächeln auf, er war mit seinem Schachzug zufrieden: Der Name war genannt, ein Grund, die Geschäftsbeziehungen zum so lange geschätzten Kollegen abzubrechen oder zumindest einzufrieren.

Müllereisert stand wie vom Blitz getroffen da, dann schüttelte er sich, drehte sich rasch um und lief los. Bernhardt folgte ihm mit schnellen Schritten bis zum Parkplatz, doch zu spät: Müllereisert sprang in sein Auto und startete mit durchdrehenden Reifen. Der Wagen zog eine kleine wirbelnde Kiesfahne hinter sich her, die mit winziger Verzögerung leise prasselnd auf die Erde fiel. Ein Geräusch, an das sich der plötzlich ernüchterte Bernhardt noch lange erinnerte.

24

Als Anna durch die getäfelte Gaststube am langen Schanktisch vorbeiging, sah sie Richard Oberammer schon an einem der Tische sitzen. Vor ihm stand ein kleines Bier, und als er sie sah, sprang er auf und kam ihr mit großen Schritten entgegen. Er ignorierte ihre ausgestreckte Hand, nahm sie kurz in die Arme und hauchte ihr links und rechts ein Küsschen auf die Wange.

»Du hast meinen Schal um?«

»Ja, ich hab mir gedacht, so vergesse ich nicht, ihn zurückzugeben.«

»Ich würde ihn dir gerne schenken, wenn er dir gefällt. Ich kann es nicht mit ansehen, wenn schöne Frauen frieren.«

»Oh, danke. Das ist nett. Aber nicht notwendig.«

»Ich weiß, was ist schon notwendig? Ich fänd's aber schön, wenn du ihn tragen würdest. Was magst du trinken?«

Ein junger Kellner brachte die Speisekarten und sah sie fragend an.

»Einen weißen Spritzer bitte.«

Sie schlugen die Karten auf. Anna verspürte keinen großen Hunger, obwohl sie den ganzen Tag kaum etwas gegessen hatte.

»Ich glaub, ich nehm nur eine Suppe.«

»Das kommt überhaupt nicht in Frage! Ich lade doch keine Frau zum Suppeessen ein. Wie wär's mit dem Tafelspitz?«

Anna musste lachen: »Woher weißt du denn, dass Tafelspitz eines meiner Lieblingsgerichte ist?«

»Das passt zu dir. Ein ehrliches, bodenständiges Essen, nicht zu schwer und trotzdem gehaltvoll.«

»Ehrlich und bodenständig, das klingt ein bisschen nach *Trapp-Familie.*«

»Nein, so war das nicht gemeint. Obwohl, im Dirndl siehst du wahrscheinlich umwerfend aus. Ohne natürlich auch. Wie war dein Tag?«

»Ach, geht so. Keine besonderen Vorkommnisse.«

»Erzähl mal, in welchem Spital arbeitest du eigentlich? Und was machst du so den ganzen Tag? Ich stell mir das aufregend vor.«

»Also, ich, ich … ich arbeite im SMZ-Ost.« Fast hätte sie ausgepackt, aber irgendwas hinderte Anna daran, die Wahrheit zu sagen. »Aber so aufregend ist meine Arbeit nicht. Ich hab heute eigentlich nur Befunde geschrieben. Was hast du denn gemacht?«

»Ich war in Klosterneuburg im Essl-Museum und hab mir ein Bild angeschaut, das verkauft werden soll.«

»Und? Kaufst du's?«

»Ach, ich weiß nicht. Ich find's immer ein wenig schwierig mit der modernen Kunst. Man weiß nicht so richtig, ob die was wert ist. Aber der Essl will es loswerden, hat wohl ziemliche Geldprobleme.«

»Aber bei der alten Kunst weiß man doch auch nicht,

ob's echt ist oder nicht. Sogar bei den ganz berühmten Bildern weiß man nicht, ob sie echt sind oder nicht. Siehe Brueghel.«

»Also diese Brueghel-Fälschung, das ist doch Schwachsinn! So etwas passiert doch nur im Film! Wie soll denn so was gehen? Nein, der ist tausendmal geprüft, von hinten, von vorne, von oben und von unten.«

»Aber der in Berlin? Und die zwei Toten? Kanntest du den toten Gutachter eigentlich?«

Oberammer nahm einen großen Schluck Bier und sah Anna über den Glasrand direkt in die Augen. »Meine Güte, du stellst Fragen! Ja, ich kannte den. Nicht gut, aber trotzdem. Ich hab sogar mal was gekauft bei dem, hatte manchmal ganz interessante Sachen an der Hand.«

»Und warum wird so jemand umgebracht?«

»Was weiß denn ich! Raub, Eifersucht, keine Ahnung? Aber warum reden wir über so schreckliche Dinge? Erzähl mir ein bisschen mehr über dich.«

Anna traute sich nicht, das Kunstthema weiter zu vertiefen, und begab sich auf sicheres Terrain. Ihre Kindheit in Oberösterreich, ihre junge Mutterschaft, die in die Brüche gegangene Beziehung zu Florians Vater. Richard Oberammer war ein angenehmer Gesprächspartner, nicht zu neugierig und doch interessiert, der Abend verflog nur so. Anna versuchte das Gespräch immer wieder in Richtung Kunst zu lenken, überlegte fieberhaft, wie sie das unauffällig anstellen könnte.

»Weißt du, ich finde das mit dem Kunstkaufen recht schwierig.«

»Ja, ist es auch. Aber was meinst du genau?«

»Na ja, dass ich mich halt nicht wirklich auskenne. Dass ich immer so aus dem Bauch heraus entscheide, was mir gefällt, und auch immer darauf angewiesen bin, dass mich jemand berät.«

»Ja, aber das ist doch normal. Wenn ich ein krankes Herz hab, kann ich's auch nicht selber behandeln, dann muss ich auch zu dir kommen, und du hilfst mir. Oder wenn du eine neue Küche brauchst, machst du die auch nicht selber, sondern lässt einen Tischler kommen. So ist das auch mit der Kunst.«

»Aber woher weiß man, wem man vertrauen kann?«

»Woher weiß ich, dass ich dir als Ärztin vertrauen kann? Menschenkenntnis, zweite Meinung, diese Dinge halt. Willst du noch ein Dessert?«

»Ja vielleicht, und einen Kaffee?«

»Ja, dann nehm ich auch einen. Und in alter Tradition einen Averna?«

»Ja, gerne, aber dann muss ich wirklich gehen. Also, wie kann ich sichergehen, dass ich keinem Fälscher aufsitze?«

»Sicher, sicher, was ist schon sicher? Halte dich fern vom Internet. Das meiste wird inzwischen über eBay vertickt. Ich meine, nicht die wirklich teuren Sachen, aber in der mittleren Preisklasse findest du da Unmengen. Viele bieten einfach ein ›schönes altes Ölgemälde – Original‹ an, aber sollte da mal ein Rubens oder ein Matisse oder so dabei sein, dann ist der sicher nicht echt. Und auf Flohmärkten solltest du auch nichts kaufen, der Markt ist völlig überschwemmt von gutgemachten Fälschungen aus Osteuropa und China.«

»Und wenn so ein Gutachter wie dieser Grafenstein die Echtheit bestätigt, kann man dann sicher sein?«

Bildete Anna sich das ein oder zeigte sich auf der Stirn von Richard Oberammer eine kleine ärgerliche Falte?

»Was hast du denn immer mit diesem Grafenstein? Ich mein, das ist ja tragisch, dass der nicht mehr unter uns weilt, aber na ja.«

Anna wunderte sich ein wenig über seine schroffe Antwort, doch da hielt ihr Oberammer die Speisekarte vor die Nase: »*Waldbeerensorbet* oder *Mousse von weißer Schokolade*?«

25

Bernhardt stolperte zurück auf das Fest. Im Licht der untergehenden Sonne wurde gequasselt, als sei alles in bester Ordnung. Die anderen Gäste hatten wohl nichts mitbekommen. Aus Gregor Schmatz, dem Hornbrillengaleristen, holte Bernhardt nichts mehr raus. Ja, sie hätten ab einem bestimmten Punkt ihre Zweifel gehabt, und in solch einer Situation sei es immer besser, Schluss zu machen. Man müsse sich schützen, jeder in seinem Metier habe da schon mal schlechte Erfahrungen gemacht, Berufsrisiko eben. Das war alles.

Niemand hatte etwas mitbekommen? Da irrte sich Bernhardt. Casimir Böck bewegte sich mit zwei hochgewachsenen, muskulösen Typen durch die fröhlich feiernden Gäste auf ihn zu. Alles Spielerische und Vertändelte war von ihm abgefallen.

»Mein lieber Polizist, das kann ich naturgemäß nicht dulden, dass Sie sich hier schlecht benehmen. Sie haben das Gastrecht gröblich missbraucht und meine Gäste beleidigt. Sie verlassen auf der Stelle dieses Fest.«

Bernhardt war klar, dass er schlechte Karten hatte.

»Ich wusste nicht, dass Gespräche unter Gästen verboten sind.«

»Sie haben Gäste von mir unter Druck gesetzt, Sie haben mit absolut unerträglichen Unterstellungen gearbeitet, wie ich vernommen habe, und Walter Müllereisert haben Sie mit Ihrem Auftritt gar vertrieben, allerdings zu meinem Missvergnügen unterstützt von einem Herrn Schmatz, den ich mir etwas klüger vorgestellt hätte. Kurzum: Das alles ist unverzeihlich. Sie gehen, auf der Stelle.«

Sina Kotteder, die sich neben Bernhardt gestellt hatte, versuchte zu vermitteln. »Casimir, du reagierst wirklich etwas gar zu hart, versteh doch –«

»Allerliebste Sina, mein kleiner Sonnenstern, hier wird nicht verhandelt und um mildernde Umstände gebeten. Dieser Mann verschwindet jetzt auf Nimmerwiedersehen von hier, er hat unser schönes Fest besudelt. Wie konnte dir nur solch ein Missgriff unterlaufen?«

»Dann gehe ich mit.«

»Nein, ich bitte dich, bleib du hier. Dieser Mann soll nicht zwischen uns treten. Wenn du bleibst, nehme ich das als Zeichen deiner tätigen Reue. Was du anschließend da draußen in der Welt machst, das berührt mich nicht. Aber bitte, schlepp mir beim nächsten Mal keinen Polizisten mehr an.«

Bernhardt spürte, wie sich unter dem Griff der beiden Bodyguards, die ihn rechts und links am Oberarm fest gepackt hielten, seine Muskeln anspannten. Die Arroganz gegenüber Polizisten, egal, von wem sie ausging, hatte ihn schon immer zur Weißglut getrieben.

»Aber wenn in dieses Scheißanwesen eingebrochen wird, dann dürfen die Scheißpolizisten kommen und dürfen für ihre Scheißgehälter hier ihre Scheißarbeit machen.«

Casimir Böck schnaufte empört.

»Unfassbar, unfassbar, dass so etwas in unsere Welt einbricht, ja, einbricht. *Sie* sind der Einbrecher. Ich werde den Polizeipräsidenten ... Raus mit ihm, raus!«

Sina drängte sich zu Bernhardt und wollte mit ihm gehen, aber der gab ihr mit einem Blick zu verstehen, sie solle bleiben. Wer konnte ihm sonst später berichten, wie es hier weitergegangen war? Sie verstand zum Glück.

Die zwei Wachhunde von Böck zogen ihn mit rasantem Schwung von der Terrasse, im Abdrehen sah Bernhardt, wie Böck einen Arm um Sina legte und seinen Kopf wie ein sorgenvoller Vater schüttelte. Fast war er den beiden Männern dankbar, dass sie ihn nicht auf den weißen Kies im Rondell schleuderten. Sie stellten ihn einfach ab wie ein Gepäckstück, und einer der beiden hob die Hand, als wollte er Bernhardt schlagen, ließ sie dann aber wieder fallen und knurrte: »Zieh Leine.«

Bernhardt kam sich beschmutzt vor. Was hatte er da eigentlich veranstaltet, sozusagen inoffiziell, außer Dienst? Er versuchte sich zu beruhigen. Er durfte ja wohl Fragen stellen? Und hatte er nicht einiges erfahren?

Die kleine Wasserfontäne plätscherte vor sich hin, ein winziger flimmernder Regenbogen irisierte um die sprühenden, herabfallenden Tropfen. Für eine Sekunde war Bernhardt bezaubert, dann fragte er sich, wie er von hier wegkommen konnte. Trampen? Auf Sina warten? Wohl eher nicht, das konnte ja noch Stunden dauern. Ein bisschen umschauen, inkognito, sollte er es wagen? Da hatte doch dieses meckernde Böckchen recht, er war Polizist, ein Schnüffler, der nie nachließ, einer, der hinter die Kulissen schauen wollte. Er drehte den starr blickenden Wachhunden den Rücken zu und ging los, entfernte sich langsam, verschwand hinter einer Hausecke, stakste über den mit großen Steinen grob und schief gepflasterten Hof hinter dem Haus.

Still war's hier, eine große Scheune mit halbgeöffnetem Tor stand vierschrötig unter der Sonne, links und rechts davon duckten sich einstöckige rote Ziegelsteinhäuser, in denen früher die Landarbeiter mit ihren Familien gewohnt hatten, am rechten Rand ragte ein zweistöckiges Haus aus roten Ziegelsteinen auf, das wahrscheinlich einst vom Verwalter genutzt worden war. Preußen und der rote Ziegelstein, Bernhardt hatte es immer verblüfft, dass diese Ziegelsteingebäude auf den ersten Blick in ihrer Funktion gar nicht klar zu identifizieren waren. Handelte es sich um ein Gefängnis, ein Krankenhaus, eine Schule, einen Bahnhof, ein Fabrikgebäude? Am besten schaute man auf das Schild am Eingang.

Als er am Scheunentor vorbeiging, trat ein alter Mann mit einem Eimer aus dem Dunkel ins Licht. Er hatte seine Kappe tief ins Gesicht gezogen. Bernhardt fühlte sich ertappt und murmelte einen Gruß, der leise murmelnd erwidert wurde. Bernhardt machte, dass er weiterkam. Hinter den Landarbeiterhäusern gab es keinen Park, hier erstreckte sich eine verkrautete Wiese mit einem Teich, dahinter ein dichter Wald. Er passierte den Teich, der von Entengrütze grün gesprenkelt war, und bewegte sich auf den Wald zu.

Im frühlingshellen Grün des Waldes änderten sich die

Geräusche. Sie klangen mild und verhangen, wenn er über Moos oder dicke, dunkle Erde lief, hell und scharf, wenn er auf trockene Zweige trat, die unter seinen Schuhen knackten und krachten. Was machte er hier, was wollte er? Ganz einfach: Er gab nicht auf, er machte weiter. Er fühlte sich gut, der Alkohol war verdampft, schien ihm, er hatte so viel Adrenalin im Blut, dass selbst sein Heuschnupfen Ruhe gab.

In einem weiten Bogen schlug er sich durch den Wald und erschrak heftig, als ein Reh, das er aufgescheucht hatte, wenige Schritte vor ihm davonsprang. Er tastete sich voran, verharrte, hörte das Blut in seinen Ohren rauschen, ging weiter, vorsichtig. Sein Gehör schärfte sich, überklar hörte er die nahen und fernen Vogelstimmen. Er fragte sich, ob sein Orientierungssinn gut genug war, um ihn an den Rand der Terrasse zu führen. Er brauchte viel mehr Zeit, als er angenommen hatte, aber er schaffte es. Ein kleines Triumphgefühl erfasste ihn, als er leises Gemurmel hörte.

Schritt für Schritt ging er tastend voran, blieb stehen, witterte wie ein Tier des Waldes. Die Stimmen wurden lauter, der Wald schob sich hier bis nah an die Terrasse heran. Er presste sich an einen Baum und spähte durch die Zweige. Er konzentrierte sich. Wenn er seinen Atem beruhigte, würde er vielleicht verstehen, was auf der Terrasse gesprochen wurde. Er schloss seinen Mund und atmete nur noch leise durch die Nase. Aus leichter Untersicht schaute er gebannt auf die Ansammlung von Menschen, es wirkte, als schwebten sie leicht, wenn sie die Gläser hoben, die im tiefstehenden Sonnenlicht unvermittelt aufblitzten und funkelten.

Er beugte sich noch ein bisschen weiter nach vorne, vernahm Satzfetzen, Gelächter. Er sah, wie Casimir Böck in die Mitte seiner Gäste trat.

»Mir eine Freude und Ehre... ein seltener Gast... Überraschung... Weltweit... Für alle, die die Kunst lieben... liebe...«

Er verstand den Namen nicht, der vom einsetzenden Applaus überlagert wurde. Aber als er die blonde Frau sah, die wie in eine strahlende Aura gehüllt neben Böck stand, begriff er. Das war Aljona Schwartz, die weltweit agierende Galeristin und Händlerin. Er holte sein iPhone aus der Hosentasche und wollte ein Bild machen. Doch bevor er auslösen konnte, krallte sich eine Hand in seinen Nacken und drückte ihn unerbittlich nach unten.

26

Was hältst du davon, wenn wir noch ein Gläschen bei mir trinken? Ich zeig dir auch meine Bilder.« Richard legte Anna die Hand auf den Arm, sie zog ihn nicht weg.

»Warum muss ich an die Briefmarkensammlung meines Großcousins denken?«

»Wieso, was war mit der?«

»Er hat immer geglaubt, er kann mich damit beeindrucken. Dabei interessiere ich mich gar nicht für Briefmarken.«

»Aber für Bilder.«

»Und du glaubst, du kannst mich damit beeindrucken.«

»Warum nicht?«

Nachdem Richard Oberammer diskret die Rechnung bezahlt hatte, führte er Anna auf den stillen Radetzkyplatz. Wie aus dem Nichts tauchte ein Taxi auf, Oberammer öffnete Anna die Autotür, wartete, bis sie Platz genommen hatte, ging dann um den Wagen herum und stieg auf der anderen Seite ein. Anna fühlte sich wie eine Prinzessin.

Das Taxi fuhr in Richtung ersten Bezirk und tauchte ein in ein Gewirr schmaler Gassen. Anna versuchte zu erkennen, wo genau sie sich befanden, doch wie immer in der Innenstadt verlor sie ab und zu kurzzeitig die Orientierung. Die Wollzeile mit den beiden großen Buchhandlungen auf der rechten Seite erkannte sie, auch glaubte sie, ein Lokal ihrer Studentenzeit wiederzuerkennen, das sie damals nachhaltig beeindruckt hatte, da dort immer sehr laut klassische Musik abgespielt wurde, irgendeinen lateinischen Namen hatte es, und Unterhaltungen waren aufgrund der Musik eher schwierig, aber es fühlte sich sehr großstädtisch an.

Das Haus, in dem Richard Oberammer wohnte, wirkte klein und gedrungen, Anna tippte auf Biedermeier. Er öffnete ein großes, grünlackiertes Holzportal, und sie standen in einem begrünten Hof, rings um den gesamten ersten Stock führte ein offener Balkon.

»Wow, das ist ja schick! Wie nennt man das noch mal?«

»Pawlatschengang. Man merkt halt doch, dass du nicht aus Wien kommst.«

Sie stiegen einen schmalen Stiegenaufgang hoch zu einem großen Vorzimmer mit honigbraunem Parkettboden. Gleich dahinter lag eine geschmackvoll eingerichtete Küche, die von einem riesigen, alten Holztisch dominiert wurde. In der Spüle standen ein paar Teller und Kaffeebecher, ein rotweiß kariertes Geschirrtuch hing über einer Stuhllehne. Alles wirkte irgendwie aufgeräumt und doch nicht so steril wie in einem Möbelhauskatalog.

»Ich mix uns was zu trinken, und dann mach ich eine Hausführung, okay?«

»Inklusive Bilder?«

»Die siehst du dann zwangsläufig. Gin Tonic?«

»Das hab ich ewig nicht getrunken, aber warum nicht. Bitte nicht zu stark, ich muss morgen früh raus.«

»Heute ist heute, und morgen ist morgen.«

»Bald ist schon morgen.« Anna sah auf die Uhr auf ihrem Handy und bemerkte, dass Kolonja schon drei SMS geschrieben hatte. »Wo ist denn bitte die Toilette?«

»Zweite Tür rechts.«

Kolonja war wohl etwas nervös, seine Kurznachrichten waren im Abstand von fünfzehn Minuten gekommen, und während die erste aus einem neutralen *Alles klar?* bestand, beinhaltete die zweite nur *???* und die dritte *Du kannst mich mal, ich geh jetzt schlafen.*

Anna setzte sich auf die heruntergeklappte Klobrille und schrieb zurück. *Gute Nacht. Bin quasi schon zu Hause.* Wenn jetzt wirklich was passieren würde, wüsste keiner, wo sie wäre. Aber was sollte passieren? Sie hatte einen netten Mann kennengelernt. Er sah gut aus, hatte vollendete Manieren und eine tolle Wohnung. Und das Beste: Er schien alleinstehend und nicht schwul zu sein. Ein bisschen dumm, dass er in der gleichen Branche tätig war wie ihr aktuelles Mordopfer. Doch das hatte nichts zu bedeuten, und sie würde sich das jetzt sicher nicht durch einen paranoiden Kollegen kaputtmachen lassen.

Sie wusch sich die Hände, und als sie wieder in die Küche trat, erwartete Richard sie mit zwei eisbeschlagenen, großen Gläsern.

»Warum musst du so früh aufstehen morgen, wann beginnt denn eure Frühschicht?«

»Darum geht es nicht. Um sieben Uhr hat sich der

Rauchfangkehrer angekündigt, der will meine Therme überprüfen.«

»Jetzt, wo der Winter vorbei ist?«

»Ja, wir hatten gerade einen Fall im... äh... im Krankenhaus, da ist jemand fast gestorben, nur weil die Therme defekt war.« Anna wusste selbst nicht genau, warum sie diese Geschichte plötzlich erzählte. Grafensteins Todesursache war noch nicht publik geworden, und jetzt sah sie Richard Oberammer gespannt von der Seite her an. Wenn er etwas wüsste, würde er irgendwie reagieren. Er klang etwas abwesend, als er sagte: »Ja, die häufigste Todesursache sind wohl Haushaltsunfälle. Gehen wir auf die Terrasse, oder ist es dir zu kalt?«

»Ich glaub, es geht. Ich hab ja deinen Schal.«

»Dann folgen Sie mir mal, junge Dame.«

Die Wohnung erstreckte sich über die gesamte Etage, und im hinteren Bereich führte eine Treppe in den oberen Stock.

»Wie? Das ist alles deine Wohnung? Alle zwei Stockwerke?«

»Ja, es tut mir leid. Ich weiß, es ist ein bisschen viel für einen alleinstehenden Herrn, aber ich bin in diesem Haus aufgewachsen. Oben hat früher mein Opa gewohnt und ich mit meinen Eltern im ersten Stock. Jetzt bin ich halt alleine hier.«

Die Terrasse war geschickt angelegt, denn obwohl das Haus niedrig war, war sie so geschnitten, dass man sie von keiner Seite einsehen konnte. Richard deutete auf ein riesiges Liegebett, und Anna setzte sich ganz an den Rand.

»Und warum hast du keine Familie?«

»Hab ich doch. Meine Tochter.«

»Und Frau?«

»Die ist irgendwann abhandengekommen.«

»Klingt nicht nett.«

»Ist aber die Wahrheit. Das passiert doch manchmal, oder?«

»Vielleicht.«

Richard Oberammer hatte sich neben sie gesetzt, und Anna konnte spüren, wie er sie von der Seite musterte. »Ich kann mir dich überhaupt nicht als Ärztin vorstellen, das passt gar nicht zu dir.«

Anna erschrak kurz. »Und was passt zu mir?«

»Ich weiß auch nicht, etwas Kreativeres. Musikerin, Schauspielerin. Ist dir kalt? Du wirkst so angespannt.«

»Ein bisschen. Ich bin furchtbar unmusikalisch, allerdings wollte ich als Kind immer Schauspielerin werden oder zum Zirkus gehen.«

»Ja, Zirkus würde zu dir passen. Zauberkünstlerin oder eine Dressurnummer mit weißen Pferden.« Er legte Anna von hinten die Hand auf den Rücken, und Anna überlegte kurz, ob sie wegrücken sollte. Doch dann lehnte sie sich dagegen, und er streichelte ihr sanft über die Schulterblätter.

Anna rief sich zur Ordnung. »Was ist jetzt mit den Bildern?« Sie sprang so rasch auf die Beine, dass ihr für einen kurzen Moment schwindelig wurde.

»Jederzeit. Die Führung kann beginnen.«

Was Richard Oberammer ihr in der nächsten halben Stunde zeigte, war beeindruckend. Ein Haus voller Bilder, große, kleine, alte und moderne. Zu den meisten erzählte er ihr eine Geschichte, etwas über den Maler und wie das Bild in seinen Besitz gelangt war.

»Das ist ja wirklich unglaublich, was du hier gesammelt hast.«

»Ja, da ist ganz schön was zusammengekommen im Laufe der Jahrzehnte.«

»Aber irgendwie auch schade.«

»Wie, schade?«

»Na, dass das keiner sieht.«

»Da hast du recht. Ich bin aber im Gespräch mit dem Kulturstadtrat. Ich denke nämlich daran, meine Sammlung der Stadt zu vermachen. Ein paar Bilder kriegt meine Tochter, dann hat sie ausgesorgt. Und alles andere soll für die Öffentlichkeit zugänglich sein.«

»Aber das dauert ja noch ein bisschen, ich meine, das mit dem Museum.«

»Ja, schon. Aber ich hoffe, dass ich es noch erlebe. Ich denke da an ein kleines Palais im vierten Bezirk. Ich würde sogar den Umbau bezahlen, aber die Stadt ist sehr bürokratisch.«

An einigen Bildern ging Richard Oberammer vorbei, ohne sie zu beachten.

»Was ist mit dem? Warum erzählst du nichts darüber?« Anna war vor einem kleinen Ölgemälde stehen geblieben, auf dem eine Frau mit weißer Haube zu sehen war. Ihr Blick hatte etwas Magisches, sie schien aus dem Bild direkt ins Herz ihres Betrachters zu schauen.

»Ja. Es gibt ein paar Bilder hier im Haus, da sind in jüngster Zeit Zweifel aufgetaucht.«

»Was für Zweifel?«

»An ihrer Echtheit. Und solange ich das nicht überprüft habe, kann ich mich nicht an ihnen freuen.«

»Warum denn nicht?«

»Das ist, wie wenn du plötzlich erfährst, dass deine Kinder gar nicht deine Kinder sind!« Seine Stimme hatte plötzlich etwas Ungehaltenes, Aufbrausendes.

»Ich versteh schon. Aber wie sind denn diese Zweifel aufgekommen?«

»Ich hab sie über jemanden gekauft, der sich als nicht vertrauenswürdig herausgestellt hat. Und… ach, ich will nicht darüber sprechen.«

Das Klima im Haus hatte sich plötzlich verändert. Richard Oberammer wirkte angespannt, alles Galante war aus seinem Blick und seiner Gestik gewichen. Es schien, als hätte er sich nur mit Mühe unter Kontrolle.

Anna blickte demonstrativ auf die Uhr. »Du, es ist spät, ich geh dann lieber. Rufst du mir ein Taxi?«

»Ja, natürlich. Entschuldige, dass ich dich so lange aufgehalten habe. Ich hoffe, wir sehen uns bald wieder?«

»Warum nicht? War doch ein schöner Abend, oder?«

»Ein wunderschöner. Ich bedanke mich dafür.« Er zog sie mit beiden Händen an sich, er war genau einen Kopf größer als Anna, und sie mochte das Gefühl, wie ihr Kopf genau in die Kuhle an seinem Hals passte. Er drückte ihr einen Kuss auf den Scheitel und hielt sie lange in den Armen, Anna blieb einfach stehen, und obwohl tausend Bilder durch ihren Kopf schossen, genoss sie den Moment und bewegte sich nicht.

»Möchtest du nicht hierbleiben, heute Nacht?« Seine Stimme klang rauh und belegt, von seiner Selbstsicherheit war nicht mehr viel zu spüren. »Ich meine... wir müssen nicht... also, ich will dich nicht bedrängen, aber ich fände es schön, wenn ich nicht alleine wär.«

»Ich glaube, das ist keine gute Idee. Das geht mir zu schnell. Ich fahr lieber nach Hause, und wir sehen uns bald, okay?«

»Ja natürlich. Du hast wahrscheinlich recht. Entschuldige bitte. Ich ruf dir ein Taxi.«

Fünf Minuten später saß Anna in den Ledersitzen eines schwarzen BMWs, und ihre Lippen brannten von dem Kuss, den sie mit Richard Oberammer im Hof seines Hauses ausgetauscht hatte. Er war nicht sehr lange, aber durchaus intensiv gewesen, und langsam bekam sie ein richtig schlechtes Gewissen: Richard gegenüber, weil sie nicht wusste, wie sie aus ihrer Lügengeschichte wieder rauskommen sollte, ihren Kollegen gegenüber, weil sie genau wusste, dass sie sich gerade äußerst unprofessionell verhalten hatte, und dem Fall gegenüber, weil sie sich nicht wirklich darauf konzentrieren konnte.

Sie sah auf ihr Handy, Kolonja hatte ihr wohl geglaubt und keine Nachricht mehr geschickt. Sie dachte an Bernhardt und dass sie eigentlich heute noch telefonieren wollten. Es war noch nicht zu spät, sie wusste, dass der Berliner Kollege selten vor Mitternacht ins Bett ging, doch ihr Anruf klingelte ins Leere.

27

Bernhardt spürte Todesangst. Die Zeit begann zu rasen, seine Panik schlug im Bruchteil einer Sekunde in Aggression um. Blindlings schwang er seinen rechten Fuß nach vorn und dann mit aller Wucht zurück. Er traf den Angreifer voll zwischen den Beinen und hörte einen dumpfen Schmerzensschrei. Von der Zwinge um seinen Hals befreit, taumelte er gebeugt nach vorne und wurde im Fallen mit einem Ruck nach oben gerissen. Er starrte in die wütende Grimasse des anderen Bodyguards. Der packte ihn, hob ihn an, schleuderte ihn gegen einen Baum und sprang auf ihn zu.

Mit einer geschmeidigen Bewegung wich er dem heranfliegenden Riesen aus und floh in großen Sätzen ins Dickicht. Er hetzte los, sprang über Äste, schlug Haken, fiel hin, rappelte sich hoch, lief, hörte die Schritte seiner Verfolger, lief, hörte ihren Atem, lief, lief mit der Kraft der Angst, wie viele hundert Meter waren das schon?, ging irgendwann erschöpft hinter einem Baumstamm in Deckung. Stille, die von seinem Keuchen überlagert wurde. Dann weiter, egal wohin, Bernhardt durfte nicht anhalten, immer weiter rannte er, immer weiter, irgendwann taumelte er, seine Schritte wurden langsamer, er sank auf die Knie und rollte sich zitternd hinter einem Busch zusammen. Er war dem gereizten Bären, der ihm schnaubend durchs brechende und splitternde Unterholz gefolgt war, entkommen. Vorerst, sagte er sich.

In seinem Kopf rauschte es, Angst überflutete ihn, raubte ihm fast die Antriebskraft. Das Denken kehrte zurück: Was hatte er hier getan, was würde das für Folgen haben, warum hatte er sich nicht einfach abführen lassen?

War er eingeschlafen? War er ohnmächtig geworden? Hatten seine Organe abgeschaltet, den Fluchtreflex unterdrückt, damit er sich erholen und weiterleben konnte? Wie schön es war zu atmen, wie angenehm leicht die Luft war, wie gut sie schmeckte, wie wunderbar kühl sie in die Lungen floss. Die Dämmerung war hereingebrochen. Er lauschte dem gleichmäßigen leisen Rauschen des Waldes. Zitternd wanderten die Gedanken durch seinen Kopf. Er wiederholte mechanisch einen Satz, dessen Sinn er nicht richtig verstand: *Ich schäme mich nicht zu denken, ich sei, wer ich bin.* Was drückte da aus welchen Tiefen nach oben?

In dem Moosbett, in das er sich geschmiegt hatte, spürte er eine tiefe Lust nach Schlaf. Aber er wusste, er durfte ihr nicht nachgeben. Er war auf der Flucht, die waren ihm auf der Spur. Legte sich gerade ein Schatten über ihn? Waren sie schon da? Er wandte seinen Blick nach oben. Die Gestalt, die über ihm aufragte, kam ihm riesig vor. Er schaute genauer hin, es fiel ihm schwer. Der hatte einen Knüppel in der Hand. Jetzt bückte er sich, mit erhobener Hand.

So sollte das enden? Als Bernhardt seinen Kollegen

später von diesem Augenblick erzählte, betonte er nicht ohne Stolz, dass die Wut in ihm hochgekrochen sei, vielleicht seien es aber einfach seine Lebensgeister gewesen. Jedenfalls habe er nicht auf diese Weise abtreten wollen. Er habe versucht, dem Typen die Beine wegzuschlagen, und fast wäre ihm das auch gelungen. Gebremst habe ihn nur, dass der Typ irgendwie fürsorglich vor sich hin brabbelte. Und dann sei er in Ohnmacht gefallen, die Systeme hätten abgeschaltet.

Als er wieder aufwachte, saß er mit dem Rücken an einen dicken Baumstamm gelehnt. Rundherum war es dunkel. Sein erster Blick fiel auf den Knüppel, der einen Meter von ihm entfernt auf dem Waldboden lag. Sollte er ihn ergreifen? Dann merkte er, dass ihm jemand eine brennende Flüssigkeit einflößen wollte. Gift war das nicht, das war...

»Nordhäuser Korn. Jetzt nehmen Sie mal einen ordentlichen Schluck.«

Bernhardts Sinn für Ironie erwachte. War er vielleicht an der Himmelspforte, und Petrus kredenzte zur Begrüßung einen Schnaps? Er nahm einen tiefen Schluck – und musste grässlich husten. Tränen traten ihm in die Augen, durch den Schleier nahm er den Mann, seinen Retter?, ins Visier. Das war... verdammt, das konnte nicht wahr sein, was sollte das denn jetzt?

»Und? Tut doch gut, oder?«

Bernhardt antwortete mit einem wüsten Krächzen und Sprauzen.

»Stopp, ich kriege 'ne Alkoholvergiftung. Wie kommen *Sie* denn hierher?«

»Das ist eine lange Geschichte. Erzähle ich Ihnen, keine Angst, aber erst einmal müssen wir aus dem Wald. Möglichst, ohne gesehen zu werden, und ohne feindselige Begegnungen.«

Hans Ackermann zog ihn hoch, schlang seinen rechten Arm um Bernhardts Hüfte und legte sich Bernhardts linken Arm über die Schulter. So humpelten sie witternd und immer wieder verharrend durch den schwarzen Wald. Bernhardt versuchte, mit ein paar Fragen die Lage zu klären. Aber Ackermann knurrte nur: »Erst mal Klappe halten, wa?«

Bernhardt hielt die Klappe. Als aber seine Kräfte langsam, langsam zurückkehrten, konnte er eine Bemerkung nicht unterdrücken.

»Für 'n alten Mann 'ne verdammt gute Kondition.«

»Alte Männer waren auch mal jung. Da war ich Mittelstrecke, fünfzehnhundert Meter, einer der Besten. Ohne Verletzung hätte ich's 1956 nach Melbourne zur Olympiade geschafft. Einmal Ausdauersportler, immer Ausdauersportler.«

Dann schwiegen sie wieder.

Sie näherten sich der Rückseite von Böcks Prachtschlösschen, die Terrasse war in Kerzenlicht getaucht. Das Röhricht, das am Teich stand und sich leise bewegte, gab ihnen Deckung. Die letzten Schritte mussten sie über eine freie Strecke laufen, dann betraten sie eins der geduckten Landarbeiterhäuser. Ackermann ließ Bernhardt los und atmete tief durch. »Geschafft.«

Bernhardt stand etwas unsicher in der Mitte eines weißgekalkten Raumes, dann stakste er zu einem Tisch am Fenster, setzte sich und stützte seinen Kopf auf die Handflächen. Die Kargheit des Zimmers erinnerte Bernhardt an Ackermanns Haus am Majakowskiring.

»Was ist das hier?«

»Habe ich gemietet. In den Achtzigern war's noch mietfrei, da hatten wir hier ein Depot.«

Bernhardt ging ein kleines Licht auf. »Hier habt ihr eure Bilder gelagert?«

»Unter anderem.«

»Und dann habt ihr das alles zu Wessel gebracht?«

»Erzähle ich später.«

Bernhardt ging noch ein Licht auf. »Sie waren der Alte, der vorhin aus der Scheune kam?« Er ärgerte sich, Ackermann nicht erkannt zu haben. »Ich habe den festen Eindruck, dass wir mal richtig vertrauensvoll miteinander reden müssen. Wieso sind Sie mir denn nachgepirscht?«

»Na ja, ich fragte mich, was hat der vor? Ich habe Sie ja schon gesehen, als Sie angekommen sind mit dieser schönen Frau. Und dann hab ich mir den ganzen Auftrieb mal aus der Nähe angeschaut.«

Bernhardt erinnerte sich an einen Gärtner, der an ein paar Büschen rumgeschnippelt hatte. Eine unauffällige Figur, die er prompt vergessen hatte.

Ackermann öffnete das Fenster, von ferne erklang Musik, Stimmengewirr. Doch gleich darauf zuckte er zurück und schloss das Fenster vorsichtig.

»Gerade sind die beiden Gorillas über den Hof gelaufen, scheinen in ziemlich schlechter Stimmung zu sein. Wir hauen jetzt mal ab.«

Er drehte sich von Bernhardt weg und murmelte ein paar Sätze in ein Handy. Wenig später zog er Bernhardt wieder durch die Nacht in den Wald.

Mit sicherem Tritt marschierte Ackermann voran. Nach ein paar Minuten erreichten sie einen befestigten Weg. Am Horizont sahen sie das Scheinwerferlicht eines Autos, das kurzzeitig verschwand, dann wiederauftauchte, in schnellem Tempo auf sie zukam und direkt vor ihnen abrupt abbremste. Der Fahrer blieb sitzen, beugte sich zur Seite und stieß die Beifahrertür auf.

Ackermann ging entschieden auf das Auto zu, drückte den Sitz nach vorne und schob Bernhardt auf die Rückbank. Dann setzte er sich mit Schwung neben den Fahrer. Der ähnelte ihm, war genauso ein alter, sperriger Knochen wie Ackermann, dachte Bernhardt.

Ackermann drehte sich um.

»Is 'n Kollege von mir.«

Der Mann am Steuer schaute in den Rückspiegel und nickte Bernhardt kurz zu. Ackermann wechselte murmelnd ein paar Sätze mit dem Fahrer, dann wandte er sich Bernhardt zu.

»Das ist jetzt die Erholungsphase für Sie, Sie brauchen gar nicht zu reden. Ich komm mit zu Ihnen, in Ihr Büro, in Ordnung?«

Bernhardt mochte es in der Regel überhaupt nicht, wenn ihm Entscheidungen abgenommen wurden. Aber diesmal war es ihm recht, dass er eine gute Stunde schweigen konnte. Er checkte sein Telefon: zwei Anrufe von Perutz, die er im Eifer des Gefechts nicht gehört hatte, eine SMS von Sina Kotteder: *Alles klar? Ruf an, Alj. Sch.: interessant!!! Ich haue jetzt ab hier, bis bald!*

Bernhardt gestattete sich den Mut zur Lücke. Er musste einfach mal kurz durchatmen, ruhig werden, eine Strategie entwerfen. Er schloss die Augen, aber seine Gedanken flatterten. Er kämpfte gegen eine aufsteigende Übelkeit. Da es in diesem Kleinwagen hinten keine Seitentüren gab, plagte ihn eine klaustrophobische Angst, die ihn bis zur Ankunft in der Keithstraße im Griff hatte.

Als er endlich aus der Autokiste raus war und auf dem Bürgersteig stand, atmete er tief durch. Erleichtert stellte er fest, dass sich seine Panik nach ein paar tiefen Zügen legte und er sich besser fühlte. Mit festem Händedruck verabschiedete er sich von Ackermanns Kollegen, der ihn undurchdringlich wie Buddha anschaute. Im Korridor trottete Ackermann wortlos neben Bernhardt her. Als sie im Büro ankamen, wies Bernhardt seinem seltsamen Retter den Stuhl vor seinem Schreibtisch zu und setzte sich ihm gegenüber. Er war müde, hundemüde. Aber diese Vernehmung musste er jetzt durchziehen, die konnte er nicht auf morgen verschieben. Also forderte er Ackermann auf, nun endlich alle Karten, wirklich alle Karten auf den Tisch zu legen. Und genau in dem Moment öffnete sich die Tür. Freudenreich lugte hinein, sein alter Freund, Vorgesetzter und Bedenkenträger in einem, dessen gerötete Stirn nicht Gutes verhieß.

»Was machst denn du um diese Zeit noch hier?«, wunderte sich Bernhardt.

»Kommst du mal?«

»Schwierig jetzt, du siehst...«

Freudenreich zog ihn in den Nebenraum, die Tür blieb offen, so dass sie Ackermann im Blick behalten konnten. Freudenreich flüsterte erregt.

»Bist du verrückt geworden? Was hast du da draußen veranstaltet? Hier laufen die Telefone heiß, der Polizeipräsident persönlich hat sich erkundigt, was das alles bedeutet, selbst der Regierende –«

»Das glaube ich nicht.«

»Verdammt, spiel dich nicht auf. Den Elefanten im Porzellanladen kannst du in deinem Privatleben spielen, ich verlange Fingerspitzengefühl in diesem Fall. Ist dir klar, dass der weltweit Kreise zieht? Der Kunstmarkt ist außer Rand und Band. Und du? Anstatt ordentlich zu arbeiten, mischst du ein Treffen der Kulturelite ...«

»Was ist das denn?«

»Halt die Klappe, eine Festgesellschaft bei einem der wichtigsten und einflussreichsten Kunstsammler und Kunstförderer dieses Landes mischst du auf, an deiner Seite eine Revolverjournalistin, und dann prügelst du dich auch noch mit privaten Security-Leuten.«

»Ich habe mich nicht geprügelt, ich bin im Wald spazieren gegangen, und da haben die mich angegriffen. Klarer Fall von Notwehr.«

»Dein Verhalten ist wirklich unter aller Sau. Ist dir klar, dass du auf diese Weise die Aufklärung des Falles erschwerst? Mit Müh und Not konnte ich diesem Böck eine Anzeige wegen Hausfriedensbruchs ausreden. Du stehst einen Zehntelmillimeter vor der Suspendierung, verstanden? Ich verlange, dass du von jetzt an absolut korrekt arbeitest. Und mit dieser B.-Z.-Frau triffst du dich nicht mehr, auch klar? Wenn das rauskommt, dass du mit der gemeinsam durch die Gegend stiefelst, haben wir ein echtes Problem. Kurz und gut beziehungsweise schlecht: Noch ein Fehlgriff, und du wirst ratzfatz suspendiert, dann kannst du wieder im Wald spazieren gehen.«

»Ach, das wär schön. Dann treffe ich mich mit der Revolverjournalistin, helfe ihr tagsüber ein bisschen beim Recherchieren, und abends setze ich mich in einen Biergarten und meditiere.«

Freudenreich schüttelte den Kopf, wechselte vom Dienstmodus in den privaten Modus und legte Bernhardt beide Hände auf die Schultern. Bernhardt kannte das und wusste, was nun kam. »Thomas, jetzt unter uns, ich verstehe dich ja, bis zu einem gewissen Grad jedenfalls. Aber hat das denn was gebracht da draußen?«

»Erst einmal nicht viel, außer der gefestigten Erkenntnis, dass die in diesem Betrieb alle miteinander verbandelt sind und jede Menge Kohle im Spiel ist.«

Freudenreich seufzte.

»Und dafür der ganze Aufriss?«

»*No risk, no fun.*«

»Na, wenn du das *fun* nennen willst ... Du bist doch völlig fertig. Schau dich mal im Spiegel an. Und wer ist das da in deinem Büro?«

Bernhardt klärte ihn auf. Freudenreich blickte skeptisch und verabschiedete sich schließlich mit sorgenvoller Miene, nicht ohne noch darauf hinzuweisen, dass er morgen bis ins letzte Detail informiert werden wolle. Ansonsten könne er nicht länger die Hand über ihn halten und für gar nichts mehr garantieren.

Nach dem intensiven Flüstern mit Freudenreich hatte Bernhardt einen ausgetrockneten Mund. Er zapfte zwei Gläser Wasser aus dem Hahn über dem Ausguss und setzte sich Ackermann gegenüber, der wie ein wahrer Stoiker auf seinem Stuhl hockte.

»Kein Kaffe?«

»Nein, Wasser hält uns frischer. Und jetzt: Hosen runter, Kollege.«

»Na ja, Sie haben ja mit Maik gesprochen, da ist Ihnen das Wesentliche ja schon bekannt.«

»Woher wissen Sie, dass ich mit Maik...«

»Spricht sich rum.«

»Und warum hauen Sie dann ab, da machen Sie sich doch verdächtig. Sollten Sie eigentlich wissen.«

»Sagen wir mal so: Ich bin gar nicht abgehauen, ich habe mich auf meinen Landsitz zurückgezogen.«

»Komm, Ackermann, willst du mich verarschen?«

»Nein, im Ernst: Ich wollte auf meine alten Tage nicht in den ganzen Wirbel reingezogen werden. Und da habe ich mich zu so 'ner Art Vogel-Strauß-Politik hinreißen lassen. Hab aber schnell begriffen, dass das doof war, vor allem, als ich erfahren habe, dass Maik Ihr Informant ist. Und als Sie bei dem Böck aufgetaucht sind, dachte ich nach dem ersten Schock, okay, mach mal reinen Tisch.«

»Auf geht's.«

»Wie gesagt, Böcks Landgut war früher ein Depot, in dem die Kunst und Antiquitäten GmbH Bilder gelagert hat. Und nach der Wende hat sich Wessel mit ein paar anderen da ordentlich bedient. Bis auf ein Zimmer ist jetzt aber schon lange alles leer geräumt.«

»Und die verbliebenen Bilder? Wollten Sie an sich bringen, wenn Gras über die Sache gewachsen wäre?«

»Überhaupt nicht, ich wollte den Raum quasi versiegeln, mir ging's darum, das Kapitel endgültig zu beenden. Ist ja leider schiefgegangen.«

»Und Böck?«

»Eitler Fatzke, der hat seine Geschäfte mit der Treuhand betrieben. Den haben wir schön außen vor gelassen.«

Bernhardt machte eine Aktennotiz für Perutz von den Kunstdelikten. Die hatten da einiges zu tun. Nicht ohne Schadenfreude stellte er sich Böcks Gesicht vor, wenn auf seinem Anwesen bei einer Durchsuchung das Unterste zuoberst gekehrt würde. Er schaute Ackermann streng an.

»Das ist aber noch nicht alles?«

Der seufzte und setzte zu einem längeren Bericht an. Er erzählte detailreich von der Jagd nach Kunstwerken im ersten sozialistischen Arbeiter- und Bauernstaat auf deutschem Boden. Vom Druck, den Wessel und er selbst und andere auf die Privatsammler ausgeübt hatten. Wie ihr Trupp Bilder aus den Depots der Museen requiriert und im Westen verkauft hatte. Wie sie Legenden gestrickt hatten um Bilder, die in den Kriegswirren verlorengegangen waren. Dass sie die Bilder von echt guten Künstlern, Stolz klang aus Ackermanns Stimme, hatten neu malen lassen.

Bernhardt fragte, ob etwa ein Maler namens Suhrbier aus West-Berlin damals für sie tätig gewesen sei. Ackermann verneinte, diesen Namen habe er niemals gehört, sie hätten vor allem auf Künstler der Sowjetunion zurückgegriffen. Man habe sehr gut zusammengearbeitet mit den Kollegen, die hätten da eine ziemlich gute Mannschaft von Bildfälschern gehabt. Zeitweise sei es sogar zu einem Überangebot gekommen, eine Art Rückstau. Und weil man den westlichen Kunstmarkt nicht habe überschwemmen wollen, hätten sie Depots anlegen müssen. Das sei naturgemäß geheim und nur einem kleinen Kreis bekannt gewesen. Nach der Wende sei dann, nun ja, der Oberste, der Dicke, der Chef des Ganzen, kaum habe die Mauer ein bisschen gewackelt, in den Westen getürmt, wahrscheinlich sei er ja schon längst einer von denen gewesen, ein Verräter eben, wie viele.

Bernhardt räusperte sich. »Bei der Sache bleiben.«

Ackermann nickte widerwillig. Wessel sei dann quasi dessen Nachfolger gewesen. Und da er im Westen wenige, allerdings sehr wichtige Leute kannte, habe er die Geschäfte einfach weitergeführt.

Bernhardt schaltete sich wieder ein. »Und da gab's nie Stress mit den alten Mitarbeitern?«

Ackermann schüttelte den Kopf. »Das war ein kleiner Kreis. Ein paar Leute hat Wessel früh abgehängt, andere sind gestorben, wieder andere haben sich neu orientiert, sind zum Beispiel in die Security- und Versicherungsbranche gegangen. Wessel und ich haben das Geschäft zum Schluss zu zweit betrieben. Die Depots waren ja immer noch gut gefüllt, und ein bisschen, habe ich ja schon gesagt, ist auch noch da. Die besten Sachen sind in Wessels Haus zu finden, das kennen Sie ja.«

Ackermann erzählte das so ruhig, beiläufig, beinahe gleichgültig, als sei dieser Bilderhandel das Normalste von der Welt. Bernhardt kämpfte verzweifelt gegen seine Müdigkeit, er wusste, dass er jetzt nicht nachlassen durfte. »Ich brauche die Namen Ihrer Handelspartner. Alle.«

Ackermann nannte bereitwillig Namen. Namen, die Bernhardt nichts sagten, bis auf einen: Aljona Schwartz. Und auf die Frage, wer die Expertisen über die Bilder verfasst habe, bestätigte Ackermann die Ergebnisse von Cornelias Recherchen: Walter Müllereisert. »Und noch so ein Wiener, von dem hab ich aber schon länger nichts mehr gehört. Der hieß, warten Sie mal… Graf… Grafenfels… oder so ähnlich.«

Eine Frage beschäftigte Bernhardt. »Und was ist mit den Gewinnen aus dem Verkauf passiert, das müssen doch Millionen sein?«

Ackermann zuckte mit den Schultern. Um die Finanzen habe sich Wessel gekümmert, ihn selbst habe das Geld nicht interessiert, Wessel habe ihm zu dem Häuschen verholfen, mehr brauche er nicht. Wessel habe mit den Gewinnen wohl einen großen Deal geplant, aber das habe er nie mit ihm besprochen. Er sei zum Schluss gar nicht mehr richtig im Geschäft gewesen, habe nur ab und zu die Depots überprüft und gelegentlich Bilder transportiert.

Sollte er ihm das glauben?, fragte sich Bernhardt. »Ich will eine lückenlose Aufstellung der Depots, ist das klar? Und jetzt mal Klartext: Was ist mit dem Brueghel, der bei Wessel an der Wand hängt?«

Davon wisse er gar nichts, erklärte Ackermann mit unschuldigem Blick. Und auch über die Echtheit der anderen Bilder könne er nichts sagen, das sei alles Wessels Sache gewesen.

»Ich fasse zusammen, Ackermann. Sie sind ein weißes Unschuldslämmlein, das ein bisschen verpeilt durch diese böse Welt läuft. Ist das unser Fazit?«

»Ich würde es anders formulieren, aber in der Sache haben Sie recht.«

Bernhardt ärgerte sich. Dieser Bursche war schwer zu knacken. Der sagte nur das, was ihm mehr oder weniger nachgewiesen werden konnte, sonst nichts. Aber das war im Moment nicht zu ändern. Er informierte Ackermann, dass er morgen um Punkt zehn Uhr noch einmal kommen, ganz offiziell seine Aussage machen müsse und das Protokoll dann zu unterzeichnen habe. Und da sei ein Kollege von den Kunstdelikten dabei, da ginge es dann anders zur Sache. Und dass er zu den Verdächtigen gehöre und er demzufolge die Stadt nicht zu verlassen und sich zu ihrer Verfügung zu halten habe, sei ihm wohl klar.

Ackermann zeigte sich nicht beeindruckt. Bernhardt bat ihn, noch einen Moment zu warten, ging ins Nebenzimmer und gab Krebitz, der Nachtdienst hatte, telefonisch den Auftrag, Ackermann rund um die Uhr zu beschatten. Dann verwickelte er Ackermann in ein längeres Gespräch über Wessel. Er fragte ihn über seine persönliche Beziehung zu ihm aus, seit wann sie sich kannten, welche Gemeinsamkeiten sie hatten, was er von Wessels Reisen ins Ausland wusste. Ackermann ließ die Fragen routiniert an sich abtropfen, ihm war klar, weshalb die Befragung ausgedehnt wurde.

Schließlich begleitete Bernhardt ihn zum Ausgang. Als sich Ackermann festen Schrittes auf die Tür zubewegte, brachte ihn Bernhardt mit einer Frage zum Stehen.

»Und was ist mit Daniela Fliedl?«

Ackermann drehte sich langsam um und schaute ihn ein paar Sekunden lang nachdenklich an. Dann gab er sich einen Ruck.

»Na ja, warum sollte ich das verschweigen, sie war eine gute Kundin bei Wessel.«

Und dann verschluckte ihn die laue Frühlingsnacht.

Bernhardt wollte nur noch seinen Mantel im Büro holen, da läutete sein Handy schrill in die leeren Korridore hinein.

»Sina hier, bist du noch wach?«

»Wach schon, aber nicht so aufgedreht wie du.«

»Ich bin gerade aus Gägelow zurück, hat ganz schön lange gedauert, und jetzt setze ich mich gleich an meinen Artikel. Was war denn mit dir los? Erst die Randale, die du veranstaltet hast. Und dann schleichst du im Wald rum und legst dich mit den Bodyguards an, das war *das* Gesprächsthema auf der Terrasse.«

Bernhardt war auf der Hut, als Informant für das Blatt mit den großen Buchstaben sah er sich nun wirklich nicht. Er redete ein bisschen drum herum, was bei der rasenden Reporterin Sina Kotteder nicht gut ankam.

»Du erzählst mir nichts, und ich soll dir jetzt was erzählen?«

»Wenn's ermittlungsrelevant ist, bist du dazu verpflichtet.«

»Es würde reichen, wenn du's morgen aus der Zeitung erfährst.«

»Ich höre.«

»Du regst mich auf, wenn du dich so aufspielst. Ich kann dich jedenfalls nicht mehr zu solchen Events mitnehmen, scheint mir.«

»Ich finde, das Gespräch läuft falsch.«

»Finde ich auch. Aber heute hast du dich offensichtlich in deine Lieblingsrolle verbissen.«

»Meine Lieblingsrolle?«

»Ja, Arsch mit Ohren.«

»Na, na. Aber, jetzt mal im Ernst: Ich kann dich nicht am aktuellen Stand der Ermittlungen teilhaben lassen, das weißt du doch.«

Sina Kotteder seufzte und schwieg für einen Augenblick.

»Danke für den Hinweis. Okay, ich sag dir trotzdem was. Und habe dafür was gut, okay?«

»Versprochen, aber nur, wenn du jetzt was wirklich Substantielles übermittelst.«

»Sprich nicht wie ein Beamter, auch wenn du einer bist. Also, ich musste ganz schöne Verrenkungen bei Böckchen machen, bis ich mich wieder sozusagen im inneren Kreis bewegen durfte. Und im innersten inneren Kreis schwebte ... Na, rat mal.«

»Aljona Schwartz. Habe ich gesehen.«

Sina Kotteder konnte ihre Verblüffung nicht verbergen.

»*Du* hast sie gesehen? Wie das denn?«

»Sagen wir so, ich habe meine Augen überall.«

»Ja, Doktor Mabuse persönlich. Egal. Jedenfalls hat mir Böckchen die Möglichkeit gegeben, ein kurzes Interview mit ihr zu führen. Ist 'ne starke Figur, fliegt mit dem eigenen Jet, genauer: mit dem ihres russischen Ölmilliardärs, durch die Welt. Morgen hat sie Geschäftstermine in Berlin, unter anderem mit Zacher, und dann geht's weiter nach Wien. Was sagst du?«

»Erstens, du hast wirklich was gut, sagen wir ein Glas Wein...«

»Nee, nee, so haben wir nicht gewettet, ich habe 'ne richtig fette Vorabinformation gut.«

»Irgendwann, okay. Zweitens: Hast du der Schwartz wegen Wessel auf den Zahn gefühlt?«

»Habe ich. Irgendwie zuckte sie da kurz zurück, war mein Eindruck. Aber vielleicht war sie auch nur irritiert, weil ihr ein völlig unbekannter Name präsentiert wurde. Überhaupt schien sie der Auftrieb bei Böck ein bisschen ratlos zu machen. So ein Empfang ist für uns was Mondänes, sie hingegen schien's eher als Provinzereignis aufzufassen. Und sie wirkte auch wie ein bunter exotischer Amazonasvogel zwischen lauter berlin-brandenburgischen Amseln, Drosseln, Finken und Staren.«

»Und, hat sie gesagt, was sie in Wien macht, mit welchen Leuten sie sich trifft?«

»Nein, die ist mindestens so verschwiegen wie du. Geschäfte halt, bei Sotheby's und Christie's finden demnächst große Versteigerungen mit Bildern der klassischen Moderne statt, da hat sie die Hände drin, hat mir Böckchen gesteckt.«

»Sina, das waren wirklich wertvolle Hinweise, danke, und, ja, du hast was gut. Dass die Schwartz nach Wien weiterreist, ist ein guter Tipp. Wann wollen wir einen Wein trinken?«

»Bald, Thomas, aber nur, wenn du mir versprichst, dass du in Zukunft netter zu mir bist.«

»Entschuldige mal.«

»Du musst dich nicht entschuldigen, mach's gut. Bis bald.«

28

In Anna Habels Wohnung war es ruhig. Florians Schuhe lagen im Flur, sie ging kurz zu seinem Zimmer, horchte an der Tür: Alles ruhig, er schien bereits zu schlafen. Sie hängte die Wäsche auf, die sie am Morgen noch schnell angemacht hatte, und setzte sich dann in den Fauteuil. Ihre Beine kribbelten, sie fühlte sich seltsam erschöpft und war gleichzeitig völlig aufgedreht. Die Bilder von Richard Oberammer setzten sich in ihrem Kopf zu einer irren Collage zusammen, sie versuchte sich an jedes einzelne zu erinnern, malte ein paar Skizzen auf einen kleinen Notizblock. Die Frau mit der weißen Haube ging ihr nicht aus dem Kopf, schließlich holte sie ihr Notebook und versuchte, das Gemälde zu googeln. Die Ergebnisse, die die Bildersuche ausspuckte, waren leider völlig unbefriedigend. Irgendwann gab sie Richard Oberammer in die Suchmaschine ein, und sie fühlte sich dabei mehr wie eine Stalkerin als eine Kriminalkommissarin.

Viele Einträge gab es nicht, Anna musste an ein Buch denken, das sie vor vielen Jahren mal gelesen hatte. Die Geschichte eines superreichen Amerikaners, der sein Leben im Verborgenen beschrieb. Der es nicht nötig hatte, in den Klatschspalten und Society-Kolumnen aufzutauchen und ein Leben in Abgeschiedenheit vorzog. Sie hatte keine Ahnung, wie reich Richard Oberammer wirklich war, vielleicht waren die Bilder sein einziger Besitz, andererseits sprach er davon, für den Umbau des Palais aufzukommen, und gearbeitet hatte er wohl auch noch nie im Leben. Eines der wenigen Fotos, auf denen Oberammer zu sehen war, war auf einer Wohltätigkeitsveranstaltung vor ungefähr einem halben Jahr aufgenommen worden. Eine bekannte Radiomoderatorin betrieb ein Kinderheim in Sambia und veranstaltete regelmäßig Benefizevents. Richard Oberammer hatte wohl ein Bild zur Verfügung gestellt, der Reinerlös der Versteigerung kam dem Kinderheim zugute. Er stand, verlegen lächelnd, im Vordergrund des Fotos, die Moderatorin strahlte in die Kamera, er hatte ein Bild in den Händen, das er aber so hielt, dass man nicht erkennen konnte, was es darstellte. Der symbolische Riesenscheck in der Hand der Moderatorin hingegen war gut zu erkennen: 250 000 Euro.

Im Hintergrund standen ein paar Leute herum, Anna konnte niemanden erkennen. Sie mailte das Foto an Gabi Kratochwil und schrieb dazu: *Bitte checken, ob auf dem Foto Personen sind, die etwas mit unseren Ermittlungen zu tun haben könnten (Aljona Schwartz, Josef Grafenstein...).* An Schlaf war nicht zu denken, deshalb surfte sie noch weiter im Internet, besuchte die Webseiten diverser Auktionshäuser, las einen Aufsatz, den die toughe Kollegin Nina Rathner von der Kulturgutfahndung in einer Fachzeitschrift veröffentlicht hatte. Sie gab verschiedene Kombinationen ein, auch die beiden Namen Grafenstein und Oberammer, hielt die Luft an, während sie die Einträge überflog – die beiden waren zwar öfter auf denselben Veranstaltungen gewesen, ansonsten hatten sie aber nicht viele gemeinsame Treffer.

Irgendwann nahm sie ihr Handy in die Hand und tippte eine SMS: *Ich muss dir was sagen. Du hast recht, ich bin gar keine Radiologin. Ich bin nämlich Kriminalpolizistin. Ruf mich an, und ich kann dir alles ...* Kurz bevor sie auf *Senden* drückte, löschte sie den Text wieder. Sie würde ihn morgen anrufen, so etwas konnte man nicht per SMS gestehen. Anna beschloss, endlich schlafen zu gehen, doch davor wollte sie noch rasch duschen, um ihre angespannten Muskeln zu lockern, ihre Gedanken ein wenig zu ordnen.

Sie war noch ganz nass, als sie das Handy im Wohnzimmer klingeln hörte. Ihr Herz machte einen Aussetzer. Wer konnte das sein? Hatte sie die Nachricht an Richard Oberammer aus Versehen doch gesendet? Rief er jetzt an? Sie war geradezu erleichtert, als sie die Berliner Nummer auf dem Display erkannte.

»Wobei stör ich dich?«

»Duschen, aber ich bin schon fertig.«

»Das ist gut. Hör zu!«

Bernhardt berichtete knapp und konzentriert von seinem langen, aufregenden und ergebnisreichen Tag, sie hörte still zu und kommentierte kurz: »Unglaublich, du lässt dich immer wieder in Schlägereien verwickeln, kommst aber heil raus!«

Es tat ihm gut, ihre Stimme zu hören.

»Pass auf, wir kommen jetzt in die heiße Phase. Aljona Schwartz kommt nach Wien, vielleicht schon morgen Abend. Was sagst du nun?«

»Ich bin nicht wirklich überrascht und sage, das bedeutet Arbeit. Arbeit, die uns weiterbringen könnte.«

»Sehe ich auch so. Und wie lief's bei dir? Was Neues?«

»Wir recherchieren wegen diesem kleinen Brueghelbild, aber das hab ich dir ja schon erzählt. Und am Abend war ich mit meinem Kunsthändler essen. War aber nicht sehr ergiebig.«

»Ist das jetzt schon *dein* Kunsthändler? Und hast du ihm die Wahrheit über dich erzählt?«

»Nein, hat sich nicht ergeben. Aber ich werde es nachholen, spätestens morgen.«

»Triffst du den jetzt täglich?«

»Schau ma mal. Was dagegen?«

»Nein, wenn's der Aufklärung des Falles dient.«

»Ich recherchiere einfach in viele Richtungen.«

»Du bist eben eine Mehrzweckwaffe. Aber im Ernst, du solltest ihm sagen, dass du Polizistin bist.«

»Du hast ja recht, Kolonja ermahnt mich auch streng. Aber warum sollte er was mit dem Mord zu tun haben, nur weil er in der gleichen Branche ist?«

»Seit wann bist du denn so naiv?«

»Ja, ist gut. Erklär mir das Leben.«

»Würde ich gerne machen, schlaf jetzt gut, meine Liebe. Und ich sag dir: Morgen kommt Bewegung in die Sache, das spür ich ganz deutlich.«

»Na, da bin ich aber froh!«

29

Anna erwachte wie gerädert. In ihrem Traum stand sie im weißen Arztkittel über eine Badewanne gebeugt, in der ein toter Richard Oberammer friedlich zu schlafen schien. Im Türrahmen lehnten Robert Kolonja und Thomas Bernhardt und sagten wie aus einem Mund: »Das hast du jetzt davon.«

Sie hatte vergessen, den Wecker zu stellen, und hatte trotz unruhiger Nacht wieder einmal verschlafen. Beim Bäcker ein Kaffee to go und los. Wenigstens war kurz nach acht die Straßenbahn nicht mehr ganz so überfüllt.

Die Kollegen waren alle da, und Anna hoffte, dass keiner von ihnen eine dumme Bemerkung machen würde. Angriff ist die beste Verteidigung, dachte sie und blickte Robert Kolonja finster an. Der stand sofort auf und trat ihr entgegen. »Du brauchst dich gar nicht erst auszuziehen. Wir müssen ins Museum.«

»Jetzt? Das hat doch noch gar nicht offen.«

»Wir machen ja auch keine Führung, wir haben einen Termin mit der Direktorin.«

»Was ist passiert?«

»Das weiß ich auch nicht genau, sie hat vor fünf Minuten hier angerufen und wollte dich sprechen.«

»Und dann?«

»Dann hab ich ihr gesagt, dass du noch nicht da bist.«

»Ja und dann? Mein Gott, Kolonja, lass dir doch nicht alles aus der Nase ziehen!«

»Die war halt total hysterisch und hat rumgestammelt, dass sie wichtige Informationen für uns hat und ob wir gleich zu ihr kommen könnten, wenn du da bist.«

»Kann sie nicht zu uns kommen, die gnädige Frau?«

»Mein Gott, was hast du denn für Scheißlaune, hattest einen schlechten Abend gestern? Diese Frau Höflein, die war völlig neben sich, jammerte rum, dass sie ihr Büro nicht verlassen kann, sie klang, als würde sie gleich einen Nervenzusammenbruch bekommen. Will jedenfalls nur mit dir reden.«

»Kann sie haben. Los, wir nehmen das Auto.«

Sie waren keine hundert Meter gefahren, als sie an der Zweierlinie schon im Stau standen. Anna versuchte sich vorzudrängeln, hupte immer wieder mal und schlug mehrmals mit der flachen Hand aufs Lenkrad. Kolonja blickte demonstrativ aus dem Seitenfenster und schwieg beharrlich.

»Und sie hat nichts gesagt? Um was es geht?«

»Nein.«

»Was glaubst du?«

»Ich habe keine Ahnung.«

Beim Getreidemarkt war die Straße auch noch gesperrt – irgendeine Demo wurde erwartet –, zähneknirschend ließ der Beamte Anna durchfahren. Sie fuhr in die Nebenfahrbahn und parkte das Auto direkt vor dem Museum im Halteverbot. Kolonja blickte auf die Uhr: »In der Zeit hätten wir es auch zu Fuß geschafft.«

»Seit wann gehst du zu Fuß?«

»War eh mehr theoretisch gemeint.«

Anna knallte dem verschlafen wirkenden Portier ihren Dienstausweis vor die Nase. »Wir haben einen Termin mit Frau Direktor Höflein.«

»Guten Morgen. Jawohl, ich melde Sie gleich an. Wenn Sie bitte hier hinter der Schranke warten möchten.«

Der überaus höfliche Tonfall des Museumsbeamten bremste Anna ein klein wenig. Sie schloss kurz die Augen, holte tief Luft und versuchte, sich zu beruhigen. »Tut mir leid, Robert. Ich hab eine Scheißnacht hinter mir, und die Tage verrinnen so schnell, ohne dass wir auch nur einen Schritt weiterkommen.« Sie hatte ganz leise gesprochen, ihren Kollegen dabei nicht angesehen, und als er sie sachte am Arm berührte, schreckte sie zusammen.

»Schon gut, ich weiß eh, dass du ein bisschen angespannt bist. Passt schon.«

Es dauerte nicht lange, bis eine leicht aufgelöst wirkende Frau Salzer, die Assistentin der Direktorin, sie abholte. »O Gott, da sind Sie ja endlich, ich weiß nicht, was mit der Chefin los ist.« Sie rang die Hände. Anna wurde es langsam zu viel: Würde die jetzt gleich in Tränen ausbrechen? Was war denn in die gefahren? Frau Salzer stolperte vor ihnen her und wackelte marionettenhaft mit dem Kopf. »Die Frau Direktor erwartet Sie in ihrem Büro.«

Agnes Höflein sah aus, als wäre sie in den letzten Tagen um zehn Jahre gealtert. Ihre Haut wirkte trotz des aufwendigen Make-ups gräulich, und unter den Augen hatte sie tiefe Ringe. Sie kam hinter ihrem großen, unaufgeräumten Schreibtisch hervor und ging Anna Habel und Robert Kolonja entgegen. »Guten Morgen. Ich danke Ihnen sehr, dass Sie so rasch gekommen sind. Was darf ich Ihnen anbieten? Kaffee, Tee, ein kleines Frühstück?«

»Kaffee reicht, danke. Erzählen Sie, was passiert ist.« Kolonja setzte sich auf das Biedermeiersofa, und Anna stellte sich daneben.

»Frau Salzer, würden Sie so freundlich sein und uns drei Kaffee holen?«

Sobald die Assistentin die Tür von außen geschlossen hatte, setzte sich Agnes Höflein auf die äußerste Kante des Sessels und knetete die Hände in ihrem Schoß. »Es ist etwas Schreckliches mit den *Niederländischen Sprichwörtern* passiert.«

»Ja?« Anna setzte sich nun ebenfalls aufs Sofa neben Kolonja. Beide sahen Frau Höflein gespannt an. Die schluckte und schluckte, als wollte sie die Worte und Sätze zurückhalten, die sie nun hervorbringen musste. Als sie mit einem »Sie glauben es nicht« endlich begann, verstummte sie auch schon wieder. Frau Salzer erschien mit einem kleinen Silbertablett, auf dem drei Kaffeetassen, ein kleines Milchkännchen und ein kleiner Teller mit Keksen standen. Ihre Chefin schickte sie mit einem knappen »Danke, das ist alles« raus, was die junge Frau mit einem knappen Zucken der Augenbrauen quittierte.

»Also, jetzt... Es hilft ja alles nichts. Einer unserer Arbeiter kam vorhin zu mir. Und erzählte mir eine Geschichte. Und die ist so unglaublich, also, ich weiß gar nicht, wie ich...« Der Direktorin des Kunsthistorischen Museums traten die Tränen in die Augen.

»Erzählen Sie einfach.« Anna hoffte, dass ihre Ungeduld nicht allzu sehr durchklang.

»Wir haben jetzt wirklich den begründeten Verdacht, dass das Brueghel-Bild eine Fälschung ist.« Ihre Stimme bebte.

»Und woher kommt dieser begründete Verdacht plötzlich?«

»Ich hatte vor einer Stunde ein Gespräch mit einem unserer Mitarbeiter – einem der Arbeiter, die die Bilder für die Ausstellung hängen.«

»Ja?«

»Und der hat sich praktisch selber angezeigt.«

»Bei Ihnen?«

»Ja, erst mal bei mir. Er ist natürlich bereit, seine Aussage vor Ihnen zu wiederholen.«

»Und was hat er ausgesagt?«

»Dass das Gemälde ausgetauscht wurde und er dabei involviert war. Sie müssen wissen, dass der Transport der Bilder manchmal in der Nacht erfolgt. Weil dann weniger los ist und man diese wertvollen Gemälde leichter ins Museum bekommt.«

»Und wie war Ihr Arbeiter involviert? Mein Gott, jetzt erzählen Sie doch!« Anna musste sich zurückhalten, um nicht mit dem Fuß auf den Boden zu stampfen.

»Das Bild wurde ausgetauscht. Es war natürlich aufwendig verpackt, als es hier ankam. Und es gab ein zweites Bild. Das auch verpackt war. Und dann wurden die beiden wohl vertauscht. Und zwar hier im Haus.«

»Ja, aber der Arbeiter war doch nicht verantwortlich für den Tausch des Bildes?«

»Nein, natürlich nicht. Aber er hat fünftausend Euro dabei kassiert. Und deswegen hat er mitgemacht. Für einen einfachen Arbeiter hier im Haus sind fünftausend Euro eine Menge Geld.«

»Ja, das kann ich mir vorstellen. Aber warum hat er jetzt gestanden?«

»Ja, weil, also der, der für das Hängen der Bilder verantwortlich war, das war der Josef Grafenstein. Der war die ganze Zeit dabei und hat Herrn Shanker die fünftausend Euro angeboten.«

»Nein!«

»Doch. Der Herr Shanker hat es wohl mit der Angst zu tun bekommen, weil der Herr Grafenstein jetzt tot ist.«

»Wahnsinn. Und hat Ihnen alles erzählt.« Robert Kolonja konnte seine Begeisterung kaum verbergen. Endlich kam Bewegung in den Fall. »Können wir ihn sprechen, diesen Herrn Shanker.«

»Natürlich. Ich hab ihn in einem kleinen Abstellraum eingeschlossen.«

»Sie haben ihn eingeschlossen?«

»Ja, natürlich. Was denken Sie denn? Der läuft doch sonst weg. Sie nehmen ihn doch mit, oder?«

»Ja, natürlich. Wann gedenken Sie mit der Geschichte an die Öffentlichkeit zu gehen?«

»Wir müssen eine Pressekonferenz einberufen. Eigentlich müsste ich schon heute Morgen informieren, aber vielleicht wissen wir heute Nachmittag mehr.«

»Ja, von uns aus gerne heute um fünfzehn Uhr.«

»Und was sollen wir da sagen? Sollen wir nur über das

vertauschte Bild sprechen oder auch über den toten Grafenstein?«

»Das werde ich Sie noch wissen lassen. Wir haben ja nach wie vor keine Ahnung, wie das eine mit dem anderen zusammenhängt. Einer von uns wird natürlich auch auf der PK sein, vielleicht sprechen Sie nur über das gefälschte Bild und überlassen uns die Sache mit dem Grafenstein. Was passiert denn jetzt mit dem Bild?«

»Das wird abgehängt, heute im Laufe des Tages treffen drei unabhängige Gutachter ein, die es genau untersuchen werden. Wenn es eine Fälschung ist, müssen wir natürlich herausfinden, wer sie angefertigt hat und wie das alles gelaufen ist.«

»Sie sind bitte den ganzen Tag für uns erreichbar. Und meine Kollegin von der Abteilung Kulturgutfahndung wird sich ebenfalls mit Ihnen in Verbindung setzen. So, und jetzt bringen Sie uns endlich zu diesem Herrn Shanker.«

»Selbstverständlich.« Frau Höflein stand auf. Sie wirkte nun gar nicht mehr wie die selbstbewusste Direktorin des wichtigsten Museums Österreichs.

Vidur Shanker saß kerzengerade auf einem Stuhl in einem kleinen, fensterlosen Raum. Er rührte sich nicht, als Anna und Kolonja das Zimmer betraten, seine Hände lagen bewegungslos auf seinen Oberschenkeln.

»Herr Shanker?«

Keine Reaktion.

»Herr Shanker. Mein Name ist Anna Habel. Ich bin von der Kriminalpolizei. Das ist mein Kollege, Robert

Kolonja. Ich muss Sie bitten mitzukommen. Können Sie mich verstehen?«

»Natürlich kann ich Sie verstehen. Ich komme schon.« Der Mann war keine dreißig und bewegte sich dennoch wie ein Greis. Schwerfällig erhob er sich, sein Gesicht wirkte trotz der dunklen Hautfarbe wie mit Staub überzogen.

Anna beschloss, auf Handschellen zu verzichten, Vidur Shanker sah nicht aus, als wollte er türmen. Er ging mit gesenktem Kopf zwischen ihr und Kolonja.

»Ich habe noch eine Bitte.«

»Ja?«

»Könnten wir bei mir zu Hause vorbeifahren? Damit ich meiner Frau Bescheid sagen kann? Wir haben kein Telefon, und sie wird sich sonst Sorgen machen. Wir haben zwei kleine Kinder.«

Anna sah Kolonja an, und der nickte mit dem Kopf.

»Wo wohnen Sie denn?«

»Nicht so weit. Im zweiten Bezirk. Novaragasse.«

»Gut. Dann können Sie auch gleich ein paar Sachen packen, ich glaube nicht, dass Sie heute zu Hause schlafen werden.«

Vidur Shanker sah aus, als würde er gleich in Tränen ausbrechen.

Sie ließen ihn auf der Rückbank des Autos Platz nehmen, Kolonja schob sich auf den Beifahrersitz. »Was ist? Kommst du?«

Anna stand neben dem Auto und ließ ihren Blick zwischen den beiden Museen und dem Heldentor schweifen. »Bleibst du kurz hier und passt auf? Ich muss noch ein paar Telefonate führen, ich fürchte, unsere stille Hoffnung, es sei ein einfacher Fall, ist endgültig passé.«

»Ja, das wäre zu schön gewesen. Aber ich fürchte, du hast recht.«

Anna war froh, dass sich die Missstimmung zwischen ihr und ihrem Kollegen wieder gelegt hatte, und kramte in ihrer Handtasche nach dem Handy. Sie sah eine Kurzmitteilung von Richard Oberammer: *Alles gut bei dir? Gut geschlafen?,* und spürte ein Ziehen in ihrem Bauch, dachte kurz an den Kuss von gestern Abend und drückte die SMS dann weg. Mit einem tiefen Atemzug holte sie die Chefinspektorin ans Tageslicht.

»Frau Kratochwil? Ja, hallo. Ich hätte da eine Personenüberprüfung. Shanker, Vidur Shanker, Adresse: Novaragasse 45 im zweiten Bezirk. Bitte überprüfen Sie den. Welche Nationalität, Aufenthaltsstatus, Arbeitserlaubnis, Vorstrafen, irgendwelche Auffälligkeiten. Bitte so rasch wie möglich per SMS auf mein Handy, wir haben den Herrn gerade einkassiert. Und dann geben Sie mir bitte Herrn Motzko.«

Der eifrige Assistent war sofort zur Stelle.

»Motzko? Hören Sie zu. Wir müssen heute diese Aljona Schwartz irgendwie zu fassen kriegen. Gehen Sie zum Hofrat und fragen, ob wir eine Vorladung bekommen können. Die Dame kommt heute Abend nach Wien, und wir müssen sie sprechen. Sie ist nicht direkt verdächtig, aber irgendwie ein Bindeglied. Ich weiß, das wird nicht leicht beim Hofrat, aber probieren Sie es. – Ja, ja, ich weiß. – Vielleicht kann er ja beim Imperial bewirken, dass wir da eine Viertelstunde mit ihr sprechen können. –

Ja, okay. Rufen Sie mich an, wenn Sie was wissen. Und bitte rufen Sie noch diese Kollegin von der Kulturgutfahndung an, ich hab ihre Nummer nicht mit. Geben Sie ihr die Telefonnummer von der KHM-Direktorin, und sagen Sie ihr, dass sie sich mit der in Verbindung setzen soll. Der Brueghel ist ziemlich sicher gefälscht. Nein, nicht der kleine. Der große aus dem Museum. Ja. Bis später.«

Die Wohnung in der Novaragasse im zweiten Bezirk lag im Erdgeschoss und war ein finsteres Loch, in das kein Strahl des gleißenden Sonnenlichtes fiel. Die Klingelschilder waren nur notdürftig beschriftet, die Haustür stand aber ohnehin offen. Im Hausflur Kolonnen von Fahrrädern, Kinderwägen, Dreirädern, und irgendwo in den oberen Stockwerken bellte ein Hund wie ein kleiner Automat ohne Unterbrechung. An der ersten Wohnungstür klebte ein kleines Etikett, auf dem mit geschwungener Schrift der Name Shanker geschrieben stand. Kolonja drückte auf den Klingelknopf, und fast gleichzeitig wurde die Tür geöffnet. Die Frau, die sie freundlich anlächelte, war so schön, dass Anna fast zurückwich. Riesige schwarze Augen, langes schwarzes Haar, ein Teint wie Kakao mit Zimt. Sie war in einen leuchtend gelben Sari gehüllt, der den schlanken Bauch frei ließ. Auf ihrer Hüfte saß ein Baby und blickte sie misstrauisch an.

»Frau Shanker?«

»Ja, bitte?« Dann erst sah sie im dämmrigen Hausflur ihren Mann, der sich hinter Kolonja zu verstecken schien. Frau Shanker trat einen Schritt zurück und versuchte, den Blick ihres Mannes zu fassen.

»Können wir reinkommen?« Eine rhetorische Frage. Anna wartete die Antwort nicht ab, und die kleine Gruppe schob sich in ein Vorzimmer, das so klein war, dass sie sich fast auf die Zehen traten. Aus einem der hinteren Zimmer lugte ein etwa fünfjähriges Mädchen, die dunklen Haare zu strammen Zöpfen geflochten. Es blickte sie mit großen Augen ernsthaft an – Anna fühlte sich richtig elend.

Vidur Shanker trat auf seine Frau zu, nahm sie kurz in den Arm und küsste das Baby auf die Stirn. Er sagte zwei, drei Sätze in einer melodiös klingenden Sprache, und seine Frau antwortete knapp. Sie drehte sich um, nahm mit einer Handbewegung einen Stoffbeutel von der Garderobe und blickte Anna fragend an: »Ich pack ihm die nötigsten Sachen.« Ein paar Minuten später kam sie wieder und überreichte ihrem Mann wortlos die Tasche. Er sah ihr fest in die Augen und wandte sich dann seiner kleinen Tochter zu, die bislang regungslos im Türrahmen gestanden hatte, und sagte etwas zu ihr. Wie auf ein geheimes Kommando begann die Kleine plötzlich zu kreischen und klammerte sich an das Bein des Vaters, worauf dieser ihr beschwichtigend zuredete und ihre Hände behutsam zu lösen versuchte. Nach ein paar endlosen Minuten griff die Mutter ein, setzte das Baby auf dem Boden ab und zerrte die Tochter weg. Die schrie inzwischen wie am Spieß, ihre ordentlichen kleinen Zöpfe waren völlig aufgelöst, und unter ihren Beinen bildete sich eine kleine Pfütze auf dem Holzfußboden. Es war einer jener Momente, in denen Anna ihren Job hasste, dieses Gefühl, mit aller Härte ins Leben anderer einzugreifen, über ihr Schicksal zu bestimmen, Weichen zu stellen, denn natürlich sah sie mit bloßem Auge, dass Herr Shanker kein böser Mensch war, dass er wahrscheinlich davor noch nie etwas Unrechtes getan und dass er nun diesen einen großen Fehler begangen hatte. Diesen einen Fehler, der sein ganzes bisheriges Leben zerstörte.

Auf der kurzen Fahrt ins Präsidium schwiegen sie alle drei. Anna versuchte, in ihrem Kopf das Chaos ein wenig zu lichten. Wie hing der vertauschte Brueghel mit Grafensteins Tod zusammen? War er ein professioneller Betrüger? Gehörte er der Kunstmafia an, oder war er in deren Hände geraten? Hatte er es zu weit getrieben, und die *Niederländischen Sprichwörter* waren einfach eine Nummer zu groß gewesen? Und wie hing das alles mit dem Bilderhaus des toten Berliners zusammen?

Im Vernehmungszimmer bat sie Herrn Shanker, sich ihr gegenüber zu setzen.

»Wollen Sie etwas trinken?«

»Ein Glas Wasser, bitte.«

Anna stellte das Aufnahmegerät an.

»Sagen Sie bitte für das Protokoll Ihren Namen und Ihr Geburtsdatum.«

»Vidur Shanker, 16. Juni 1985 in Jaipur, Indien.«

»Seit wie vielen Jahren leben Sie in Österreich?«

»Seit zehn Jahren. Ich habe eine Aufenthalts- und eine Arbeitsgenehmigung.«

»Gut, Herr Shanker. Jetzt erzählen Sie bitte genau, wie das war in der Nacht, als das Brueghel-Bild angeliefert wurde.«

»Ich hatte Dienst mit zwei Kollegen. Einer, der Swoboda, kam aber nicht. Der hat sich krankgemeldet, eine halbe Stunde vor Dienstbeginn.«

»Das heißt, Sie waren nur zu zweit.«

»Ja. Und Herr Grafenstein. Also, wie das Bild geliefert wurde, waren da ganz viele. Security und so. Die heikle Situation ist, wenn das Bild ausgeladen wird. Wenn es dann mal im Haus ist, ist es ja sicher, da braucht man dann die Security-Leute nicht mehr.«

»Und dann?«

»Das Bild war verpackt. Ganz dick in Packpapier und Folie in einer Kiste. Plötzlich war ich allein mit dem Herrn Grafenstein, der Kollege ist aufs Klo gegangen oder so, und dann hatte der auf einmal ein Paket, das genau so aussah wie das, das gerade angeliefert worden war.«

»Und da haben Sie sich nichts gedacht dabei?«

»Natürlich. Ich bin doch nicht blöd. Der Grafenstein hat mich am Arm genommen und hat gesagt: ›Es kann nichts passieren. Du hast nichts gesehen, und es ist auch nicht so, wie du denkst. Du verdienst dir fünftausend Euro dafür, dass du wegschaust, okay?‹«

»Und da haben Sie nicht gezögert.«

»Nein, hab ich nicht.«

»Wann haben Sie das Geld bekommen?«

»Sofort. Er hat einen Umschlag aus der Tasche gezogen und ihn mir in die Hand gedrückt.«

»Wo ist das Geld?«

»Nicht mehr da.«

»Heißt was?«

»In Indien. Meine Mutter ist krank, ich habe das Geld meiner Familie geschickt, für Medikamente.«

»Und warum haben Sie jetzt alles erzählt?«

»Ich habe gehört, dass das Bild untersucht wird, und dann habe ich gelesen, dass der Herr Grafenstein ermordet wurde. Da konnte ich nicht mehr schlafen, ich hab mir immer gedacht, was ist, wenn das zusammenhängt?«

»Glauben Sie, es hängt zusammen?«

»Ich weiß es nicht. Vielleicht. Vielleicht wurde er wegen dem Bild getötet, und dann suchen die mich auch.«

»Was haben Sie letztes Wochenende gemacht?«

»Am Samstag hab ich gearbeitet. Dann war ich mit meiner Frau bei einem Familienfest. Warum fragen Sie?«

»Weil Sie ein Alibi brauchen.«

»Sie glauben, dass ich …?«

»Ich weiß nicht, was ich glauben soll. Aber Sie haben sicher Zeugen für den Samstagabend.«

»Ja, natürlich. Es war ein großes Fest. Was passiert jetzt mit mir?«

»Sie bekommen eine Anzeige. Wegen Beihilfe zu Diebstahl.«

»Muss ich hierbleiben? Oder kann ich heim zu meinen Kindern?«

»Ich werde das noch abklären. Erst mal brauchen wir jetzt ein paar Telefonnummern und Adressen, um Ihr Alibi zu sichern.«

Als Anna und Kolonja vom Vernehmungszimmer in ihr Büro gingen, schwiegen sie beide. Anna grübelte über das Schicksal des armen Herrn Shanker. Er tat ihr leid, sie konnte fast spüren, wie er seine Tat bereute.

Kolonja blickte sie erwartungsvoll an, und sie gab sich

einen Ruck. »Also, ich ruf jetzt in Berlin an und informiere die über die neuesten Entwicklungen.«

Thomas Bernhardt klang irgendwie abwesend, als er nach dem dritten Klingelton ans Telefon ging. »Hallo Wien!«

»Hallo Berlin. Ich hab Neuigkeiten.«

»Schön, ich auch.«

»Also, willst du hören?«

»Klar, schieß los.«

»Euer Brueghel ist wahrscheinlich der echte.«

»Okay. Wie kommst du drauf?«

»Weil wir hier den falschen haben.«

»Du hast ihn dir genau angeschaut und das erkannt?«

»Ja, ja, mach dich nur lustig, alter Zyniker. Nein, hör doch mal zu. Das Bild wurde beim Transport nach Wien ausgetauscht. Also, es wurde im Museum ausgetauscht, und unser toter Grafenstein war anscheinend der Drahtzieher der Aktion.«

»Und woher weißt du das? Hat er aus dem Jenseits zu dir gesprochen?«

»Nein, wir haben hier einen Arbeiter sitzen, der hat fünftausend Euro fürs Wegsehen kassiert.«

»Wow, wie seid ihr an den gekommen?«

»Tja, wir sind halt gut. Nein, im Ernst, der hat sich gestellt, weil er in Panik geraten ist, als er von dem Mord an Grafenstein gehört hat.«

»Und hat er ein Alibi?«

»Ja. Überprüfen wir natürlich noch, aber ich bin mir ziemlich sicher, dass er den Grafenstein nicht ins Jenseits befördert hat.«

»Ist ja echt der Hammer! Da hat der Typ hier wirklich einen echten Brueghel in seinem Gartenhäuschen in Pankow hängen. Unglaublich.«

»Es scheint da ja sicher gewesen zu sein. Die Frage ist nur, warum die ganze Aktion?«

»Na, ist doch klar, der Wessel hat das Original in seinen Besitz bringen wollen. Zu seinem eigenen privaten Genuss oder um es zu verticken. Die Frage lautet anders: Warum mussten Grafenstein und Wessel sterben? Ist ihnen jemand auf die Schliche gekommen? Haben sie sich mit der Mafia angelegt?«

»Keine Ahnung. Das Kunsthistorische gibt jedenfalls heute noch eine Pressekonferenz. Und das Bild wird gerade abgehängt. Du kannst dir vorstellen, was für einen Trubel das hier geben wird.«

»Und was ist mit Aljona Schwartz?«

»Das ist genau so, wie ich es befürchtet habe. An die kommen wir nicht ran. Zumindest nicht offiziell. Der Hofrat denkt nicht mal dran, da irgendetwas zu unternehmen, Amerikanerin, einflussreich, reich – ganz schlechte Kombination für eine Befragung. Wobei ich jetzt Motzko noch mal zu ihm entsandt habe, vielleicht hat er mehr Glück.«

»Ach, du schaffst das schon. Sonst musst du halt mal wieder deine unorthodoxen Methoden anwenden.«

»Und mir wieder einen Verweis einfangen.«

»Du schaffst das schon. Halt mich in jedem Fall auf dem Laufenden. Ich überbringe jetzt mal die frohe Botschaft vom echten Brueghel.«

»Mir wär lieber, unserer wär echt.«

»Ich glaube, wir müssen uns bald sehen. Das läuft doch alles bei der Schwartz zusammen. Und die ist gleich in Wien.«

»Ich hätte nichts dagegen, eigentlich sind wir, wenn's drauf ankommt, doch ein ganz gutes Team.«

»Du nimmst die Dame mal unter die Lupe, und dann werden wir sehen.«

»Jawohl, Chef.«

»Selber Chef.«

30

Langsam wurde es zur Routine. Bernhardt fuhr mit Cornelia Karsunke nach Pankow raus. Als sie im Schritttempo ins Städtchen einfuhren, überfiel ihn wieder der Eindruck, dass sie aus dem Lebensrhythmus der Stadt austraten. An einer Straßenecke warteten die Zwerge mit ihrer Betreuerin. Bernhardt winkte ihr aus dem Auto zu, aber sie erkannte ihn nicht. Er fragte sich, ob sie auf dem Weg in den Bürger- oder in den Schlosspark waren, und spürte Cornelias Blick auf sich ruhen.

Perutz und seine beiden Kollegen arbeiteten noch immer an der Bestandsaufnahme von Wessels Schatz und waren bester Laune. Perutz konnte seiner Begeisterung kaum Einhalt gebieten.

»Du glaubst es nicht. Die Bilder von Picasso und Gauguin in der Schatzkammer sind in den Fünfzigern verschwunden, und die wollte Wessel mit Hilfe einer gefinkelten Provenienzlegende von dem Müllereisert wieder in den Kunstmarkt schleusen.«

Cornelia Karsunke schaltete sich ein. »Der Müllereisert ist wirklich 'ne große Nummer, oder?«

»Allerdings. Den haben wir seit Jahren im Visier. Aber diesmal wird's eng für ihn, hoffe ich zumindest.«

Im oberen Stockwerk herrschte reges Treiben. Der

Brueghel wurde zum Transport ins Rathgen-Forschungslabor vorbereitet. Auf Bernhardts Frage, ob er schon eine Tendenz erkenne, echt oder Fälschung, reagierte der Direktor des Labors, der alle Handgriffe mit Argusaugen überwachte, unwirsch. Er sei kein Wahrsager, sondern Wissenschaftler. Da könne Bernhardt drängen, wie er wolle, schnelle Ergebnisse werde es nicht geben.

Bernhardt nahm die unfreundliche Haltung des Direktors entspannt hin. Diese ganze Bildfälschungsmauschelei juckte ihn nicht besonders. Sie suchten einen Mörder, und dazu musste er sich die Fliedl noch einmal vorknöpfen.

Als sie auf Daniela Fliedls Haus zugingen, diese weiße Hollywood-Kiste, bückte er sich und zupfte am Gras.

»Doch kein Kunstrasen.«

Cornelia Karsunke lachte. »Versuch mal, möglichst vorurteilsfrei an die Sache ranzugehen.«

Sie hatten noch ein paar Schritte vor sich, als sich die Haustür wie von Zauberhand öffnete. Die herbe Lady im grauen Kostüm, Daniela Fliedls Vertraute, trat in den Rahmen, kühl und streng wie bei der ersten Begegnung. Dennoch bat sie sie herein, was Bernhardt schlagartig misstrauisch stimmte.

»Was ist los, sind wir nicht die Störenfriede, die das zarte Gemüt der Künstlerin strapazieren?«

Cornelia Karsunke schüttelte leicht den Kopf, und der Blick der Agentin, oder was immer sie war, kühlte auf gefühlte minus zwanzig Grad ab. Schneekönigin, sagte sich Bernhardt.

Im Wohnzimmer, oder nannte sich das *living room*?, lehnte Daniela Fliedl am Flügel, den Kopf hoch erhoben, als wollte sie *Am Brunnen vor dem Tore* singen. Die blonden Löckchen hatte sie geglättet und die Haare streng nach hinten gebunden. Ein langes schwarzes Kleid betonte ihre Figur und hob die Blässe ihres Gesichts hervor. Gab sie gerade die antike Tragödin, fragte sich Bernhardt erstaunt.

Mit zwei ausgestreckten Händen ging, nein: schritt sie langsam auf Bernhardt zu, ihrem Gesicht hatte sie die Maske tiefen Schmerzes aufgelegt.

»Ich habe Sie erwartet. Ich bin froh, dass Sie gekommen sind, und ich gestehe gleich ganz offen und direkt: Ja, ich habe ein paar Bilder von Wessel gekauft. Glauben Sie mir, ich bedaure zutiefst, dass ich Ihnen Informationen vorenthalten habe, und bitte Sie um Verzeihung und, wenn es nicht zu viel verlangt ist, um Verständnis.«

Bernhardt ärgerte sich. Er mochte es nicht, wenn ein Verdächtiger zurückwich, Fehlverhalten eingestand, Konfrontation und Reibung zu vermeiden suchte. Das machte alles schwieriger, zumal, wenn noch ein smarter Knabe im dunklen Anzug und mit roter Krawatte und dezent gegeltem Haar anwesend war, der betont locker am großen Panoramafenster stand. So 'ne Guttenberg-Type, fuchste sich Bernhardt innerlich.

»Darf ich vorstellen: mein Rechtsanwalt, lieber nenne ich ihn meinen Berater oder noch besser: meinen Freund in allen Lebenslagen. Da ich, wie gesagt, Ihren Besuch erwartet habe, wollte ich doch fachlichen und, wenn Sie so wollen, männlichen Beistand, und da habe ich Wilfried

Stahl um seine Anwesenheit gebeten. Wir haben neben diesem unerfreulichen Fall natürlich auch noch andere Dinge zu besprechen.«

Bernhardts Laune wurde nicht besser. Daniela Fliedl hatte sich freigeredet. Stahl hatte ihr zustimmend zugenickt und kam nun auf Bernhardt zu, um ihm fest die Hand zu drücken und ihn, als sei er der Hausherr, zum Gespräch am runden Tisch einzuladen. »Gespräch am runden Tisch«, so hatte er sich wirklich ausgedrückt. Bernhardt muckte auf.

»Gespräch am runden Tisch? Was soll denn hier gemauschelt werden? Die Wahrheit ist kein Verhandlungsgegenstand.«

Stahl lächelte und zeigte sein Gebiss, das in einem überirdischen Weiß erstrahlte.

»Lieber Herr Hauptkommissar, nichts läge uns ferner, als unser Fehlverhalten zu leugnen. Daniela stand unter Schock. Sie stellte sich schon die Schlagzeilen in den Illustrierten vor. Sie können das vielleicht nicht ganz nachempfinden…«

»Ich kann fast alles nachempfinden. Ich bin geradezu der Prototyp des mitfühlenden Beobachters, glauben Sie mir.«

»Nun, sei es, wie es sei. Daniela stand unter Schock, sie hat ihre Freundin Sina Kotteder angerufen, eine nicht ganz unbekannte Gesellschaftsreporterin in dieser Stadt, wie Ihnen bekannt ist, und wollte sich mit ihr beraten. Aber dann kam ihr in Sachen Wessel kein Wort über die Lippen, und sie hat mit Frau Kotteder nur über ihren Film gesprochen, der nächste Woche in die Kinos kommt – da hat Frau Kotteder nämlich eine große Reportage geplant, sehr dramatischer Film übrigens, ganz was anderes als das, was man sonst von Daniela gewohnt ist, Krieg im Osten, Bombenkrieg in der Heimat, Vertreibung –«

»Alles zusammen? Respekt. Aber das interessiert mich nicht. Frau Fliedl, sagen Sie mir einfach die Wahrheit, nichts als die Wahrheit, Ihr Freund in allen Lebenslagen wird –«

»Als Frau Fliedls Anwalt weise ich Sie in aller Freundlichkeit darauf hin, dass dies kein Verhör sein kann, unsere Bereitschaft zur Kooperation –«

Der Bernhardt'sche Jähzorn flackerte auf.

»Wir können das alles auch in einer härteren Variante durchziehen.«

Cornelia Karsunke schaltete sich ein. Kaum erklang ihre sanfte Stimme, änderte sich das Klima. »Frau Fliedl, wie sind Sie in Kontakt mit Herrn Wessel gekommen?«

Daniela Fliedl wandte sich ihr dankbar zu.

»Als ich herzog, nahm ich erst an, dass in diesem Haus mit dem verwilderten Garten niemand wohnt. Aber nachts sah ich manchmal einen Lichtschein, der zwischen den Jalousien durchschimmerte. Und da dachte ich, ich gehe einfach mal hin. Man stellt sich ja als neuer Nachbar vor, oder?«

»Und?«

»Er öffnete die Tür einen Spalt und streckte den Kopf raus. Erst mal war ich befremdet, denn er war schroff und abweisend. Ich wollte schon gehen, aber dann sah ich im Flur ein Bild in unglaublich intensiven Farben, Rot, Grün, Gelb. Ich weiß auch nicht, ich wollte das unbedingt sehen, er hat meine Bitte abgelehnt, aber ich kann sehr überzeugend sein...«

Der Anwalt nickte entzückt.

»Schließlich hat er mich reingelassen. Ich war überwältigt. Und das hat ihm gefallen. Ich glaube, der wollte auch mal über seine Schätze in dieser Höhle reden. Gleichzeitig hat er mich inständig gebeten, niemandem davon zu erzählen, auch nicht engen Freunden. Er hatte Angst vor Einbrüchen. Ich hab's versprochen und mich dran gehalten.«

Cornelia Karsunke hörte mit einem aufmunternden Lächeln zu.

»Ja, und dann habe ich ihn gefragt, ob er auch Bilder verkauft. Ich sei gerade eingezogen, meine Wohnung sei so leer. Er hat gezögert, mich wieder um Stillschweigen gebeten. Und dann hat er mir nach einigem Zaudern drei Bilder verkauft, dieses schöne Bild von Pechstein, das ich im Flur gesehen hatte, und dann noch zwei kleine Gemälde von Kirchner.«

Cornelia Karsunkes fragende Stimme klang, als wollte sie von ihren beiden Mädchen erfahren, wie es in der Kita gewesen sei.

»Und was haben Sie bezahlt?«

»Das war gar nicht so teuer. Zehntausend für den Pechstein, und je fünftausend für die Kirchners. Mir war klar, dass das irgendwie ein Schnäppchen war.«

Bernhardt, der während dieser freundlichen Plauderei angestrengt durchs Fenster auf den giftgrünen Rasen gestarrt hatte, schoss nach vorne.

»Schnäppchen? Wie von Rudis Resterampe oder was?

Die Bilder sind viel, viel mehr wert, wenn's keine Fälschungen sind. Und das wissen Sie süß gurrendes Täubchen auch.«

Der Anwalt griff wieder ein.

»Ich bitte Sie. Wir können auf die Schärfe des Tons wie auch auf gewisse Zynismen Ihrerseits verzichten. Meine Mandantin hat in gutem Glauben gehandelt. Selbstverständlich wird sie sich allen rechtlichen Entscheidungen beugen, die im Zusammenhang mit diesen Bildern getroffen werden. Bis dahin werden wir sie in einem Bankdepot lagern.«

Bernhardt war jetzt wirklich auf Krawall gebürstet.

»Das würde Ihnen so passen. Und in zwanzig Jahren holen Sie die Bilder aus dem Depot und hängen sie in Ihrer Kanzlei auf, mit 'ner schönen Expertise von, na, wie heißt er noch?, genau: Walter Müllereisert. Nee, da haben Sie sich verrechnet, die werden beschlagnahmt.«

Herr Stahl hob die Hand, als wollte er Einspruch erheben, aber Daniela Fliedl kam ihm zuvor.

»Ach, da Sie den Namen erwähnen: Die Echtheit der Bilder ist tatsächlich von Walter Müllereisert bestätigt. Ich habe das schriftlich.«

»Das überrascht mich nicht. Zeigen Sie uns mal die Bilder mitsamt den Schriftstücken.«

Daniela Fliedl bedachte ihn mit einem Rehblick.

»Sie können bestimmt freundlicher sein.«

Bernhardt schluckte.

»Natürlich.«

»Dann folgen Sie mir.«

Im Gänsemarsch ging es die geschwungene blitzend

weiße Marmortreppe hinauf in den ersten Stock. Sie gelangten in einen großen, lichtdurchfluteten Raum, in dem sich außer den Bildern nichts befand. Die Bilder entfalteten eine Präsenz und Kraft, die Bernhardt beeindruckte. Welche Farben, welch eine Schönheit. Wie musste das auf Betrachter vor mehr als einem Jahrhundert gewirkt haben, als die Leute noch nicht täglich von einer Bilderflut überschüttet wurden? Die Laszivität dieses Mädchens, das seine Beine öffnete, die Expressivität dieser Gebirgslandschaft, die Ausdrucksstärke des jungen Frauengesichts... Bernhardt aktivierte seinen Realitätssinn. »Es wär schon schade, wenn's Fälschungen wären.«

Daniela Fliedl reichte ihm wortlos einen Ordner, den ihr der Anwalt in die Hand gedrückt hatte. Bernhardt blätterte, las sich an einzelnen Formulierungen fest: *Etikett der Galerie Gurlitt, Berlin 1923, Privatsammlung, Leihgabe Museum Bonn, Typizität, Strichführung, Farbgebung.* Er klappte den Ordner zu und musterte das Bild mit dem Mädchen, das ihn spöttisch zu fixieren schien. Er suchte die Signatur von Giselher Suhrbier. Jeden Quadratzentimeter prüfte er, und auf einmal glaubte er, in der oberen Ecke, winzig, ganz winzig, leicht übermalt und verwischt, das Zeichen zu erkennen: *S. pinxit*. Er war sich nicht sicher, vielleicht spielte ihm seine Phantasie einen Streich, vielleicht war's nur ein winziger Fliegenschiss?

»Sehr schön, sehr schön.«

Daniela Fliedl lächelte Bernhardt an, als hätte sie ihn in seinem wahren Wesen erkannt.

»Der Schönheit können Sie sich nicht entziehen, nicht wahr, Herr Bernhardt?«

»Ja, ich bin hinter meiner rauhen Schale ein Fein- und Schöngeist. Dass Sie das erkannt haben...«

Die Verabschiedung von Fliedl und ihrem Adlatus Stahl vollzog sich kühl und zivilisiert. Alle Beteiligten schienen davon auszugehen, dass man sich bestimmt bald wiedersehen würde.

Als sie aus der aseptischen Atmosphäre des Fliedl'schen Heims traten, brandete der Frühling wie eine sanfte Woge auf.

Thomas Bernhardt atmete durch – nieste und putzte sich mehrmals die Nase. Durch seine tränenverschleierten Augen sah er Cornelia Karsunke an.

»Die Psychoanalyse sagt...«

»Ja, genau. Hör mal, du warst zwar unfreundlich zu den beiden, was gar nicht sein musste, aber richtig in die Mangel hast du sie nicht genommen.«

»Hätte nichts gebracht. Wir müssen woanders ansetzen.«

»Und wo?«

»Bei Müllereisert und seinen Expertisen. Und dem Großkunstmanager Zacher müssen wir auch noch mal auf die Finger schauen.«

Er rief Zacher an und verhandelte ein bisschen hin und her. Schließlich erklärte sich Zacher bereit, Bernhardt zu einem kurzen Gespräch zu empfangen, wenn dieser sich förmlich entschuldige für seine völlig deplatzierten und realitätsfernen Unterstellungen auf dem Böck'schen Schloss. Er wisse zwar nicht, in welcher Hinsicht er behilflich sein könne, aber sein Lebensmotto laute: Ein neuer Tag, ein neuer Beginn. Nein, Müllereisert könne er nicht zu dem Gespräch bitten, der sei ein unabhängiger Mann, da müsse Bernhardt schon selbst sehen, wie er weiterkomme. Und Aljona Schwartz? Ehrlich gesagt überrasche es ihn, dass Bernhardt von seinem geschäftlichen Termin mit ihr wisse. Aber Aljona habe alle Verabredungen in Berlin gecancelled. Also gut: Ein Viertelstündchen über Mittag könne er ihm gewähren.

Bernhardt steckte das Telefon erst gar nicht ein, sondern rief gleich Cellarius an, der wenig zu berichten hatte: Nein, nichts Spektakuläres beim Verhör von Ackermann. Ein schwer zu knackender Typ. Erzähle nur, was er wolle. Katia Sulimma vermeldete stolz, dass das Finanzgeflecht von Wessel jetzt ziemlich übersichtlich sei. Millionen über Millionen, er werde sich wundern.

Alles lief zügig und trat zugleich auf der Stelle. Sie wussten inzwischen jede Menge über diesen vermaledeiten Kunstbetrieb, waren aber dem Täter oder den Tätern nicht einen Schritt näher gekommen.

Freudenreich rief an. Der doppelte Reformator sei ab sofort von dem Fall Wessel abgezogen, Bernhardt habe richtig verstanden, ja, das mache das Ganze natürlich schwieriger, aber er habe keinen Einfluss auf die Verrückten und Mörder der Stadt, genau, der Messerstecher habe wieder zugeschlagen, eine Zeitungsbotin, morgens um halb fünf am Südstern.

Ganz kurz meinte Bernhardt, ihm selbst sei ein Messer zwischen die Rippen gestoßen worden. Er ertrug es nicht, dass jemand durch die Stadt zog und arglose Menschen attackierte.

Cornelia Karsunke legte kurz einen Arm um ihn.

»Du nimmst das persönlich mit dem Messerstecher. Das ist unprofessionell, weißt du doch. Komm, wir haben noch eine Stunde bis zu unserem Treffen mit Zacher, ich zeig dir was.«

Sie fuhren ein paar Straßen weiter, wo sie in einer stillen, grünen Ecke parkten.

Sie betraten den Bürgerpark durch das hochgetürmte Eingangsportal, hinter dem in einem großen Becken Wasserfontänen emporsprangen. Cornelia Karsunke trat ganz nah heran und ließ sich besprühen, den widerstrebenden Bernhardt zog sie zu sich. »Komm, Erfrischung.«

»Ich werde ganz nass.«

»Na und? Du bist nicht aus Zucker. Wir trocknen schnell wieder in der Sonne.«

Vom Springbrunnen gingen sie langsam weiter in den Park. Das Licht der Sonne ergoss sich über die Wiesen, auf denen ein paar Menschen lagerten. Alles schien auf schöne Art verlangsamt, ins Wunderbare gewendet. Keine lauten Gespräche, kein Geplärre. Sie schlenderten zu einem Rosengarten, hinter dem sich eine Arkadenreihe befand, setzten sich auf eine Bank und schwiegen. Wie von Geisterhand geschoben, schwebten die Flugzeuge im Landeanflug auf Tegel über sie hin. Selbst das passte ins Bild, zerstörte die Harmonie nicht.

Von ferne sah er die Kindergärtnerin, die mit ihrer schnatternden Kinderschar langsam auf sie zukam und dann bei ihnen stehen blieb. Wie ein wohlerzogenes Mädchen gab sie Bernhardt und Cornelia die Hand.

»Und, ist der Täter gefasst?«

Bernhardt verneinte, das werde wohl noch etwas dauern.

»Ach, dann sehen wir uns ja vielleicht noch mal. Ich bleibe nicht mehr lange hier, ich habe heute erfahren, dass ich endlich meinen Studienplatz für Medizin bekommen habe.«

Bernhardt und Cornelia gratulierten ihr.

»Mal sehen, ob das wirklich was für mich ist. Da muss ich ja erst mal Leichen sezieren. Ob ich das schaffe? Jetzt muss ich aber weiterziehen mit der Mannschaft hier.«

Sie winkte und zog ihre Kleinen wie eine Entenmutter hinter sich her.

Cornelia schaute ihn mit prüfendem Blick an.

»Die gefällt dir, oder?«

»Ja, die ist doch wirklich nett.«

»Mir gefällt sie auch. So frei und lebensfroh wäre ich in dem Alter auch gerne gewesen.«

Alles war überstrahlt und überflutet von der Sonne, und Bernhardt hätte gerne Cornelias Hand genommen. Er tat's nicht. Aber sie umarmte ihn.

»Küss mich mal.«

»Hier?«

»Wo denn sonst?«

Als sich ihre Lippen wieder voneinander lösten, wollte Bernhardt es doch genauer wissen.

»Der Bürgerpark ist aber ganz schön weit weg von

Neukölln, und der lag doch bis '89 im Osten? Wie hast du den entdeckt?«

»Ganz einfach. Seit meiner frühen Kindheit ist das ein Sehnsuchtsort von mir. Ich bin zwar in Neukölln aufgewachsen, aber ich war auch immer für längere Zeit im Wedding. Von einem Arbeiterviertel ins andere, damals waren sie das noch. Und trotzdem ganz unterschiedlich. Im Wedding wurde ein anderes Berlinisch gesprochen als in Neukölln. Glaubst du das?«

»Dir glaube ich alles.«

Sie lachte. »Lügner. Jedenfalls: In meiner Familie lief's ab und zu nicht so richtig, dann wurde ich zu meinen Großeltern in die Wollankstraße geschickt. Das war für mich wie eine Reise ins Glück. Die haben sich um mich gekümmert, abends haben wir Mau-Mau gespielt, und so tief geschlafen wie bei meinen Großeltern auf der Couch in der Küche habe ich nie mehr.«

Bernhardt streichelte Cornelia kurz über die Wange – er konnte sich dieses Kind gut vorstellen.

»Das Haus stand direkt neben der Mauer. Die Erwachsenen haben die mehr oder weniger ausgeblendet, die haben höchstens mal drüber geflucht, ansonsten gab's die für sie nicht. Dahinter war Niemandsland. Aber mich hat das rätselhaft angezogen. Die riesigen Peitschenmasten mit ihrem dreckigen Licht, die Wachtürme mit ihren Schießluken, das dumpfe Hundegebell hinter den Sichtblenden. Ich bin da immer wieder hingegangen, meine Großeltern waren schon besorgt, dachten, ich hätte einen Hau. Und dann haben sie mir erzählt, dass hinter der Mauer ein wunderschöner Park liegt, in dem sie als junge

Verlobte sonntags spazieren gegangen sind und sich zum ersten Mal geküsst haben. Und das war dann für mich so was wie das verlorene Paradies. Jetzt weißt du, warum ich wollte, dass du mich da küsst.«

Sie ging mit ihm die Wollankstraße runter: »Komm, ich zeig dir noch was.«

Sie zog ihn durch ein Tor. Ein großer Friedhof erstreckte sich vor ihnen. Stille breitete sich aus, ein alter Mann häckelte auf einem Grab herum, ein Eichhörnchen turnte auf einem Ast über ihnen.

»Hier bin ich als Kind jeden Morgen durchgegangen, auf dem Weg zu meinem Kindergarten und nachher als Schülerin zur Nachmittagsbetreuung. Hier bin ich auch im Winter im Dunkeln durchspaziert, bei Wind und Regen und Schneegestöber.«

»Keine Angst?«

»Überhaupt nicht. Ich habe die Grabsteine studiert, bin nach einer gewissen Zeit dann neue Wege gegangen, weil ich möglichst viele Namen kennenlernen wollte. Das war irgendwie eine Manie, das Alter der Verstorbenen auszurechnen, entsetzt zu sein über vermeintlich zu früh Verstorbene, ich hab mir Geschichten ausgedacht. Und was dann wirklich schrecklich war…«

Sie liefen ein Stück weiter voran in dem aquariumgrünen Friedhof.

»Hier, die Platten, Hunderte.«

Bernhardt blickte auf die grauen Platten, die akkurat in den Boden eingelassen waren und in langen Reihen über das Feld verlegt waren. Er las die Namen, sah die eingravierten Geburts- und Todesdaten. Fast alle waren in den ersten Monaten des Jahres 1945 gestorben, viele jung, siebzehn oder achtzehn Jahre alt, manche noch Kinder.

»Ich habe mir jeden Tag vorgestellt, wie die gestorben sind, und dann bin ich immer traurig im Kindergarten angekommen. Nur er hat mich ein bisschen getröstet.«

Sie zeigte auf eine Christusstatue, die mit erhobenen Armen am Rande des Gräberfeldes stand.

Auf dem Weg zum Auto schwieg sie. Aber als sie losfuhren, lachte sie leicht auf.

»Kennst du das eigentlich? ›Ich liebte ein Mädchen im Wedding, das wollte immer nur Pedding.‹ Ist aus so einem Blödellied.«

»Klar. ›Ich liebte ein Mädchen in Wannsee, das konnt' kein' nackten Mann sehn.‹«

Sie lachte.

»Ich liebte einen Typen in Schöneberg, mit dem war Sex 'n richtiges Feuerwerk.«

»Ey, selbst gedichtet?«

»Die Meechens aus Neukölln, die machen's gern auch mal im Hell'n.«

»Komm, noch eins.«

»So 'n Typ wie der Bernhardt, der wird schnell... Ah, fällt mir nichts ein.«

Sie waren richtig gut gelaunt, als sie am Potsdamer Platz aus dem Auto stiegen.

In dem weißen kubischen Gebäude, das sie betraten, hatte Bernhardt sogleich einen Niesanfall. Er fragte sich, auf was er jetzt gerade allergisch reagierte. Auf den rosa Marmor? Die mächtige Lichtskulptur in der Eingangshalle, die offensichtlich die Spektralfarben in gleichmäßig langsamem Rhythmus abrief? Die kaum hörbare Minimal Music, die auf penetrante Weise ins Ohr träufelte und sich dort festsetzte? Oder lag's einfach am Kontrast zum verträumt unter der Sonne liegenden Bürgerpark?

Zacher wirkte in seinem Büro, seinem ureigenen Terrain, noch selbstsicherer, als ihn Bernhardt von den Begegnungen in der Gemäldegalerie und auf Böcks Landgut in Erinnerung hatte. Er verbarrikadierte sich nicht hinter seinem imposanten Schreibtisch, sondern empfing sie wenige Schritte hinter der Tür vor einem riesigen Bild, das Bernhardt wegen seiner verwischten Konturen und seiner Übermalungen während des gesamten Gesprächs irritierte.

Er stellte überrascht und ein bisschen beunruhigt fest, dass sich Zacher um sie bemühte, sie anscheinend auf seine Seite ziehen wollte. Nachdem er Cornelia Karsunke einen angedeuteten Handkuss gegeben und vor Bernhardt einen ironisch abgefederten Kratzfuß gemacht hatte, geleitete er sie zu einem großen Tisch, auf dem ein Sektkühler mit zwei Flaschen stand, daneben drei schmale Gläser. Als sie in den Thonet-Freischwingern saßen, machte Zacher eine leicht großspurige Geste.

»Champagner erleichtert vieles.«

Bernhardt wollte abwinken, aber Cornelia kam ihm zuvor.

»Wir dürfen im Dienst keinen Alkohol trinken.«

»Aber meine liebe Frau Kommissarin, Champagner ist kein Alkohol.«

Sie lächelte, und Bernhardt fragte sich insgeheim, ob Cornelia es nicht just auf diese Antwort abgesehen hatte.

Als gewährte sie eine kleine Gunst, nickte sie freundlich und sagte: »Wenn das so ist, nehme ich gerne ein Glas.«

Bernhardt beobachtete Zacher, der in seinem feinen englischen Tuch, mit der bunten Krawatte unter dem Kinn und dem andersfarbigen, aber nicht minder bunten Tuch in der Brusttasche, mit dem aufgeplusterten rötlichen Haarbusch, mit seiner hellen, leicht scheppernden Stimme und seinem zeremoniösen Gehabe durchaus eine bemerkenswerte Figur abgab. Aber ganz seriös wirkte er nicht, fand Bernhardt.

Zacher nahm eine Flasche aus dem Eis und schenkte sich und Cornelia ein. Dann hob er sein beschlagenes Glas, nickte seinen beiden Gästen zu und genehmigte sich einen tiefen Schluck.

»So liebe ich es. Champagner trinkt man einfach so, ohne dieses schreckliche Schnuppern, Gurgeln und Schmatzen, wie es die Rotweintrinker zelebrieren. Was möchten Sie von mir? Einen Überblick über die Situation auf dem Kunstmarkt? Kein Problem, es wird Zeit, dass offen geredet wird.«

›Der öffnet alle Scheunentore, damit wir mit Karacho durchrennen und die wichtigen Dinge am Rande übersehen‹, dachte Bernhardt und nahm sich vor, seinen Blick auch nach rechts und links schweifen zu lassen.

»Lieber Herr Zacher – offen reden? Nichts lieber als das. Mir scheint nämlich, dass in diesem Fall von Anfang an mit gezinkten Karten gespielt wurde. Gehen wir also die Besetzungsliste durch. Unser verblichener Kunstfreund Wessel, auf geht's, ich höre Ihre offene Rede.«

»Lieber Herr Bernhardt, mit Verlaub, die Schärfe Ihres Tons ist überflüssig, ich erlaube mir, darauf hinzuweisen, dass ich eine solche Ansprache nicht schätze. Sie fragen nach Wessel, und Sie nähern sich gleich dem schwarzen Loch, wenn ich so sagen darf, in dieser Geschichte. Alle wussten, ach nein, das ist schon zu viel gesagt, alle hatten eine leise Ahnung, dass es diesen Wessel gab, aber keiner kannte ihn. Sie können es glauben oder nicht. Der hatte sich perfekt abgeschottet. Dass der in dieser Hütte in Pankow lebte, wusste niemand. Man hatte nur eine vage Vorstellung, was er Jahr für Jahr alles in den Handel brachte.«

»Man sprach nicht darüber?«

»Doch, doch. Aber mehr so in der Art: Wird schon seine Ordnung haben, am besten, man rührt nicht daran. Der Markt ist gefräßig, der hat einen brutalen Hunger wie ein sibirischer Tiger nach einem harten Winter.«

Cornelia Karsunke übernahm die Rolle des verständnisvollen Nachfragers, die sonst Cellarius spielte.

»Sie sprechen immer von: man. Dürfen wie Sie nach Ihrer Rolle fragen auf diesem Markt?«

»Dürfen Sie, verehrteste Kommissarin, dürfen Sie. Sehen Sie: Ich bin auf diesem Markt nicht als Händler tätig, natürlich kaufe ich ab und zu ein Kunstwerk, das ich liebe, ohne Liebe geht sowieso gar nichts, aber das mache ich als Privatmann, quasi. In diesem ganzen überhitzten Betrieb nehme ich eine beratende Funktion wahr in meiner Rolle als ein Liebhaber der Künste. Ich schaffe die Voraussetzungen für große Ausstellungen, ich schaffe Verbindungen zwischen den wichtigen Kunstzentren, ich knüpfe Netzwerke zwischen den Menschen, die Entscheidungen treffen. Das Ganze geschieht ehrenamtlich neben der Tätigkeit in meiner Firma für weltweite Immobilienprojekte. Ich sehe mich ein bisschen als Pädagoge und, wenn es nicht so altfränkisch klänge, als jemand, der der Volksbildung und der Kunsterziehung dient.«

Bernhardt stöhnte innerlich auf.

»Sie sind also ein Mäzen, ein Wohltäter?«

Zacher fixierte Bernhardt für einen kurzen Moment. »Gar nicht schlecht erkannt, kaum übertrieben.«

»Aber Sie wollen mir nicht weismachen, dass Sie ahnungslos durch den Kunstsumpf waten?«

»Keineswegs.«

»Was ist mit Böck?«

»Was soll mit dem sein? Ein wichtiger Sammler, der viel Geld in die Hand nimmt und dessen Ziel es ist, seine Sammlung irgendwann den staatlichen Museen aufzudrücken. Da sind dann Gelder von Bund und Senat gefordert, um die ›Sammlung Böck‹ in irgendeiner schön restaurierten Fabrikhalle präsentieren zu können.«

»Das klingt jetzt aber reichlich sarkastisch.«

»Ach, manche idealistischen Vorstellungen vom Wahren, Guten und Schönen verliert man schon mit der Zeit, leider.«

Cornelia Karsunke schaltete sich wieder ein und gab die Naive. »Wer ist denn noch so idealistisch wie Sie, wenn's um die Kunst geht?« Zacher schaute sie etwas ungläubig an, und Cornelia Karsunke nutzte die Pause. »Vielleicht Daniela Fliedl?«

Zacher entspannte sich sofort.

»Sie ist ein absoluter Amateur. Wenn man so will: ein Groupie, mehr nicht.«

Bernhardt übernahm. »Und was ist mit Suhrbier, dem Maler und Fälscher?«

»Ein Spinner.«

»Ein Spinner, der nach eigener Aussage Hunderte von Bildern in Umlauf gebracht hat, die jetzt irgendwo hängen, auch in Museen.«

»Nicht mein Problem.«

Ein kurzes Zögern, dann ging Zacher in die Offensive. »Ihre Fragen beweisen mir, verzeihen Sie, dass Sie auf dem Holzweg sind. Wenn Sie wirklich wissen wollen, wie die Geschäfte Ihres toten Wessel liefen, fragen Sie doch Walter Müllereisert.«

Bernhardt war klar, dass Zacher die ganze Zeit darauf gewartet hatte, diesen Stein ins Wasser zu werfen. Gregor Schmatz, der Galerist, hatte mit seiner Attacke gegen Müllereisert auf dem Böck'schen Fest offenbar gewisse Hemmschwellen eingerissen.

»Das ist doch mal eine Ansage. Warum sollen wir Müllereisert ins Visier nehmen?«

Zacher sprach nun, als hätte er die Sätze auswendig gelernt.

»Müllereisert macht uns seit Jahren zunehmend Sorgen. Ich und viele andere Kunstliebhaber und Kunstexperten sind der Meinung, dass er weltweit Gefälligkeitsgutachten ausstellt. Ja schlimmer und beunruhigender, dass er bewusst und gegen viel Geld Fälschungen absegnet. Es scheint uns sinnvoll, dass er aus dem Verkehr gezogen wird.«

Bernhardt spürte wieder einmal, wie ein unklares Wutgefühl in ihm aufstieg. »Warum erzählen Sie uns das? Das wissen wir alles. Mehr oder weniger. Wir suchen nach Motiven für einen Mord. Hatte Müllereisert eins?«

Wahrscheinlich schaute ein Pokerspieler vor der entscheidenden Ansage seinen Gegenspieler auf diese Weise an: kühl, abschätzend, mit halbgeschlossenen Augenlidern. Was hast du auf der Hand, Zacher, fragte sich Bernhardt, einen Great Flush oder einen Royal Flush?

Zacher verzögerte geschickt und spielte dann aus.

»Angeblich hat ein großer Unbekannter, nennen wir ihn einfach mal Wessel, nicht mehr geliefert. Bitte verstehen Sie mich richtig: Das ist ein Gerücht, durch nichts belegt. Und dieses wabernde Gerücht geht so weiter: Aljona Schwartz und ihr Experte Müllereisert waren aufgeschmissen, denn sie hatten wohl bei den großen Auktionshäusern wichtige Lieferungen angekündigt und saßen unvermittelt auf dem Trockenen.«

»Wichtige Lieferungen?«

»Na ja, von wirklich Großen. Picasso, Gauguin, van Gogh.«

Bernhardt sah vor seinem inneren Auge Wessels Schatzkammer. Da hingen die Großen. Angenommen, der Mörder hätte es wirklich auf diese Bilder abgesehen? Dann war er jetzt aufgeschmissen. Die Bilder hingen versteckt im Haus, und er hatte sie nicht gefunden. Und die anderen

Bilder in den Räumen, der Brueghel im Obergeschoss? Die waren unangetastet. Gab's da kein Interesse?

Wollte Zacher von sich selbst ablenken? Warum versuchte er, Schwartz und Müllereisert ans Messer zu liefern? Bernhardt war unsicher.

»Woher wissen Sie, dass Schwartz einen großen Coup vorhatte?«

»Ich darf wiederum darum bitten, mich richtig zu verstehen. Das sind Gerüchte und Spekulationen. Ich verbürge mich für nichts, auch nicht für die Aussage, dass die beiden dem Suhrbier ein Angebot für eine exklusive Zusammenarbeit gemacht haben.«

Bernhardt unterdrückte das Wutrauschen, das in ihm aufstieg.

»Was soll das heißen? Ich denke, der Suhrbier ist ein Spinner? Und jetzt unterstellen Sie, dass er am ganz großen Rad mitdreht? Sie säen hier einen Verdacht, den Sie überhaupt nicht belegen können.«

Zacher lehnte sich in seinem Freischwinger entspannt zurück, griff nach der Champagnerflasche und goss sich sein Glas wieder voll. Dann trank er mit provozierender Ruhe und schmeckte mit einem verzückten Lächeln nach.

»Ich muss doch nichts belegen, lieber Herr Hauptkommissar. *Sie* müssen das. Ich höre dies und das, und ich bin inzwischen der festen Überzeugung, dass quasi aus hygienischen Gründen den schlimmsten Auswüchsen auf dem Kunstmarkt Einhalt geboten werden muss.«

Cornelia Karsunke drehte das Champagnerglas, aus

dem sie nicht getrunken hatte, zwischen Daumen und Zeigefinger.

»Und Sie meinen, wenn Aljona Schwartz und Walter Müllereisert ausgeschaltet sind, wird alles wieder gut?«

»Keineswegs, meine Liebe.«

Täuschte sich Bernhardt, oder blähte sich Zacher gerade ein bisschen auf?

»Wo sind Schwartz und Müllereisert?«

»Lieber Herr Bernhardt, ich bin nicht das Kindermädchen der beiden. Die sind auf Geschäftstour und residieren wie immer im Hotel de Rome. Reicht Ihnen das?«

Tatsächlich, er blähte sich immer mehr auf. Und Bernhardt wusste nicht, was er dagegen unternehmen sollte.

Der Abschied gefiel Bernhardt überhaupt nicht. Er erinnerte sich an seine Zeit als Boxer: Die schlimmsten Kämpfe waren diejenigen gewesen, bei denen man selbst keine Treffer setzen konnte, weil das Gegenüber zu schnell war, immer wieder entwischte, selbst aber im Wegdrehen kurze Nadelstiche setzte, die noch nicht einmal weh taten, die einen aber schlecht aussehen ließen. Und so war's zwischen ihnen und Zacher gelaufen. Er ärgerte sich über sich selbst, aber mehr noch darüber, dass er sich ärgerte. Verdammt, sie waren nicht richtig im Spiel. Dieses missliche Gefühl verfolgte ihn noch den ganzen Tag.

Und seine Laune wurde nicht besser, als Cellarius ihn anrief und mitteilte, dass Aljona Schwartz früher als geplant in ihrem Privatjet nach Wien gestartet war. Als einziger Gast an Bord: ein Herr Walter Müllereisert.

Bernhardt rief gleich bei Anna Habel an, um sie zu informieren, dass die Maschine wahrscheinlich bald in Schwechat landen würde.

Anna war in Bestform. »Hätt'st gleich mitfliegen sollen. Wie kommst du jetzt hierher?«

31

„Glaubst du, Vidur Shanker hat was damit zu tun?«
Kolonja goss Anna und sich Kaffee ein.

»Ich glaube nicht, er hat kein Motiv. Und er wirkt ehrlich.«

»Was erzählen wir bei der Pressekonferenz?«

»Nur das Notwendigste. Dass es sehr wahrscheinlich ist, dass der Brueghel falsch ist und der echte in Berlin hängt. Und dass der Grafenstein irgendwie in den Austausch der Bilder involviert war. Außerdem gehst du allein zur Pressekonferenz.«

»Ich? Ja, bist du denn verrückt geworden? Und warum kommst du nicht mit?«

»Ich will momentan nicht so in die Medien.«

»Wieso das denn?«

»Weil... halt.«

»Weil... Moment mal! Du hast deinem Kunsthändler immer noch nicht gesagt, wer du bist!«

»Ja, nein, es hat sich nicht ergeben.«

»Spinnst du komplett? Was denkst du dir eigentlich dabei? Vielleicht hat er sogar was damit zu tun!«

»Warum sollte er? Wenn ein Friseur ermordet wird, sind auch nicht automatisch alle anderen Friseure tatverdächtig.«

»Das weißt du einfach. Weibliche Intuition oder was?«
»Nenn es, wie du möchtest.«
»Das ist völlig unprofessionell, und das weißt du auch.« Kolonja drehte sich so schwungvoll um, dass ein Teil seines Kaffees aus der Tasse schwappte. Er ignorierte die Pfütze und ließ Anna einfach stehen.

»Das können Sie vergessen!« Helmut Motzko war hereingekommen und ließ sich auf seinen Schreibtischstuhl fallen. »Wissen Sie, was er gesagt hat?«
»Nein, ich weiß nicht, was er gesagt hat.«
»Er hat gesagt, wir sind komplett verrückt. Wir können es vergessen. Das hat er gesagt.«
Kolonja sah Anna fragend an.
»Ich habe Motzko zum Hofrat geschickt wegen dieser Aljona Schwartz. Die kommt ja heute nach Wien.«
»Der arme Herr Motzko.« Kolonja grinste ein wenig süffisant.
»Ja, der hat mir ganz schön den Kopf gewaschen. Ob ich nicht wüsste, dass die Dame amerikanische Staatsbürgerin sei und eine der reichsten Personen überhaupt und dass man die nicht einfach so vorladen könne und und und...«
»Ja, das habe ich befürchtet. Also auf dem offiziellen Weg ist da nichts zu holen. Wir müssen versuchen, auf andere Weise an die Dame ranzukommen. Vielleicht war sie ja letztes Wochenende in Wien. Ich wüsste zwar jetzt nicht, was sie für ein Motiv hätte, aber sie ist momentan das einzige Verbindungsglied zwischen diesem toten Berliner und dem toten Grafenstein. Deshalb müssen wir ihr

wirklich ernsthaft auf den Zahn fühlen und bis an den Nerv gehen.«

»Nur weil sie beide kannte, heißt das ja noch lange nicht, dass sie ihn umgebracht hat, oder?« Gabi Kratochwil brachte sich ins Gespräch ein und das auch noch mit einer kritischen Bemerkung, was Anna Habel augenblicklich wütend machte. Aber sie hielt an sich.

Ein kurzer Moment des Schweigens legte sich über die kleine Truppe; es war, als würden alle kurz innehalten und nachdenken, was als Nächstes zu tun wäre.

»Frau Kratochwil, Sie finden jetzt mal raus, wann diese Frau Schwartz landet. Sie müssen keine Passagierlisten durchschauen, die kommt mit dem Privatflugzeug. Dann nehmen wir uns den Lebensgefährten vom Grafenstein noch mal vor. Der wusste doch garantiert, dass sein Liebster krumme Dinger gedreht hat. Wir bestellen den hierher und ziehen die Samthandschuhe aus. Kolonja, du bereitest dich auf die Pressekonferenz vor. Du sagst einfach so wenig wie möglich, also musst du gar nicht lügen. Vielleicht kannst du ein wenig bluffen, so tun, als wären wir auf einer heißen Spur. Eventuell wird der Täter dann nervös und macht einen Fehler. Ich ruf jetzt diesen Gföhler noch mal an, ihr wisst schon, den Rahmenmacher, vielleicht weiß der doch ein bisschen mehr.«

»Ja, und deinen Kunsthändler? Solltest du den nicht auch noch ein wenig anzapfen?«

»Auf den hast du dich aber eingeschossen. Ja, den knöpf ich mir auch noch mal vor.«

»Was heißt hier noch mal? Bis jetzt bist du doch nur mit dem essen gegangen.«

Anna warf ihrem Kollegen einen scharfen Blick zu und wechselte rasch das Thema. »Habt ihr schon was von der Kollegin aus der Kulturgutfahndung gehört?«

»Ja, die ist unten und verhört gerade Herrn Shanker.« Als hätte man sie gerufen, flog auch schon die Tür auf, und Nina Rathner stand im Zimmer. Ihre kurzen Haare standen in alle Richtungen, auf den Wangen zeichneten sich rote Flecken ab, sie sah aus, als wäre sie in einen Gewittersturm geraten. »Das ist ja echt Wahnsinn. Die haben einfach den Brueghel ausgetauscht. Wir haben ja schon vieles erlebt, aber das ist ja echt der Gipfel! Im Museum ein Bild austauschen.«

»Na ja, so sicher ist das Museum auch nicht. Ich erinnere nur an das berühmte Salzfass. Wusste der Shanker denn, ob das schon mal vorgekommen ist?«

»Er meint, es war das erste Mal, zumindest wo er dabei war. Der ist eigentlich unschuldig. War einfach nur zum falschen Zeitpunkt da.«

»Ja, und wollte sich bereichern. Andererseits, wer würde da nein sagen, mal schnell mit Wegschauen fünftausend Euro abkassieren.«

»Was machen wir jetzt mit dem?«

»Ich würde sagen, wir lassen ihn gehen. Anzeige läuft, geständig ist er auch, und er darf das Land nicht verlassen. Der ist eh gestraft genug, der findet so schnell keinen neuen Job mehr.«

»Wissen Sie denn schon, was es mit dem kleinen Brueghel auf sich hat? Dem mit den Schweinen aus dem Schlafzimmer der alten Dame?«

»Tja, der dürfte echt sein. Das Auktionshaus Perlhuber

hat seinen noch mal genau untersucht und ziemlich peinlich berührt festgestellt, dass es eine Fälschung ist. Wenn auch eine sehr gute, wie der Geschäftsführer extra betont hat.«

»Und woher haben die den?«

»Gekauft. Irgendwo in Berlin. Und es gibt zwei unabhängige Gutachten. Dreimal dürfen Sie raten, von wem das eine ist.«

»Ich glaub, ich weiß sogar, von wem das zweite ist.« Anna blätterte in den Notizzetteln, die sie während der Telefonate mit Bernhardt vollgekritzelt hatte. »Moment, ich hab's gleich. Also der erste ist wohl Grafenstein, und heißt der zweite zufällig Walter Müllereisert?«

»Bingo. Woher wissen Sie das?«

»Ich weiß es einfach. Nein, im Ernst, ich glaube, wir haben da was echt Großes ausgehoben. Die haben da reihenweise Bilder fälschen lassen und ausgetauscht. Wir wissen nur nach wie vor nicht, warum es bei diesem fröhlichen Bilderringelreihen zwei Mordopfer gegeben hat.«

Die Truppe löste sich auf, und jeder versuchte, so gut es ging, seine Aufgaben zu erledigen. Kolonja war, nachdem er sichtlich nervös Stichworte auf kleine Zettelchen geschrieben hatte, zur Pressekonferenz aufgebrochen. Helmut Motzko rief Grafensteins Lebensmenschen Wiedering an und bestellte ihn unverzüglich ins Präsidium, und Gabi Kratochwil hing in irgendwelchen telefonischen Warteschleifen des Flughafens Wien-Schwechat fest.

Anna wählte die Nummer des Rahmenmachers, doch es lief nur das bereits bekannte Tonband. »Hallo, hier ist wieder mal Anna Habel, ich hätte noch ein paar Fragen, würden Sie mich bitte zurückrufen!«

Plötzlich sprang Gabi Kratochwil von ihrem Schreibtischstuhl auf. »Ha! Vielleicht habt ihr doch recht mit eurer Aljona Schwartz!«

»Gibt es was Neues?«

»Die Dame ist gerade mit ihrem Learjet in Schwechat gelandet. Und der überaus freundliche Herr am Flughafen hat mir noch etwas erzählt!«

»Sie schmuggelt ein Bild?«

»Das weiß ich nicht. Nein, die Maschine ist das letzte Mal am Freitagabend in Wien gelandet, es waren zwei Personen an Bord. Ich meine, zwei Personen und der Pilot. Und wisst ihr, wann die zwei wieder zurückgeflogen sind?«

»Nein, wissen wir nicht.«

»Am Sonntagmittag.«

»Das heißt, die Schwartz war übers Wochenende in Wien.«

»Jawohl. Sieht ganz so aus.«

»Und Grafenstein ist am Samstag ermordet worden.«

»Ja, und Wessel am Sonntagabend. Geht sich wunderbar aus.«

»Das kann kein Zufall sein.«

»Kann schon, aber ich glaub eher, das ist eine heiße Spur.«

»Die einzige, die wir haben.«

»Ich ruf gleich noch mal Berlin an! Wir brauchen Unterstützung.«

Anna Habel versuchte im Telefongespräch mit Thomas Bernhardt ruhig zu bleiben. Sie fühlte sich wie ein Jagdhund, der Fährte aufgenommen hat. Auch er wurde ganz leise, als sie ihm erzählte, dass Aljona Schwartz wohl übers Wochenende in Wien gewesen war.

»Und da seid ihr ganz sicher?«

»Wir haben die Auskunft vom Flughafen.«

»Jetzt schnappt ihr sie.«

»Ich fürchte, es ist zu wenig, um den Hofrat umzustimmen. Er hat keine Lust, sich in irgendwelche internationalen Dinge reinziehen zu lassen. Kannst du nicht kommen? Wir schnappen uns die Tussi gemeinsam.«

»Ich werde schauen, was sich machen lässt. Wir haben nichts gegen sie in der Hand, keine Zeugen, keine Fingerabdrücke.«

Annas Handy klingelte – Ernest Gföhler. »Du, Thomas, warte mal kurz, ich ruf dich gleich wieder an. Da kommt gerade ein Gespräch rein, das ist vielleicht wichtig.«

»Alles klar.«

Anna legte auf und nahm das Gespräch auf dem Handy entgegen.

»Meine liebe Frau Habel, womit kann ich dienen?«

»Ich wollte Ihnen was mitteilen.«

»Ja, was denn?«

»Der Brueghel im Museum ist wirklich gefälscht. Gleich werden Sie es über die Presse erfahren.«

»Wie sind Sie da jetzt so schnell draufgekommen? Sind Sie sicher?«

»Ja, ziemlich sicher. Wir haben ein Geständnis eines Mitarbeiters des Museums. Und wissen Sie was? Herr Grafenstein war der Drahtzieher.«

Am anderen Ende der Leitung herrschte Schweigen.

»Herr Gföhler? Sind Sie noch dran?«

»Ja.«

»Wissen Sie etwas darüber? Ich meine, Sie kannten ihn seit vielen Jahren, oder? Sind Ihnen da nie irgendwelche Unregelmäßigkeiten aufgefallen?«

»Nein, nie!«

»Könnte es sein, dass Herr Grafenstein Gutachten gefälscht hat?«

»Wie kommen Sie denn darauf? Sie können doch dem armen Mann jetzt nicht alles in die Schuhe schieben, nur weil er tot ist und sich nicht mehr wehren kann?«

»Wir schieben dem gar nichts in die Schuhe. Wir wissen sicher, dass er das Brueghel-Bild ausgetauscht hat. Wir wissen nur nach wie vor nicht, wer ihn aus dem Weg geschafft hat. Ich würde Sie gerne noch mal sprechen.«

»Wir sprechen doch gerade.«

»Ich meinte, persönlich sprechen.«

»Sie können jederzeit bei mir vorbeikommen. Sie wissen ja, wo Sie mich finden. Aber heute passt es nicht so gut, wie wär's mit morgen?«

»Nein, Herr Gföhler, diesmal geben wir dem Ganzen einen etwas offizielleren Anstrich. Sie kommen bitte morgen um neun Uhr dreißig ins Präsidium, Berggasse 39. Pünktlich.«

»Sehr gerne, Frau Inspektor. Ganz wie Sie meinen.«

Ernest Gföhler behielt seinen betont höflichen Ton bei, und Anna merkte, wie sie immer wütender wurde. Sie hatte das Gefühl, als hätten sich diese ganzen Kunstfuzzis zusammengetan, um sie nach Strich und Faden zu verarschen.

Kaum hatte sie aufgelegt, läutete es wieder, und irgendwie hörte Anna schon am Klingelton, dass es ihr Vorgesetzter war.

»Frau Habel, bitte in mein Büro!«

Er sah nicht gut aus, der Hofrat Hromada. Tiefe Schatten unter den Augen, die Gesichtsfarbe blass-grünlich. Anna machte sich auf einen der berüchtigten Ausbrüche des Hofrats gefasst, doch ihrem Chef schien die Kraft zu fehlen.

»Frau Habel, was ist das für ein vermaledeiter Fall? Haben Sie irgendeine Idee, wer diesen armen Herrn auf dem Gewissen hat?«

»Ideen hätte ich schon ein paar. Aber wie diese ganze Bildervertauschaktion mit dem Mord zusammenhängt, das erschließt sich uns noch nicht.«

»Und Sie sind sicher, dass der Grafenstein da mit drinsteckte?«

»Was heißt mit drinsteckte?! Wahrscheinlich war er der Drahtzieher des Ganzen. Zusammen mit diesem toten Berliner.«

»Könnte es nicht doch ein Verbrechen aus Leidenschaft gewesen sein? Irgendetwas, das mit dieser Schwulenszene zu tun hat?«

»Ja, ich weiß, das hätten Sie gerne. Da muss ich Sie, fürchte ich, enttäuschen. Wir haben keinerlei Hinweise in diese Richtung.«

»Sind Sie mir nur vorsichtig im Kunsthistorischen, ich bitte da sehr um Feingefühl. Mich haben schon einige angerufen und mir ihre Besorgnis mitgeteilt.«

»Aha?«

»Ja, ja, ich weiß, Sie missbilligen diese Seilschaften. Sie haben aber auch ihre Vorteile.«

»Ja, für Männer.« Anna murmelte den letzten Satz, der Hofrat quittierte ihn mit einem Zucken der rechten Augenbraue.

»Um noch mal auf diese Aljona Schwartz zurückzukommen, Herr Motzko hatte Sie ja schon um eine Vorladung gebeten...«

»Vergessen Sie es! Ich leg mich doch nicht mit den Amerikanern an. Nur weil die Dame zufällig beide Mordopfer kannte! Im Übrigen haben Sie keinerlei Beweise, dass die zwei Straftaten etwas miteinander tun haben.«

»Wir wissen inzwischen aber, dass Frau Schwartz zum Zeitpunkt des Mordes an Herrn Grafenstein in Wien war und zum Zeitpunkt des Mordes an Herrn Wessel in Berlin.«

»Das beweist doch gar nichts. Da könnten Sie wahrscheinlich die Passagiere eines halben Air-Berlin-Fluges zum Verhör bestellen. Da fliegt man doch ständig hin und her. Nein, Frau Habel, ich kann Ihnen unter keinen Umständen die offizielle Erlaubnis erteilen, diese Frau... wie heißt sie noch gleich...«

»Schwartz. Aljona Schwartz.«

»...diese Frau Schwartz zu molestieren. Also, nicht offiziell!«

Hatte sie gerade richtig gehört? Nicht offiziell? Hieß das, sie sollte diese Frau auf eigene Faust in die Mangel nehmen? Vielleicht konnte sie, wenn sie sich beeilte, Aljona Schwartz noch am Flughafen abpassen. Anna stand auf. »Gut, dann muss ich das wohl akzeptieren.«

»Sie halten mich bitte auf dem Laufenden. Was wir brauchen, sind Ergebnisse! Was ist eigentlich mit diesem Kollegen aus Berlin, diesem Bernhardt? Kann der nicht kommen und Sie ein wenig hier unterstützen? Ich mein, die deutschen Kollegen könnten diese Amerikanerin doch befragen. Das ist diplomatisch viel geschickter.«

»Sie werden lachen, er überlegt sich gerade, ob er herkommen soll.«

»Gut, Frau Habel. Dann auf, auf! Ergebnisse, habe ich gesagt. Das kann ja wohl nicht sein, dass wir nach so vielen Tagen noch immer völlig im Dunkeln tappen.«

Mit diesen Worten öffnete der Hofrat die Tür und scheuchte Anna aus seinem Büro.

Für die Aktion im Flughafen brauchte Anna Kolonjas Hilfe, alleine würde sie das nicht schaffen.

Als sie den Polizeiwagen vor dem Kunsthistorischen parkte, kam ihr in den Sinn, dass sie Bernhardt vergessen hatte. Sie schloss das Auto ab und drückte die Berliner Nummer.

»Wolltest du mich nicht gleich zurückrufen?«

»Der Chef hat mich zu sich zitiert.«

»Und?«

»Nichts und. Ergebnisse will er, ganz rasch. Aber ich darf dabei niemandem auf die Zehen steigen. Der hat wohl Angst, dass er aus seiner Freimaurerloge rausfliegt.«

»So was gibt es noch? Und was ist jetzt mit der Aljona?«

»Die ist gelandet. Der Hofrat hat total Schiss vor den Amerikanern und möchte offiziell nichts machen. Aber er hat das Wort ›offiziell‹ so verdächtig betont. Vermutlich wollte er mir damit sagen, dass ich es inoffiziell versuchen soll.«

»Traust du ihm das zu?«

»Auf jeden Fall. Er hat Angst um seinen Posten. Und will trotzdem schnellen Erfolg. Wenn seine vorlaute Chefinspektorin ein bisschen außer der Reihe ermittelt, ohne dass er davon weiß, ist ihm das wahrscheinlich ganz recht. Wenn's schiefgeht, kann er es auf mich schieben.«

»Und lässt du dich drauf ein?«

»Ich tu alles, um in diesen Fall endlich Bewegung zu bringen. Ich bin schon unterwegs zum Flughafen, um mir diese Aljona Schwartz zu schnappen.«

»So gefällst du mir, Anna, die Kämpferin. Hör zu, ich hab mir was überlegt. Ich komme nach Wien, und wir knöpfen uns die Lady gemeinsam vor.«

»Toll! Hast du eine Genehmigung?«

»Ja, so eine halboffizielle. Ich fliege wegen einer wichtigen Zeugenbefragung nach Wien. Glaubst du, mein Freudenreich kriegt das bei deinem Hromada durch, dass ich da offiziell legitimiert bin?«

»Ich glaub schon. Der hat sogar schon nach dir gefragt, der hält dich ja seit unserem Burgtheater-Fall sowieso für 'ne große Nummer. Dem ist alles recht, wenn nur dieser Fall zu den Akten gelegt werden kann.«

»Okay, ich komme mit der letzten Maschine, und morgen frühstücken wir im Imperial. Das wäre doch gelacht, wenn wir da zu zweit nicht vorwärtskämen. Ich lande um zweiundzwanzig Uhr fünfunddreißig.«

»Gut, ich hol dich ab. Hast du ein Hotel?«

»Brauch ich ein Hotel? Ich glaube, das ist zu kurzfristig, es gibt sicher keines mehr.«

Anna hörte sein Lachen in der Stimme und spürte, wie ihr Herz einen leichten Sprung machte. Sie freute sich auf ihn. »Ja, wahrscheinlich hast du recht, es ist alles ausgebucht. Aber ich hab ja ein Sofa.«

»Schön, dass du mich daran erinnerst. Wo bist du eigentlich? Es hört sich nicht nach Auto an.«

»Ich steh vor dem Kunsthistorischen, ich hole Kolonja von der Pressekonferenz ab, er soll mich zum Flughafen begleiten. Es ist Wahnsinnswetter hier. Quasi Sommer.«

»Ja, hier auch. Zur Freude meines Heuschnupfens.«

Sie beendeten das Gespräch, und Anna freute sich, ihren Kollegen am Abend zu sehen.

Sie zog Kolonja durch die Reportermeute nach draußen.

»Und, wie lief's?«

»Ich glaub, ich konnte alle Fallstricke vermeiden. Aber beim nächsten Mal bist du wieder dran. Ich muss das nicht haben.«

»Du hast es bestimmt gut gemacht. Komm! Wir müssen los.«

»Wohin denn? Ich hab Hunger, ich hab noch nichts zu Mittag gegessen.«

»Wir müssen zum Flughafen, Aljona Schwartz abholen.«

»Hast du eine Genehmigung?«

»Nein. Wir versuchen es einfach. Inoffiziell. Vielleicht hat sie ja Lust, mit uns zu plaudern.«

»Spinnst du? Glaubst du wirklich, wir kommen einfach so an die ran?«

»Wer nicht wagt, hat schon verloren. Wir müssen uns beeilen.«

Am Flughafen angekommen, stellte Kolonja den Wagen direkt vor der Ankunftshalle ab. »Hast du eine Ahnung, wo Privatflugzeuge landen?«

»Na, da draußen auf dem Flugfeld irgendwo.«

»Ja, aber wo die Herrschaften reinkommen?«

»Ich nehme an, beim normalen Ausgang. Komm, wir fragen einfach jemanden.«

Ein Sicherheitsbeamter bestätigte ihre Meinung, und Anna und Kolonja postierten sich vor dem Ausgang, der wie immer einen Strom von Menschen ausspuckte. Seit der Flughafen umgebaut worden war, kam man durch eine große automatische Tür und konnte dann rechts oder links gehen. Kolonja platzierte sich auf der einen und Anna auf der anderen Seite. Sie hatten sich bei der halsbrecherischen Fahrt nach Schwechat noch mal ein Bild von Aljona Schwartz angesehen, und nun blickten sie vor allem den weiblichen Fluggästen forschend ins Gesicht. Kaum hatten sie sich in Stellung gebracht, hörte Anna einen kurzen Pfiff und sah, wie Kolonja ihr aufgeregt zuwinkte. In seine Richtung bewegte sich eine schmale, große Frau in einem schwarzen Etuikleid; unter einem eleganten Hütchen lugten ein paar blonde Haare hervor. Allein am Gang konnte man erkennen, dass es sich hier um jemanden mit Geld und Einfluss handelte, jemanden, der ganz selbstverständlich über dieser Masse an Normalsterblichen stand. Als Anna die beiden massigen Typen im schwarzen Anzug sah, die die Frau links und rechts in einem Meter Abstand flankierten, war sie sicher: Das war die Zielperson. Sie drängelte sich durch die wartenden Menschen und stellte sich Aljona Schwartz in den Weg. »Entschuldigen Sie? Frau Schwartz? Kann ich Sie kurz sprechen?«

»Wer sind Sie? Was wollen Sie von mir?« Perfekt geschminkte Augen sahen auf Anna herab, und der Mund verzog sich, als würde ein hässlicher Straßenköter vor ihr stehen. »Lassen Sie sich von meinem Sekretär einen Termin geben.«

»Frau Schwartz, ich habe nur eine Frage! Was fällt Ihnen ein zu Dr. Theo Wessel und Josef Grafenstein?«

Obwohl Aljona Schwartz nichts gesagt hatte, traten die beiden Muskelpakete vor und rempelten Anna wie beiläufig an. Ein Außenstehender hätte es kaum bemerkt, aber Anna strauchelte, und ihre Schulter schmerzte heftig. Kolonja stand direkt hinter ihr und fing sie geistesgegenwärtig auf, sonst wäre sie wohl unsanft auf dem harten Fliesenboden gelandet. Das Ganze ging sehr schnell, niemand sagte ein Wort, und als Anna sich wieder gefasst hatte, war das Trio schon fast am Ausgang. Kolonja hielt Anna davon ab hinterherzulaufen. »Komm, hör auf. Das bringt doch nichts. Die lassen dich nicht an sie ran. Lass uns zurückfahren.«

Anna schäumte vor Wut, musste Kolonja aber recht geben, die ganze Aktion war völlig sinnlos gewesen. Sie würde es morgen zusammen mit Bernhardt im Imperial noch einmal versuchen, hier gab es nichts mehr zu tun.

Vom Auto aus rief Anna im Büro an, aber niemand meldete sich. Nach endlosem Klingeln wurde sie mit der Zentrale verbunden. »Hallo, hier ist Habel. Ich wollte eigentlich einen meiner Kollegen sprechen, Kratochwil oder Motzko, und bin bei Ihnen gelandet.«

»Ja, Moment mal, ich schau, ob ich sie wo erreichen kann.« Das Gespräch wurde in eine Warteschleife geschaltet, und Anna hörte zum ersten Mal bewusst die nervtötende Musik. »Hallo? Frau Habel? Ja, die sind gerade bei einer Befragung. Der Herr Motzko ruft Sie gleich zurück.«

»Danke.«

Da klopfte es auch schon in der Leitung, Helmut Motzko klang erschöpft.

»Und wie kommt ihr voran?«

»Gar nicht. Erst hat er wieder rumgeflennt, und nun beschimpft er uns, dass wir das Andenken seines Verflossenen in den Dreck ziehen. Kommen Sie bald?«

»Ja, wir sind noch am Flughafen. In spätestens einer halben Stunde sind wir da. Haltet durch, und lasst ihn noch nicht gehen.«

»Ja, wir machen eine kleine Pause und warten auf Sie.«

In dem kleinen Verhörzimmer saß Christian Wiedering auf einem der harten Stühle. Seine Augen blitzten wütend auf, als Anna den Raum betrat, und die Flecken auf seinen Wangen wurden noch ein wenig röter.

»Warum halten Sie mich hier fest? Was soll diese ganze Fragerei?«

»Herr Wiedering, Sie haben doch auch gehört, dass die

Niederländischen Sprichwörter im Kunsthistorischen Museum vertauscht worden sind und dass Herr Grafenstein mutmaßlich der Drahtzieher der Aktion war. Sie können uns nicht erzählen, dass Sie davon nichts gewusst haben. Das war sicher nicht das erste Bild, das Ihr Liebster ausgetauscht hat. Wer waren seine Abnehmer, und wie kam er an diese perfekten Fälschungen? Sie müssen sich doch gewundert haben, wo der ganze Reichtum herkam!«

»Gewundert? Ha! Wir waren immer schon wohlhabend. Wir stammen beide aus einer Familie mit altem Geld und wussten beide, wie man es gut anlegt. Das könnt ihr euch gar nicht vorstellen, ihr kleinkarierten Beamtenseelen.«

»Na, na, na, jetzt werden Sie mal nicht frech hier! Ihr Lebensgefährte hat wahrscheinlich seit Jahren falsche Gutachten geschrieben, gefälschte Bilder unter den Hammer gebracht und zig Leute betrogen, und Sie wollen von all dem nichts gewusst haben? Sagen Sie, Herr Wiedering, haben Sie vielleicht Angst? Wissen Sie etwas, haben Sie eine Vermutung? Sprechen Sie mit uns, wir können Sie schützen. Es ist doch auch in Ihrem Interesse, wenn wir den Mörder Ihres Lebensgefährten fangen.«

Annas letzter Satz ließ Christian Wiedering ein wenig ins Schwanken geraten. Er tupfte sich mit einem großen weißen Taschentuch die nasse Stirn und sagte tonlos: »Ich hab wirklich nichts gewusst.«

»Aber geahnt?«

»Na ja, ich hab mir manchmal gedacht, dass da irgendwas nicht mit rechten Dingen zugeht. Und letzte Woche war er ein wenig nervös, der Josef.«

»Was wissen Sie über das kleine Brueghel-Bild, das Sie bei Frau Löwenthal aufgehängt haben?«

»Ich hab da gar nichts aufgehängt. Das war der Josef. Wieso, was ist damit?«

»Wir überprüfen gerade die Echtheit des Bildes. Wissen Sie, wo Herr Grafenstein das herhatte?«

»Keine Ahnung, es war auf einmal da. Stand eine Zeitlang einfach so rum bei uns in der Abstellkammer. Und auf einmal hat er darauf bestanden, dass wir es ganz rasch zu Frau Löwenthal bringen. Als wollte er es loswerden.«

›Siehst du, geht doch‹, dachte Anna. »Hat er Namen genannt, hatte er vor jemandem konkret Angst.«

»Nein, nein, er war nur etwas angespannt. Und er erzählte von einem Riesengeschäft, das er vorhatte. ›Wenn das klappt, mein Lieber‹, sagte er, ›dann fahren wir richtig schön in Urlaub.‹ Drei Monate auf St. Barth, einer kleinen karibischen Insel, meinte er, würden uns guttun. Und dann machte er noch den Witz, dass wir uns dort ja auch eine kleine Strandvilla neben Mick Jagger kaufen könnten und eine schöne Yacht dazu.«

»Vielleicht war's gar kein Witz? Und mit wem er dieses Geschäft geplant hatte und worum es sich drehte, verriet er nicht?«

»Nein, er sprach nur einmal von einem amerikanischen Sänger, der wie verrückt alles kaufen würde, was mit *good old Europe* zu tun habe.«

Anna fragte immer und immer wieder nach, doch Christian Wiedering schien wirklich nicht mehr zu wissen. Die Abendsonne schien bereits schräg durchs Fenster, und Anna fühlte sich erschöpft und hungrig.

»Gut, Herr Wiedering. Sie können gehen. Sie dürfen jetzt auch wieder in die Wohnung, aber bitte verreisen Sie nicht. Und halten Sie sich zur Verfügung. Sollte irgendetwas Ungewöhnliches passieren, rufen Sie mich sofort an.«

Als der schlaffe Wiedering endlich aus dem Büro getapst war und die Tür hinter sich geschlossen hatte, schaute Anna Habel in die Runde.

»So, meine Lieben. Schluss für heute. Ich fahr mal nach Hause, und später hole ich Thomas Bernhardt am Flughafen ab. Morgen schaffen wir gemeinsam den Durchbruch, bestimmt.«

Erleichtert verabschiedeten sich die Kollegen, und wenn sie sich wunderten, dass der Berliner kam, dann ließen sie es sich nicht anmerken.

32

Als Anna in der Straßenbahn saß, fühlte sie eine bleierne Schläfrigkeit. War das die berühmte Frühjahrsmüdigkeit, die bei ihr einfach ein wenig später einsetzte, oder machte sie dieser Fall so fertig? Sie erinnerte sich an ihren Traum von heute Nacht und dass sie wirklich schlecht geschlafen hatte, als sie der SMS-Ton ihres Handys aus den Gedanken riss. *Hunger?* Richard Oberammer hatte es sich wohl zur Aufgabe gemacht, sich um Annas Essensversorgung zu kümmern. Sie musste lachen und schrieb zurück. *Ja.* Zwei Sekunden später klingelte das Telefon: »Ich hol dich ab! Wie lange brauchst du?«

»Ui, da hat's ja einer eilig. Ich bin gerade auf dem Heimweg. Eine Viertelstunde.«

»Gut, sag mir, wo ich hinkommen soll. Und nimm dir eine Jacke mit und ordentliche Schuhe. Wir machen einen Ausflug.«

»Jawohl, mein Herr und Gebieter. In einer Stunde am Kutschkermarkt? An der Ecke beim Oberlaa.«

»Sehr schön.« Er klang sanft und freundlich, und Anna spürte wieder dieses Ziehen im Magen. Dass Bernhardt kam und sie sich vor kurzem noch darüber gefreut hatte, war ihr in diesem Moment entfallen. Zu Hause zog sie ein langärmeliges T-Shirt und ihre Sportschuhe an. Als sie im Badezimmer stand und ein wenig resigniert an ihren Haaren herumzupfte, kam Florian herein. »Oh, du bist zu Hause?«

»Bin gleich wieder weg. Hab mich nur umgezogen.«

»Was machst du denn?« Florian sah ihr zu, wie sie sich die Wimpern tuschte.

»Ich geh mit einem Bekannten essen.«

»Einem neuen Bekannten?«

»Ja, mein Sohn. Einem neuen Bekannten. Und was machst du?«

»Lernen. Und dann geh ich früh ins Bett. Ich hab doch morgen die Schularbeit in Französisch.«

»Dann wünsch ich dir einen schönen Abend.«

»Das wünsch ich dir auch.«

Pünktlich stand sie an der vereinbarten Ecke, zwei Minuten später hielt ein schwarzes Cabrio mit quietschenden Reifen, und Oberammer streckte sich durch den Wagen, um Anna die Tür zu öffnen.

»Ich bin beeindruckt! Was ist das denn für ein Auto?«

»Mercedes. 190 SL, Baujahr 1962. Ist in die Geschichte eingegangen als Nitribitt-Auto. Kennst du die Geschichte von Nitribitt?«

»Klar, das war so eine Edelprostituierte, die ermordet wurde. Die halbe deutsche Regierung war ihre Kundschaft.«

»Na, du kennst dich ja aus. Fast könnte man meinen, du seist Juristin, nicht Ärztin.«

»Wohin fahren wir denn?« Anna blickte seitlich aus dem Fenster, damit Oberammer nicht sah, wie rot ihre Wangen geworden waren.

»Lass dich überraschen. Wir machen eine kleine Landpartie.«

»Aber nicht zu weit. Ich muss heute noch jemanden vom Flughafen abholen.«

»Wann?«

»Um halb elf.«

»Wie schade. Da haben wir nicht so viel Zeit, wie ich gehofft hatte. Wer kommt denn?«

»Ein alter Freund aus Berlin.«

»Wie alt und wie Freund?«

»Alt genug und einfach nur Freund. Jetzt sag schon, wo fahren wir hin?«

»Jetzt entspann dich doch mal, es ist nicht mehr weit.«

Sie fuhren quer durch den achtzehnten Bezirk, vorbei am Pötzleinsdorfer Schlosspark, und als sie in Neustift am Walde angelangt waren, dachte Anna, sie würden zum Heurigen gehen. Aber Oberammer fuhr noch ein Stück weiter, durch die Agnesgasse in die Sieveringer Straße. An einem kleinen Bach parkte er das Auto.

»Komm, jetzt gehen wir ein Stück. Du musst dir dein Essen heute verdienen.«

Sie gingen einen schmalen Weg den Bach entlang, und nach wenigen Minuten waren sie im Wald. Wie so oft wunderte sich Anna, wie schnell man aus Wien rauskam. Sie waren gerade mal eine Viertelstunde von der Innenstadt weg und befanden sich im dichtesten Wald. Richard Oberammer ging in zügigem Tempo, und Anna musste sich ein wenig anstrengen, um Schritt zu halten.

Nach ungefähr einer halben Stunde kamen sie auf eine Lichtung, die malerisch ins Abendlicht getaucht war. Mitten auf einer Wiese befand sich das sogenannte Oktogon, ein beliebtes, hochpreisiges Ausflugslokal. Anna war vor vielen Jahren bei einem runden Geburtstag einer Nachbarin hier eingeladen gewesen, war aber damals mit dem Auto angereist, den Weg durch den Wald kannte sie nicht.

Der riesige, achteckige Raum war ziemlich leer, nur wenige Gäste saßen an den weißgedeckten Tischen. Oberammer bestellte für sie beide Weißwein und Eierschwammerlrisotto, sie redeten wenig, hingen ihren Gedanken nach. Die Aussicht war sensationell, direkt vor dem Lokal lagen Weinberge, und man hatte einen phänomenalen Blick auf das dahinterliegende Wien.

Anna hatte das Gefühl, dass Richard Oberammer nicht so zugewandt war wie die letzten Male, als sie sich getroffen hatten. Anna kam nicht recht klar mit ihm.

»Bist du müde?«

»Ach, ein wenig erschöpft. Ich habe schlecht geschlafen.«

»Ich auch.«

»Na, dann hätten wir uns ja zusammentun können.« Er fuhr mit dem Finger abwesend über Annas Handrücken. »Warum hast du schlecht geschlafen?«

»Ich musste nachdenken.«

»Worüber?«

»Über ... über, na alles.«

»Hey, mach dir keinen Stress mit uns. Es ist alles gut.«

»Nein, das ist es nicht. Ich muss dir was sagen.«

»Ja?« Er lehnte sich ein wenig in seinem Stuhl zurück und sah sie erwartungsvoll an.

»Zweimal Eierschwammerlrisotto?« Der Kellner stellte

schwungvoll zwei große Teller vor sie hin, und sie begannen beide in ihrem Risotto herumzustochern.

»Was wolltest du mir sagen? Dass du glücklich verheiratet bist und drei Kinder hast?«

»Nein, natürlich nicht. Es ist komplizierter.«

Richard lachte auf. »Komplizierter? Was könnte komplizierter sein.«

Anna holte tief Luft. »Ich bin gar keine Radiologin.«

»Du bist keine Radiologin?«

»Nein.«

»Was bist du dann? Bankräuberin, Trickbetrügerin?«

»Nein, das Gegenteil. Ich bin bei der Kriminalpolizei.«

»Du bist was?«

»Ich bin Chefinspektorin bei der Kriminalpolizei, Abteilung Leib und Leben.«

»Das ist nicht dein Ernst, oder?«

»Leider doch. Ich kann dir alles erklären.«

»Das wirst du auch müssen, meine Liebe.« Richard Oberammer schob mit einer entschiedenen Bewegung sein Risotto von sich und trank einen großen Schluck Weißwein.

»An dem Abend, als wir uns kennengelernt haben, da war ich sozusagen als verdeckte Ermittlerin unterwegs. Ich ermittle im Fall Josef Grafenstein.« Anna machte eine kurze Pause und sah ihr Gegenüber erwartungsvoll an. Richard Oberammer schwieg.

»Also, ich war mit Ernest Gföhler bei dieser Auktion. Wollte einfach ein bisschen das Milieu kennenlernen, ein wenig Kunstluft schnuppern. Und dann bist du mir dazwischengekommen. Irgendwie hab ich dann nicht mehr gewusst, wie ich das erklären soll. Ich meine, ich konnte ja nicht ahnen, dass wir uns näherkommen... so nahe.«

Richard Oberammer sah aus dem großen Fenster, sein Blick schweifte über die Stadt, über die sich die Dämmerung gelegt hatte. Dann gab er sich einen Ruck, wandte sich Anna zu und lächelte sie an. »Aber so richtig gut lügen kannst du nicht. Ich hab dir das mit der Radiologin eh nicht abgekauft. Irgendwie hast du nichts Medizinisches an dir.«

»Bist du böse?«

»Böse, böse? Nein, böse nicht. Ein wenig erstaunt. Und an den Gedanken, dass du Polizistin bist, muss ich mich erst gewöhnen.«

»Ist ein ganz normaler Beruf, wie jeder andere auch.«

»Na ja. Und du triffst dich mit mir, weil du mich aushorchen willst?«

»Nein, natürlich nicht. Ist eher ein blöder Zufall, dass du dich in dem Umfeld bewegst, das in meinem aktuellen Fall eine Rolle spielt. Obwohl... was hast du denn vergangenes Wochenende getan?« Anna lachte nervös und hoffte, dass die Frage nicht allzu ernst klang.

»Du fragst mich nach meinem Alibi?«

»Nein, vergiss es. Es ist nur... weil du das Opfer ja auch kanntest. Aber wir werden den Fall bald gelöst haben, und dann ist alles gut.«

»Habt ihr denn eine Spur?«

»Das darf ich dir nicht erzählen. Aber du hast doch sicher heute aus den Medien gehört, dass der Grafenstein anscheinend ein übler Betrüger war.«

»Ja, Wahnsinn. So hätte ich den nicht eingeschätzt. Glaubst du, das hat was mit seinem Tod zu tun?«

»Da spricht einiges dafür. Ich habe das Gefühl, wir sind ziemlich nah dran, heute Nacht kommt noch mein Kollege aus Berlin. Apropos«, sie warf einen Blick auf die Uhr. »Wir sollten los.«

Wie auch die letzten Male übernahm Richard Oberammer die Rechnung, und als sie aus dem Restaurant traten, war es merklich kühler geworden. In der Stadt unter ihnen gingen die Lichter an, und Richard legte einen Arm um Annas Schultern. »Du brauchst ja nicht mehr als eine halbe Stunde zum Flughafen, oder?«

»Nein, ich sollte um zehn von zu Hause weg.«

»Dann zeig ich dir noch was Schönes.«

Sie gingen etwa zehn Minuten abwärts, ließen den berühmten Baumkreis rechts liegen, und plötzlich tauchte mitten im Wald eine kleine weiße Kapelle auf, mit hohen schmalen Fenstern und spitzen Türmchen.

»Wie schön! Wo sind wir hier?«

»Das kennst du wirklich nicht? Das ist die Sisi-Kapelle. Wurde anlässlich der Vermählung von Kaiser Franz Joseph und Sisi erbaut. Und, besonders romantisch: Sie dient auch gleichzeitig als Grabstätte für den Architekten und seine Frau. Hier, schau, an der Südseite ist eine Gruft.«

Anna wunderte sich wieder einmal darüber, wie schlecht sie ihre Wahlheimatstadt kannte. Als sie als Studentin aus Oberösterreich gekommen war, hatte sie eher die urbanen Gegenden ausgekundschaftet, die Lokale und Kinos, die Bezirke, in denen etwas los war. Der grüne Gürtel rund um Wien war ein blinder Fleck für sie, immer wieder war sie überrascht, wie die einzelnen Teile zusammenhingen. Ihre Freundin mit Hund schwärmte ihr immer wieder von den Waldstücken und Wanderwegen vor und wollte sie zum Mitkommen bewegen, doch nie hatte Anna Zeit, und wenn sie freihatte, war sie zu müde oder zu faul. Sie nahm sich fest vor, das in Zukunft zu ändern, und sah sich schon an der Seite von Richard Oberammer den Wienerwald durchstreifen. Inzwischen waren sie einen kleinen Pfad entlanggegangen, es war jetzt fast schon dunkel, doch ihr Begleiter schien den Weg blind zu kennen.

»Du kennst dich richtig gut aus hier, oder?«

»Ja, meine Eltern hatten im neunzehnten Bezirk einen Garten, ich hab hier meine Sommer verbracht und war ständig hier oben unterwegs. Kommst du?«

Anna tappte halbblind hinter Oberammer her, der Wald wurde immer dichter, der Weg schmaler, sie konnten nicht nebeneinander gehen.

»Wir sind aber einen anderen Weg raufgegangen, oder? Bist du sicher, dass wir so zum Auto kommen?«

»Vertraust du mir nicht?« Er blieb so abrupt stehen, dass Anna gegen seinen Rücken prallte. Er drehte sich um, nahm sie in die Arme, und der Kuss, den er ihr gab, war lang und intensiv. Nach ein paar endlosen Sekunden hatte Anna weiche Knie. »Doch, natürlich vertrau ich dir.«

»Schön. Ich bring dich sicher nach Hause, keine Angst.«

Nach weiteren zehn Minuten bergab hatte Anna jegliche Orientierung verloren. Sie sah nur, dass das Gelände sich verändert hatte, es war steiniger geworden. Neben ihr ging es ziemlich steil nach unten, allerdings war es bereits zu dunkel, um zu erkennen, wie tief die Schlucht war. Langsam fand sie die Situation etwas seltsam. »Ich glaube, ich möchte lieber umkehren. Lass uns doch den Weg nehmen, den wir hergekommen sind.«

Da drehte sich Oberammer erneut um, stellte sich Anna in den Weg und hielt sie an den Oberarmen fest. »Und du glaubst, ich bin komplett blöd, oder was?«

»Was meinst du?« Ein Frösteln durchzog sie, und sie versuchte ein wenig zurückzuweichen.

»Du glaubst, ich nehme dir das ab? Dass du dich ganz unschuldig dreimal mit mir triffst? Dass du keine Ahnung hast?«

»Richard, spinnst du? Was ist denn? Lass mich sofort los! Was machst du denn, du tust mir weh!«

»Dir wird gleich nichts mehr weh tun, du verlogene Schlampe. Du glaubst, weil du eine Frau bist, kannst du dir alles erlauben?«

Den berühmten Polizeigriff hatte Anna schon öfter angewendet, allerdings immer als Ausführende. Als ihr Richard Oberammer den rechten Arm schmerzvoll auf den Rücken drehte, sah sie klar und deutlich die Skizze aus dem Lehrbuch vor ihrem inneren Auge. Sie wurde nach vorne gedrängt, und plötzlich sah sie einen Abgrund. Sie sah ihn nicht deutlich, es war mehr ein Spüren, sie wusste einfach, dass er da war, wusste, dass es ganz knapp vor ihr ziemlich weit nach unten ging, sie atmete flach vor Angst und Panik. Deeskalation, sagte sie sich, du hast es mit einem Verrückten zu tun, du musst mit ihm sprechen, ihn ablenken, ihn auf deine Seite ziehen.

»Was ist los Richard? Du verwechselst mich mit jemandem, oder? Ich meine, da ist doch etwas zwischen uns, das spürst du doch auch.« Ihre Worte kamen stoßweise, ihre eigene Stimme klang fremd.

»Natürlich ist da was zwischen uns. Es tut mir ja auch leid um dich. Aber du hast doch nur gespielt mit mir, du wusstest doch von Anfang an, wer ich bin!«

»Dass du was warst? Wovon sprichst du? Was meinst du?«

»Du bist dir wohl ganz schlau vorgekommen, dich als Kunstsammlerin auszugeben. Und wie du mir dann so beiläufig erzählt hast, dass du deine Therme vom Rauchfangkehrer überprüfen lassen musstest. Weil du Angst hattest.«

Anna versuchte trotz aufsteigender Panik klar zu denken. Konnte sie so blind gewesen sein? Konnte sie so bescheuert sein? Das würde ja bedeuten, dass... Nein... das konnte nicht sein. Oder doch? Dass Richard Oberammer der Mörder war, den sie suchte?

»Du hast dich mit Grafenstein getroffen und seine Gastherme manipuliert? Und dann, dann bist du nach Berlin geflogen...«

Anna versuchte sich ein wenig zu drehen, ihrem Angreifer ins Gesicht zu blicken, doch sein Griff verstärkte sich, sie hörte ein Knacken in ihrem Arm, erst Sekunden später kam der Schmerz. Inzwischen hatte er seine zweite Hand in ihre Haare gekrallt und zerrte ihren Kopf schmerzhaft nach hinten.

»Jetzt tu nicht so scheinheilig, du wusstest es doch von Anfang an. Du hattest nur keine Beweise, und da dachtest du, ich tappe dir in die Falle. Aber jetzt bist leider du in die Falle getappt, und aus der kommst du nicht mehr raus.«

Anna konnte nur noch flüstern. »Warum? Warum hast du das gemacht?«

»Sie haben mich betrogen! Sie haben mir jahrelang gefälschte Bilder angedreht und damit mein Lebenswerk –«

»Aua, bitte lass mich los!«

»Sie haben mein Lebenswerk zerstört. Meine gesamte Sammlung ist wertlos geworden durch die Fälschungen, die sie mir untergeschoben haben.«

Anna sah nur noch eine Möglichkeit: Sie musste ihm recht geben, sich auf seine Seite stellen. »Du musst jetzt vernünftig sein... Bitte, Richard, ich versteh doch, dass du rot gesehen hast, die beiden sind doch die Verbrecher! Du hast quasi im Affekt gehandelt... Bitte, lass mich... Du machst alles nur noch schlimmer!«

»Wir müssen uns jetzt leider verabschieden. Und so dumm bin ich nicht. Ha! Im Affekt! Das glaubst du doch selber nicht. Ich habe alles minutiös geplant, habe mich beim Grafenstein eingeladen, weil ich wusste, dass der Christian übers Wochenende weg ist. Es war ganz leicht, die K.-o.-Tropfen zu bekommen, am Karlsplatz schmeißen sie dir das Zeug nach. Und die Therme, die war so alt, das hätte wirklich ein Unfall sein können.«

»Und dann bist du nach Berlin geflogen?«

Er hatte den Griff ein wenig gelockert, Anna holte Luft.

»Ja, mit der ersten Maschine. Der Wessel hat sich richtig gefreut, mich zu sehen. Wir haben sogar noch den Tag zusammen verbracht und schön gegessen. Seine Pistole hatte der offen rumliegen, der Trottel. Ich glaub, er war ziemlich überrascht, als ich sie auf ihn gerichtet habe. Tja, meine Liebe, es wäre nett gewesen, wenn wir uns unter anderen Umständen kennengelernt hätten. Ich find dich nämlich echt sexy. Aber leider war es der falsche Zeitpunkt. Auf Wiedersehen, Frau Doktor.«

Zunächst war es eine Erleichterung, der Kopf war plötzlich frei, der Schmerz im Arm weg, und einen kurzen Moment glaubte sie, alles würde gut werden. Erst nach einigen Sekunden realisierte Anna, dass gar nichts gut werden würde, denn sie befand sich in freiem Fall. Richard Oberammer hatte sie an den Rand des Sieveringer Steinbruchs geführt; ein kleiner Stoß hatte gereicht, um Anna das Gleichgewicht verlieren zu lassen. Sie spürte, wie Äste ihre Arme und ihr Gesicht zerkratzten, hatte das Gefühl, endlos tief zu fallen, und dann, endlich, war Schluss. Schwarze Finsternis, Ruhe – und keine Schmerzen mehr.

33

Es war genau halb elf, als Thomas Bernhardt in Wien landete. Noch im Flugzeug hatte er sein Handy wieder eingeschaltet und lief jetzt mit großen Schritten die langen Gänge des Flughafens ab. Er war ein wenig hungrig, obwohl er ausnahmsweise sogar den von der Stewardess angebotenen Cracker gegessen und ein Bier getrunken hatte.

Freudenreich war bezüglich seiner Reise nach Wien skeptisch gewesen, doch nachdem sie in Berlin so gar nicht weiterkamen, hatte er schließlich eingewilligt. »Aber morgen Abend kommst du wieder zurück, verstanden? Dass du mir keinen Unsinn machst. Und keine Kosten verursachst. Wir haben hier ein striktes Sparprogramm.«

»Keine Sorge, ich wohne privat, und die paar Wiener am Würstelstand zahl ich selber. Morgen bin ich wieder da, und dann kannst du dich um diese internationalen Haftbefehle und die ganzen diplomatischen Verwicklungen kümmern.«

»Bist du dir so sicher, was diese Aljona Schwartz betrifft?«

»Ja, eigentlich schon. Die Frage ist nur, ob wir sie dingfest machen können, die hat ja einen ganzen Apparat um sich.«

Im Flugzeug hatte er ein wenig vor sich hin gedöst und nachgedacht, warum er so sicher war, dass diese Aljona etwas mit dem Fall zu tun hatte. Eins war klar: Ihre Flüge von Wien nach Berlin und umgekehrt machten sie höchst verdächtig. Außerdem kannte sie beide Mordopfer. Nun gut, morgen würden sie die Dame mit Fakten konfrontieren, und früher oder später würde sie gestehen.

Thomas Bernhardt ging durch die Automatiktür und blickte sich um. Was würde sie wohl anhaben, seine geschätzte Wiener Kollegin, die Anna? Er sah sie nirgends. Vermutlich kam sie jeden Moment schnaufend um die Ecke mit irgendeiner fadenscheinigen Entschuldigung auf den Lippen. Er wartete zehn Minuten, inzwischen war nur noch eine Handvoll Leute da, und langsam kroch der Ärger in ihm hoch. Ein paarmal schon hatte er versucht, Anna zu erreichen, doch das Handy klingelte ins Leere. Die Thekenkraft bei McDonald's schaute ihn müde an, als er sich einen Becher Kaffee holte. Da merkte man doch wieder, was für eine provinzielle Stadt dieses Wien war, selbst der Flughafen schien um dreiundzwanzig Uhr einzuschlafen. Nach einer geschlagenen Dreiviertelstunde konnte Thomas Bernhardt seine Wut nur mühsam bändigen. Sie hatte ihn einfach vergessen. War wahrscheinlich auf dem Sofa eingeschlafen. Da erinnerte er sich, dass er die Nummer ihres Sohnes eingespeichert hatte, und Bernhard scrollte durch sein Handy. Florians Stimme klang verschlafen. »Hallo? Wer ist da?«

»Hallo Florian. Ich bin's, Thomas Bernhardt aus Berlin. Entschuldige, dass ich so spät anrufe, ich möchte gern mit deiner Mutter sprechen.«

»Ja, schön. Warum rufst du sie nicht an?«

»Hab ich ja versucht. Schon seit fast einer Stunde, aber sie hebt nicht ab. Weißt du, wo sie ist?«

»Wie spät ist es? Schon fast halb zwölf, na, ich nehme an, die schläft.«

»Kannst du mal schauen, ob sie zu Hause ist?«

»Ja, okay. Bleib dran.«

Bernhardt hörte, wie das Telefon abgelegt wurde, alle Geräusche klangen gedämpft, er stellte sich vor, wie Florian sein Hochbett runterkletterte und über die Holzdielen den Gang entlang in Annas Schlafzimmer tappte. Eine halbe Minute später war er wieder dran. »Sie ist nicht da.«

»Okay? Weißt du, was sie heute Abend vorhatte?«

»Ja, sie hatte«, Florian zögerte kurz, »sie hatte ein Date.«

»Weißt du, mit wem?«

»Nein, keine Ahnung. Sie war nur ziemlich aufgeregt.«

»Offensichtlich voll im Liebesrausch. Entschuldige bitte, ich ärgere mich nur gerade ein wenig.«

»Schon gut. Versteh ich. Nimm dir ein Taxi, und komm her. Du kannst gerne hier auf sie warten.«

»Nein, danke, das ist nett, aber ich geh ins Hotel. Schlaf weiter jetzt, und entschuldige die Störung.«

Vor dem Flughafen standen ein paar Taxifahrer neben ihren Autos und rauchten. Als Bernhardt auf das erste in der Reihe zuging, warf der Fahrer die Kippe auf den Boden und öffnete die hintere Wagentür. Bernhardt nahm Platz, und als der Chauffeur einstieg, schwappte ein Schwall nikotingeschwängerte Luft ins Wageninnere.

»Wo soll's denn hingehen, da Herr?«

»In die Stadt, bitte.«

»Aufs Land wär' ma ned foan. Hamma auch a Adresse?«

Thomas Bernhardts Laune verschlechterte sich mit jeder Sekunde, und er knurrte den Fahrer an. »Hotel Regina. Währinger Straße. Gibt es einen Pauschalpreis?«

»I bin ja kein Reisebüro. Da schaun S' her: Ich schalt den Taxometer ein, und es kostet, was es kostet.«

Zum Glück bekam er problemlos ein Zimmer. Er zog die Schuhe aus, schaltete den Fernseher ein und holte sich ein Bier aus der Minibar. Inzwischen hatte er bestimmt fünfzigmal auf Anna Habels Handy angerufen, sie antwortete nicht. Um halb eins gab er auf, stellte den Wecker auf halb acht und fiel in einen unruhigen Schlaf.

34

Als Thomas Bernhardt am nächsten Morgen um kurz nach acht die Berggasse in Richtung Polizeidienststelle ging, war er so wütend, dass er nicht wusste, wie er Anna gegenübertreten sollte. Das erübrigte sich auch, denn sie war nicht in ihrem Büro. Robert Kolonja war als Einziger schon da und ging ihm entgegen, als er ins Büro trat. »Guten Morgen! Wie schön, Verstärkung vom Deutschen. Kaffee?«

»Ja, gerne.«

»Wo hast du denn die Anna gelassen?«

»Ich? Wieso ich? Ich hab sie nirgendwo gelassen.«

»Wollte sie dich nicht abholen?«

»Ja, eigentlich schon. Aber sie ist nicht aufgetaucht.«

»Das ist komisch. Wo war die denn? Warte, ich rufe sie mal an.«

»Viel Glück, das hab ich die ganze Nacht probiert.« Es klingelte endlos, niemand ging ran.

Kolonja legte wieder auf. »Sie wird schon auftauchen und eine Erklärung haben.«

»Das hoffe ich für sie.«

»Womit fangen wir an?« Kolonja schaute Bernhardt erwartungsvoll an.

»Die Idee war, dass Anna und ich ins Imperial fahren

und versuchen, an diese Aljona Schwartz ranzukommen. Wir müssen ihr zu verstehen geben, dass wir von ihren Beziehungen zu Wessel und Grafenstein wissen, und auch, dass sie zum Zeitpunkt der Morde in der jeweiligen Stadt war. Wir müssen sie provozieren und dann schauen, was sie sagt.«

»Sie wird nichts sagen. Sie hat ihre Gorillas dabei, die haben uns gestern richtig schön abprallen lassen.«

»Ihr habt sie schon gesehen?«

»Ja, wir haben sie am Flughafen überrascht, aber das hat gar nichts gebracht. Und selbst wenn wir heute ein paar Takte sagen könnten: Ich mein, die stellt sich doch nicht hin und sagt: ›Oh, wie dumm, dass Sie mir auf die Schliche gekommen sind, und ja, es tut mir leid, ich hab die beiden umgebracht, weil sie mich betrogen haben.‹ Wir brauchen Beweise.«

»Die werden wir schon noch liefern. Wir brauchen auf jeden Fall ihre Fingerabdrücke und natürlich Einblick in ihre Finanztransaktionen. Was hältst du davon, wenn wir Motzko vorschicken? Er kann ja mal unauffällig die Lage sondieren.«

»Wenn er da überhaupt reinkommt. Das Imperial ist ein superschicker Schuppen, unsereinen lassen die gar nicht rein, da wirst du schon vorher unauffällig abgepflückt vom Portier und Konsorten... Aber probieren kann er's ja, es schadet sicher nicht.«

»Motzko ist so unauffällig, den bemerkt keiner, selbst wenn er mitten durchs Zimmer marschiert.«

Helmut Motzko hatte den letzten Satz noch gehört, als er zur Tür reinkam. Er reagierte nicht darauf, begrüßte

Bernhardt schüchtern und verneinte verwundert, als er gefragt wurde, ob er etwas von Anna gehört habe.

Alle blickten auf, als Bernhardts Handy klingelte, doch es war nicht die vermisste Kollegin, sondern die B.-Z.-Blondine, wie Bernhardt sie nannte, wenn er sie ärgern wollte.

»Mensch, Sina, guten Morgen! Was verschafft mir denn die Ehre zu dieser Stunde?«

»Ich wollte nur mal nachfragen. Gibt's irgendetwas Neues im Fall Wessel?«

»Tja, wie du weißt, darf ich dir nichts über laufende Ermittlungen erzählen. Nur so viel: Ich bin in Wien.«

»Ah, das ist ja lustig. Wien, die Drehscheibe des Kunstmarkts. Dann kannst du ja Bobby Carter treffen.«

»Bobby Carter, wer soll das sein?«

»Jetzt stell dich doch nicht so dumm. Bobby Carter, *der* Bobby Carter, der größte Bluessänger und Gitarrist aller Zeiten. Das ist doch deine Zeit!«

»Ich erinnere mich dunkel an ein paar sentimentale Songs, aber was hat der mit dem Kunstmarkt zu tun?«

»Der ist einer der größten privaten Sammler. Und ich habe gestern im Kulturteil der FAZ gelesen, dass er gerade dabei ist, seine Sammlung auszutauschen.«

»Wie, austauschen? Was soll das heißen? Komm jetzt bitte mal zum Punkt.«

»Also, wenn du jetzt unfreundlich wirst, erzähl ich dir gar nichts.«

»Entschuldigung.«

»Also, dieser Bobby Carter hat sich bisher bei seiner Sammeltätigkeit eher auf moderne Malerei konzentriert, von Warhol über Basquiat bis Damien Hirst und so weiter. Jetzt hat er genug davon und möchte umsatteln auf Klassiker der Moderne. Deswegen ist er jetzt in Wien und will da, Achtung: mit einer der einflussreichsten Galeristinnen der Welt ins Geschäft kommen.«

»Nicht schlecht. Aljona Schwartz ist in Wien und sicher die Richtige für Bobby Carter.«

»Wer weiß. Du denkst an mich, wenn du was rausfindest! Eine Hand wäscht die andere.«

»Klar, du erfährst es als Erste. Versprochen. Und morgen bin ich wieder zurück.«

Die Wiener Kollegen hatten während des gesamten Telefonats wie gebannt zugehört, und als Bernhardt das Gespräch beendet hatte, stand Kolonja bedächtig auf. »Noch Kaffee? Was ist mit Bobby Carter?«

Bernhardt fasste sein Telefonat mit Sina Kotteder kurz zusammen.

In Robert Kolonjas Gesicht stand ein großes Fragezeichen. »Und du glaubst, der Bluessänger hat mit unserem Fall was zu tun?«

»Warum nicht? Bei Wessel haben wir ja ein paar Klassiker der Moderne gefunden. Aber jetzt müssen wir erst mal Anna finden. Das gibt's doch nicht, dass die einfach nicht auftaucht.«

Kolonja gab ihm recht und übernahm dann wie selbstverständlich das Kommando. »Motzko, Sie fahren ins Imperial. Postieren Sie sich da irgendwo, und schauen Sie, ob Sie an die Schwartz rankommen. Machen Sie nichts Unüberlegtes, einfach mal die Lage sondieren, okay? Wir kommen gleich nach.«

Motzko zog ab, und Kolonja und Bernhardt warteten auf Anna. Nach einer halben Stunde waren beide sichtlich nervös. Bernhardt dachte an Anna und ihre Nacht im Keller des Burgtheaters. Sollte sie sich wieder »verlaufen« haben? Kolonja lief auf und ab und versuchte es immer wieder auf dem Handy. »Langsam mach ich mir echt Sorgen! Wann habt ihr das letzte Mal telefoniert?«

»Gestern Nachmittag.«

»Und da hat sie gesagt, dass sie dich abholt?«

»Ja, sie schien sich zu freuen, dass ich komme.«

»Und wann hat man sie das letzte Mal gesehen?«

»Florian hat sie zu Hause gesehen, da war es früher Abend, und sie wollte sich mit jemandem treffen.«

»Moment mal. Sie hat sich in den letzten paar Tagen mit einem Typen getroffen. So einem Kunstfuzzi!«

»Du meinst, diese Radiologennummer?«

»Was? Hat sie dir das auch erzählt?«

»Ja. Glaubst du denn –«

»Ich weiß es nicht. Aber es ist doch komisch, dass sie wie vom Erdboden verschluckt ist. Hat sie einen Namen erwähnt?«

»Ich glaub nicht. Zumindest erinnere ich mich nicht.«

»Was machen wir jetzt?«

»Na, sie suchen, was sonst?«

Kolonja überlegte kurz und griff zum Telefon. »Kurti, kannst du mal kommen?«

Ein paar Minuten später stand der Computer-Kurti, wie er von allen genannt wurde, im Büro. »Wo brennt's?«

»Wir vermissen die Anna. Du musst uns helfen, sie zu suchen.«

»Im Computer?«

»Nein, du Depp, nicht im Computer, aber vielleicht kannst du versuchen, sie übers Handy zu orten. Geht das?«

»Ja, wahrscheinlich schon. Hat sie ein iPhone?«

»Ja, hat sie.«

»Dann brauch ich ihre Apple-ID.«

»Woher soll ich die haben?«

»Keine Ahnung. Aber ohne die kann ich es nicht orten. Lass mich mal an ihren Schreibtisch.«

Der Computer-Kurti zwängte sich auf Annas Schreibtischstuhl und begann, sämtliche Schubladen zu durchwühlen. Er blätterte das Telefonregister durch, und nach ein paar Minuten stieß er ein heiseres Lachen aus. »Hab ich's doch gewusst. Die Leute sind alle gleich leichtsinnig. Hier steht's. Hannelore. Das kann nur ein Passwort sein.«

Der IT-Kollege zauberte ein kleines iPad aus seiner Jackentasche und öffnete eine App. »Die Mailadresse von Anna, bitte.« Er tippte sie ein und das Passwort dazu, und auf dem Bildschirm wurde ein blauer Punkt sichtbar, der regelmäßig vor sich hin blinkte.

»Da haben wir es schon!« Computer-Kurti hielt ihnen triumphierend das iPad unter die Nase, auf dem sich langsam eine Landkarte aufbaute. Sie beugten sich alle drei darüber und versuchten, die Graphik zu erfassen.

»Das ist irgendwo im Wienerwald.« Kolonjas Stimme klang belegt. »Jetzt lasst mich doch mal schauen... Warte, das ist da oben in Döbling, und das da ist die Sieveringer Straße, und da, da ist nur Wald. Was macht sie da bloß?«

»Vielleicht hat sie auch nur ihr Handy an der Stelle verloren.«

Thomas Bernhardt wurde es plötzlich ganz heiß. Etwas war passiert, kein Zweifel. Warum sollte Annas Telefon im Wienerwald liegen und sie nicht auftauchen? »Mein Gott, was bin ich für ein Trottel, warum hab ich nicht gleich Alarm geschlagen, als sie gestern nicht erschienen ist?«

»Warte.« Kolonja hatte das Bild auf die Satellitenansicht umgestellt. »Schau, das Braune da! Was ist das?«

»Sieht aus wie Felsen. Gibt es da Berge?«

»Da ist doch der Steinbruch! Der Sieveringer Steinbruch. Da haben wir als Jugendliche immer illegal gegrillt.«

»Wie kommt man da hin?«

»Mit dem Auto. Ist nicht weit, ungefähr eine Viertelstunde.«

»Also los.«

Thomas Bernhardt staunte, wie schnell der behäbige Wiener Kollege sich bewegen konnte. Er rannte förmlich die Treppe runter, Bernhardt hatte Mühe hinterherzukommen. Sie organisierten blitzschnell einen uniformierten Kollegen mitsamt Polizeiauto und rasten mit Blaulicht die Liechtensteinstraße rauf. Der Berliner verlor rasch die Orientierung, immer wieder wurde er in die Lehne des Rücksitzes gedrückt, wenn der Mercedes plötzlich beschleunigte.

Zehn Minuten später hatten sie die Stadt hinter sich gelassen, und der Kollege parkte das Auto am Straßenrand. »Weiter kommen wir nicht.«

Der blaue Punkt auf dem iPad blinkte ruhig und gleichmäßig vor sich hin, und die beiden Kriminalbeamten starrten wie gebannt darauf.

»Da hoch!« Thomas Bernhardt wies mit dem Kopf in Richtung eines kleinen Waldweges und öffnete die Wagentür. Zu dritt machten sie sich an den Aufstieg, das iPad dicht vor der Nase. Thomas Bernhardt verfluchte die großen Steine und Äste, die im Weg lagen. Als sie dem Punkt schon ziemlich nahe waren, begannen sie zu rufen. Kolonja war völlig außer Atem, der Schweiß lief ihm in Strömen übers Gesicht. Bis auf Vogelgezwitscher war nichts zu hören. Plötzlich lichtete sich der Wald, und sie standen vor beeindruckend hohen sandfarbenen Felsen. »Da. Das ist der Sieveringer Steinbruch«, sagte Kolonja, »und hier ist auch der blinkende Punkt. Eigentlich müssten wir draufstehen.« Kolonja versuchte vergeblich, das Satellitenbild noch näher heranzuzoomen. »Wir müssen da hoch, hier, diesen Weg entlang, und dann von oben runterschauen. Wart, ich ruf noch mal an.«

Sie hörten es alle drei gleichzeitig, und auch wenn es nur ein Handyklingelton war, klang es in ihren Ohren geradezu gespenstisch. Ganz schwach, irgendwo über ihnen, war ein zartes Ringring zu vernehmen. Bernhardt versuchte, an der brüchigen Felswand hochzuklettern. Robert Kolonja und der junge Fahrer sahen ihm ungläubig zu, wie er sich an kleinen Vorsprüngen und dürren Ästen hochzog. Sie versuchten nicht, ihn zurückzuhalten.

Seine Ledersohlen waren denkbar ungeeignet für diesen Ausflug, aber er kämpfte sich Meter für Meter nach oben, als gäbe ihm eine höhere Macht eine fast unmenschliche Kraft. Einen Augenblick dachte er an seine Höhenangst, dachte daran, wie er bei einer seiner letzten Ermittlungen auf der Plattform eines Windrads gelegen und sich nicht runterzuschauen getraut hatte. Doch dann sah er Anna vor sich, wie sie ausgesehen hatte, nachdem sie die ganze Nacht im Keller des Wiener Burgtheaters eingesperrt gewesen war – verletzlich und klein und völlig verängstigt, ihre Kratzbürstigkeit wie weggeblasen –, und mit diesem Bild vor Augen mobilisierte er noch einmal seine gesamte Kraft und hievte sich auf den nächsten Felsvorsprung. Er hielt kurz inne, um zu verschnaufen, von unten hörte er Kolonjas Stimme, ob alles in Ordnung sei. Und da sah er sie. Zuerst nur den weinroten Turnschuh, der grotesk verdreht aus einer Jeans ragte. Er zog sich noch ein Stück hoch. Der Felsvorsprung, auf dem sie lag, war gerade so groß, dass er sich neben sie kauern konnte. Sie lag auf dem Bauch, mit dem Gesicht nach unten, den linken Arm abgewinkelt unter ihrem Körper.

Er drehte sie vorsichtig zur Seite. Knapp über dem Auge war die Haut aufgeplatzt, das angetrocknete Blut klebte am ganzen Gesicht. Thomas Bernhardt suchte Annas Puls, fand keinen und atmete seine aufsteigende Panik weg: Sie ist nicht tot. Kann nicht tot sein. Alles wird gut. Okay, noch mal. Konzentration. Und tatsächlich, an ihrem Hals fühlte er einen Puls, schwach, aber regelmäßig.

Er bettete ihren Kopf auf seinen Oberschenkel, versuchte dabei, den verrenkten Arm nicht zu berühren, und strich ihr die verklebten Haare aus dem Gesicht. »Kolonja?« Seine Stimme war kaum mehr als ein leises Krächzen. Als traute er sich nicht, laut zu rufen. Als würde er Anna sonst in ihrer Ruhe stören. Denn trotz ihrer Verletzungen sah sie irgendwie friedlich aus, als würde sie fest schlafen. Er beugte sich ein wenig vor und rief noch mal: »Kolonja?«

»Ja, verdammt! Wo bist du denn, ich kann dich nicht mehr sehen.«

»Ich habe sie gefunden. Wir brauchen einen Hubschrauber.«

Eine Stunde später waren sie schon im Krankenhaus.

Die Mannschaft des Notarzthubschraubers hatte Anna professionell abtransportiert, jemand hatte sich zu ihr abgeseilt und sie in einen schlafsackähnlichen Kokon verpackt, bevor sie langsam in den Hubschrauber hochgezogen wurde. »AKH«, hatte der Sanitäter Bernhardt durch den Lärm der Rotorblätter zugebrüllt. Bernhardt war darauf wieder die Felsen nach unten gerutscht und mit seinen beiden Kollegen zum Auto gerannt.

»Sie können jetzt erst mal gar nichts machen.« Der Arzt sah aus, als hätte er gerade 48 Stunden durchgehend Dienst gehabt. »Wir stabilisieren sie, müssen schauen, ob sie innere Verletzungen hat. Schädel-CT, Röntgen, Reflexe überprüfen, das dauert. Sind Sie ein naher Angehöriger?«

»Ich bin ein Kollege und ... Sie wird es doch schaffen, oder?«

»Es ist wirklich noch zu früh, um etwas zu sagen. Wir wollen auch noch gar nicht, dass sie aufwacht, es ist für den Körper besser, wenn sie noch eine Weile in der Tiefschlafphase bleibt. Wissen Sie denn, wie lange sie da lag?«

»Ich fürchte, die ganze Nacht. Wir wissen es nicht genau.«

Inzwischen war der Hofrat im Krankenhaus eingetroffen und rannte aufgeregt im Wartebereich auf und ab. Immerhin hatte er es trotz Personalmangel geschafft, eine Tatortgruppe in den Wienerwald zu schicken. Er stellte sich ganz dicht vor Kolonja, der zusammengesunken in einem der unbequemen Plastikstühle saß. »Wir müssen wissen, was da passiert ist! Und zwar so rasch wie möglich. Frau Habel ist da doch nicht einfach spazieren gegangen, oder? Was hat sie da oben gemacht? Hatte sie vielleicht zu viel getrunken und ist gestolpert?«

»Herr Hofrat, wir wissen es nicht. Ihr Sohn meinte, sie hätte am Abend eine Verabredung gehabt, und ich ahne auch, mit wem. Ich weiß allerdings keinen Namen.«

»Finden Sie es raus, Kolonja. So schnell wie möglich. Hat das alles mit dem aktuellen Fall zu tun?«

»Wenn wir das wüssten.«

»Na dann: hopp, hopp. Wenn die Kunstmafia unsere Anna umbringen wollte, dann ... Weiß man was von Aljona Schwartz?«

Robert Kolonja war inzwischen aufgestanden und blickte den Hofrat verzagt an. »Nein, nur dass sie in Wien ist und im Imperial wohnt. Anna hat gestern versucht, an sie ranzukommen, aber ihre Bodyguards haben sie ziemlich rüde zur Seite geschubst.«

»Ich sag Ihnen, die haben sie auch die Schlucht runtergeworfen. Vielleicht wusste die Anna schon mehr.«

»Aber wieso sollte sie mit Schwartz' Bodyguards im Wienerwald spazieren gehen?«

»Was weiß denn ich! Sie fahren jetzt mal zu dieser Dame und nehmen sie in die Mangel. Ich spür, mit der ist was faul.«

Robert Kolonja und Thomas Bernhardt betraten das Imperial und damit eine andere Welt. Nichts von der Hektik der Großstadt drang ins Foyer. Die Zeit schien stillzustehen. Klassische Musik plätscherte leise durch den Raum, alle bewegten sich zwar geschäftig, aber gemessen. Der junge Mann an der Rezeption lächelte sie freundlich an, auf seinem Namensschild stand Kevin. »Guten Tag, was kann ich für Sie tun?«

»Wir möchten gerne Frau Aljona Schwartz sprechen.«

»Haben Sie einen Termin?«

»Nein, es dauert auch nicht lange.« Kolonja legte seinen Ausweis auf den Tresen, Kevin warf einen raschen Blick darauf. »Ich bedaure, Frau Schwartz will unter keinen Umständen gestört werden.«

»Es liegt uns fern, sie zu stören. Wir müssen sie in einer sehr wichtigen Angelegenheit sprechen. Dauert nicht lange.«

»Bedaure. Sie bräuchten eine richterliche Anweisung. Irgendeinen Beschluss. Außerdem ist Frau Schwartz gar keine österreichische Staatsbürgerin, das heißt, Sie sind gar nicht zuständig.«

Bernhardt spürte wieder einmal seinen Jähzorn aufsteigen. Das Bürschchen hätte sein Sohn sein können. »Wir ermitteln in einem Mordfall und im Fall des versuchten Mordes an einer Kollegin. Frau Schwartz könnte uns womöglich weiterhelfen. Deshalb nehmen Sie jetzt das Telefon und fragen sie, ob sie zehn Minuten Zeit hat. Vielleicht möchte sie uns ja gerne behilflich sein.«

Der Hotelangestellte schien einen Moment unsicher zu werden, schüttelte dann aber entschieden den Kopf. »Meine Herren, es tut mir leid. Ich habe meine Anweisungen. Ich kann Sie nicht durchlassen.«

»Und Bobby Carter? Wäre der denn zu sprechen?«

»Ich bedaure, wir haben keinen Gast mit Namen Bobby Carter.«

»Wollen Sie nicht in Ihren Computer schauen?«

»Das ist nicht nötig, das weiß ich auch so.«

Bernhardt hätte am liebsten mit gezogener Waffe die Treppe genommen und alle Türen aufgerissen, um Aljona Schwartz aufzuscheuchen, doch bevor er ausfällig werden konnte, fasste ihn Kolonja am Ärmel und meinte: »Das hat keinen Sinn. Wir müssen uns eine Genehmigung holen. Ich hab gerade eine SMS von Motzko erhalten, er sitzt im Kaffeehaus nebenan.«

Helmut Motzko saß auf einem der zierlichen Stühle und rührte in einer Tasse Tee.

»Mensch, wir rotieren hier, und der sitzt da gemütlich und trinkt Tee.«

Bevor der junge Kollege antworten konnte, erzählten sie ihm von Anna.

Motzko stieß beinahe die Tasse um. »Mein Gott, das ist ja schrecklich. Ist sie bei Bewusstsein? Wird sie überleben?«

»Wir wissen noch nichts Genaues, müssen abwarten. Haben Sie denn was rausgefunden?«

»Ja, ich weiß inzwischen, dass Frau Schwartz in der

Fürstensuite wohnt. Die ist ganz oben, und ich weiß auch, wie man da hinkommt. Über die Fürstenstiege.«

»Na, auf geht's.« Bernhardt stürmte bereits los.

»Du willst da jetzt nicht einfach so raufgehen, oder?« Kolonja sah den Kollegen ungläubig an.

»Warum nicht? Nur mal schnell hallo sagen. Ich bin extra aus Berlin angereist, um die Dame zu sprechen.«

Sie fanden eine Treppe im hinteren Bereich des Hotels und gingen langsam die Stufen hoch. Nach mehreren Stockwerken befanden sie sich auf einer breiten Marmortreppe, die hell mit Kristalllüstern ausgeleuchtet war und an deren Ende sie eine holzgetäfelte Flügeltür erwartete. Thomas Bernhardt klopfte beherzt. Kurz darauf öffnete ein Muskelpaket und sah sie fragend an.

»Wir möchten gerne Frau Schwartz sprechen. Wir haben eine wichtige Mitteilung für sie.«

»Moment, bitte.«

Die Tür ging ein wenig zu, wurde aber nicht ganz geschlossen, und Thomas Bernhardt schob sich ein paar Zentimeter rein. Vor ihm lag eine Riesenwohnung: hohe Wände, Stuckdecken, Samtvorhänge – es sah aus, als könnte jeden Moment Kaiserin Sisi oder Fürst Metternich aus dem Badezimmer schreiten. Aus dem hinteren Bereich der Suite waren Stimmen zu hören, drei verschiedene, sie sprachen englisch. Kolonja und Motzko hielten sich schüchtern im Hintergrund, doch Bernhardt wollte sich so kurz vorm Ziel nicht mehr aufhalten lassen. Mit großen Schritten durchquerte er die Suite, doch er kam nicht weit, denn aus dem Muskelpaket waren zwei geworden, und die bauten sich jetzt vor ihm auf.

»Was wollen Sie? Niemand hat gesagt, dass dürfen Sie rein!«

»Es hat aber auch niemand gesagt, dass ich nicht darf rein. Frau Schwartz ist da hinten? Nur ein paar Fragen. Ich bin auch gleich wieder weg.«

Die beiden Gorillas waren anscheinend so verdutzt, dass sie nicht reagierten, als sich Bernhardt zwischen ihren imposanten Schultern hindurch in das kleine Separée schob, in dem drei Herrschaften ihren Kaffee zu sich nahmen. Aljona Schwartz blickte verwundert auf, einer der beiden Herren, die mit ihr am Tisch saßen, sprang auf und stieß dabei eine Tasse vom Tisch.

»Wer sind Sie, und was machen Sie hier? Wie sind Sie überhaupt reingekommen?« Sie klang nicht aufgeregt, eher überrascht. Ihre Stimme hatte etwas Rauchiges, der osteuropäische Akzent war kaum zu hören.

»Mein Name ist Thomas Bernhardt. Ich bin von der Berliner Kriminalpolizei, und hinten stehen meine Kollegen aus Wien. Wir hätten ein paar dringende Fragen an Sie, und deswegen haben wir uns gedacht, wir besuchen Sie mal im trauten Fürstenzimmer.«

»Eine Frechheit ist das! Vladimir, Sergej! Schafft sie raus!«

»Frau Schwartz, das bringt nichts. Es sind noch mehr Kollegen unterwegs, wir werden so oder so unsere Fragen stellen. Bringen wir es doch hinter uns. Und Sie sind?«

»Richard Oberammer, ich bin geschäftlich hier bei Frau Schwartz. Ich geh dann jetzt wohl besser.«

»Sie bleiben da. Und der Herr?« Er wandte sich dem

älteren Mann zu, der in seiner speckigen Jeans und dem karierten Hemd so gar nicht ins Ambiente der Luxussuite passte.

»*What the fuck is going on here?*«

»*Ah, you must be Bobby Carter. Happy to meet you. We don't want to disturb your teatime, in a few minutes we are done.*«

»*No problem, guys, take a seat.*«

»Also gut, was wollen Sie?« Aljona Schwartz schlug ihre schlanken Beine übereinander und wippte nervös mit ihren Füßen. Sie blickte Thomas Bernhardt direkt in die Augen, gerade so, als wollte sie demonstrieren, dass sie nichts zu verbergen hätte.

»Sie alle kannten Josef Grafenstein?«

»Selbstverständlich kannte ich den armen Josef.« Die stahlblauen Augen von Aljona Schwartz fixierten Bernhardt. Oberammer nickte nur und murmelte etwas Unverständliches. Der Bluesmusiker verstand kein Wort, lächelte aber freundlich in die Runde.

Der Berliner konzentrierte sich zunächst auf die Dame. »Und Sie kannten auch Theo Wessel?«

»Ja.«

»Und Sie haben mit beiden Geschäfte gemacht?«

»Ja, das habe ich.« Aljona klang genervt. »Und ich weiß auch, dass beide tot sind. Ich kann Ihnen versichern, dass ich nichts damit zu tun habe.«

»Und meine Kollegin? Die, die Sie heute Nacht umbringen wollten? Beziehungsweise Ihre beiden russischen Gorillas hier?«

Die Augen von Aljona Schwartz zogen sich zu kleinen Schlitzen zusammen. »Was erlauben Sie sich! Sie sind ja komplett verrückt.«

»Tja, leider war sie zäher, als Sie dachten. Sie hat nämlich überlebt und ausgesagt.« Bernhardt ging nun aufs Ganze.

Was dann geschah, erinnerte eher an eine Szene aus einem James-Bond-Film denn an eine harmlose Befragung im Wiener Hotel Imperial. Richard Oberammer griff plötzlich nach der Kaffeekanne und schüttete dem verdutzten Thomas Bernhardt den heißen Inhalt ins Gesicht. Dann warf er mit aller Kraft das Marmortischchen um und rannte an den beiden Bodyguards vorbei, die ihm wie in Schockstarre nachblickten. Bernhardt konnte nichts sehen, versuchte, sich den heißen Kaffee aus den Augen zu wischen, und rief: »Hinterher!« Kolonja, der noch mit Motzko in der Tür stand, reagierte prompt und wollte ihn aufhalten, wurde jedoch brutal zur Seite gestoßen. Er schlug sich den Kopf am Türrahmen und ging in die Knie. Helmut Motzko hatte eine kurze Schrecksekunde, dann zog er die Waffe, schrie: »Polizei, sofort stehen bleiben«, und rannte dem Flüchtenden hinterher.

Danach war es still in der Fürstensuite, niemand wusste, was nun zu tun war, die Situation war komplett verworren.

»Sie rühren sich nicht von der Stelle! *Don't move!*« Bernhardt blinzelte, auf einem Auge sah er etwas trüb, hoffentlich war der Kaffee nicht zu heiß gewesen. Er stürzte auf den Flur und versuchte, trotz der tränenden Augen etwas zu erkennen. Schon wollte er halbblind die Stufen nehmen, da sah er in einer Ecke einen Aufzug. Er rief ihn und wartete. Es dauerte eine halbe Ewigkeit, bis sich die Kabine endlich mit einem leisen *Ping* öffnete. Ungeduldig drückte er mehrmals hintereinander auf die Taste E, doch es half nichts, im Gegenteil, der Lift schien sich störrisch aller Hektik zu widersetzen. In jedem Stockwerk stieg noch jemand zu, und als sich ein Hotelgast mit einem großen Koffer hereindrängte, hinderten die Lichtschranken die automatische Tür daran, sich wieder zu schließen.

Als Bernhardt endlich im Erdgeschoss ankam, war von der ruhigen Bedächtigkeit in der Hotellobby nichts mehr zu spüren. Der Türsteher lehnte leichenblass an der Wand neben dem Eingangsportal, Kevin von der Rezeption brüllte ins Telefon nach einem Krankenwagen, und mehrere Schaulustige standen an der Tür und spähten hinaus. Bernhardt drängte sich durch, und da sah er den jungen Wiener Kollegen auf der Straße knien, direkt neben einer Straßenbahn der Linie D.

»Motzko! Was ist denn? Sind Sie verletzt?« Bernhardt fasste den Kollegen an der Schulter. Der drehte sich um und blickte ihn aus tränennassen Augen an. »Ich wollte das nicht... ich hätte doch nicht geschossen... aber er rannte einfach. Und blieb nicht stehen. Und dann war da plötzlich die Straßenbahn.«

Da erst bemerkte Thomas Bernhardt den Körper auf den Gleisen liegen. Besser gesagt, das, was davon übriggeblieben war. Kurz darauf trafen die uniformierten Kollegen ein, lotsten die Fahrgäste aus der Straßenbahn, möglichst so, dass sie den Toten nicht zu Gesicht bekamen. Der Straßenbahnfahrer saß auf dem Randstein, sein Gesicht war weiß wie die Wand, und er stammelte vor sich hin: »Ich war gar ned schnell. Ich weiß nicht, wo der auf einmal herkam. Ich hab nicht bremsen können. O mein Gott, dass mir so etwas passieren muss. Ich hatt' noch nie einen Unfall.«

Bernhardt legte ihm eine Hand auf die Schulter: »Sie können nichts dafür. Es ging alles zu schnell, Sie hätten nichts tun können.«

Das Handy klingelte. Thomas Bernhardt entschuldigte sich beim Straßenbahnführer und nahm ab – der Hofrat. Erst konnte ihn Bernhardt gar nicht richtig verstehen, so aufgeregt schrie er in den Apparat. »Sie müssen sofort kommen! Sie ist aufgewacht. Anna ist aufgewacht. Sie kann sprechen! Kommen Sie schnell. Die Station ist, warten Sie, im grünen Bettenturm, Station ... ach, fragen Sie an der Info. Aber kommen Sie schnell.«

»Fünf Minuten und keine Sekunde länger«, hatte die streng aussehende Ärztin zu ihm gesagt und dabei demonstrativ auf ihre Armbanduhr getippt.

Anna öffnete die Augen und sah ihn einige Augenblicke an, als würde sie ihn nicht erkennen. Dann huschte ein winziges Lächeln über ihr Gesicht. Man hatte sie gewaschen, das verkrustete Blut war weg, der Kopf in einen blütenweißen Verband gewickelt, der rechte Arm von der Schulter bis zum Handgelenk in einen imposanten Gips gelegt.

»Na hallo! Was machst du denn für Sachen? Da musst du noch ein bisschen warten, bis du die Badesaison eröffnest.«

»Wart nur, ich bin bald wieder fit. Lasst mich nur ein paar Tage schlafen.« Ihre Stimme klang verwaschen und leise, man konnte sich kaum vorstellen, dass sie eine sehr durchsetzungsfähige Person sein konnte.

»Was hast du da oben gemacht, Anna? Was ist passiert? Warst du alleine?«

»Ich schäme mich so. Ich bin so eine blöde Ziege. So naiv.«

»Was war denn? Warum?«

»Er hat mich in eine Falle gelockt. Und ich bin ihm auf den Leim gegangen.«

»Wer denn? Waren sie zu zweit? Die Russen?«

»Welche Russen? Wie kommst du denn auf Russen? Nein. Richard.«

»Richard? Ich versteh nur Bahnhof.«

»Richard Oberammer. Der smarte Kunstsammler. Ihr müsst ihn euch schnappen. Er hat Grafenstein und Wessel umgebracht, und die Schwartz muss bestimmt auch noch dran glauben. Weil sie ihm jahrelang gefälschte Bilder angedreht haben. Und ich, ich Trottel, hab nichts gecheckt. Ihr müsst ihn finden, er kann noch nicht weit sein. Ich will ihn selbst verhören, und wenn ich im Rollstuhl da hinfahren muss.«

»Du wirst ihn nicht verhören können, Anna.«

»Warum denn, spinnst du! Den schnappt ihr doch mit links.«

»Wir haben ihn bereits gefunden. Er ist tot. Was für ein beschissener Fall.«

Im selben Augenblick öffnete sich die Tür, und die Ärztin betrat das Zimmer. »Die fünf Minuten sind um,

Sie müssen jetzt gehen.« Sie sah nicht aus, als würde sie Kompromisse machen, und als Thomas Bernhardt über die Schulter zurückblickte, sah er, dass Anna die Augen bereits wieder geschlossen hatte.

35

Anna Habel hatte Glück gehabt, ihre Verletzungen waren nicht schwer. Ihre ausgekugelte Schulter war wieder eingerenkt worden, als sie noch nicht bei Bewusstsein war. Der Arm wurde mit einer straffen Bandage am Oberkörper fixiert, die Platzwunde an der Stirn genäht, und nachdem sie fast zwei volle Tage durchgeschlafen hatte, war auch die Gehirnerschütterung abgeklungen.

Thomas Bernhardt war nicht abgeflogen, noch am selben Tag hatte er Freudenreich angerufen und um ein paar Urlaubstage angesucht.

»Klar, kein Problem!«, polterte der ins Telefon. »Hast ja genügend Überstunden... und... Also, mein Lieber, ich muss schon sagen, gute Arbeit. Ihr seid ein gutes Team, du und deine Wienerin.«

Die Wienerin war etwas kleinlaut. Blass und müde lag sie in ihrem Krankenhausbett, und Bernhardt verbrachte fast den ganzen Tag bei ihr. Nur wenn sie schlief, machte er kleine Spaziergänge auf dem Gelände des AKH, aber schon nach kurzer Zeit zog es ihn immer wieder hin.

Gegen den Willen der Ärzte entließ sich Anna nach zwei Tagen selbst aus dem Krankenhaus. »Du bleibst doch noch?«, hatte sie Thomas Bernhardt gefragt und den Revers unterschrieben.

»Klar bleib ich. Jemand muss doch auf dich aufpassen.«

Anna widersprach nicht – ein Zeichen, dass sie wohl wirklich noch nicht ganz wiederhergestellt war.

Sie nahmen ein Taxi zu Annas Wohnung, und die paar Schritte durchs Stiegenhaus erschöpften sie schon derart, dass sie sich erst mal kurz auf den Stuhl setzen musste. Florian stand unsicher in der Küche, so schwach hatte er seine Mutter noch nie gesehen.

»Florian, würde es dir was ausmachen, wenn ich ein paar Tage wegfahre?«

»Nein, natürlich nicht. Ich komm schon klar.«

»Gut. Ich brauch einen kleinen Tapetenwechsel. Ein bisschen Natur und so.«

»Nimmst du mich mit?« Thomas Bernhardt hantierte mit der Espressomaschine und sah Anna nicht an.

»Was denkst *du* denn, wer fahren soll? Mit dem blöden Arm kann ich kein Auto lenken.«

»Und wohin willst du?«

»Auf den Semmering. Da ist es schön verschlafen.«

»Wunderbar. Wir trinken noch den Kaffee, dann packst du ein paar Sachen, und wir fahren sofort los.«

Während der Autofahrt waren beide schweigsam. Es hatte leicht zu regnen begonnen, und Anna betrachtete die hässliche Landschaft der Einkaufszentren, die am Seitenfenster vorbeizog. Sie suchten im Autoradio nach Musik, tauschten hin und wieder belanglose Sätze aus und vermieden beide, über die letzten Tage zu reden.

Als die Autobahn kurviger wurde und die Landschaft grüner, entspannte sich Anna zunehmend. Sie lehnte ihren Kopf an die Nackenstütze, streckte die Beine von sich und schloss die Augen. Thomas Bernhardt nahm eine Hand vom Lenkrad und legte sie Anna sachte auf den Oberschenkel. Erst nach einiger Zeit bemerkte er, dass sie weinte – Tränen tropften lautlos über ihre Wangen auf seine Hand. Er setzte den Blinker und fuhr auf den nächsten Parkplatz. Dort stellte er den Motor ab, löste beide Sicherheitsgurte und nahm Anna in die Arme. Seine Schulter war schon ganz nass, als er sie leise sagen hörte: »Ich hasse meinen Job.«

Er kramte im Handschuhfach nach einem Päckchen Taschentücher und wischte Anna das Gesicht ab. »Das wird schon wieder.«

»Ja, wahrscheinlich eh. Fahr einfach weiter.«

Irgendwann war sie eingeschlafen, hatte ihre Lederjacke zusammengerollt und zwischen Seitenfenster und Schulter geklemmt.

»Pass auf, irgendwann teilt sich die Autobahn, da darfst du nicht Richtung Graz«, hatte sie noch gemurmelt, und dann hörte Thomas Bernhardt nur mehr ihre gleichmäßigen Atemzüge und das Brummen des Motors.

Die Autobahn wurde kurviger und führte stetig nach oben, der Regen war inzwischen stärker geworden. Hin und wieder wachte Anna für einige Sekunden auf, warf einen Blick auf Bernhardt und lehnte dann wieder den Kopf gegen die Scheibe.

»Wohin soll ich eigentlich fahren?« Bernhardt hatte die Ausfahrt Semmering genommen und fuhr auf den Seitenstreifen der Fahrbahn.

»Oh, wir sind schon da? Am besten gehen wir einfach

ins größte Hotel. Da haben sie sicher ein Zimmer für uns.«

»Ich glaube nicht, dass hier alles ausgebucht ist.« Thomas blickte stirnrunzelnd in den grauen Regen.

»Sei nicht schon wieder so negativ.«

»Bin ich doch gar nicht, es ist wunderschön hier. Äh, vermute ich zumindest. Sehen kann ich nicht viel.«

Der große Parkplatz war spärlich besetzt, und sie rannten durch den Regen auf das Hotel zu. Annas Schulter pochte schmerzhaft, sie blieb kurz stehen und versuchte, den Schmerz wegzuatmen. Thomas stellte die Reisetasche unter dem Dach ab und lief zurück zu Anna. Erst legte er ihr den Arm um die Schulter, doch sie jaulte auf, so dass er sich damit begnügte, ihr den Schirm zu halten. Erst jetzt fiel sein Blick auf den riesigen Gebäudekomplex, auf den sie zugingen. »Mein Gott, was ist das denn?«

»Was meinst du?«

»Na, dieses Ding *in the middle of nowhere*!«

»Das ist nicht *nowhere*, das ist der Semmering.«

»Ja, aber so ein Riesenkasten! Wer braucht denn so was?«

»Das war Ende des neunzehnten Jahrhunderts die angesagte Gegend. Jeder Wiener, der was auf sich hielt, kam hierher. Es gab sogar Nacht-Shuttle-Züge zurück nach Wien, damit man nach einem Casino-Abend wieder nach Hause fahren konnte. Und der Kaiser hat hier Ski fahren gelernt.«

»Unglaublich! Können wir uns das leisten?«

»Ist nicht mehr Luxus. Jetzt ist es eher normal.«

Beim Einchecken wurden sie gefragt, ob sie ein Doppelbett oder zwei Einzelbetten wünschten und ob sie ihr Abendessen um 18 Uhr oder lieber erst um 20 Uhr einnehmen wollten.

»Doppelbett und achtzehn Uhr«, Anna war wohl auf dem Weg der Besserung und nahm die Dinge wie gewohnt in die Hand. Bernhardt blieb ganz ernst, obwohl er innerlich lächelte, und sagte nichts.

Das Zimmer war bei weitem nicht so geschmackvoll eingerichtet, wie man das von außen hätte vermuten können, aber wenigstens war es groß und hatte einen schönen Balkon, der direkt auf den Berg gerichtet war. Anna ließ sich auf das breite Doppelbett fallen und murmelte: »Ich bin so schrecklich müde, ich leg mich ein wenig hin. Du kannst gerne einen Spaziergang machen.«

Thomas Bernhardt blickte aus dem Fenster, der Regen hatte nicht nachgelassen. Trotzdem ging er aus dem Zimmer, zog die Tür leise hinter sich zu und begann, das große Haus zu erkunden.

Der Innenarchitekt hatte wohl versucht, den Glanz des Fin de Siècle nachzuempfinden, was ihm aber nur bedingt geglückt war. Wie schwierig es doch war, altes Flair mit den Anforderungen eines modernen Hotels zu verbinden.

Im Verbindungsgang zum Wellnessbereich fand Bernhardt eine kleine Ausstellung, in der die eindrucksvolle Geschichte des Hotels erzählt wurde. Er las sich fest, betrachtete die alten Schwarzweißfotos, auf denen die Damen in Abendroben, die Männer wie Kaiser Franz Joseph in Frack und mit Backenbart zu sehen waren.

Als er die Zimmertür leise öffnete, rief ihm Anna entgegen: »Wo warst du denn so lange? Hast du eine Wanderung gemacht?« Sie lag quer im zerwühlten Doppelbett, die Haare waren wild durcheinander, und auf ihrem Bauch lag ein zerlesenes Taschenbuch.

»Geht's dir besser?«

»Es ist mir nicht schlechtgegangen, ich bin nur etwas erschöpft.«

»Ja, ich weiß, alles ist gut. Du bist stark, und nichts kann dir was anhaben. Kein Sturz in die Schlucht, auch nicht, dass der Typ, auf den du stehst, dich umbringen wollte und jetzt selber tot ist. Ist alles überhaupt kein Problem für unsere tolle Chefinspektorin.«

Anna zog die Bettdecke ein wenig höher, er konnte sehen, dass sie verletzt war.

»Warum sagst du so etwas? Warum machst du dich lustig über mich?«

»Ich mach mich nicht lustig, und ich sag so etwas, weil es wahr ist. Du kannst doch nicht immer so tun, als wär nichts! Das ist doch der Hammer, was dir in den letzten Tagen passiert ist.«

»Ich hab echt geglaubt, das war's jetzt, weißt du.« Anna Stimme war rauh, sie klang, als hätte sie eine Halsentzündung. »Und das Schlimmste war kurz vorher. Als ich realisiert hatte, dass er es ist. Erst ein paar Sekunden bevor ich gestürzt bin, hab ich alles gecheckt. Dabei war es so klar.«

»Nichts war klar. Mach dir keine Vorwürfe, das hätte jedem passieren können.«

»Jeder meinst du wohl. Nein, wohl auch nicht jeder.

Ich fand den echt gut, den Typen. Ich meine, ich hab irgendwie geglaubt, der ist es jetzt.«

»Suchst du immer noch nach Mr. Right?«

»Ich werde die Suche jetzt aufgeben. Allein ist's auch ganz schön. Was ist eigentlich bei dir so los?«

»Was soll schon los sein?«

»Na, mit deiner Kollegin.«

»Ich glaube, das ist jetzt ernst. Aber kompliziert, natürlich, jetzt, wo ich hier bin.«

»Klar, wie könnte es anders sein. Wie findet sie das, dass du so lange hier bist?«

»Vermutlich nicht gut.«

»Funkstille?«

»Sie geht nicht ran, wenn ich anrufe. Und auf SMS reagiert sie nicht.«

»Würde ich auch nicht.«

Inzwischen hatte sich Bernhardt zu Anna aufs Bett gesetzt, sie war ein wenig zur Seite gerückt, um ihm Platz zu machen.

»Warum hast du eigentlich ein Doppelbett verlangt?«

»Weil ich immer so kalte Füße habe und du sie mir dann wärmen kannst.«

»Echt? Lass schauen.« Er kroch unter die Daunendecke und suchte nach Annas nackten Füßen. »Tatsächlich! Eiskalt.« Seine Stimme klang dumpf, und als er begann, Annas Füße zu massieren, seufzte sie laut. »Ja, das ist gut. Hör ja nicht auf.«

»Was sagst du? Ich kann dich nicht verstehen.«

»Macht nichts. Und eigentlich ist mir überall kalt, nicht nur an den Füßen.«

*Claus-Ulrich Bielefeld &
Petra Hartlieb
im Diogenes Verlag*

Die beiden Autoren verbindet seit Jahren eine heitere deutsch-österreichische Freundschaft. Kennengelernt haben sie sich in Hamburg, wo Petra Hartlieb als Pressefrau für einen Verlag arbeitete und Claus-Ulrich Bielefeld beim Rundfunk tätig war. Die vielen kulturell bedingten Missverständnisse haben ihre Freundschaft nicht getrübt, sondern im Gegenteil dazu geführt, dass sie zusammen ein Buch geschrieben haben. *Auf der Strecke* heißt ihr Debüt, ein Krimi mit zwei Ermittlern, einem eigensinnigen Kommissar aus Berlin und einer temperamentvollen Frau Inspektor aus Wien.

»Die temperamentvoll-chaotische Anna Habel und der melancholisch-zynische Thomas Bernhardt: ein zänkisches und humorvolles Gespann.«
Märkische Allgemeine, Potsdam

Auf der Strecke
Ein Fall für Berlin und Wien
Roman

Bis zur Neige
Ein Fall für Berlin und Wien
Roman

Nach dem Applaus
Ein Fall für Berlin und Wien
Roman

Im großen Stil
Ein Fall für Berlin und Wien
Roman